d

Christian Schünemann
Jelena Volić

Pfingstrosenrot

*Ein Fall
für Milena Lukin*

Roman

Diogenes

Umschlagfoto:
Balthasar Burkhard,
›Flowers (Pfingstrosen)‹,
2009 (Ausschnitt)
Heliogravur 44.5 x 33.0 cm
Copyright © Hermann und
Margrit Rupf-Stiftung,
Kunstmuseum Bern,
Geschenk Maurice Ziegler

Alle Rechte vorbehalten
Copyright © 2016
Diogenes Verlag AG Zürich
www.diogenes.ch
100/16/852/1
ISBN 978 3 257 06957 0

Der Kriminalfall, der in diesem Roman behandelt wird, beruht auf einer wahren Begebenheit: Im Juli 2012 wurde ein serbisches Ehepaar in seinem Haus in Talinovac, im Kosovo, tot aufgefunden. Beide starben durch einen Genickschuss. Der Doppelmord sorgte in der serbischen Öffentlichkeit für großes Aufsehen und wurde von Regierungs- und Medienvertretern benutzt, um auf serbischer Seite die Stimmung gegen die Kosovo-Albaner anzuheizen und auf kosovo-albanischer Seite gegen die Serben mobilzumachen. Aufgeklärt wurden die Mordfälle bis heute nicht.

Abgesehen von diesem Kriminalfall ist die Handlung im Roman reine Fiktion, und alle auftretenden Personen sind frei erfunden.

I

»Was ist los, Miloš, worauf wartest du? Mach deine Jacke zu, du holst dir noch den Tod!«

Erschöpft wischte er sich mit dem Taschentuch die Schweißtropfen von der Stirn und fuhr sich damit über den Nacken. Jedes Mal zog sich sein Herz zusammen, wenn sie so mit ihm sprach, sich zu ihm umdrehte wie zu einem kleinen Kind und ihn mit dieser Miene anschaute. Das ganze Leid lag darin, und gleichzeitig die Absicht, alles, was passiert war, als gottgewollt hinzunehmen.

Er packte die Henkel und riss die schweren Eimer hoch. Sie hatten gemeinsam so viel erlebt, von dem er gehofft hätte, dass sie es nie erleben würden. Sie hatten ihre Heimat verloren, hatten im Flüchtlingsheim gelebt, hatten ihrer Tochter auf der Tasche gelegen. Jetzt waren sie alt, seine Kraft war am Schwinden und seine Geduld am Ende.

»Es ist gut, Miloš, hörst du? Es gibt keinen Grund zur Klage. Es ist alles bestens.«

Sicher. Sie hatten in der Not immer Freunde gehabt. Auch jetzt wieder, unten in der Siedlung, Menschen, die ihnen zur Seite standen und mit diesem und jenem aushalfen. Wenn die Freunde nicht wären, hätten sie ja nicht einmal diese Eimer! Aber je mehr Ljubinka redete und versuchte, ihn zu beschwichtigen, desto wütender wurde er.

Er war bereit, nach allem, was gewesen war, wieder bei null anzufangen, einverstanden, aber er war nicht bereit, sich dabei immer wieder neue Steine in den Weg legen zu lassen.

Ljubinka, ganz kurzatmig, schnappte beim Reden nach Luft. Er sah, wie geschwollen ihre Gelenke waren, wusste, dass ihr die Beine weh taten und das Kreuz und dass sie sich über die Schmerzen nie beklagen würde. Er hasste sich dafür, dass er nicht mehr tun konnte, als täglich die verdammte Pappe in längliche Streifen zu schneiden und ihr um die eisernen Henkel zu wickeln. Ljubinkas Hände waren nicht dafür gemacht, zweimal täglich Wasser zu holen und die Eimer dreieinhalb Kilometer durch die Landschaft zu schleppen. Den Hügel mussten sie noch hinauf, durch den Wald, und die Pappe war schon zerrieben!

»Wir müssen dankbar sein.« Ljubinka keuchte. »Hörst du, Miloš? Hörst du mir zu?«

Die Henkel quietschten rhythmisch, Wasser plätscherte über die Ränder und klatschte in Pfützen auf den Weg und ihre kaputten Schuhe. Wenn er das rissige Leder sah, könnte er heulen. Was hatte Ljubinka früher für Schuhwerk getragen: feine Sandaletten aus geflochtenem Leder mit schmalen Riemchen. Er hatte den Klang ihrer Pfennigabsätze immer schon von weitem gehört, diesen entschlossenen, zuversichtlichen Rhythmus, der ihm heute noch im Ohr war. Er erinnerte sich, wie sie zum ersten Mal so vor ihm stand, auf diesen Absätzen, und ihm bis zum Kinn reichte. Er wollte sie von Anfang an beschützen und auf Händen tragen. Gut war ihr gemeinsames Leben gewesen, voller Zufriedenheit, prall und duftend wie die Pfingstrose in der Abendsonne.

Bis es anfing mit diesem seltsamen Ton. Anfangs schwer

zu orten, kam er aus verschiedenen Richtungen, war zuerst leise, aber schon hysterisch, wurde immer lauter und zunehmend aggressiv. Wie Stechmücken, die sich nicht vertreiben ließen. Es gab Nächte, da fand er keinen Schlaf.

Er schrieb damals Briefe und Artikel, empörte sich über die Selbstherrlichkeit, mit der Bürgermeister, Direktoren und andere serbische Entscheidungsträger ihre Macht vor allem dazu gebrauchten, den Cousin, den Schwager und den alten Schulfreund mit Posten und Pöstchen zu versorgen. Angehörige der albanischen Mehrheit wurden systematisch aus ihren Ämtern gedrängt. Auch seinen Vorgesetzten und geschätzten Kollegen, den Albaner Ismail Cama, traf es. Er wurde von hier auf jetzt von seinem Posten als Schuldirektor suspendiert und konnte sich glücklich schätzen, einen Vertretungsjob an der Volkshochschule im Süd-Kosovo zu ergattern. Die freie Stelle als Direktor des Gymnasiums in Priština wurde ihm, Miloš Valetić, angeboten. Ob er die Fähigkeiten mitbrachte, ob er die Mindestanforderungen erfüllte, interessierte niemanden. Er war serbisch, und das war die beste Qualifikation, die man sich zu der Zeit wünschen konnte.

Er lehnte den Posten ab und blieb, was er immer gewesen war: Griechisch- und Lateinlehrer. Ljubinka verstand es nicht. Seine hilflosen Aktionen stempelten ihn zum Querulanten, in den Augen gewisser Kreise sogar zum Verräter, ohne dass irgendetwas von dem, was er tat, sagte oder schrieb, eine besondere Wirkung gezeigt hätte. Zu tief waren bereits die Gräben zwischen Serben und Albanern, zu laut das nationalistische Gegröle. In der aufgeheizten Stimmung demonstrierten junge Albaner immer entschlossener gegen die serbische Politik. Sie wurden verhaftet und im Gefängnis grün und blau geprügelt. Mit allen Mitteln bleute die Belgrader Politik ihnen ein: Wir Serben bestimmen, wo es langgeht; ihr Albaner habt zu gehorchen und euch zu fügen. Und wem das nicht passt, wer sich nicht unterordnet, soll verschwinden.

»Hör auf zu grübeln, Miloš. Wir werden keine Not leiden. Reicht das nicht?«

Schweigend trottete er hinter seiner Frau auf der Grasnarbe entlang. Dort drüben, wo schief der Postkasten stand, waren sie mit dem Bus angekommen, eine Odyssee: über Prizren, mit Umsteigen in Ferizaj, das früher Uroševac hieß, damals, als man sich hier als Serbe noch nicht schämen musste. Mit ihren beiden Koffern und dem Kleidersack waren sie aus dem Bus gefallen, hatten wie zwei Idioten in dieser gottverlassenen Gegend gestanden und nicht gewusst, wohin. Wenn die Kinder nicht gekommen wären und ihnen den Weg gezeigt hätten, hätten sie dort drüben in der Scheune übernachtet, genau dort, wo er später das Stroh für die Matratzen holte. Was für eine Schande. Nach fünfzehn Jahre kamen sie zurück in das Land, aus dem sie einmal hatten fliehen müssen, um ihr Leben zu retten – und das Erste, was er tat: Er wurde zum Dieb. Später hatte der Bauer ihm nachträglich die Erlaubnis erteilt und sie sogar mit dem Nötigsten versorgt: ein paar Decken, Töpfe und – auf Rechnung – Eier, Tomaten und Käse.

Ja, sie hatten Glück gehabt. So wie damals, vor fünfzehn Jahren, als sie mit ihren Koffern in Belgrad ankamen und einen Platz im Flüchtlingsheim am Avala-Berg ergatterten. Wahre Glückspilze waren sie! All die Jahre hatten sie in dieser Notunterkunft gehaust, morgens um einen Platz an der Waschrinne gekämpft, mittags um eine Herdplatte, und abends hatten sie sich das Gezeter und Geschrei der Ehe- und Liebespaare in den Zellen rechts und links angehört. Das Schlimmste: In jeder Sekunde hatte er gewusst, dass daheim, in ihrem Haus in Priština, fremde Leute wohnten, dass sie ihre Möbel benutzten, den Schuhschrank, Ljubinkas Frisierkommode, sein Bücherregal, dass sie aus ihren Tassen den Kaffee tranken und aus ihren Gläsern den Selbstgebrannten. Vielleicht hätten sie sich aufgehängt, wenn die Decke im Flüchtlingsheim nicht so niedrig gewesen wäre und wenn es in ihrem Zimmer zwei Fensterkreuze gegeben hätte – eines für ihn, eines für Ljubinka. Denn in einer Sache waren sie sich immer einig: Wenn sie in den Tod gingen – dann nur gemeinsam.

»Zieh nicht so ein Gesicht, Miloš. Hauptsache, wir haben ein Dach über dem Kopf, und wo Löcher sind, werden wir sie stopfen – es ist ja nicht das erste Mal.«

Im Mondlicht zeichneten sich gegen den fast klaren Himmel die Bäume ab, schwarze Fichten und Buchen. Wenn er erst einmal die Handschuhe hatte und eine Sense, wäre seine erste Tat, das Gras zu schneiden und die Brennnesseln, und wenn er eine Leiter hätte, kämen im Herbst die Obstbäume dran. Und Holz musste er sammeln, jeden Tag so viel, wie es seine Kräfte zuließen. Noch war es lange hin bis zum Winter, aber wenn die kalte Jahreszeit kam, wollte er vorbereitet sein. Ein Leben wie in der Steinzeit. Er dachte an die Worte von Vuk, dem Nachbarn unten in der Siedlung, in der es fließend Wasser gab, Strom, Schuhschränke, Bücherregale, ein gedecktes Dach und alles, was man sonst noch für ein menschenwürdiges Leben brauchte. »Ich spreche zu dir als Freund, und ich warne dich«, hatte Vuk zu ihm gesagt. »Verhalte dich ruhig. Lass die alten Geschichten ruhen und schau nach vorn.«

Alle duckten sich, machten sich klein und hielten das Maul, aber er hatte sich geschworen, eines Tages mit Ljubinka Seite an Seite, ohne Angst, wie früher, vor ihrem eigenen Häuschen zu sitzen und in die vertrauten Sterne zu gucken.

»Vergiss nicht, Miloš, wir haben einen Garten. Wir werden Gemüse anpflanzen, Obst einkochen, Hühner halten, vielleicht eine Kuh. Dann haben wir Eier, machen Schinken, Käse und Marmelade. Du wirst sehen, Miloš, alles wird sich finden.« Er sah, wie sie fragend zu ihm aufschaute, sah die feinen Linien in ihrem Gesicht. War es nicht ein Wunder, dass sie nach fünfzehn Jahren und allem, was passiert war, wieder hier in der Heimat waren?

Er küsste Ljubinka auf die Stirn. »Morgen pflanzen wir eine Pfingstrose«, sagte er und strich ihr über die Wange.

Im Hausflur stellte er müde die Eimer ab, tastete im Dunkeln nach den Streichhölzern, die er griffbereit neben die Kerze auf das Fensterbrett gelegt hatte. Sein Kreuz schmerzte, und seine Finger zitterten von der Anstrengung, er verriss ein Hölzchen ums andere. Ungebremst wehte der Wind durchs Haus, als wären sie auf dem freien Feld. Hatte er die Tür zur Küche nicht zugemacht?

»Liebling?« Keine Antwort. Er fröstelte. Er konnte die Geräusche nicht zuordnen, er fand sich in diesem Haus immer noch nicht zurecht. Seltsam war die Stille.

Er sah den Schatten – zu groß, als dass Ljubinka ihn füllen könnte. Die Schachtel mit den Streichhölzern entglitt seinen Händen und fiel zu Boden. Durch das Loch in der Wand sah er im Mondlicht die Silhouette. Er taumelte, verlor die Orientierung und spürte plötzlich einen Schmerz, seinen Arm auf dem Rücken und eine fremde Kraft.

Er presste die Zähne zusammen. Er wusste, dass sie eines Tages kommen würden, aber er hatte nicht gedacht, dass es schon so bald sein würde. Er fürchtete sich nicht. Nur Ljubinka, seine geliebte Ljubinka sollten sie in Ruhe lassen.

Sie stießen ihn an die Wand, schubsten ihn in den Winkel, in dem auch Ljubinka kauerte, und zwangen ihn auf die Knie. Jetzt würden sie ihm jeden Knochen im Leib brechen. Im Sturz versuchte er, sich abzufangen, schürfte sich die Haut. Er hatte Angst, dass Ljubinka verletzt war, er wollte sie fragen, trösten, beruhigen, sie umarmen und schrie auf. Er spürte etwas Kaltes im Nacken. Er ahnte, was es war, und plötzlich wurde er ganz ruhig. Er durfte Ljubinka nicht erschrecken. Die Gewissheit, dass sie auch diesen letzten Weg zusammen gehen würden, dass Ljubinka nicht allein und schutzlos zurückblieb, erleichterte ihn.

Er griff nach ihrer Hand, die kalt war und feucht und zitterte, und flüsterte: »Hab keine Angst.«

2

Der Wind peitschte in Böen über den Save-Platz, trieb den Regen vor sich her und die Menschen, die aus dem Bahnhof kamen und von dort, wo die Überlandbusse hielten. Mit Regenschirmen, Tüten und Taschen hasteten die Leute an den gelben Taxis vorbei, sprangen über Pfützen, kaputten Asphalt und verrostete Schienen, bis sie die Haltestelle erreichten. Hintereinander schlüpften sie unter das stabile Dach und drängelten sich hinter dem gläsernen Windschutz, der seitlich mit dem Belgrader Stadtwappen verziert war. Nagelneu war dieses Häuschen und dabei so sauber und modern, dass man sich ohne weiteres vorstellen konnte, es würde genau so auch in Berlin, Paris oder einer anderen europäischen Metropole stehen.

Milena Lukin hatte Mühe, sich zwischen all den Leuten hindurchzuschieben, benutzte hier und da sogar ihren Ellenbogen, bis sie so viel Platz hatte, dass sie ihre Tragetasche und die vollgepackte Tüte zwischen ihre Füße stellen konnte. Leider war die schmale Bank so kurz, dass nicht mehr als drei erwachsene Menschen darauf sitzen konnten, und auch nur, wenn sie Körperkontakt hielten. Milena lockerte das Tuch, das sie sich zu eng um den Hals gebunden hatte, und klappte die Bügel ihrer Brille auseinander.

Die Zwölf war die einzige Linie, die auf direktem Weg

zum Städtischen Klinikum fuhr. Wenn man dem Fahrplan glauben durfte, verkehrte sie im Zehnminutentakt. Milena ging im Geiste noch einmal die Liste durch: Bananen und Orangen hatte sie eingepackt. Ebenso den Weißkäse, den besonders kräftigen aus Zlatibor. Maisbrot, Petersilie und Paprika. Zwei Stücke von der Blaubeerpita. Und weil Calcium für den Knochenaufbau jetzt besonders wichtig war: Zimtmilch – eine ganze Kanne voll.

Die Straßenbahn rumpelte über die Weiche, und kreischend kam die Zwölf um die Kurve gekrochen. Milena griff rechts und links nach den Schlaufen ihrer Taschen, synchron mit den Leuten und allen anderen im Land, die um diese Uhrzeit den Proviant in die Krankenhäuser schleppten. In allen Krankenhäusern Serbiens war die Besuchszeit auf zwei Stunden am Nachmittag beschränkt, auf die Zeit von zwei bis vier.

Fünfundzwanzig Minuten später stieg sie am Boulevard der Befreiung aus, aber erst auf Höhe der Fakultät für Tiermedizin, ging ein Stück zurück und bog in die Louis-Pasteur-Straße. Die einzelnen Kliniken verteilten sich auf verschiedene Gebäude, die in einer parkähnlichen Anlage standen und früher einmal von einer hohen Mauer umgeben waren. Die Mauer war mit den Jahren und Jahrzehnten durchlässig geworden, aber die Eingangstore, eines in jede Himmelsrichtung, waren geblieben.

Sie betrat das Gelände durch das Nordtor, über die Jovan-Subotić-Straße, benannt nach dem berühmten Chirurgen, der am Ende des neunzehnten Jahrhunderts die Beinschiene erfunden und dieses Krankenhaus gegründet hatte. Die alten Gebäude mit ihren hohen Decken und riesigen

Zimmern, Treppen mit hohen Stufen und klappringen Doppelkastenfenstern, durch die der Wind pfiff, waren für den modernen und effizienten Krankenhausbetrieb ungeeignet, und selbst der Neubau – achtzehn Etagen aus kiesbestreutem Waschbeton –, der in den siebziger Jahren hochgezogen wurde und das Gelände hässlich dominierte, war inzwischen nicht mehr auf der Höhe der Zeit. Seit dem Zusammenbruch des Sozialismus landete auf dem angrenzenden Hubschrauberlandeplatz kein einziger Hubschrauber mehr, stattdessen parkten dort ungeniert die Autos von Besuchern, Krankenschwestern und Ärzten, als gäbe es kein Fahrverbot.

Sie schleppte ihre Taschen an den Pappkartons der Straßenverkäufer entlang, die hier ein Sortiment aus Unterhosen, Seife und Zahnpasta verkauften, besorgte am Kiosk noch die neueste Tageszeitung und ging zwischen den beiden hohen Pfeilern und blühenden Forsythien zur Orthopädischen Klinik hindurch. Als sie die Stufen der kleinen Freitreppe hinaufstieg, mit dem Ellenbogen die schmiedeeiserne Klinke herunterdrückte und mit der Schulter die schwere Holztür aufstieß, klingelte ihr Telefon.

Schwer atmend lehnte sie ihr Gepäck an den Treppenabsatz und schaute auf das Display. Siniša Stojković, der Anwalt, ihr guter Freund, der sich seit Tagen nicht gemeldet hatte.

Sie drückte auf den grünen Knopf. »Was gibt's?«

»Hör zu«, sagte Siniša am anderen Ende. »Jetzt habe ich jemanden. Mein Trauzeuge der ersten Ehe. Ich hatte den gar nicht mehr auf dem Schirm.«

»Trauzeuge?« Sie trat einen Schritt zur Seite, um den

Leuten Platz zu machen, die hinter ihr durch die Eingangstür kamen.

»Genau. Er ist Orthopäde und – jetzt kommt's: seit neuestem Chef des Klinikzentrums in Novi Sad. Was sagst du nun? Heute Abend rufe ich ihn an. Er soll sich mal hier mit unserem Chefarzt in Verbindung setzen. Damit wir sicherstellen, dass unser Patient eine angemessene Behandlung bekommt und die nicht auf die Idee kommen, bei ihm irgendwelche billigen Ersatzteile zu verbauen.«

»Die Operation war vorgestern.«

»Wie bitte?«

»Aber bis er wieder auf die Beine kommt, wird es noch ein Weilchen dauern. Die Ärzte sagen, er hätte eine gute Konstitution und ausgezeichnete Knochen. Ich glaube, er ist hier in ganz guten Händen. Mehr Sorgen mache ich mir im Moment, ehrlich gesagt, um Vera.«

»Wieso? Geht's deiner Mutter nicht gut?«

»Du kennst sie ja. Sie kocht, brutzelt und backt wie verrückt, überall stehen Fläschchen mit Tinkturen und liegen Tütchen mit Tee, nur damit ihr Liebling so schnell wie möglich auf die Beine kommt.«

»Immer kampfbereit. Eine echte Partisanin.«

»Aber sie ist nicht mehr die Jüngste! Ich habe Angst, dass sie sich übernimmt.« Milena seufzte. »Ich muss jetzt rein, schauen, wie es ihm geht und ihn ein bisschen päppeln. Ich halte dich auf dem Laufenden.«

»Wenn ich irgendetwas tun kann, lass es mich wissen.«

»Danke, das ist lieb. Mach's gut.«

Statt den Fahrstuhl zu benutzen, hob sie die Taschen an und machte sich über die Treppe an den Aufstieg.

Die Männerstation lag im zweiten Stock hinter einer breiten Tür aus geriffeltem Glas, das Schwesternzimmer gleich dahinter, rechts. Milena klopfte.

Die Stationsleiterin, Schwester Dunja, hatte den Telefonhörer zwischen Ohr und Schulter geklemmt und massierte sich den Fuß. Müde sah sie aus, wie sie hochguckte und sagte: »Ich muss Schluss machen. Sei brav und mach keine Dummheiten, hörst du?«

An der Wand blinkte eines von vielen Lichtern, und synchron war ein unterdrücktes Brummen zu hören. Schwester Dunja achtete nicht darauf. Sie schlüpfte zurück in ihre Sandale und sagte: »Kommen Sie herein, Frau Lukin. Ich muss Sie sowieso sprechen.«

Erschrocken blieb Milena in der Tür stehen. »Ist etwas passiert? Sind Komplikationen aufgetreten?«

»Mit Ihrem Onkel ist alles in Ordnung. Es geht um Ihre Mutter.« Sie rückte ihre Schwesternhaube zurecht und schloss hinter Milena die Tür. »Beziehungsweise um dieses Hausmittel, das sie ihm gestern mitgebracht hat.«

Milena atmete erleichtert auf. »Er hat über Rheuma geklagt. Und meine Mutter schwört bei Knochenschmerzen auf dieses alte Rezept.«

»Pflaumenschnaps, versetzt mit Kampfer, Rosmarin und irgendwelchen Wurzeln, richtig?« Schwester Dunja nickte grimmig. »Hat den Herren hervorragend gemundet.« Sie nahm einen Notizzettel zur Hand. »Laute Gesänge, und Herr Stojadin hat hyperventiliert. Erst als die Nachtschwester ihm eine Plastiktüte über den Kopf gezogen hat, konnte er wieder normal atmen.« Sie knüllte das Papier zusammen und warf es in den Papierkorb. »Wir wollen aus einer Mücke keinen Elefanten machen. Trotzdem: Wenn das Schule macht, bin ich meine Stelle los. Also bitte: kein Alkohol auf der Station, in keiner Form. Sagen Sie das Ihrer Mutter, und kontrollieren Sie in Zukunft ihre Mitbringsel. Wir sind so dünn besetzt, wir können unsere Augen nicht überall haben.«

»Natürlich.«

»Ich muss mich auf Sie verlassen.«

»Selbstverständlich. Es kommt nicht wieder vor.« Unangenehm war ihr die Standpauke dieser Frau, die sich hier für das Wohl der Patienten und wenig Geld abstrampelte. Ganz schmal war ihr Gesicht, und sie war noch gar nicht alt, höchstens dreißig. Kein Ehering, wahrscheinlich alleinerziehende Mutter. Milena wandte sich beschämt zum Gehen. In der Tür besann sie sich.

»Fast hätte ich es vergessen.« Sie setzte die Taschen wieder ab und suchte nach einem bestimmten Behälter, dem mit dem roten Deckel. »Ich habe Ihnen von unserer Blaubeerpita mitgebracht«, sagte sie. »Selbstgemacht, mit gesundem Honig. Zum Dank für all die Mühe, die Sie mit meinem Onkel haben.«

Schwester Dunja nahm kopfschüttelnd die Plastikdose entgegen, und ein kleines Lächeln huschte über ihr Gesicht. »Das wäre aber nicht nötig gewesen.« Kurz wog sie den Behälter und stellte ihn dann auf den Tisch zu den zerfledderten Zeitschriften. »Ihr Onkel ist übrigens – das muss man auch mal sagen – ein sehr netter, charmanter und eigentlich auch ganz pflegeleichter Patient.«

Sein Krankenzimmer befand sich am Ende des Flurs, vorletzte Tür links. Der Raum war mit sechs Betten belegt, auf jeder Seite drei. Vera hatte keine Ruhe gegeben, bis ihr Bruder aus Niš hierher verlegt wurde, wo die besten Spezialisten Serbiens sich um seinen Oberschenkelhalsbruch kümmerten. Dass es ein glatter, unkomplizierter Bruch war, den die Ärzte in Niš auch sehr gut hätten behandeln können, interessierte Vera in keiner Minute. Das Nachsehen hatte Tante Isidora. Sie musste jetzt immer die Reise aus Südserbien antreten, um ihren Mann zu sehen.

Onkel Miodrag hatte den Fensterplatz hinten rechts und einen schönen Blick in die alten Bäume. Ein Nachteil war die Zugluft. Vera hatte deshalb den Raum zwischen den Doppelkastenfenstern mit »Kriegswürsten« ausgestopft – alte Bettbezüge, gefüllt mit Lumpen – sehr zum Verdruss der Schwestern, die, immer wenn sie lüften wollten, erst einmal diese Würste herumwuchten mussten.

Dann war da noch der Fußboden, altes Linoleum und an den Rändern rissig, besonders unterhalb der metallenen Fußleisten – Brutstätten für Ungeziefer und Bakterien, die von Vera regelmäßig desinfiziert wurden. Aber noch größer war ihre Angst, dass ihr geliebter Bruder sich wundliegen könnte, so ans Bett gefesselt, ausgerechnet er, der es doch gewohnt war, immer in Bewegung zu sein und zwischen seinen Bienen, Rosen- und Weinstöcken herumzuspringen. Vorbeugend hatte Milena eine genoppte Spezialunterlage besorgen müssen, die sie mit Hilfe der Schwestern zwischen Matratze und Bettlaken gebracht hatte und die nun für eine bessere Durchblutung sorgen sollte. Falls nicht, lagen zu Hause, im Apothekenschränkchen, schon die guten silbernen Wundpflaster aus Deutschland bereit.

»Du bist spät!«, rief Onkel Miodrag.

Sie küsste ihn auf die Wange, und er murrte: »Ich dachte, Adam würde mitkommen. Wo ist er?«

»Beim Nachmittagsunterricht.«

Er hatte sich rasiert und duftete nach gutem Rasierwasser. Sie legte ihm die Tageszeitung auf die Decke und begann auszupacken. »Wie geht's dir, was hast du gegessen?«

Er zählte an den Fingern ab: »Ein Stück Fleisch, klein wie ein Plätzchen und hart wie Schuhsohle. Dazu irgendeinen Brei, ich glaube, es war Gemüse. Vorweg die übliche Suppe, Boško ist überzeugt, es ist aufgewärmtes Spülwasser. Aber der Pudding war anständig.«

Milena wickelte Teller, Glas und Besteck aus dem karierten Geschirrtuch, zog das Nachttischchen heran und deckte. Onkel Miodrag nahm sich ein Stück vom Käse und sagte leise: »Dimitrije da hinten redet den ganzen Tag nur von Raps. Er will auf Raps umstellen, weil er glaubt, wenn die EU kommt, wird er mit Rapsöl reich. Aber da kann er lange warten.«

»Iss die Petersilie, die ist gut für deinen Blutdruck.« Milena goss von der Zimtmilch ein. »Ich meine es ernst. Nicht dass sie dir am Ende doch die Betablocker geben. Vera würde einen Anfall kriegen.« Sie begann, Käsebrote zu schmieren.

»Heute gar nichts Süßes?« Onkel Miodrag griff zur Zeitung.

»Mit der Blaubeerpita musste ich Schwester Dunja beruhigen. Weil ihr hier gestern so herumkrakeelt habt! Kompressen gibt's in Zukunft keine mehr, und wenn dir die Knochen noch so schmerzen. Wie ist es? Hast du Schmerzen?«

Die Besucher, die mit Blumen und Bonbonnieren ins Zimmer traten und höflich grüßten, wollten, wie immer, alle zu Kosta Popović, ein kleiner, gepflegter Mann mit gebräunter Stirn und meliertem Haarkranz, der eine neue Hüfte bekommen hatte. Vielleicht war dieser Trubel der Grund, warum Boško, der Fabrikarbeiter aus Kragujevac, so schnell geflüchtet war, wie ihn seine Krücken tragen konnten. Irgendwie waren ihr all diese Männer ans Herz gewachsen: Herr Stojadin, durchsichtig wie Papier, wie immer zur Besuchszeit mit Ohrenstöpseln in die europäische Sozialgeschichte des neunzehnten Jahrhunderts vertieft. Der Mann mit dem gestutzten Oberlippenbart in der Reihe ganz am Ende bekam nie Besuch und redete kein Wort. Onkel Miodrag behauptete, er sei Araber und seine Sippe weit weg. Milena hatte das Gefühl, dass sie ihn irgendwo schon einmal gesehen hatte.

Sie fegte die Brotkrümel zusammen und packte das benutzte Besteck in ein Stück Küchenpapier. Unausgesprochen war klar, dass bis zur nächsten Besuchszeit alles aufgegessen sein musste und dass Onkel Miodrag, der diese Mengen unmöglich allein bewältigen konnte, mit seinen Zimmergenossen teilte. Morgen kam ja schon wieder Nachschub.

»Wie gesagt.« Milena goss noch einmal Milch nach. »Am Sonntag kommt Tante Isidora. Wir holen sie vom Bahnhof ab und kommen dann direkt hierher.«

Onkel Miodrag war hinter der Zeitung wie hinter einer Wand verschwunden, die rechts und links fest an den Händen seiner ausgestreckten Arme verankert war.

»Onkel Miodrag?« Milena beugte sich vor. »Ist alles in

Ordnung?« Vorsichtig legte sie ihm eine Hand auf den Arm und wiederholte: »Onkel Miodrag?«

Wie aus weiter Ferne schaute er sie ausdruckslos an und öffnete den Mund. Aber kein Laut kam heraus. Er reichte ihr die Zeitung. In großen Lettern sprang ihr die Überschrift entgegen: *Mord an serbischen Landsleuten im Kosovo.* Darunter, etwas kleiner: *Polizei tappt im Dunkeln. Ethnisches Motiv nicht ausgeschlossen.*

Milena setzte stirnrunzelnd ihre Brille auf und las: *Ein serbisches Ehepaar ist in der ehemals serbischen Teilrepublik Kosovo Opfer eines tödlichen Überfalls geworden. Nach Angaben der örtlichen Polizei soll sich der Vorfall bereits am Freitag vergangener Woche ereignet haben. Beide Personen starben in ihrem Haus im Dorf Talinovac bei Ferizaj (serbisch Uroševac) durch einen Genickschuss. Ein Sprecher teilte mit, dass Patronenhülsen des Kalibers 7,62 Millimeter gefunden wurden. Der kosovo-albanische Regionalstaatsanwalt übernahm unter Aufsicht der multinationalen Schutztruppe* KFOR *(Kosovo Force) die Ermittlungen. Mehr auf Seite 4, Zeitgeschehen; Kommentar auf Seite 7.*

Auf einem Farbbild war eine grüne, hügelige Landschaft zu sehen, in der malerisch, wie hingestreut, ein paar Häuser lagen. Daneben, in Schwarzweiß, zwei Fotos, klein wie Passbilder, auf denen, etwas unscharf, zwei ältere Leute abgebildet waren. Bildunterschrift: *Miloš und Ljubinka Valetić gingen zurück in ihre Heimat und direkt in den Tod.*

»Sag mir bitte«, stieß Onkel Miodrag heiser hervor, »steht da wirklich Ljubinka Valetić?«

Milena ließ die Zeitung sinken und schaute ihn überrascht an. »Du kennst die Frau?«

»Sie hatte die schönsten Augen der Welt. Ich wollte sie heiraten.«

»Wie bitte?«

»Das war lange vor deiner Tante Isidora.« Onkel Miodrag sprach ganz leise. »Ljubinka Višekruna. Leider war ich ihr nicht gut genug. Sie hat den Valetić genommen.« Ächzend setzte er sich auf. »Und jetzt soll sie tot sein? Ermordet?«

Milena schaute auf das Foto. Eine alte Frau mit locker nach hinten frisierten Haaren, der Mund etwas schief, als würde sie ein Lächeln andeuten, was ihr etwas Schüchternes, Mädchenhaftes verlieh – soweit man das auf der grobkörnigen Abbildung erkennen konnte. Der Mann auf dem Foto daneben wirkte strenger, entschlossener, aber nicht unfreundlich. Er hatte etwas Edles, Aristokratisches. Vielleicht war es seine Haltung oder die schmale Nase, die ein wenig zu lang geraten war.

»Miloš und Ljubinka Valetić«, murmelte Milena und blätterte zur Seite vier. »Bist du sicher, dass du sie nicht verwechselst?«

»Ich weiß, dass sie damals mit ihm nach Priština gegangen ist«, sagte Onkel Miodrag. »Ich glaube, er hatte dort eine Stelle. Ganz unscheinbarer Typ, dieser Valetić, an ihn habe ich überhaupt keine Erinnerung.«

Milena strich die Seite glatt. »Miloš und Ljubinka Valetić gehörten zu den Rückkehrern, steht hier. Sie waren Teilnehmer an diesem EU-Programm. Erst 2000 sind sie aus dem Kosovo raus und nach Belgrad gekommen. Sie sind damals geflohen.«

»Sie waren als Flüchtlinge hier in Belgrad, der schönsten

Stadt der Welt, und sind freiwillig wieder in diesen Hexenkessel zurückgegangen?« Er schüttelte ungläubig den Kopf. »Warum? Wegen eines ›EU-Programms‹? Hatten sie denn hier kein Leben?« Er streckte die Hand nach der Zeitung aus. »Steht da nicht noch irgendetwas? Über die Täter, oder was genau da vorgefallen ist?«

Milena fuhr mit dem Finger über die Zeilen: »*Die kosovo-albanische Regierungssprecherin verurteilt den Mord und fordert eine rückhaltlose Aufklärung der Straftat, die im Widerspruch zu den Werten der Gesellschaft des jungen Staates Kosovo steht.*«

»Hört, hört.«

»*Die Rechte und Freiheiten jedes Individuums und jeder Ethnie müssen respektiert und geschützt werden. Auch der kosovo-albanische Premierminister und der Parlamentspräsident verurteilen diesen Akt der Gewalt. Es wurde eine Durchsuchung der benachbarten Häuser von serbischen und albanischen Familien angeordnet und durchgeführt, relevante Spuren wurden nicht gefunden. Von Konflikten zwischen dem getöteten Rentnerpaar und den dort ansässigen Kosovo-Albanern ist nichts bekannt.*«

Onkel Miodrag presste Daumen und Zeigefinger gegen seine Nasenwurzel und sagte, als würde er zu sich selbst sprechen: »Warum hat sie sich nicht bei mir gemeldet, als sie in Not geraten war? Die ganze Zeit war ich in Südserbien, ganz in ihrer Nähe, immer in Prokuplje, nie woanders. Isidora und ich – wir hätten ihnen doch geholfen.«

Milena betrachtete noch einmal die Fotos. Idyllisch war die Landschaft, und so viel Platz. Wie groß musste der Hass der Leute dort sein, um zwei alte Menschen, die das Leben hinter sich hatten und ganz sicher niemandem etwas zuleide taten, auf so brutale Weise umzubringen? Sie schaute zum Fenster, zu den Ästen und den ersten grünen Blättern.

»Weißt du eigentlich, ob die beiden Kinder hatten?«, fragte Milena.

Onkel Miodrag antwortete nicht. Er war ganz bleich und starrte an die Decke, wo die große, runde Lampe hing.

Sanft drückte sie seinen Arm. »Ruh dich aus.« Sie faltete das Geschirrhandtuch und verstaute es mit dem Besteck in ihrer Tasche.

»Sie war so ...« Er suchte nach Worten, drehte den Kopf und schaute Milena an. »Sie war ganz anders als deine Tante Isidora.«

Zärtlich betrachtete sie ihren Onkel, seine Falten, diese feingezeichnete Landkarte um seinen Mund, die Nase und Augen herum. Seine Lippen waren trocken, die Wangen eingefallen, und eine Fülle von Altersflecken kam hier mit der Krankenhausblässe zum Vorschein, die ihr vorher noch nie aufgefallen waren. Vorsichtig strich sie ihm das dünne Haar aus der Stirn. Alles würde sie für ihren Onkel tun, um ihm den Kummer zu nehmen.

»Jetzt geh, mein Kind. Es ist Zeit. Adam wartet auf dich.«

Sie nickte und faltete die Zeitung zusammen.

Onkel Miodrag hob die Hand. »Die lass bitte hier.«

Widerstrebend legte sie die Blätter zurück auf seinen Nachttisch, beugte sich zu ihm und küsste ihn auf die Stirn. »Morgen bekommst du Blaubeerpita.«

Sie war bereits auf dem Flur, hatte die Tür fast schon hinter sich zugezogen, da schaute sie noch einmal zurück.

Onkel Miodrag hatte den Blick in die Bäume gerichtet,

die rechte Hand zur Faust geballt und vor den Mund gepresst. Noch nie hatte sie ihren Onkel weinen sehen.

Leise zog Milena die Tür ins Schloss und ging den Flur hinunter. Sie lief schnell, fast rannte sie.

*

Von Westen her schien die Sonne in die Fürst-Michael-Straße und brachte die bunten Fassaden zum Leuchten, den Stuck, die Ornamente und Pilaster – die ganze Pracht des neunzehnten Jahrhunderts, als man die Habsburger schon lange zum Teufel wünschte, aber in der Architektur immer noch ihren Stil pflegte.

Milena ging im Zickzackkurs um die Leute herum, die in den Feierabend bummelten und sich die Nasen an den großen Schaufensterscheiben platt drückten. Touristen wippten im Takt mit der Musik, den Ohrwürmern der englischen Pop- und russischen Volksmusik, die der Straßenmusikant mit rauher Stimme, Gitarre und Verstärker zum Besten gab und dabei nicht schlecht von dem Wechselgeld profitierte, das die Leute an der Popcornbude herausbekamen und ihm in den verbeulten Hut warfen. Milena bog in die Seitenstraße, die stillere Vuk-Karadžić-Straße.

Am Ende der Straße befand sich rechts der ›Rote Hahn‹. Lange würde es nicht mehr dauern, bis die jungen Leute dort alle wieder unter freiem Himmel an der Bar saßen, Espresso Macchiato und Aperol-Sprizz tranken und eine Atmosphäre von Coolness, Erfolg und Wohlstand verströmten. Nur das Gebäude im Hintergrund wollte nicht so recht dazu passen.

Wenn die Sonne so niedrig stand, nahm der Kasten dem Platz das Licht, und das triste Braungrau schlug aufs Gemüt. Die Löcher im Putz – teilweise quadratmetergroß – entstellten die Fassade, die früher einmal sehr schön gewesen sein musste. Große Spanplatten ersetzten im Erdgeschoss manche der morschen Fenster und waren die einzige Maßnahme, die darauf hinwies, dass es überhaupt jemanden gab, der von dem Verfall Notiz nahm – ausgenommen natürlich die bedauernswerten Menschen, die dort arbeiteten, wie Milena und all die anderen Leute vom Institut für Kriminalistik und Kriminologie.

Dafür wusste Milena, was andere nicht mal ahnten: dass sich über der Eingangshalle ein wunderschönes Glasdach wölbte und die Wände im Treppenhaus und in den Fluren in einem zarten Hellgelb gestrichen waren. Wenn man die stuckverzierten Decken betrachtete und über das knarrende Parkett ging, gab es Momente, da konnte man denken, man wäre in einem Schloss. Milena fühlte sich in diesem Institut zu Hause. Und sie würde sich hier noch wohler fühlen, wenn es in ihrem Büro im ersten Stock, dem vorletzten Zimmer am langen Gang, dem ehemaligen Abstellraum, eine Heizung gäbe.

Sie machte die Tür hinter sich zu, hängte ihre Tasche an den Stuhl und ihren Mantel an den Haken. Während der Computer hochfuhr und die Programme lud, kroch sie unter den Schreibtisch und knipste den Heizstrahler an. Dann startete sie das Internet, setzte ihre Brille auf und öffnete die Seite vom *Kurier*.

Tod im Kosovo, titelte das Boulevardblatt. *Rentnerpaar brutal ermordet*. Die Fotos von Miloš und Ljubinka Valetić waren dieselben, die sie auch in der Tageszeitung *Politika* gesehen hatte, nur waren sie hier noch größer und grobkörniger. Milena scrollte durch den Text. Bei den Repressionen gegen die serbischen Mitbürger im Kosovo sei ein neuer Höhepunkt erreicht, die Sicherheit der serbischen Bürger im Kosovo nicht gewährleistet. Der Kommentar in *Vreme* fiel staatstragend aus: Man appellierte an die internationalen Vertreter und lokalen Institutionen, dieses Verbrechen schnellstmöglich aufzuklären und den serbischen Bewohnern in Talinovac und an allen anderen Orten im Kosovo ein ruhiges, sicheres und menschenwürdiges Leben zu gewährleisten. Milena klickte weiter zu *Blitz,* auch so ein Revolverblatt. Wieder sprangen ihr die Gesichter von Miloš und Ljubinka Valetić entgegen. *Serbisches Ehepaar hingerichtet – Warum?* Es klopfte.

Boris Grubač war kein Chef, der auf ein »Herein« wartete, und Milena hatte längst den Versuch aufgegeben, einem Mann von fast sechzig Jahren noch Benimmregeln beizubringen. Lieber starrte sie auf den Bildschirm, zählte bis fünf und drehte sich mit einer Miene zu ihm herum, die ihm hoffentlich deutlich sagte, dass sie sehr beschäftigt war und er sich besser kurzfasste.

Sein Hemd saß im Bund so stramm, als hätte er gerade noch eine riesige Portion von dem bosnischen Eintopf verdrückt, den seine Frau Itana so hervorragend zubereitete. Sein Gesicht war ungewöhnlich rot, und das Haar, das bei ihm wohl nirgends so üppig sprießte wie in den Ohren und Nasenlöchern, klebte verschwitzt, in dünnen Lagen, an Schädel und Schläfen. »Liebe Frau Lukin!«, trompetete er, und ein feiner Sprühregen ging auf Schreibtisch und Tastatur nieder. »Es freut mich außerordentlich, dass Sie sich entschlossen haben, heute doch noch vorbeizuschauen.«

Es war sinnlos, Grubač daran zu erinnern, dass sie sich heute schon an der juristischen Fakultät mit Studenten und Professoren herumgeschlagen hatte, von denen die einen chronisch faul waren, die anderen wahnsinnig wichtig. Grubač war das beste Beispiel dafür, dass der Faulpelz und der Wichtigtuer sich zu einer Person vereinigen konnten. Aber heute war irgendetwas passiert, was das Gleichgewicht störte. Grubač war wie ein Dampfkessel, aus dem erst einmal die heiße Luft herausmusste, je schneller, desto besser.

»Was ist denn los?«, fragte Milena in einem Ton, als würde sie sagen: Jetzt beruhigen Sie sich doch erst einmal!

»Der Minister hat angerufen!« Seine Hände kneteten die Luft, und Milena angelte vorausschauend nach dem Schnellhefter. Ein Anruf von so weit oben war, ohne Frage, etwas Besonderes, aber für Boris Grubač war es ein Ereignis, das ihn offensichtlich aus der Fassung brachte. »Der Minister ist sehr ungehalten«, schrie er, »weil wir nicht im Zeitplan sind. Und warum sind wir nicht im Zeitplan? Weil Sie nicht aus dem Quark kommen!«

»Wir hatten doch ausführlich darüber gesprochen.« Milena blätterte. »Hier. Paragraph sieben.«

Grubač presste die Lippen zusammen.

»Wir müssen nach Bologna drei Bereiche definieren: Humanitäres Völkerrecht, Internationale Gerichtsbarkeit ...«

»Hören Sie auf. Ich kenne das Papier in- und auswendig.«

»Dann wissen Sie auch, dass wir die Kriterien Punkt für

Punkt erfüllen müssen, wenn wir in der EU den Status einer gleichberechtigten wissenschaftlichen Einrichtung erlangen wollen.« Milena klappte den Hefter wieder zu.

»Drei promovierte Dozenten in Vollzeit – Frau Lukin, ich bitte Sie! Haben Sie sonst noch irgendwelche frommen Wünsche?«

»Ich habe die Regeln nicht gemacht. Aber wenn Sie sich erinnern: Ich habe eine Ausschreibung vorbereitet, die seit vergangener Woche auf Ihrem Tisch liegt und so schnell wie möglich raus sollte.«

»Machen wir uns doch nichts vor: Ihre werten Kollegen in Kopenhagen, Den Haag, Brügge und wo auch immer sie alle sitzen, werden nicht gerade Schlange stehen, um sich für eine Dozentur bei uns in Belgrad zu bewerben.«

»Warum eigentlich nicht? Ich würde hinter den Kulissen versuchen, Überzeugungsarbeit zu leisten.«

»So kommen wir nicht weiter.« Grubač schob erschöpft eine Strähne zurück an ihren Platz, die sich durch eine hektische Bewegung vom Schädel gelöst hatte. »Wir vertun unsere Zeit. In Ihrem eigenen Interesse: Wir müssen das jetzt hinkriegen. Wir müssen die Fristen einhalten und ran an die Fördertöpfe.«

»Was schlagen Sie vor?«

»Haben Sie schon einmal an das Naheliegende gedacht, an unsere eigenen Leute, an Ihre Studenten? Dieser eine, zum Beispiel, der bei Ihnen schon so lange promoviert, dieser Langhaardackel.«

»Milan Miljković?« Milena schüttelte den Kopf. »Der ist noch nicht so weit.«

»Frau Lukin, Sie mauern. Was ist mit Ihnen los? Sie wissen: Ich bin auf Ihre Mitarbeit angewiesen. Jetzt lassen Sie mich nicht hängen. Seien Sie zur Abwechslung mal ein bisschen kreativ!«

»Ich überleg mir etwas.«

»Bevor Sie zu lange überlegen – kleiner Tipp: Biegen Sie die Dinge einfach mal ein bisschen zurecht. Sie wissen ja: Papier ist geduldig.« Er legte eine Hand auf ihre Rückenlehne, beugte sich zu ihr herunter und starrte auf den Bildschirm. Sein Atem roch nach Pfefferminz.

»Einverstanden«, sagte Milena. »Ich biege etwas zurecht. Sonst noch etwas?«

»Jetzt verstehe ich«, murmelte er. »Da sind Sie also mit Ihren Gedanken. Die beiden alten Leutchen.« Er streichelte betroffen seine Krawatte. »Schlimme Geschichte. Hat der Bildungsminister übrigens auch gesagt.«

»Tatsächlich?« Milena schaute überrascht zu ihm hoch. »Wissen Sie denn etwas Genaueres?«

»Zwei Genickschüsse aus den Pistolen albanischer Nationalisten – wie genau wollen Sie es denn noch wissen?«

»Die Hintergründe«, sagte Milena, »wie es dazu kommen konnte. Alle sind empört, aber es gibt überhaupt keine Fakten.«

»Frau Lukin, wir reden hier vom Kosovo. Was für Fakten brauchen Sie? Das Kosovo ist ein von Verbrechern gegründeter Staat, ein Verbrecherstaat. Wir Serben sind da unten Freiwild. Die Rentner hätten nie einen Fuß ins Kosovo setzen dürfen.«

Milena schob den Schnellhefter zurück in die Ablage. »Darf ich Sie erinnern: Die serbische Regierung und die EU unterstützen, dass die Kosovo-Serben zurückgehen.«

»Was nützt das schönste Recht auf Rückkehr, wenn es von niemandem geschützt wird? Unsere Polizei darf im Kosovo ja nicht mal ermitteln!«

»Darum werden unsere Verbündeten sich dafür einsetzen, dass dieser Mord so schnell wie möglich aufgeklärt wird.«

»Welche Verbündeten?«

»Die EU.«

»Ihre Verbündeten interessieren sich – mit Verlaub – einen Scheißdreck für zwei tote Serben im Kosovo.«

Milena schob ihren Stuhl zurück. Natürlich hatte Grubač recht. Kosovo-Serben hatten keine Lobby und waren überall ein Ärgernis: in Serbien unerwünscht, bei den Albanern verhasst und in Europa ein Problem, das sich auf keiner Konferenz wegdiskutieren ließ. Darum war man auch dazu übergegangen, das Thema besser von der Tagesordnung zu streichen.

»Was ist, Frau Lukin? Habe ich recht, oder habe ich recht?« Er sah zu, wie sie auf dem Bildschirm die Seiten schloss, mit dem Cursor zum Bildschirmrand fuhr und auf den Ausschalt-Button klickte.

»Wo wollen Sie denn hin?«, fragte er.

»Nach Hause.«

»Und Bologna? Was sage ich dem Minister?«

Sie setzte ihre Brille ab. »Ich lasse mir etwas einfallen.«

»Ich fürchte, das ist dem Minister zu vage.«

Sie klappte ihr Brillenetui zu. »Die Staatskanzlei für die Angelegenheiten des Kosovo und das Ministerium für Bildung – die sitzen doch in einem Gebäude, oder?«

»Warum? Wollen Sie da jetzt persönlich vorsprechen?«

Milena hängte sich die Tasche um und nahm ihre Schlüssel vom Tisch. »Gar keine schlechte Idee, Herr Grubač.«

*

Es war so seltsam still, als sie nach Hause kam. Der Fernseher war aus, und statt Adam lümmelte bloß die Katze im Sessel. Verwundert hängte Milena ihren Mantel auf. »Ich bin's!«

Sie schlüpfte in ihre Pantoffeln. Es duftete nach geschmorten Zwiebeln, nach Gebratenem und nach etwas, das sie nicht genauer identifizieren konnte. Die Tür zu Adams Zimmer war geschlossen.

»Habt ihr schon gegessen?« Milena ging ins Bad. Beim Händewaschen schaute sie in den Spiegel, in zwei rote Kaninchenaugen. Nun gut, irgendwann würden die sich auch wieder zurückverwandeln. Echte Sorgen machten ihr die steilen Falten zwischen den Wangen und der Mundpartie. Sie öffnete das Badezimmerschränkchen und holte den kleinen Topf mit der Gesichtscreme hervor. Das Produkt hatte sie sich am vergangenen Wochenende geleistet, und es hatte ein Vermögen gekostet. Der schwere Deckel war aus schwarzem Glas und wunderschön, die Creme selbst noch unangetastet und vom silbernen Papier geschützt.

Sie schraubte den Deckel wieder drauf und stellte den kostbaren Topf vorsichtig zurück ins Schränkchen, nach ganz oben, hinten.

Auf dem Küchentisch standen ein Teller und ein Weinglas, daneben lagen Besteck und Serviette. Vera hatte die Brille auf der Nase und löste Kreuzworträtsel.

»Wo ist Adam?« Milena hob einen Deckel von der Schüssel. Im Ofen brannte Licht. »Schläft er schon?«

»Du hättest zwischendurch mal anrufen können.« Vera schaute mit hochgezogenen Brauen auf die kleinen Kästchen und schrieb Buchstaben. »Oder warst du gar nicht bei Onkel Miodrag? Wir haben uns Sorgen gemacht.«

»Mit Onkel Miodrag ist alles in Ordnung.«

»Und sein Rheuma?«

»Besser.« Milena nahm die Topflappen, öffnete die Ofenklappe und hob den Deckel von der feuerfesten Form. In einem Sud aus Olivenöl, Petersilie und feingehackten Schalotten lagen kleine, in Mangold gewickelte Pakete. Milena bemerkte, wie hungrig sie war. Sie bugsierte drei Röllchen auf den Teller und nahm aus der Schüssel einen Löffel Sauerrahm.

»Im Kühlschrank ist Weißwein. Bedien dich, bitte.«

Milena gehorchte, zwängte den Korken zurück in den Flaschenhals und setzte sich. Behutsam stach sie mit der Gabel in das Mangoldblatt und teilte das Röllchen in zwei Hälften. Die dampfende Füllung aus Reis und gehacktem Rindfleisch war mit Rosinen und Mandelsplittern angereichert, der kühle Sauerrahm aus kräftiger Schafsmilch dazu genau die richtige Ergänzung. »Mama«, sagte Milena und tupfte sich mit der Serviette den Mund, »diese Röllchen sind ein Gedicht.«

»Nicht zu viel Muskat?«

»Köstlich.«

»Es ist genug da.«

Entweder hatte der kleine Zettel oberhalb ihres Tellers eben noch nicht dort gelegen, oder Milena hatte ihn einfach nicht bemerkt. Sie trank einen Schluck Weißwein. Die Zahlenfolge auf dem abgerissenen Stück Papier kam ihr bekannt vor.

»Zorans Mama«, sagte Vera, ohne aufzuschauen. »Sie bittet um Rückruf.«

Zoran war Adams Kumpel aus dem Basketballverein und einer seiner besten Freunde. »Haben die beiden etwas ausgefressen?«

Vera bewegte lautlos die Lippen, buchstabierte und zählte Kästchen. Endlich sagte sie: »Irgendein Streit. Aber lass den Jungen. Er ist müde. Er hatte einen anstrengenden Tag.«

Er lag im Bett und blätterte in seiner Kinderzeitschrift. Den linken Arm hatte er trotzig unter den Kopf gelegt.

Milena setzte sich auf die Bettkante und reichte ihm das Glas Kräutertee, in das Vera noch einen großen Löffel Honig gerührt hatte. »Hier, trink ein bisschen.«

Er gehorchte.

Sie nahm ihm das Glas ab. »Und jetzt erzähl. Was ist das für ein Streit mit Zoran?«

Es ging um Adams Fahrrad, ein Geschenk seines Vaters aus Deutschland. Milena hatte von Anfang an gewusst, dass es damit Ärger geben würde. Feinste deutsche Mechanik, sieben Gänge, federleicht, mit dicken Reifen, hervorragend geeignet, um im Tašmajdan-Park in einem Affenzahn zwischen alten Leuten, Hunden und Kinderwagen herumzukurven. Zoran, erfuhr Milena, hatte dieses Fahrrad, das beste Fahrrad aller Zeiten, genommen und Adam, seinem Freund, vor die Füße geschmissen.

»Warum?«, fragte Milena verblüfft.

Adam fuhr mit dem Zeigefinger über die schmalen Streifen auf dem Bettbezug. »Ich habe ihm gesagt, er soll aufpassen, vor allem mit der Schaltung, und das Fahrrad gut behandeln. Aber er hat das Gegenteil getan. Da habe ich ihm gesagt, er soll absteigen.«

»Und weiter?«

Wieder reichte sie ihm das Glas.

Adam trank und lehnte sich zurück: »Und außerdem habe ich ihm gesagt, dass er ein serbischer Bauer ist, und serbische Bauern können eben nur Esel reiten.«

Milena seufzte. »Warum sagst du so etwas?«

»Zoran hätte mein Fahrrad nicht so auf die Erde schmeißen dürfen. Und dann heulen und wegrennen. Das ist typisch. Typisch serbisch.«

»Zoran war gekränkt. Weil er nicht so ein schönes Fahrrad hat, und weil du die Serben schlechtgemacht hast. Dabei bist du selbst ein halber.«

»Habe ich geheult, als er mein Fahrrad hingeschmissen hat?«

»Du weißt ja auch, dass Papa dir, wenn alle Stricke reißen, ein neues kaufen würde, und wenn nicht er, dann wahrscheinlich Oma Bückeburg.« Sie strich ihm das weiche Haar aus der Stirn. »Vergiss nicht, dein Großonkel ist auch ein serbischer Bauer. Er hat nach dir gefragt.«

»Ich weiß.«

»Du kannst ihn morgen mit Oma besuchen gehen.« Sie gab ihm einen Kuss. »Entschuldigst du dich bei Zoran?«

»Ich überleg's mir. Ja, vielleicht.«

»Schlaf jetzt. Und träum etwas Schönes.«

In der Küche saß Vera, den graumelierten Krauskopf

über das kleine Oktavheft gebeugt und murmelte: »Karotten, Rote Beete ...«

Milena spülte das Geschirr und stellte die Gläser und Teller zum Abtropfen in das Drahtgestell.

»Soll ich Onkel Miodrag morgen Pfannkuchen mit Käse machen?«, fragte Vera. »Oder lieber Käsekipfel mit Joghurt?«

Milena trocknete das Besteck ab. »Wie wäre es mit Arme Ritter und Kajmak?«

»Kajmak?« Überrascht schaute Vera hoch. »Dann hättest du welchen vom Markt mitbringen müssen. Hast du?«

Milena schob im Kühlschrank Behälter und Packungen zusammen und stellte die Schüssel mit dem Sauerrahm hinein. »Mach ihm Pfannkuchen mit Käse.« Sie hängte die Topflappen an den Haken. Gerne hätte sie noch kalten Kaffee getrunken, aber es war keiner mehr da.

»Was ist los?« Vera legte den Kugelschreiber zwischen die Seiten. »Du verschweigst doch etwas. Sind bei Miodrag Komplikationen aufgetreten? Braucht er die Wundpflaster?«

Milena setzte sich. »Erinnerst du dich an Ljubinka Valetić?«

»Ljubinka Valetić?« Vera schaute Milena fragend an. Der Name sagte ihr nichts.

»Damals hieß sie anders ...«

»Du meinst die Višekruna? Ja, die kenne ich. Ich meine, damals kannte ich sie, aber das ist eine Ewigkeit her. Warum, was ist mit ihr?«

»Sie ist tot.«

Vera klappte das Heft zu.

»Wir haben es heute aus der Zeitung erfahren.«

»Das tut mir leid«, Vera nahm ihre Brille ab. »Wirklich, aber auch Ljubinka war wohl nicht mehr die Allerjüngste.«

»Sie wurde erschossen.«

»Wie bitte?«

Milena erzählte, was sie aus der Zeitung und dem Internet erfahren hatte. Dass Ljubinka und ihr Mann nach Jahren, die sie in Priština gelebt hatten, nach Belgrad geflohen und jetzt, im Rahmen eines EU-finanzierten Programms, ins Kosovo zurückgekehrt und dort mit einem Genickschuss getötet worden waren.

Vera hörte mit unbewegter Miene zu. Dann stand sie auf und ging aus dem Raum. Milena hörte, wie nebenan im Wohnzimmer die Schranktür ging.

Kurz darauf stellte Vera eine Flasche und zwei kleine Gläser auf den Küchentisch. Wortlos schenkte sie ein. Der klare Schnaps duftete nach den Pflaumen aus Onkel Miodrags Garten. Sie tranken, starrten auf das Tischtuch und spürten, wie sich im Körper mit dem Alkohol die Wärme ausbreitete. Dann fragte Milena: »Was war zwischen Onkel Miodrag und Ljubinka?«

Vera lehnte sich zurück. Fiona sprang ihr auf den Schoß. »Sie war eine schöne Frau. Sie hat ihm den Kopf verdreht.« Sie strich der Katze über das dicke Fell. »Ich unterstelle mal, dass es nicht nur ihre schönen Augen waren, die es deinem Onkel angetan hatten. Miodrag hätte alles für sie getan. Von München war damals die Rede, und dass sie dort ein neues Leben anfangen wollten. Aber stell dir nur mal vor, wie es damals bei uns war: Der Papa – lange tot. Srećko in Osnabrück im KZ umgekommen. Radoslav zum Studieren in Belgrad, und Miodrag, der letzte Mann bei uns daheim, will mit dieser Frau nach München. Nein, das wäre nicht gegangen. Du kannst mir glauben, deine Großmutter war gottfroh, als dieser andere kam, dieser...«

»Miloš Valetić.«

Vera fegte ein paar Krümel vom Tisch. »Und sie wurden wirklich erschossen?« Bekümmert schob sie den Bügelverschluss auf den Flaschenhals. »Ich weiß schon, warum ich keinem Albaner über den Weg traue und warum wir hier drei Schlösser an der Tür haben.«

»Erinnere dich an Bekim, der bei Großmutter Velika immer die Kohlen geschleppt hat.«

»Bekim war eine Ausnahme.«

»Er war auch Albaner.«

»Er war ein feiner und zuverlässiger Mann.« Vera gab Fiona einen Schubs. »In Zukunft müssen wir schauen, dass wir solche Nachrichten von Miodrag fernhalten. Aufregung ist in seinem Zustand Gift.«

Nachdem sie in Küche und Flur das Licht gelöscht hatte, ging Milena in ihr Zimmer. Sie schlug das Federbett auf, nahm ihre Ohrstecker heraus und begann, mit der weichen Bürste über ihr Haar zu streichen. Ihre Gedanken kreisten dabei um alles Mögliche: um Kajmak und Käsekipfel, um deutsche Fahrräder und serbische Bauern, um Bologna-Kriterien, Geleebananen und die Frage: Was war in Talinovac passiert? Zwei alte Menschen – warum ein solcher Ausbruch von Gewalt?

Sie fand keinen Schlaf, drehte sich von einer Seite auf die andere, stand wieder auf, setzte sich an ihren Schreibtisch und öffnete das E-Mail-Programm.

Die Rechnung für das Mobiltelefon war gekommen und

nicht so hoch, wie sie befürchtet hatte. Und Philip hatte geschrieben, Adams Vater. Kein Betreff.

Sie ließ Fiona herein, die im Flur vor ihrer Zimmertür miaute, nahm die Schachtel mit den Zigarillos vom Regal und stellte das Fenster auf Kipp. Sie pustete den Rauch in die Luft, öffnete die Mail von Philip und las: *Milena, wie geht's, alles in Ordnung bei Euch? Wie ich hörte, hast Du die Vertragsverlängerung bekommen. Meinen Glückwunsch.*

»Ja, ja«, murmelte Milena. »Was willst du?«

Er kam zum Punkt. *Warum ich Dir schreibe: Wir (Jutta und ich) haben eine neue Wohnung, gute Lage, nicht weit vom Bahnhof Altona und groß genug, dass Adam endlich sein eigenes Zimmer bekommt. Das kostet natürlich. Du weißt, wie die Mieten in Hamburg sind. Sei froh, dass Du in Deinen eigenen vier Wänden wohnst und dass die Lebenshaltungskosten in Belgrad so schön niedrig sind. Was uns betrifft: Es ist leider gerade alles ein wenig knapp. Daher meine Frage: Wärest Du einverstanden, wenn ich den Unterhalt für Adam ein wenig kürze? Natürlich nur vorübergehend. Das würde uns erst einmal etwas Luft verschaffen. Ich zähle auf Dich und danke Dir schon jetzt, dass Du Dir die Zeit nimmst, darüber nachzudenken. Philip.*

Milena lehnte sich zurück und zog an ihrem Zigarillo. Philip und seine Forderungen. Kamen immer erst einmal ganz klein und unauffällig daher. Wenn es darum ging, wie er sein schönes Leben noch schöner gestalten konnte, war er ja noch nie um Ideen verlegen gewesen. Früher, als er noch der blondgelockte Student aus Bückeburg war, hätte sie sich für ihn auf den Kopf gestellt und alles getan, um seine Wünsche zu erfüllen. Aber seitdem war viel geschehen. Sie war nicht mehr zuständig, schon gar nicht für seine vollbusige Sportskanone, diese Jutta, und eine schöne Wohnung in Altona. Gab es denn für Architekten in Hamburg keine Aufträge? Aber Philip war der Arbeit ja noch nie hinterhergerannt. Lieber ließ er auf seinem Segelboot die Gedanken schweifen und guckte den Röcken hinterher. Der Job kam dann, irgendwann, wenn ihm mal ein kleines Projekt vor die Füße fiel, aber bitte eines, das ihm auch künstlerisch zusagte. Sie hatte die Nase so voll. Und sie hatte ein schlechtes Gewissen, weil sie sich eine neue Gesichtscreme gekauft hatte, bei deren Anblick Vera Schnappatmung bekommen würde. Und warum? Weil ihr Gehalt eben leider nur dem landesüblichen Durchschnitt entsprach. Vielleicht sollte sie ihm das mal in klaren, einfachen Sätzen schreiben und hinzufügen, dass es mit Adams Basketballverein nur deshalb funktionierte, weil ihre Freundin Tanja immer so gewissenhaft für die Beiträge aufkam.

Sie drückte den Zigarillo im Aschenbecher aus und ging auf »Antworten«. *Mein lieber Philip*, hämmerte sie. Fiona hockte wie aufgeplustert unter der Schreibtischlampe und schloss schläfrig die Augen.

Sie stand auf und machte das Fenster zu. Sie hasste diese Rolle. Immer war sie die böse Ex, mit der man nicht vernünftig reden konnte. Sie schaute auf ihr Telefon, das stumm gestellt war und leuchtete. Die Nummer kannte sie nicht. Sie sah auf die Uhr. Kurz vor halb eins! Erschrocken hob sie ab. »Hallo?«

»Frau Lukin? Hier spricht Boško. Ich bin der Zimmergenosse von Ihrem Onkel. Entschuldigen Sie bitte die späte Störung.«

»Ist etwas passiert?«

»Miodrag möchte mit Ihnen sprechen. Ich reiche Sie gleich mal weiter.«

Es raschelte, Stille, dann die Stimme von ihrem Onkel.

»Milena, du hast noch nicht geschlafen, oder?«

»Nein. Was ist los?«

»Die Sache lässt mir keine Ruhe. Ich habe nachgedacht. Die Kinder ...« Er klang kurzatmig.

»Beruhige dich. Welche Kinder?«

»Du hast nach ihnen gefragt. Zwei, sie hatten zwei.«

»Die Valetićs?«

»Auf jeden Fall ein Mädel, und ich glaube, noch einen Buben, aber ich kann mich irren.«

Milena ging an ihren Schreibtisch und schlug ihr Notizbuch auf. »Weißt du, wie sie heißen?«

»Ich habe keine Ahnung.« Er hustete.

Sie legte den Stift in die freie Seite. »Wenn wir die Kinder finden und mit ihnen sprechen könnten ...«

»Vielleicht brauchen sie Hilfe.«

»Wen könnte man denn da mal ansprechen?«

»Sei vorsichtig. Die Sache ist nicht ungefährlich.«

»Ich halte dich jedenfalls auf dem Laufenden.«

»Vielleicht hätte ich besser meine Klappe gehalten.«

»Nein, ich bin froh, dass du dich noch einmal gemeldet hast.«

Als sie das Telefongespräch beendet hatte, ging sie zurück ins E-Mail-Programm, klickte auf »Neu« und schrieb: *Siniša, wann können wir uns sehen? Ich brauche deine Hilfe.*

3

Sie fuhr stadtauswärts, eingeklemmt zwischen Liefer- und Lastwagen, und suchte eine Möglichkeit zum Halten. Rechts war der Straßenrand stark abschüssig, mit losem Geröll befestigt und von Maschendraht begrenzt. Links waren die Schienen, auf denen die Tram verkehrte und vier Fahrbahnen in der Mitte teilte. Hier befand sich auch die Haltestelle, ein schmaler, gepflasterter Streifen, menschenleer und leicht erhöht. Milena schaute in den Rückspiegel und nahm das Gas zurück.

Im Kofferraum schepperte das Leergut, auf dem Sitz neben ihr hüpfte die Tasche. Ein solcher Bordstein war für einen Lada Niva mit hoher Achsenaufhängung kein Hindernis. Sie kuppelte, schaltete die Warnblinkanlage ein und schaute hinüber zum Justizpalast.

Das Gebäude kannte sie eigentlich nur vom Vorbeifahren. Die Fassade aus Glas und Beton war konsequent einfallslos und so typisch für die achtziger Jahre, die Zeit nach Tito, als alles stagnierte und man mit solcher Architektur Modernität vorgaukelte. Im Erdgeschoss bewegten sich die dunkel getönten Glastüren. Milena drückte die Lichthupe, aber der Typ war gar nicht Siniša. Sie stellte den Motor ab, kurbelte das Fenster ein Stück herunter und zündete sich eine Zigarette an.

Dass Siniša hier seine erste Stelle als Staatsanwalt gehabt hatte, war inzwischen auch schon ein paar Jährchen her. Ziemlich jung war er da noch gewesen und schon damals mit einem Gerechtigkeitssinn ausgestattet, der manchmal fanatisch war. Er gab keine Ruhe und strengte gegen alles und jeden ein Ermittlungsverfahren an. Bestechung im Amt, Vorteilsnahme, unlauterer Wettbewerb waren dabei noch die harmlosen Delikte. Mit seiner Umtriebigkeit und seinem Ehrgeiz war er für den Staatsapparat völlig unberechenbar. Milena bewunderte noch heute seinen Mut und die Hartnäckigkeit, mit der er versucht hatte, den Sohn des Diktators wegen dubioser Immobilien- und Drogengeschäfte dranzukriegen. Dass ihn dieser Versuch am Ende nur das Amt kostete und nicht die Gesundheit oder gar das Leben, war rückblickend fast ein kleines Wunder. Die Strafversetzung an irgendein kleines Bezirksgericht im Kosovo war die Folge, und eine entsetzliche Langeweile, die Siniša dort packte. Er kündigte nach wenigen Jahren und machte seither in Belgrad den Mächtigen als Anwalt das Leben schwer. Und ließ keine Gelegenheit aus, um sich in der Presse als Kämpfer für die Schwachen zu inszenieren – am liebsten im Blitzlichtgewitter oder vor laufenden Fernsehkameras. Dass er dabei auch mal die eine oder andere Tatsache zu seinen Gunsten verdrehte und somit genau das tat, was er seinen Gegnern immer vorwarf, fand Milena bedenklich und auch gefährlich, aber, laut Siniša, gehörten solche Winkelzüge zum Geschäft. Da kam er, wie immer schwer bepackt. Milena lehnte sich über den Sitz und stieß ihm die Beifahrertür auf.

»Tut mir leid, Liebes«, keuchte er, stellte seine Tasche

hinter den Sitz und warf die Akten auf die Rückbank. »Aber wenigstens hat es sich gelohnt.« Er ließ sich auf den Sitz fallen. »Erinnerst du dich an die Professoren-Bande aus Nikšić, die mit den Doktortiteln gehandelt hat? Ich weiß, ist schon ein paar Jahre her. Aber das Verfahren wird wieder aufgenommen.«

»Glückwunsch!«

Er zog die Tür ran und riss am Gurt. Sein herbes, immer ein wenig zu starkes Aftershave gehörte zu ihm wie sein gebräunter Teint, das silberne Haar und der dicke Siegelring mit dem montenegrinischen Wappen.

»Ich bin froh, dass du mitkommst«, sagte Milena und startete den Motor. »Jetzt allein nach Avala fahren und mich bei den Flüchtlingen durchfragen – da wäre mir ein bisschen mulmig.«

Lächelnd streckte er den Arm aus und umfasste ihre Kopfstütze. »Du weißt doch: Mit dir würde ich jederzeit auch bis ans Ende der Welt fahren.« Er sah sie von der Seite an. »Du musst nur Bescheid sagen.«

Der Lada holperte, die Flaschen im Kofferraum schepperten, und Milena beschleunigte. Dass Miloš und Ljubinka Valetić zuletzt in Avala, dem Flüchtlingswohnheim, gemeldet waren, hatte sie im Migrationszentrum des Innenministeriums erfahren. Mehr Infos hatte man dort leider nicht herausgerückt, und ob es dabei am Wissen fehlte oder am guten Willen, konnte sie nicht einschätzen.

Sie fuhren an den Pappeln entlang, vorbei am Fußballstadion ›Roter Stern‹ und dem Banjica-Wald, in dem früher das Konzentrationslager lag und heute eine Gedenkstätte für Tausende Menschen, die hier im Zweiten Weltkrieg von den deutschen Besatzern ermordet worden waren. Es hatte aufgehört zu nieseln, und mit dem Spritzwasser legte sich ein gleichmäßiger Schmierfilm über die Windschutzscheibe. Milena betätigte immer wieder den Schalter für die Scheibenwaschanlage, was aber auch nichts daran änderte, dass der Wassertank leer war.

»Bubanj Portok.« Siniša fuhr mit dem Ärmel über sein beschlagenes Seitenfenster. Der Name dieser Ortschaft war untrennbar mit ihrer Schulzeit verbunden, mit dem Fach »Verteidigung« und dem Gewehr M48, jugoslawische Produktion. Für Siniša war der Schießunterricht immer ein großer Spaß gewesen, für Milena eine Tortur. Der Gewehrrückschlag machte ihr an der rechten Schulter blaue Flecken, und ihre Angst vor dem Schuss sorgte dafür, dass ihre Treffer vor allem auf den benachbarten Zielscheiben landeten. Das war Jahrzehnte her, der Staat, den es damals zu verteidigen galt, hatte sich inzwischen aufgelöst, und das Neue, das seitdem entstanden war, konnte man rechts und links der Landstraße besichtigen: kleine Elektromärkte, Geschäfte für sanitäre Anlagen und Verkaufsstände aus Sperrholz, hinter denen alte Leute kauerten und ihren kargen Ertrag an Obst und Gemüse anboten. Jede Baracke und jeder Neubau standen für eine Idee, die ohne übergreifenden Plan umgesetzt wurde, oft mit nur begrenzten Mitteln und meist ohne besonderes Know-how. Im Gegensatz zu jenen, die kapiert hatten, wie es funktioniert, die in den letzten zwanzig Jahren reich geworden waren und wahrscheinlich gut daran taten, sich vor dem Volk, den Zurückgebliebenen, den Verlierern, zu verschanzen. Von den großen Villen waren in der Regel nur die elektronisch betriebenen, fast immer schmiedeeisernen Zufahrtstore zu sehen, mit Pfeilern, auf denen steinerne Löwen oder griechisch anmutende Amphoren platziert waren.

»Achtung!«, rief Siniša.

Beinahe hätte sie den Wegweiser nach Avala übersehen.

Die schmale Straße führte in Kurven bergauf, an Wanderwegen, Holzbänken und Picknickplätzen vorbei, immer tiefer in den Wald hinein. Sie schaltete in den zweiten Gang und überholte die Spaziergänger, die mit festem Schuhwerk und Anorak hoch zum Schloss wollten, der ehemaligen Sommerresidenz des Königs, in dem nun schon seit Jahrzehnten ein Hotel und ein Ausflugslokal untergebracht waren. Milena bog auf halber Strecke ab und fuhr zwischen Sträuchern hindurch in einen kleinen Schotterweg.

»Bist du sicher, dass wir hier richtig sind?«

»Keine Sorge.« Sie hielt dort, wo schon ein Lada stand, ebenfalls ein Niva 4 x 4, nur mit platten Reifen, zerborstenen Fenstern und einem Kühler, aus dem das Unkraut spross. Milena und Siniša öffneten gleichzeitig ihre Türen.

Nach wenigen Minuten Fußmarsch verengte sich der Weg zu einem Pfad. Durch die ersten zarten Blätter der Holunderbüsche hindurch war ein langgestrecktes, einstöckiges Gebäude zu erkennen. Früher hatte das Haus den Gewerkschaftern als Erholungsheim gedient, heute waren hier Flüchtlinge untergebracht. Weil sie in solchen Scharen kamen, hatte man dort, wo der Bolzplatz gewesen war, zusätzlich eine Reihe von Wohncontainern aufgestellt. Zwischen den Blechwänden waren Frauen offenbar dabei, ein Gemüsebeet anzulegen. Als Milena einen Schritt in ihre Richtung machte, nahmen sie ihre Körbe und huschten davon.

Sie folgte Siniša in die andere Richtung, zu den Bäumen, zwischen denen kreuz und quer Wäscheleinen gespannt waren. Unter einem Shirt mit der Aufschrift »Hardrock Cafe San Francisco« saß ein Mann, untersetzt, mit Halbglatze, der vielleicht Mitte dreißig war, aber genauso gut auch Anfang fünfzig sein konnte. Seine untere Gesichtshälfte war vom Bartschatten dunkel.

»Dürfen wir Sie kurz stören?« Siniša lockerte seinen Krawattenknoten. »Stojković ist mein Name, und das ist Frau Lukin.«

Misstrauisch verschränkte der Mann die Arme.

»Es geht um die Familie Valetić«, sagte Milena. »Wir suchen die Kinder. Haben Sie eine Idee, wo wir sie finden könnten?«

Für ein paar Sekunden verschwand das Gesicht des Mannes hinter der Tischwäsche, die sich im Wind blähte. Sein kariertes Hemd war bis zum Hals zugeknöpft, während der Stoff über dem behaarten Bauch offen stand. »Eure Kollegen haben hier schon ausgiebig herumgeschnüffelt.«

»Frau Lukin ist vom Institut für Kriminalistik und Kriminologie, und ich bin Anwalt«, sagte Siniša. »Wir sind gleich wieder weg, wenn Sie uns nur verraten, wo wir die Hinterbliebenen finden, zum Beispiel die Tochter. Wie hieß die junge Frau noch mal?«

»Tochter?« An einer Teppichstange lehnte eine junge Frau, fast noch ein Mädchen, mit Haaren bis zum Po. Ihre Jeans waren über dem Bein so kurz wie nur irgend möglich abgeschnitten.

»Kennen Sie sie?« Milena wandte sich an die junge Frau. »Ich glaube, die Valetićs hatten auch einen Sohn.«

»Einen Sohn?«, fragte das Mädel noch einmal. »Aber nicht der Typ im Anzug mit der Sonnenbrille, oder?«

»Du bist eine dumme Gans«, sagte der Mann auf dem Stuhl, ohne sich zu dem Mädchen umzudrehen. »Du weißt gar nichts.«

»Wieso?« Sie bückte sich und griff nach der Zigarettenpackung, die im Gras lag. »Hast du denn gewusst, dass Opa Miloš Sohn und Tochter hatte? Na also.«

Siniša gab dem Mädchen Feuer und fragte: »Was war das für ein Typ im Anzug?«

Sie pustete Siniša den Rauch ins Gesicht. »Sah geil aus. Hat mich aber nicht mit dem Arsch angeguckt.« Sie warf selbstbewusst ihre Haare zurück. »Schön blöd, oder?«

Milena sah, wie ein alter Mann über die Wiese gehumpelt kam. »Der Mann im Anzug« – sie wollte das Thema nicht so schnell wieder fallenlassen –, »was hat der hier gemacht?«

»Hat stundenlang einen vom Pferd erzählt. Über die Häuser, die für uns im Kosovo gebaut werden. Wieso interessiert euch das?«

»Aber bei dem Mann handelt es sich nicht um den Sohn, oder?«, fragte Siniša.

»Stella, gib mir dein Handy«, befahl der Mann auf dem Stuhl. »Ich rufe die Polizei.«

»Jetzt hab dich doch nicht so!« Das Mädel paffte. »Ich blicke da nicht durch. Und bei Opa Miloš halte ich, ehrlich gesagt, alles für möglich. Der hatte – wenn ihr mich fragt – komplett einen an der Waffel. Und immer nur ein Thema. Wollt ihr wissen, welches?« Sie schaute von Siniša zu Milena und wieder zurück. »Latein.«

»Er hat hier unterrichtet?«, fragte Milena.

»Ich meine, überleg mal – Latein!« Sie schnippte ein wenig Asche ins Gras. »Also, ich kenne, ehrlich gesagt, niemanden, der Bock auf so was hat.«

»Natürlich nicht.« Auf einen Krückstock gestützt, kam der alte Mann angehumpelt, er war ganz außer Atem. »Miloš war bloß so verrückt zu glauben, dass er aus dir und den anderen halbwegs vernünftige, gebildete Menschen machen kann.«

»Ich fand den immer so komisch«, prustete das Mädchen. »Wie der geguckt hat! Schau mal – so!« Sie fasste Siniša am Arm und verzog das Gesicht, indem sie versuchte, Augenbrauen und Lippen irgendwie zur Nase zu bringen.

Der Mann im Karohemd machte eine Handbewegung, als würde er ihr eine klatschen. »Wenn du nicht sofort verschwindest, erzähle ich deiner Mutter, was du hinter dem Schuppen treibst – und was dann los ist, kannst du dir ja vorstellen.«

Demonstrativ langsam trat sie ihre Zigarette aus, schenkte Siniša noch einen langen Blick und stakste schließlich davon, wobei ihre Pobacken weniger vom Stoff ihrer Jeans als von ihren langen Haaren verhüllt wurden.

Mit zusammengekniffenen Augen fixierte der Alte zuerst Siniša, dann Milena. »Von welcher Zeitung seid ihr?«, fragte er. »Oder seid ihr Kripo?«

»Anwälte – angeblich«, schnaubte der Mann im karierten Hemd.

»Srdjan«, der Alte klopfte mit seinem Stock gegen das Stuhlbein, »komm. Hol uns was zu trinken.«

Der Mann stand wortlos auf, spuckte ins Gras und entfernte sich, die Fäuste in den Hosentaschen. Der Alte stützte sich auf seinen Stock und ließ sich nach hinten auf den Stuhl fallen. »Seine Frau«, ächzte er, »sie ist ihm weggelaufen. Vor ein paar Tagen erst.«

Siniša schaute ihm betroffen hinterher, und Milena fragte: »Kannten Sie Miloš Valetić? Können Sie uns etwas über ihn erzählen?«

Der Alte wandte sich an Siniša: »Ist sie deine Frau?«

»Bedauere.« Siniša lächelte. »Nur meine Chefin.«

Der alte Mann nickte verständnisvoll und faltete seine Hände über dem Krückstock. »Der alte Miloš.« Er ließ sich mit der Antwort Zeit, starrte auf einen unsichtbaren Punkt am Boden. »Wissen Sie«, sagte er, »er war ein merkwürdiger Mann. Hat nicht getrunken, nicht geraucht, aber alle hier mit seinem verdammten Humanismus genervt. Erasmus von Rotterdam, Kant, Cicero – all die klugen Männer waren, dank Miloš, Thema hier bei uns im Rattenloch. Er war unermüdlich. Und dann kamen diese Leute vom Amt und haben uns von Talinovac erzählt und dass dort unsere Zukunft liegt. Und plötzlich stand dieses wunderschöne Wort im Raum: ›Zurückkehren‹. Die Augen von Miloš waren nicht die einzigen, die geleuchtet haben.« Der alte Mann seufzte und schüttelte den Kopf. »Wohin, habe ich gefragt, wollt ihr eigentlich zurückkehren? In ein fremdes Dorf, in ein Haus, das euch nicht gehört?«

Ein Knall war zu hören, es scheppterte, und ein Kind fing an zu schreien. Jemand schimpfte, irgendwo klappte ein Fenster, und das Weinen wurde leiser.

»Waren Miloš und Ljubinka Valetić die Einzigen, die zurückgegangen sind?«, fragte Milena.

»Sie waren die Ersten – und sind nun wohl auch die Einzigen. Glauben Sie mir, ich habe ihm tausendmal gesagt: Miloš, habe ich gesagt, bleib hier, bleib, wo du bist, und lass dich auf nichts ein. Aber er wollte nicht hören. ›Es ist unsere letzte Chance‹, hat er gesagt. Und dann ist er einfach gegangen, da lang, diesen Weg runter ist er gegangen, mit seinem Koffer, und seine Alte hinter ihm her.« Der Opa blinzelte und bekreuzigte sich.

Siniša lehnte am Baum, die Arme nachdenklich vor der Brust verschränkt. »Waren die Kinder hier, um ihre Eltern zu verabschieden?«, fragte er. »Oder zum Bahnhof zu bringen?«

Der Alte schwieg. »Ich weiß nur vom Sohn«, sagte er schließlich. »Goran ist einmal im Vierteljahr hier aufgetaucht – wenn es hoch kam. Aber er ist kein schlechter Junge. Sie müssen bedenken: Er war noch ein Kind, als er seine Heimat verlor und seine Wurzeln gekappt wurden. Wie alle diese Kinder hat er gesehen, wie die Werte verfallen, die wir ihnen gepredigt haben. Sie glauben nicht mehr an unsere Ideale. Sie glauben, wir, die Väter, wären schuld an allem Unglück und ihrem verkorksten Start ins Leben, und halten uns vor, wir wären Schwächlinge. Und was das Schlimmste ist: Sie haben recht. Wir waren so dumm zu glauben, wir könnten das Böse mit Menschlichkeit bekämpfen, statt unsere Familien zu beschützen, notfalls mit Waffen, auch um den Preis, dabei zu sterben. Jetzt sitzen wir hier, schauen in den Spiegel, den unsere Kinder uns vorhalten, und sehen das, was wir sind: Schlappschwänze. Für Miloš war diese Erkenntnis eine Tragödie.«

»Hat der Junge nicht versucht, seine Eltern zu überreden hierzubleiben?«, fragte Milena.

Der Alte hob ratlos die Schultern. »Miloš hat gesagt, er habe nichts mehr zu verlieren.«

Es war still. Nur der Wind war zu hören, der in den Blättern rauschte und die Wäschestücke zum Schaukeln brachte. Zwischen den Bäumen tauchte das Karohemd auf, mit einem Körbchen, aus dem ein Flaschenhals ragte.

Siniša räusperte sich. »Wissen Sie, wo wir Goran oder seine Schwester finden können?«

Der alte Mann zuckte die Achseln. »Ich weiß nicht mal, ob sie überhaupt in Belgrad leben.«

Milena verständigte sich mit Siniša durch einen Blick. Er nickte. Sie entschuldigte sich, schob die Tischdecke beiseite und tauchte unter der Leine hindurch.

Auf dem Sandplatz, hinter dem Haus, stand eine Ulme, darunter befand sich eine Bierbank. An der Kellertreppe lehnten Fahrräder. Nirgends war ein Mensch zu sehen. Milena stieg die Stufen zur Eingangstür hinauf. Eine Klingel gab es nicht.

Im Windfang führte eine Treppe in den ersten Stock. Milena ging geradeaus, stieß auf einen Flur, der anscheinend über die ganze Länge des Gebäudes ging. Tageslicht fiel nur spärlich durch die Fenster an den Stirnseiten herein. Eine Gestalt kam den Gang herunter. Milena ging der schwarzen Silhouette entgegen.

»Entschuldigung«, rief sie.

Die raspelkurzen Haare waren an den Spitzen weißblond gefärbt, an der Nase blitzte ein Ring, und in die Ohrläppchen waren große Metallringe gestanzt. Der junge Mann trug riesige Kopfhörer. Hätte Milena sich ihm nicht in den Weg gestellt, wäre er einfach an ihr vorbeigegangen.

»Ich suche die Frauen, die vorhin im Garten waren«, sagte sie.

Er schaute sie verständnislos an. Dann schien er zu kapieren. »Einfach den Gang runter.« Über seine Schulter rief er noch: »Hinten rechts!«

Die Tür, die er wohl meinte, befand sich in einer Nische, in der Altpapier gesammelt wurde. Musik war zu hören, Radiogedudel. Milena überlegte. Vielleicht wäre es geschickt, den Bewohnern nicht gleich mit den Valetićs zu kommen, sondern erst einmal ein Gespräch anzufangen. Sie klopfte und drückte die Klinke herunter.

Die Frauen saßen an einem Tisch, über den ein Stück Zeitung gebreitet war. Kartoffeln, Zwiebeln, Fenchel und Paprika lagen darauf, außerdem gab es Kaffee und etwas Gebäck.

»Ich hoffe, ich störe nicht«, sagte Milena. »Ich glaube, ich habe mich verlaufen. Der junge Mann da draußen sagte mir...«

Eine Frau mit Kopftuch stand von ihrem Stuhl auf. »Kann mir jemand bei der Wäsche helfen?« Ohne Milena eines Blickes zu würdigen, ging sie an ihr vorbei, zur Tür hinaus. Zwei Frauen folgten ihr, dann noch eine dritte.

»Bitte«, sagte Milena, »ich will Sie nicht vertreiben.«

Eine Blondine in Jeansjacke machte das Radio aus und stellte geräuschvoll das Geschirr zusammen. »Was wollen Sie?«

»Ich bin rein privat hier. Die Sache, um die es geht...«

»Lassen Sie mich raten.« Die Blonde warf die Kartoffeln hintereinander in einen Topf. »Es geht um die Valetićs, richtig?«

»Ljubinka Valetić war vor vielen Jahren eine Freundin meines Onkels, seine Jugendliebe.«

»Interessant. Und Sie wollen jetzt seine Erinnerungen auffrischen?«

»So ungefähr.«

»Hübsche Geschichte. Hatten wir noch nicht.« Sie legte das Zeitungspapier zusammen. »Dann erzähle ich Ihnen jetzt mal etwas.« Sie begann, energisch den Tisch abzuwischen. »Die alte Frau Valetić war vor allem eine feine Prise. Eine ziemlich hochnäsige Person und nicht besonders gesprächig. Sei's drum. Woran ich mich immer erinnern werde, sind ihre bestickten Taschentücher und die vornehmen, kleinen Portionen auf dem Teller.«

Milena lächelte unsicher. »Und wo finde ich die Tochter?«

»Slavujka?« Sie hängte den Lappen über den Wasserhahn. »Arbeitet auf dem Markt.«

»Dann ist sie also eher das Gegenteil von ihrer Mutter?«

»Glauben Sie nicht, dass sie es fertiggebracht hätte, mal etwas vorbeizubringen, Salat, Gemüse – Sachen, die nicht mehr verkauft werden können. Kein Gedanke.« Sie schob die Stühle an den Tisch. »Aber so traurig es ist, das Kapitel ist jetzt abgeschlossen.«

Milena half, die Stühle an den Tisch zu schieben. »Der Mann, der hier war und für die Rückkehr ins Kosovo geworben hat...«

»Ich habe mir das Gewäsch nicht angehört. Und jetzt entschuldigen Sie mich.« Sie schloss das Fenster und nahm einen Schlüssel vom Haken.

»Und was ist mit dem Sohn – Goran?«, fragte Milena.

Aber die Frau war schon verschwunden.

Milena trat ans Fenster. Es dämmerte bereits. Draußen machten sich zwei Männer mit Spaten und Schubkarre daran, die Schlaglöcher auf dem Weg mit Steinen aufzufüllen. Kinder sprangen um einen Hund herum, der so groß war, dass er das Kleinste um einiges überragte. Man war hierhergekommen, hatte den Leuten Hoffnung auf ein neues Leben gemacht, und zwei alte Menschen hatten die Behörden beim Wort genommen und waren tatsächlich losgezogen in die alte Heimat. Ihre Gutgläubigkeit hatte sie das Leben gekostet. Die Menschen in Avala standen unter Schock.

Milena holte sich ein Glas vom Regal und hielt es unter den Wasserhahn. Dabei hatte sie das seltsame Gefühl, beobachtet zu werden. Sie drehte den Hahn zu und wandte sich um.

Eine alte Frau, schwarzgekleidet, mit schwarzem Kopftuch, hockte zusammengesunken in der dunklen Ecke, als hätte jemand sie dort vor langer Zeit abgesetzt und vergessen. »Ich habe Sie gar nicht bemerkt«, sagte Milena.

»Das Mädchen, das Sie suchen...« Die alte Frau ächzte.

Milena trat näher und ging in die Hocke. »War Slavujka hier?«, fragte sie. »Kennen Sie sie?«

Die Augen der Alten waren ganz milchig, und das magere Kinn zitterte. »Sie ist ein gutes Mädchen.« Tastend streckte sie ihre Hand nach Milena aus. »Sie müssen sich etwas merken.«

»Was?«, fragte Milena.

Die Alte berührte sie an der Wange. »Sie dürfen nicht alles glauben, was die Menschen Ihnen erzählen.«

4

Slobodan Božović stand breitbeinig hinter der großen Scheibe und starrte hinaus in den Garten. In der Dämmerung waren Büsche zu erkennen, Sträucher und Stauden, und mittendrin eine Statue, die Venus, die, wie er fand, ein Beweis für seinen guten Geschmack war.

Die Koniferen reihten sich wie Soldaten an der Grundstücksgrenze und verdeckten den Maschendrahtzaun, und wenn sich die hohen Tannen bewegten – dann nur, weil der Wind durch die Zweige strich. Zum dritten Mal an diesem Abend kontrollierte er da draußen die Lage. Auch dem Wachschutz hatte er Bescheid gegeben, obwohl die Sache doch klar war: Oli hatte Gespenster gesehen, wahrscheinlich eines seiner Fabelwesen, direkt dem Computerspiel entsprungen. Slobodan zog sich die Hose über den Bauch und ließ sich zurück auf die Couch fallen.

Seine geliebte Frau, Božena, sein Täubchen, saß zierlich in ihrem schneeweißen Hausanzug an dem gläsernen Schreibtisch, und manchmal wippte der kleine Pferdeschwanz, den sie immer trug, wenn sie am Computer arbeitete. Meistens war sie im Internet und bestellte Sachen, vor allem Diätpulver und Tabletten oder Krimskrams zum Dekorieren, zum Beispiel die Glasfiguren, die in allen möglichen Ausformungen auf dem Regal standen und so hübsch in der indirekten

Beleuchtung glitzerten. Sein Täubchen und sein Heim wurden immer schöner, und Oli wurde immer größer. Der Bengel lümmelte wie eine große Robbe auf der Couch. Wie schnell und geschickt er mit den Fingern auf den kleinen Tasten zugange war, und die ganze Zeit hochkonzentriert. Slobodans Konzentration reichte dagegen nicht mal, um den CNN-Nachrichten zu folgen. Die tägliche Portion Englisch, die Božena ihm verordnet hatte, rauschte heute komplett an ihm vorbei.

Natürlich gab es immer ein paar Verrückte, die ihm auf die Pelle rücken wollten, so etwas war bei einem Mann in seiner Position vorprogrammiert. Und die Briefeschreiber waren noch die Harmlosen. Als Staatssekretär stand er nun mal im Fokus der Öffentlichkeit, vertrat starke Meinungen, und obwohl er so viel Gutes tat, ging es gar nicht anders, als dass er immer mal wieder jemandem in die Quere kam.

Er legte die Füße hoch und stellte sich den Aschenbecher auf den Bauch. Auf dem riesigen Flatscreen war in brillanten Farben die Skyline von Manhattan zu sehen, das Empire State Building, das Chrysler Building, das Rockefeller Center, Times Square, gelbe Taxen, rote Bremslichter und schnurgerade Straßen. Jetzt das Gebäude der Vereinten Nationen. Fahnen wehten im Wind, und Politiker in dunklen Anzügen bauten sich zum Gruppenfoto auf. Irgendwann würde er auch dort stehen und Shakehands mit dem amerikanischen Außenminister machen. Wenn nur nicht immer das verfluchte Englisch wäre. Dass er da keine Fortschritte machte, lag vor allem an der Lehrerin, die Božena ihm aufs Auge gedrückt hatte. Eine echte Spaßbremse und obendrein flach wie ein Brett.

»Liebling?«

Er stellte den Ton leiser. »Ja, mein Schatz?«

»Der Typ letzte Woche – soll ich ihn einfach mal mit auf die Liste setzen?«

»Wen meinst du?«

»Ich meine: Er sieht nicht schlecht aus, und er kommt doch aus dem Ausland, oder?«

»Redest du von Jonathan Spajić?«

»Wie?«

Er zappte rüber in die Spielshow und griff nach den Zigaretten. Frauen in bunter Tracht wiegten sich in den Hüften und bildeten einen Halbkreis um Männer in buntbestickten Hemden, mit verwegenen Fellmützen auf dem Kopf. Diese Kerle konnten noch tanzen. Wie früher, daheim in Gnjilane, an den Festtagen, wenn die Lämmer geschlachtet wurden. »Oliver!« Er pustete den Rauch an die Decke. »Guck mal. Schau dir das an! Dein Großvater hat das noch draufgehabt. Genau so.«

Wenn er darüber nachdachte: Es war ein Jammer. Sein Vater hatte seinen Enkel nie auf den Knien gehalten und nie gesehen, was für ein Prachtkerl der Junge war – noch dazu ihm, dem Vater, wie aus dem Gesicht geschnitten. Nur würde sein Sohn nie auf dem Acker hinter dem Pflug herlaufen müssen und die Kartoffeln aufklauben oder die Abende in der Werkstatt an der Stanzmaschine verbringen. Nicht dass er sich seiner Herkunft schämte oder die Arbeit schlecht wäre, aber wenn Slobodan Božović seine riesigen Hände sah, wusste er, warum sie so aussahen und nicht wie die Hände von anderen Leuten, zum Beispiel die von Jonathan Spajić. Der Kerl trug ja selbst auf dem Fahrrad Handschuhe! Er wusste nicht, was komischer war: das Fahrrad oder die Handschuhe.

»Montag gehen die Einladungen raus.« Božena klang zufrieden, beinahe heiter. »Hundertzwanzig Personen«, zwitscherte sie. »Begleitung eingerechnet.« Sie zog das Bändchen aus ihrem Zopf, schüttelte ihr schönes Haar und betrachtete sich in der dunklen Scheibe.

Was würde er bloß ohne sie machen? Sie pflegte seine Freundschaften, plante akribisch jeden seiner Karriereschritte und hielt ihm in jeder Sekunde den Rücken frei. Sein Vater – würde er noch leben – wäre inzwischen sicherlich mit ihr versöhnt. Damals, als er sie mitbrachte – eine Muslima aus Sarajevo, die dazu noch Fahreta hieß –, hielt sich die Begeisterung verständlicherweise in Grenzen. Aber er hatte sich nun mal in diese Frau verliebt, vor allem in ihre roten Apfelwangen und die komische Sorgfalt, mit der sie Abend für Abend ihre weißen Plastiksandalen mit Milch wusch. Diese Dinger existierten natürlich schon lange nicht mehr, und auch die Apfelwangen waren mittlerweile verschwunden und den wunderbar hohen Wangenknochen gewichen. In dem hautengen Jäckchen war sie sehr schön anzusehen, Busen und Po waren perfekt und alles so zerbrechlich, dass er sie am liebsten, wie draußen die Venus, auf einen Sockel stellen und immerzu anschauen mochte. Oliver war die Frucht ihrer Liebe, das Band, das sie, wie man so schön sagte, innig verband.

»Hey, Sportsfreund!« Er gab Oli einen Klaps. »Geh, sag deiner Mutter gute Nacht. Und dann ab in die Falle.«

Er schaute dem Jungen hinterher, der über das Gerät gebeugt, beinahe blind, seinen Weg aus dem Zimmer fand.

Wenn er nur nicht so verdammt schmal in den Schultern wäre. Er sollte dringend ein Wörtchen mit dem Trainer sprechen. Der Junge musste härter rangenommen werden.

»Morgen früh«, rief er Oliver hinterher. »Hörst du? Halb acht auf dem Tennisplatz. Da zeigst du mir mal, was eine Rückhand ist!« Er drückte die Zigarette aus, trank den letzten Schluck Bier aus der Flasche, obwohl er wusste, dass Boženaes hasste. Gleich würde sie einen Kommentar machen. Aber sie flüsterte bloß: »Slobo?«

Er setzte die Flasche ab. Kerzengerade saß sie an ihrem Tischchen und starrte in die Fensterscheibe. Er stellte den Fernseher stumm und legte die Fernbedienung beiseite.

»Da war wieder jemand«, wisperte sie.

Er trat neben sie, beugte sich zu ihr herunter, nahm ihren Blickwinkel ein. Die Venus, die Koniferen, und da hinten ein paar Schemen, die sich bei näherem Hinsehen als Rhododendren entpuppten – als was auch sonst? Er legte seine Hände auf ihre bebenden Schultern und gab ihr einen Kuss auf die Wange. »Du bist überarbeitet.«

Božena verschwand nach oben. Er blieb allein, mit klopfendem Herzen, im Wohnzimmer zurück, fühlte sich wie in einem Guckkasten, beobachtet und ausgeliefert. Er war nur auf Strümpfen, ein alter Sack, kurz vor dem fünfzigsten Geburtstag, der seine Nerven nicht im Griff hatte. Rasch löschte er das Licht.

Er zog die Strickjacke über, schlüpfte in seine Pantoffeln und trat durch die Küche hinaus auf die Terrasse. Demonstrativ sog er die kühle Luft ein, simulierte Gelassenheit – für wen eigentlich? Seltsam: Der Bewegungsmelder an der Ecke sprang gar nicht an.

Ein Fall für den Elektriker. Auch darum musste er sich am Montag kümmern. Wie so oft stellte er sich vor, es gäbe da hinten eine Weite, Wiesen und Felder, über die man laufen könnte, wo einem der Wind ins Gesicht blies und den Atem nahm. Natürlich sah die Wirklichkeit anders aus: Die Tannen gehörten schon zum Nachbarn, und sein Traum von einem Swimmingpool ließ sich auf diesem Grundstück so wenig verwirklichen wie Boženas Wunsch nach einer großen Auffahrt. Er musste Jonathan Spajić noch mal auf diese Immobilie ansprechen, dieses Palais, von dem er so begeistert erzählt hatte.

Er sperrte die Tür zu seiner Werkstatt auf, dem kleinen Anbau hinter der Garage, knipste das Licht an und den Radiator und schob den Riegel vor. Irgendwo hing noch der vertraute Geruch, den er aus seiner Kindheit kannte. Der Leim und das Holz für die Leisten, Rotbuche, gedämpft, getrocknet und mit heißer Luft behandelt. Die Sachen lagen zusammen mit dem Leder in der Truhe, und dass er das Zeug jemals hervorholen und seine kleine private Schuhmacherwerkstatt wieder in Betrieb nehmen würde, glaubte er inzwischen selbst nicht mehr. Die Maschinen waren abgedeckt, und alles war beiseite geräumt, damit er Platz hatte für den Beamer und freie Sicht auf die Wand, die er eigenhändig weiß gestrichen hatte.

Er goss sich einen Drink ein und setzte seine Brille auf. Das Aroma des Whiskys erinnerte ihn an die Sand-Strohblume, an Sommer und seine Jugend. Sorglos war er damals gewesen, die Taschen voller Geld und mit Režep, seinem albanischen Kumpel, ständig auf Achse. Die Route nach Albanien war ihre gewesen. Was sie alles geschmuggelt hatten! Immer in Prizren den Wagen vollgeladen, Schokolade, Feinstrumpfhosen, Bodylotion, und dann ab über die Grenze. Oft kamen sie nicht mal bis Tirana, weil man ihnen auf den Dörfern das Zeug nur so aus den Händen riss. Schöne Zeiten waren das gewesen, er war sein eigener Chef und hatte in jedem zweiten Dorf ein Mädchen. Von Familie war noch keine Rede gewesen, ebenso wenig von Regierungsbeamten, Lobbyisten, diesem ganzen Apparat in der Staatskanzlei, dem er ausgeliefert war, den er in jeder Sekunde zu nehmen und zu beherrschen wissen musste, damit die Schaumschläger und Speichellecker nicht anfingen, ihm mit ihren Intrigen das Wasser abzugraben.

Er kramte lustlos in den DVDs, ohne dass er heute eine besondere Präferenz hatte. Er wollte nur entspannen und auf andere Gedanken kommen. Er schob die Scheibe in den Player, drückte die Wiedergabe und setzte sich bequem. Zwei Mädchen am Pool, jetzt die Dritte, das Übliche, keine Überraschungen, und das gefiel ihm. Er war am Schwelgen, mittendrin, im Rhythmus der Musik, die den Raum erfüllte. Vielleicht dauerte es deshalb so lange, bis er den Lärm mitbekam. Da klopfte jemand und rüttelte an der Klinke. Panisch zog er seine Hose hoch. Er fluchte.

Durch die kleine vergitterte Scheibe schaute ein verzerrtes Gesicht, eine seltsam verhauene Visage, die er irgendwo schon einmal gesehen hatte.

5

»Kosovo-Ministerium?« Der Pförtner legte sein Butterbrot beiseite und nahm Milenas Ausweis. »Ein solches Ministerium gibt es hier nicht.«

Milena stellte ihre Handtasche auf den Tresen. »Wollen Sie mich auf den Arm nehmen?«

Er kaute, schüttelte den Kopf, setzte seine Brille auf und betrachtete ihr Passfoto. »Das Ministerium, das Sie meinen, ist inzwischen eine Staatskanzlei.« Er fuhr mit dem Finger über seinen Terminplan. »Aber dass Sie dort angemeldet sind, sehe ich nicht. Mit wem haben Sie denn gesprochen?«

»Mit niemandem. Das ist ja das Problem.« Nicht mal den Pressesprecher hatte sie an die Strippe bekommen.

»Ohne Termin – kein Passierschein. Aber bei Frau Njego im Bildungsministerium steht: Lukin, zehn Uhr. Das sind Sie doch, oder?« Er schaute zu ihr hoch. »Und wollen Sie da jetzt hin?«

Kurz darauf ging Milena mit ihrem Passierschein durchs Foyer, vorbei an einer Sitzgruppe, die wohl noch original aus den frühen Sechzigern stammte, also aus der Zeit, als dieses Haus in Betrieb genommen wurde. Milena kannte alte Fotos von den Brigaden der sozialistischen Arbeiterjugend, die aus ganz Jugoslawien hierherverlegt worden waren, um nach dem Krieg den »Palast der jugoslawischen

Föderation« am Ufer der Save zu errichten. Das weitläufige, horizontal angelegte Gebäude mit den vier Seitenflügeln, einem zentralen Glaskuppelsaal und der ehemals weißen Marmorfassade war buchstäblich auf Sand gebaut und hatte stürmische Zeiten erlebt: General Tito eröffnete hier 1961 die erste Konferenz der Blockfreien Staaten, empfing Regierungschefs und gekrönte und ungekrönte Staatsoberhäupter aus der ganzen Welt und veranstaltete in diesem Haus glanzvolle Banketts. Nach dem Ende des Sozialismus und der Auflösung des »Föderativen Exekutivrats« zog im Jahr 1992 die Nachfolgeregierung ein, die Bundesregierung von Jugoslawien. Mit dem Zerfall Jugoslawiens im Jahr 2003 folgte die Regierung der Doppel-Staatengemeinschaft Serbien und Montenegro, und seit der Unabhängigkeitserklärung von Montenegro war hier nun der alleinige Sitz der serbischen Regierung, der »Palast Serbiens«.

Milena stieg auf der fünften Etage aus dem Lift und ging über stumpf gewordene Marmorflächen, an ausrangierten Tischen und Stühlen entlang, die zu einem Haufen Sperrmüll zusammengeschoben waren. Auf dem Flur lagerten Akten, und es sah nicht so aus, als ob ein Archivar sich noch dafür interessieren und ein Historiker die Inhalte je aufarbeiten würde. Hier und da standen die Türen offen und erlaubten Blicke in leere Büros und Salons mit Wandverkleidungen aus Zedernholz und Palisander. Milena sah im Gegenlicht den Staub tanzen, die noble Atmosphäre, in der Politiker und Beamte getagt hatten, als man noch an die jugoslawische Idee glaubte, den Vielvölkerstaat, als man zwischen den Nationalitäten und Teilrepubliken den Ausgleich suchte und immer wieder neue Kompromisse schloss.

Die fragile Konstruktion war mutwillig zerstört, mit Blut besudelt und die Idee von einem gemeinsamen südslawischen Staat verspielt worden. Der Leerstand in diesem riesigen Gebäude war ein Sinnbild für den Zustand des Landes, den Mangel an Ideen, die Abwesenheit von Phantasie und Idealen. Heute reichte es nur für einen vernünftigen Pragmatismus, der es erlaubte, die überzähligen Flächen in dem Regierungsgebäude an Unternehmen aus der Privatwirtschaft zu vermieten. Auf diese Weise nutzten Firmen mit den seltsamsten Namen die Chance, ihren Dienstleistungen und Import-Export-Aktivitäten durch Regierungsnähe einen seriösen Anstrich zu geben.

Das Bildungsministerium befand sich im Nordflügel, das Sekretariat von Lydia Njego gleich neben den stillgelegten Waschräumen aus Marmor. Hier lagerte die umfangreiche Bologna-Dokumentation, für die Lydia als Assistentin des Vorsitzenden der Akkreditierungskommission zuständig war. Lydia war Anfang fünfzig, also ein wenig älter als Milena, und trug immer noch die großen, bunten Tücher, wie damals an der Uni, als sie für den Vorsitz des Studentenbeirates kandidierte und nur knapp ihrem Konkurrenten unterlag, einem gescheiterten, rhetorisch begabten Streber, der viele Jahre später Minister für Verteidigung wurde.

Milena entschuldigte sich für ihre Verspätung – sie hatte den Verkehr auf der Branko-Brücke unterschätzt – und überreichte den Antrag. Lydia bestätigte den Empfang mit Datum, Stempel und Unterschrift, und ob die Bologna-Kriterien in diesem Stadium jetzt im Einzelnen erfüllt wurden oder nicht – Lydia machte eine Handbewegung, als würde sie etwas nach hinten über ihre Schulter schmeißen.

Wenn es etwas zu beanstanden gäbe, sagte sie, würde ein Mahnverfahren in Gang gesetzt werden, mit dem sich automatisch ein Zeitfenster öffnete, in dem sich noch vieles regeln ließ. Milena bewunderte, wie pragmatisch und mit dem geringstmöglichen Aufwand Lydia diesen Job in der Uni-Verwaltung erledigte. Ob das Gehalt reichte, um ihren Ehemann, einen arbeitslosen Medizintechniker, und dessen halbwüchsige Kinder aus erster Ehe zu ernähren, stand auf einem anderen Blatt.

Bevor Lydia mit ihrer Teezeremonie anfing und davon, welches Institut als Nächstes abgewickelt wurde und welchem Wissenschaftler die Zwangsversetzung oder Entlassung blühte, sprach Milena gleich das Thema an, das ihr im Moment so stark auf den Nägeln brannte: »Hast du eine Idee«, fragte sie, nachdem Lydia mit zwei Sätzen ein Telefonat beantwortet hatte, »wen ich oben bei den Kosovo-Leuten ansprechen könnte?«

»Stichwort?«

»Das Rückkehrprogramm für die serbischen Flüchtlinge.«

Lydia überlegte. Das Problem war, dass es im Kosovo-Ressort seit der Umstrukturierung so viele neue Gesichter gab. Aber eine alte Bekannte war da noch, und die sei zuletzt sogar zur Referentin aufgestiegen. Lydia griff nach ihrem Schlüsselbund und sagte: »Komm mal mit.«

Die Staatskanzlei für Kosovo und Metochien war ein Stockwerk höher, auf der sechsten Etage. Die Umwidmung vom Ministerium zur Staatskanzlei hatte einen Bedeutungsverlust mit sich gebracht, und der war politisch auch beabsichtigt. Die serbische Regierung suggerierte damit der internationalen Gemeinschaft, insbesondere den USA und der EU, dass der Kosovo-Konflikt jetzt tatsächlich nicht mehr oberste Priorität hatte und nachrangig behandelt wurde. Dafür wurden Gegenleistungen erwartet, zum Beispiel die Aussicht auf den EU-Beitritt. In der Politik ging es immer um Symbolik oder um den Kuhhandel.

»Der neue Staatssekretär«, meinte Lydia, »der ist vielleicht gar nicht so blöd.«

»Wieso?«

Lydia zeigte den Sicherheitsleuten ihren Hausausweis und schob Milena vor sich durch die Schleuse. »Hast du von der Aktion gehört: ›Kleine Schüler – großes Herz‹? Serbische Kinder aus dem Kosovo sollen für einen Austausch nach Belgrad kommen. Kontakte unter Gleichaltrigen, Freundschaften knüpfen – all das. Und obendrein sehen sie noch unsere schöne Hauptstadt. Das Bildungsministerium unterstützt dieses Projekt und will mit der Kosovo-Staatskanzlei kooperieren.«

»Eine gute Sache«, stimmte Milena zu.

»Und angeblich auf dem Mist von Staatssekretär Slobodan Božović gewachsen.«

»Also ein Mann der Tat.«

»Sieht so aus.«

Sie öffneten die Doppelglastür, und Milena dachte im ersten Moment, sie würde in eine Werbeagentur kommen – oder jedenfalls in einen Bereich, der sich unmöglich in diesem alten Kasten, dem »Palast Serbiens«, befinden konnte. Da waren der silbergraue Teppich, Sessel und Sofas aus schwarzem Leder und Grünpflanzen, zu kleinen Inseln arrangiert. Durch schmale Fensterelemente konnte man die

Mitarbeiter an ihren Computerbildschirmen sehen. Alle wirkten beschäftigt, wie unter Strom, was vielleicht auch daran lag, dass unablässig die Telefone klingelten. Besonders auffällig war das riesige Bild an der Wand, eine Fotoarbeit, eigentlich ein Feld von verschiedenen Rottönen, unter denen das Magenta dominierte. Erst auf den zweiten Blick erkannte Milena, dass es sich bei dieser Farbexplosion um Pfingstrosen handelte, die Blume des Kosovo.

Während sich Lydia auf die Suche nach ihrer Bekannten machte, trat Milena näher an das Foto heran. Hinter den Blumen war eine Ebene zu sehen, wahrscheinlich das Amselfeld, und bewaldete Hänge, wie sie typisch waren für das Kosovo. Auf dem Amselfeld hatten die Serben vor mehr als sechshundert Jahren die Schlacht gegen die Türken verloren, eine Niederlage, die bis heute gefeiert und in alten Volksliedern besungen wurde. Bis dahin waren im Kosovo der Sitz der serbisch-orthodoxen Kirche und das politische Zentrum gewesen, daher sprach man vom Kosovo auch als der »Wiege der serbischen Kultur«. Verheerend war, dass die Albaner genauso dachten, was ihre Identität und Kultur betraf, und sich als Abkömmlinge der alten Illyrer bezeichneten, der Ureinwohner dieser Region. Ein kleines Stück Land, kleiner als das deutsche Bundesland Schleswig-Holstein, war mit so viel Geschichte und Legenden beladen, und eine davon besagte, dass nur hier die Pfingstrose in solch prächtigen Rottönen blühen würde, weil der Boden mit so viel Blut getränkt ist.

Der junge Mann, der um die Ecke bog, konzentrierte sich ganz auf sein Handy. Milena versuchte auszuweichen, und jetzt rempelten sie erst richtig aneinander. Ein Stapel Broschüren, den er unter dem Arm trug, fiel zu Boden. Fluchend ging der Mann in die Knie.

»Entschuldigen Sie bitte.« Milena kam ihm zu Hilfe. »Tut mir wirklich leid.«

»Lassen Sie«, sagte er. »Ist halb so wild.«

Die dunkelblauen Hefte waren mit einem Etikett versehen: »Immobilienbericht, Kosovo XXIV-14/5.1«. Hastig nahm er ihr das Schriftstück aus der Hand – interne Infos hieß das –, raffte alles eilig zusammen und verschwand im angrenzenden Konferenzraum. Milena sah, dass er einen kleinen Zopf trug und dass eines der Hefte unter das Sofa gerutscht war.

»Die erwarten hier gleich jede Menge wichtige Leute«, hörte sie Lydias Stimme. »Suchst du etwas Bestimmtes?«

Milena stützte sich ab und kam mit der Broschüre wieder hoch.

»Du kannst dich mit deinen Fragen aber jederzeit an den Pressesprecher wenden«, sagte Lydia. »Hier ist seine Nummer.«

»Danke.« Milena steckte die Visitenkarte ein. »Warte mal kurz. Bin gleich wieder da.« Sie wollte den Immobilienbericht nur schnell in den Konferenzraum reichen, aber ein ziemlich breites Kreuz versperrte ihr den Weg. Breitbeinig stand ein Typ mit Headset vor ihr und sagte: »Bitte treten Sie zurück.«

Durch die golden gerahmten Türen der Staatskanzlei drängte eine dunkle Wolke ins Foyer: Herren in Anzügen mit graumelierten Schläfen und Aktentaschen, flankiert von Sicherheitsleuten und Frauen in Businesskostümen.

»Komm.« Lydia machte eine Kopfbewegung. Sie wollten

über die andere Seite raus, aber der Gorilla drängte sie zurück hinter die Grünpflanzen.

»Frau Lukin?« Durch die Blätter des Gummibaums schaute ein schmales, glattrasiertes Gesicht, das Milena sehr bekannt vorkam: Alexander Graf Kronburg, der deutsche Botschafter. »Jetzt sagen Sie nicht, dass Sie zur serbischen Delegation gehören!«, rief er.

»Delegation?« Milena zupfte ihre Jacke zurecht. »Wir wollten gerade gehen.«

»Da bin ich aber froh.«

»Wie bitte?«

Er kam um die Pflanze herum, lächelte verschmitzt und sah plötzlich ganz jungenhaft aus. »Ich weiß doch, was Sie für ein harter Knochen sind bei solchen Verhandlungen. Wie geht es Ihnen?«

»Was verhandeln Sie denn da drin so Wichtiges?«, fragte Milena.

»Die Kosovo-Hilfe.«

»Für die serbischen Flüchtlinge? – Verstehe.« Milena nickte wissend. »Die Rückkehrhilfe wird jetzt natürlich erst mal auf Eis gelegt.«

»Im Gegenteil. Sie soll aufgestockt werden. Und, wie es aussieht, haben wir Thornton dabei auf unserer Seite.«

»Thornton?«

»Den EU-Flüchtlingskommissar.«

»Also noch mehr Geld für die Rückkehrer?«, fragte Milena verblüfft. »Haben Sie denn nicht gehört, was mit dem alten serbischen Ehepaar in Talinovac passiert ist?«

»Eine schreckliche Geschichte. So etwas hätte einfach nicht passieren dürfen.«

»Die wurden praktisch hingerichtet.«

»Umso entschlossener müssen wir jetzt handeln. Wir dürfen uns von solchen kriminellen Elementen nicht einschüchtern lassen. Alle Flüchtlinge haben das Recht auf Rückkehr und Rückgabe ihres Eigentums. So steht es im Plan, und so wird es umgesetzt, Schritt für Schritt.«

»Der Martti-Ahtisaari-Plan, lauter schöne Worte. Aber die Wirklichkeit sieht leider anders aus. Multikulti funktioniert nicht im Kosovo.«

»Die Umsetzung braucht eben Zeit!«

Eine Dame mit einem Klemmbrett trat flüsternd an den Botschafter heran. Er nickte und fuhr fort: »Die Stimmung ist immer noch aufgeheizt und sehr explosiv. Da gebe ich Ihnen recht. Und solange das so ist, müssen wir wohl leider auch weiter mit solchen *casualties* rechnen.«

»*Casualties?*«

»Aber das soll uns nicht vom Weg abbringen, verstehen Sie?« Die Klemmbrett-Frau zog ihn, sanft lächelnd, zum Konferenzraum. »Morgen bin ich in Brüssel«, rief er. »Aber vielleicht passt es Ihnen nächste Woche am Mittwoch? Ich muss dringend etwas mit Ihnen besprechen. Mein Büro setzt sich mit Ihnen in Verbindung.« Dann verschwand er. Lautlos schlossen sich hinter ihm die Türen.

»Wow«, machte Lydia.

»Was?«

»Trägt der eigentlich blaue Kontaktlinsen?«

»Woher soll ich das wissen?«

»Ich glaube, der mag dich.«

»Weißt du, Lydia, wer die Toten in Talinovac als ›*casualties*‹ bezeichnet, der kann mir mal den Buckel runterrutschen.«

Doch als sie zurück zum Auto ging, musste Milena sich eingestehen, dass sie Herzklopfen hatte. War ja auch kein Wunder! Wenn sie sich vorstellte, wie da oben jetzt die Diplomaten und Politiker beisammensaßen und mit abstrakten Zielvorgaben über das Schicksal von Tausenden von Flüchtlingen entschieden. Diese Herren waren von allem Möglichen getrieben, nur nicht von der Sorge um die Menschen.

Sie ging an den schwarzen Limousinen vorbei, den Fahrern in weißen Hemden, und bemerkte, dass sie immer noch den Immobilienbericht in der Hand hielt, dieses interne, nicht für die Öffentlichkeit bestimmte Material.

Sie holte ihre Zigaretten aus der Tasche, zündete sich eine an und schlug die erste Seite auf: eine Karte vom Kosovo. Städte, Ortschaften, Verkehrswege. Sie blätterte. Noch einmal die Landkarte, darin verstreut Symbole, Häuser wie beim Monopoly, und eine Legende. Weiter hinten Tabellen, Zahlenkolonnen, Kurvendiagramme und Rechenbeispiele. Es ging um eine Stange Geld, sechs- und siebenstellige Beträge.

Milena lehnte sich an ihr Auto, schnippte Asche von der Zigarette und studierte die Erläuterung.

Die Gelder für die Flüchtlinge und den Wiederaufbau flossen aus Brüssel nicht direkt ins Kosovo, sondern zuerst hierher, nach Belgrad, in die Kosovo-Staatskanzlei. Wahrscheinlich war es vernünftig, dass der Geldstrom von Belgrad kontrolliert wurde, schließlich ging es ja auch um die serbischen Flüchtlinge. Obwohl das zuständige Ministerium in Priština, das Ministerium für Rückkehrer, ja ebenfalls serbisch geführt war. Von dort, endlich, wurde das Geld dann an die achtunddreißig Gemeinden im Kosovo verteilt und landete bei den Menschen.

Milena klappte das Heft zu. Alles schön und gut. Sie würde sich die Zahlen interessehalber noch einmal in Ruhe anschauen, aber um herauszufinden, warum da unten zwei Menschen sterben mussten, waren solche Fakten sicher irrelevant.

Vielleicht war die ganze Sache einfach zu komplex und zu weit entfernt. Zwei Tote in einem Land, von dem man immer wieder hörte, dass dort »andere Gesetze« herrschten, und eines davon besagte, dass Serben verhasst waren. Und auf der anderen Seite der erklärte politische Wille, so viel vertriebene Serben wie möglich zurück ins Kosovo zu führen, und wenn es Millionen kostete. Wo sollte sie da ansetzen? Ohne Lydia hätte sie es ja nicht einmal geschafft, in die Staatskanzlei hineinzukommen. – Hatte sie sich eigentlich bei ihr bedankt?

Sie holte ihr Telefon hervor und sah, dass eine fremde Nummer angerufen und jemand eine Nachricht hinterlassen hatte. Sie rief ihre Mailbox an.

»Hier spricht Slavujka Valetić«, sagte die Person. »Sie hatten angerufen. Ja, wir können uns treffen. Vorschlag: Morgen, vierzehn Uhr dreißig, Café Präsent.«

6

»Bist du es?«
Goran Valetić lauschte in den Hörer. Seine Hände schwitzten, sein Hals war trocken und die Stimme seiner Schwester ganz weit weg. Wie sollte er Slavujka erklären, was er getan hatte? Er hatte sich Worte zurechtgelegt, aber seine Zunge war wie gelähmt, er brachte keinen Ton heraus.

»Rede, Goran!« Ihre Stimme klang kalt und schneidend und schrecklich vertraut. »Sprich mit mir!«

Er legte auf. Sein Daumennagel war blutig, das Display erlosch, und die digitale Zeitanzeige begann, die Sekunden zu zählen. Goran ließ den Motor an, kuppelte. Hände ans Lenkrad.

Zu Hause, in der Stille, hielt er es so wenig aus wie im Trubel der Bars und Cafés. Das Fahren beruhigte ihn, und die Musik aus dem CD-Player machte die Welt da draußen zum Film, der nur ganz entfernt etwas mit ihm zu tun hatte. So fuhr er seit Tagen: über die Branko-Brücke nach Neu-Belgrad und wieder zurück nach Dorćol, Skadarlija, an der Donau entlang und wieder über die Brücke. Wenn links der Verkehr stockte, wechselte er die Spur, fuhr rechts, bog ab, Hauptsache, der Film ging weiter. Schlimm waren die Alten auf dem Gehweg entlang der Straße, an der Bushaltestelle oder, wie diese zwei, an der Ampel: Der Opa trug den Einkaufsbeutel und hielt seine Frau an der Hand. Dann stoppte der Film, und er sah sie liegen, zwei leblose Gestalten. Dann kamen die Fragen: Hatten sie zuerst seinen Vater erschossen oder seine Mutter? Hatte sie geweint, geschrien, oder war sie hinter ihm hergetrottet, bis zum Schluss? Gab es Zeit für einen letzten Blick, eine letzte Berührung? Hatte sich sein Vater gewehrt, hatte er geflucht oder hatte er die weinende Mutter beschwichtigt? Oder war alles ganz still vonstattengegangen? Er gab Gas, raste, und immer wieder landete er in Košutnjak. Er bog in die Prager Straße, drosselte das Tempo, fuhr nur noch Schritt.

Das Haus des Staatssekretärs lag im Dunkeln und sah hinter dem schmiedeeisernen Tor so sauber aus, so fein wie fast alle Häuser hier. Grüner Buchsbaum. Weißer Kies auf den Wegen. Oben, unter dem Dach, brannte ein warmes Licht, als würde Papa Božović dort seinem Sohn eine Gutenachtgeschichte vorlesen. Wenn die ganze Familie zu Hause war, standen in der Garage ein Mercedes, ein Cabriolet und ein BMX-Rad. Er hatte nichts gegen den Mann, und in der Dunkelheit durch die Büsche zu kriechen und an fremde Fenster zu klopfen, wie er es am vergangenen Sonntag getan hatte, war sonst nicht seine Art. Aber er hatte es nicht mehr ausgehalten. Er hatte es tun müssen: dem Staatssekretär das Geld auf den Tisch knallen, das Kopfgeld für seine Eltern, an dem ihr Blut klebte. Rückgabe an die oberste Instanz, wenigstens eine symbolische Geste, in der Hoffnung, dass er irgendetwas anstieß, eine Reaktion bekam, vielleicht nur ein Wort des Bedauerns.

Nichts hatte er bekommen. Božović hatte ihn angestarrt wie einen Geist, hatte Sekunden gebraucht, um zu reagieren, hatte ihm schließlich einen Whisky angeboten, aber verstanden hatte er nichts. An der Wand lief ein Porno, und im Gestöhne hatte Božović ihm ein Angebot gemacht: Mal abschalten, raus aus allem, die Birne freikriegen – was hatte der Mann für Vorstellungen? Seine Eltern waren tot, und er sollte auf Urlaub? Goran wollte mit dem Mann, mit all diesen Leuten nichts mehr zu tun haben, und dass das jetzt wohl auf Gegenseitigkeit beruhte, war bittere Ironie.

Goran fuhr über den Boulevard der Befreiung zurück ins Zentrum. Ihm graute davor, den Motor abzustellen, der Film kam zum Stehen, und plötzlich hielt er vor Dianas Haustür.

Er sagte seinen Namen in die Gegensprechanlage, wartete und hoffte, dass er nicht wie ein Hund über den Hinterhof schleichen und stundenlang vor ihrer Tür jaulen musste. Sekunden vergingen, dann ertönte der Summer. Erleichtert drückte er die Tür auf. Hier drinnen war ihm alles vertraut: der Geruch im Treppenhaus, das kaputte Fenster, der Schimmel an der Wand. Diana trug ihr verwaschenes T-Shirt, gab ihm zu essen, zu trinken, setzte sich ihm gegenüber, den Kopf in die Hand gestützt. Sie redete nicht, sie fragte nicht, sie nahm ihn in den Arm und hielt ihn fest, als der Schmerz über ihn kam und ihn schüttelte.

Als das erste Tageslicht durch die Gardine fiel, stand er auf, knöpfte seine Hose zu, streifte das T-Shirt über und zog die Turnschuhe an. Diana drehte sich murmelnd auf die andere Seite und atmete tief. Dass sein Foto vom Nachttisch verschwunden war, war nicht gut. Er konnte immer noch nicht glauben, dass es zu Ende sein sollte, und wenn all das hier vorbei war, würde darüber noch einmal zu reden sein. Er musste die Dinge abarbeiten. Er musste systematisch vorgehen. Er ließ sie nicht aus den Augen, während er ihre Hose vom Stuhl nahm und die Taschen durchsuchte – zuerst die vorderen, dann die hinteren.

Er ging in die Küche und schaute sich um. Er zog die Schubladen auf, nahm sich die Regale vor, das obere, das untere, die Dosen und Behälter. In der Kaffeebüchse wurde er fündig. Sieben zusammengerollte Scheine. Er zögerte, überlegte. Einen Schein ließ er ihr, den Rest steckte er ein.

Er kontrollierte seine Waffe, schnallte sich den Riemen um und zog das Sakko drüber. Diana hatte einmal gesagt, er dürfe nicht immer abhauen, wenn es schwierig wurde. Er durfte nicht immer andere für seinen Mist verantwortlich machen. Sie hatte recht. Er musste die Sache jetzt regeln. Und zwar auf seine Art.

7

Die Radieschen leuchteten in der Sonne wie rote Bonbons und krachten, wenn man hineinbiss. Sie waren perfekt. Milena nahm drei Bund und Buttersalat, diese ganz frühe Freilandsorte mit den festen, gelbgrünen Blättern.

Die Gemüsefrau packte alles ein und riet: »Keine Kürbiskerne. Probieren Sie zur Abwechslung mal Bierhefeflocken.«

Außerdem kaufte Milena Frühlingszwiebeln, junge Kartoffeln, frische Petersilie und musterte neben der Ware immer auch die Marktfrauen. Eine von ihnen musste Slavujka Valetić sein. Aber die Vorstellung, dass die Lehrerstochter solche Oberarme hatte, Obst- und Gemüsekisten wuchtete oder Kotelettknochen zerhackte, war seltsam. Am ehesten sah sie Slavujka noch als Käsefrau mit weißer Haube und Schürze. Von den Verkäuferinnen hinter den Vitrinen schaute eine jetzt tatsächlich auf die Uhr, sagte etwas zu ihrer Kollegin und band sich die Schürze ab. Aber das Treffen im Café Präsent war doch erst in einer halben Stunde.

Milena ging beim Fisch vorbei, an Goldbrassen, Doraden und Forellen, und sah von weitem, wie sich Touristen beim Schinken für ein Gruppenfoto aufstellten. Onkel Miodrag hatte ihr aufgetragen, Slavujka sein Beileid auszusprechen und ihr seine Unterstützung anzubieten. Sie könnte, zum Beispiel, nach Südserbien kommen, auch mit Familie, und bei ihm und Tante Isidora Ferien machen. Sie sei eingeladen und immer herzlich willkommen. Milena hatte versprochen, all das im Auge zu behalten und ihm hinterher von dem Treffen zu berichten.

»Entschuldigung.« Eine alte Dame blockierte mit ihrem Einkaufswägelchen die Gewürzgasse und schaute sich verwirrt um. »Die Mutap-Straße – ist die da drüben?«

Milena musste sich selbst kurz orientieren. »Ich glaube, da müssen Sie genau auf die andere Seite.«

Die alte Dame trug die Haare als Dutt, aber der strenge Knoten war in Auflösung begriffen. Das weinrote Kostüm sah im hellen Tageslicht schon etwas schäbig aus und war für diese Jahreszeit vor allem nicht warm genug. Erschöpft stützte sich die alte Frau auf das Gestänge ihres Einkaufswägelchens.

»Kommen Sie«, sagte Milena. »Ich begleite Sie ein Stück.« Sie nahm den Wagen und bot der Frau ihren Arm. Gemeinsam bahnten sie sich einen Weg durch das Gedränge, ein Spalier von Frauen, die Kleiderbügel mit Pyjamas, BHs und geblümte Nachthemden in die Höhe hielten. Männer lehnten in einer Reihe an der Bierbude, streckten ihre Bäuche vor, schwangen große Reden und schauten zu, wie ein Mann in der orangefarbenen Weste der Stadtreinigung, vermutlich ein Roma, vor ihren Füßen die Zigarettenkippen zusammenfegte.

»Wohnen Sie in der Mutap?«, fragte Milena.

»Ich dachte, ich hätte ihn gesehen.« Die Frau sprach so leise, dass Milena sich zu ihr hinunterbeugen musste.

»Wenn die Augen mir keinen Streich gespielt haben. Aber ich bin doch nicht meschugge! Auf der anderen Seite:

Er war so plötzlich wieder weg. Er kann sich doch nicht in Luft aufgelöst haben. Wenn ich nur ein bisschen schneller auf den Beinen wäre! Stattdessen gehe ich hierhin und dorthin, und am Ende weiß ich nicht mehr, wo ich bin.«

»Von wem sprechen Sie?«, fragte Milena.

»Nicola ist wie ein kleiner Bruder für mich. Ein schöner Mann, aber weiß Gott ein Leichtfuß. Immer gewesen. Und immer auf Reisen.«

Sie nestelte in der Jackentasche und klirrte mit einem Schlüsselbund. »Ich mache uns jetzt erst einmal ein Tässchen Tee.« Sie sperrte eine kleine Tür auf, die sich in einem großen Holztor befand.

»Ein anderes Mal gerne, aber ich muss weiter.« Milena half ihr mit dem Wägelchen über die hohe Schwelle. Kalte Luft zog aus der Einfahrt. »Aber verraten Sie mir noch, wie Sie heißen.«

»Juliana.« Die Frau zog den Einkaufswagen hinter sich her und verschwand im Dunkeln. »Ganz einfach: die alte Juliana. Die Einzige, die in diesem Haus übrig geblieben ist.«

Bevor Milena sich vorstellen, noch etwas sagen oder sich auch nur verabschieden konnte, krachte die Tür vor ihrer Nase ins Schloss. Grüne Farbe platzte vom Holz. Erschrocken flatterte eine Taube auf.

Milena wartete, klopfte noch einmal, aber vielleicht zu zaghaft. Die Tür blieb zu, und kein Laut war dahinter zu hören. Eine Klingel gab es nicht. Ratlos schaute Milena an der Fassade entlang.

Die Fenstersimse waren vermoost, die Stuckaturen zerborsten und vom Regen ausgewaschen. Das Haus bestand nur aus einem Hochparterre und einem Obergeschoss und musste einmal sehr schön gewesen sein. Die Vorstellung, dass eine alte Frau hier ganz alleine lebte, hatte etwas Beunruhigendes. Wahrscheinlich hatte ein Windstoß die Tür zugeschlagen und die Frau in ihrer Verwirrung schon vergessen, dass Milena sie nach Hause gebracht hatte.

Sie kam fast eine Viertelstunde zu spät ins Café Präsent, und wenn Siniša nicht schon da gewesen wäre, wäre Slavujka Valetić vielleicht schon wieder weg gewesen. Sie erkannte die Frau sofort. Die schmale, etwas zu lang geratene Nase hatte Milena unzählige Male auf den Zeitungsfotos betrachtet; die Tochter hatte die Nase von ihrem Vater geerbt.

»Entschuldigt, bitte.« Milena stellte ihre Tüte ab und gab Slavujka die Hand. »Wir haben telefoniert, indirekt jedenfalls.«

Slavujka Valetić erwiderte den Händedruck und sagte dabei zu Siniša: »Ich habe leider immer noch nicht verstanden, was genau Sie von mir wollen.«

Siniša winkte dem Kellner, und Milena hängte ihre Handtasche über die Stuhllehne. »Dass wir uns treffen, hat eigentlich mit meinem Onkel zu tun.« Sie setzte sich und erzählte, wie er in der Zeitung von dem Verbrechen gelesen und auf dem Foto Ljubinka Valetić erkannt hatte, die – als sie noch mit Nachnamen »Višekruna« hieß – einmal seine große Liebe gewesen war.

Der Kellner servierte Tee, Kaffee und Wasser, und Siniša ergänzte, wie sie nach Avala zum Flüchtlingswohnheim gefahren waren, wie sie sich durchgefragt hatten, bis ihnen jemand die Namen der Hinterbliebenen, Slavujka und Goran, sagen konnte. Im Telefonbuch dann den Eintrag »Valetić, S.« zu finden war am Ende noch die leichteste Übung gewesen.

Slavujka Valetić betrachtete Milenas Visitenkarte und sagte langsam: »Sie sind also, wenn ich es richtig verstehe, Kriminalistin.«

Milena nickte. »Und Kriminologin. Unser Institut befindet sich oben im Zentrum, in der Nähe der Fürst-Michael-Straße.«

»Und Sie, Herr Stojković, sind Anwalt.«

»Der Fall lässt uns keine Ruhe«, sagte Siniša. »Wir fragen uns, was da unten passiert ist und ob Sie vielleicht Informationen haben, die uns weiterhelfen könnten.«

Slavujka Valetić lehnte sich zurück, und das Licht, das durch das Fenster fiel, zeigte, dass ihre Augenfarbe ziemlich genau dem Blau ihrer Hemdbluse entsprach. Ihr Haar war dunkelblond, beinahe schulterlang und umrahmte das Gesicht, die helle, fast durchsichtige Haut, die auf der Nase von ein paar zarten Sommersprossen übersät war. Dass sie trotzdem insgesamt so robust wirkte, lag vielleicht an der Kleidung, den aufgekrempelten Ärmeln. »Sie sind die Ersten und bisher Einzigen, die sich dafür interessieren, was meinen Eltern zugestoßen ist«, sagte sie. »Das weiß ich zu schätzen. Und, ganz ehrlich, es rührt mich auch irgendwie. Aber ich weiß leider auch nur, was in den Zeitungen steht, also nicht mehr als Sie.«

»Können wir Ihnen trotzdem ein paar Fragen stellen?«

»Bitte. Nur erwarten Sie nicht zu viel von mir.«

Milena nickte und lächelte. »Was mich zunächst interessiert: Wie haben Sie von dem Tod Ihrer Eltern erfahren?«

»Telefonisch war das, ganz früh am Morgen.« Slavujka starrte auf einen unsichtbaren Punkt. »Es klingelt, ein Typ meldet sich und sagt so etwas wie: ›Wir haben Ihnen eine traurige Mitteilung zu machen.‹« Slavujka schaute hoch zur Decke. Ihre Stimme klang verändert: »Wie?, sage ich. Tot, erschossen? Ich habe es zuerst gar nicht verstanden.« Sie trank einen Schluck. »Der Typ, ich glaube, es war ein Polizeibeamter, redete noch von Ermittlungen, die jetzt anlaufen, und von irgendwelchen Behörden, mit denen man in Verbindung stehe, und dass man wahrscheinlich noch einmal auf mich zukommen würde.«

»War das der Fall?«

»Das Gespräch war nach fünf Minuten beendet, und seitdem habe ich nie mehr von irgendjemandem etwas gehört. Wenn nicht die ganzen Berichte in den Zeitungen und den Nachrichten gewesen wären, würde ich denken, das Ganze wäre ein schlechter Scherz gewesen. Ich würde es gar nicht glauben.« Sie nahm die Getränkekarte und steckte sie zu der Eiskarte in den kleinen Halter.

»Erzählen Sie uns, wie Ihre Eltern in das Rückkehr-Programm geraten sind«, bat Siniša.

»Ich weiß es nicht. Ich habe keine Ahnung. Als ich zum ersten Mal davon erfuhr, war schon alles entschieden.«

Milena holte das Notizbuch aus ihrer Tasche und zog einen Stift hervor. »Wann war das?«

»Als ich von dem Plan erfuhr?« Slavujka überlegte. »Erste Märzhälfte. Meine Eltern kamen hierher zu mir, auf den Markt. So um den Zehnten herum muss das gewesen sein, und ich dachte noch: Was ist denn jetzt los? Ein richtiger Aufmarsch. Sie haben mich am Stand abgeholt und gesagt, sie müssten mir etwas erzählen. Hier, an diesem Tisch, haben wir gesessen und Tee getrunken.«

»Also vor zirka vier Wochen.« Milena notierte. »Was haben Ihre Eltern gesagt?«

»Was haben sie gesagt?«, wiederholte Slavujka. »Sie haben gesagt, dass sie ein Haus in Talinovac bekommen haben, mit Grundstück, und dass sie dort jetzt hingehen. Und – genau: Die Immobilie wurde ihnen im Rahmen eines Programms zugesprochen, gewissermaßen als Entschädigung für den verlorenen Besitz, daheim in Priština. Alles ganz hochoffiziell von der EU finanziert und von der serbischen Regierung koordiniert. Spätestens zum Monatsende wollten sie rüber.«

Die Espressomaschine fauchte, und irgendwo im Café lachte jemand. Milena schrieb, und Slavujka Valetić fragte: »Was wird jetzt eigentlich aus dieser Immobilie in Talinovac?«

Siniša wiegte den Kopf. »Ich vermute mal, das Haus fällt an den Staat, aber genau weiß ich es nicht. Ich könnte mich aber mal schlaumachen.«

»Würden Sie das für mich tun?«

»Selbstverständlich.«

Milena legte den Stift ab. »Haben Sie Ihre Eltern danach noch einmal gesehen oder gesprochen?«

Sie schüttelte den Kopf. »Wir haben uns da drüben an der Bushaltestelle verabschiedet. Ich habe noch gefragt: Brauchtihr etwas, braucht ihr Geld? Nein, brauchen sie nicht. Sie kommen zurecht. Okay.« Sie atmete tief durch. »Heimlich, damit mein Vater es nicht sieht, habe ich meiner Mutter dann doch noch etwas zugesteckt. Verzeihen Sie.« Fast wütend wischte sie sich mit dem Handrücken über die Augen. »Das ist ja jetzt völlig unwichtig.«

»Was haben Ihre Eltern für einen Eindruck gemacht?«, fragte Siniša. »Waren sie glücklich?«

»Glücklich?« Sie seufzte. »Wissen Sie, mein Vater hatte seine feste Vorstellung von den Dingen, und für Glück war da nicht so viel Platz. Ich würde sagen: Sie waren entschlossen.«

»Fanden Sie es richtig, dass Ihre Eltern zurückgehen?«

»Ich habe ihnen gratuliert. Es klang ja auch erst einmal wie ein Sechser im Lotto. Ein eigenes Haus – einfach so. Was die Rückkehr angeht, war meine Einstellung: Wenn ihr glaubt, dass es die richtige Entscheidung ist, und wenn ihr denkt, dass ihr an diesem fremden Ort glücklich werdet – bitte, dann geht. Aber glauben Sie bitte nicht, dass meine Meinung irgendeine Rolle gespielt hätte, jedenfalls nicht bei meinem Vater.«

»Und Ihr Bruder?«, fragte Milena. »Dachte der auch wie Sie?«

Slavujka stellte das Glas auf der Untertasse ab. »Wir haben keinen Kontakt.«

»Darf ich fragen, warum?«

»Weil er ein Versager ist. Entschuldigen Sie, aber es ist leider so. Er meldet sich nur, wenn er Geld braucht oder sonst in der Klemme sitzt, wobei das eine meistens mit dem anderen zu tun hat. So wie jetzt gerade wieder. Immer dieselbe Leier.«

»Wie kommen Sie darauf?«

»Weil er mich anruft, meistens spätabends, Nummer immer unterdrückt. Ich höre ihn atmen. Wissen Sie, wie das ist, wenn man jemanden nur atmen hört? Was soll das? Will er mir Angst machen? Wenn das seine Absicht ist, hat er sich allerdings verrechnet.«

»Was macht Sie so sicher, dass Goran der Anrufer ist?«, fragte Siniša.

»Ich weiß es.«

Milena und Siniša wechselten einen Blick.

»Weil er auflegt, wenn ich ihn frage. Das ist typisch für ihn.«

»Glauben Sie, dass die Sache vielleicht mit dem Tod Ihrer Eltern zu tun hat?«, fragte Milena.

»Natürlich hat es damit zu tun. Jetzt, wo Mama und Papa weg sind, erinnert er sich, dass er ja noch eine Schwester hat. Und vielleicht auch daran, dass er mir noch ein paar tausend Euro schuldet. Geschenkt. Aber dann soll er herkommen und mit mir reden. Ich war immer für ihn da, habe ihm sogar Arbeit angeboten, und nicht nur einmal. Aber irgendwann ist Schluss. Hau ab, habe ich ihm damals gesagt. Mach, was du willst, aber lass mich in Frieden. Seitdem herrscht Funkstille.«

»Wissen Sie, wo er ist und was er gerade macht?«, fragte Milena.

Slavujka zuckte die Schultern. »Früher wollte er mal Fußballer werden. Das war sein Traum. Keine Ahnung. Er ist sportlich, sieht gut aus. Vielleicht arbeitet er ja inzwischen als Dressman. Irgendwas, wo man sich nicht anstrengen muss.«

»Haben Sie seine Adresse?«

Sie schüttelte den Kopf.

»Seine Telefonnummer?«

»Das Einzige, was ich weiß: Seine Freundin – falls es noch aktuell ist. Sie arbeitet im ›Zeppelin‹. Kennen Sie den Laden? Alte-Nowak-Straße.«

Milena notierte.

»Diana heißt sie.«

»Wo sind Sie eigentlich genau beschäftigt?«, fragte Siniša. Slavujka zog ihr Portemonnaie aus der Hosentasche. »Wir sind nur ein kleiner Betrieb.« Sie fingerte zwei Visitenkarten heraus.

»Volles Korn GmbH«, las Milena. »Brot- und Kuchenspezialitäten.«

»Wir beliefern Hotels, Reformhäuser, ausgewählte Supermärkte. Und wir verkaufen natürlich auf dem Markt. Alles biologisch. Kein Weißmehl, keine Treibmittel.«

»Sie sind die Inhaberin?«, fragte Milena.

»Wir sind zu viert. Vier Frauen. Aber gute Leute können wir immer gebrauchen. Es ist nicht das schnelle Geld, aber es läuft ganz passabel.«

»Ihre Eltern waren bestimmt sehr stolz auf Sie.«

»Wie kommen Sie darauf?« Sie zog ironisch die Augenbrauen hoch. »Ich bin keine Lehrerin geworden, bin nicht verheiratet, und ich habe keine Kinder. Wie gesagt, mein Vater hatte so seine festen Vorstellungen.« Ihr Telefon auf dem Tisch brummte. Sie schaute auf das Display, und für einen Moment dachte Milena, dass Goran der Anrufer sein könnte.

»Meine Mitarbeiterin«, sagte Slavujka, und es klang irgendwie erleichtert. »Ich muss rüber.«

»Eine Frage noch«, sagte Milena. »Fahren Sie nach Talinovac?«

»Sie meinen – zur Beerdigung?« Slavujka stand auf, schob ihren Stuhl an den Tisch und stützte sich auf die Lehne. »Irgendwann«, sagte sie, »wenn die Zeit dafür gekommen ist, fahre ich hin. Dann gehe ich an ihr Grab oder wo immer man sie verscharrt hat, weine, und vielleicht nehme ich eine Handvoll Erde mit.«

Siniša erhob sich und knöpfte sein Sakko zu. »Was das Haus angeht, die Immobilie – ich werde mich darum kümmern und Ihnen so bald wie möglich Bescheid geben.«

»Danke.« Slavujka gab ihm die Hand. »Nur damit wir uns richtig verstehen: Ich will kein Kapital aus der Sache schlagen, ich will nur wissen, was los ist.« Dann wandte sie sich an Milena, und zum ersten Mal huschte ein kleines Lächeln über ihr Gesicht. »Wissen Sie, was eine schöne Vorstellung ist?«, fragte sie.

»Was?«

»Dass es da im Leben meiner Mutter noch einen anderen Mann gegeben hat, Ihren Onkel. Das gefällt mir.«

Sie ging zwischen den Tischen hindurch zum Ausgang. Draußen blieb sie kurz stehen, schaute hinauf in den Himmel, hielt sich links, wechselte die Straßenseite, schob die Hände in die Hosentaschen und verschwand mit hochgezogenen Schultern zwischen den Autos.

»Was denkst du?« Siniša hatte sich wieder hingesetzt.

Milena blätterte in ihren Notizen. »Es gibt zwei Dinge, die wir tun müssen. Erstens: Wir müssen nach Talinovac.«

Siniša seufzte.

»Wir müssen mit den Leuten sprechen.«

»Ich habe eine bessere Idee. Ich sage meinem alten Freund Ramadan Bescheid.«

»Und dann?«

»Der Knabe sitzt in Priština und soll da mal rüberfahren. Dann kann er sich umhören und bei der Gelegenheit gleich mal klären, was jetzt eigentlich mit dieser Immobilie ist.«

Milena schüttelte den Kopf. »Ich will mir selbst ein Bild machen. Wir müssen uns mit den Leuten unterhalten, ganz privat, so wie wir uns mit Slavujka unterhalten haben. Ich schwör dir, du wirst dich wundern, was dabei alles herauskommt. Aber das kann uns dein Freund, dieser Ramadan, nicht abnehmen.«

»Du bist Serbin.«

»Es steht mir ja nicht auf die Stirn geschrieben.«

»Ich fürchte doch. Und auf deinem Autokennzeichen steht es sogar schwarz auf weiß. Nein, Milena, es kommt nicht in Frage. Die Sache ist zu gefährlich.«

Sie drehte nachdenklich den Stift zwischen ihren Fingern. »Das andere, was wir tun müssen: Wir müssen Goran finden. So schnell wie möglich.«

Er legte zwei Geldscheine auf den Tisch. »Gute Idee. Wir gehen in den ›Zeppelin‹, gleich nächste Woche.«

»Warum nicht morgen?«

»Ich bin in Sarajevo, bis einschließlich Sonntag.« Er gab ihr einen Kuss auf die Wange. »Ich rufe dich an. Und mach dich bis dahin nicht verrückt, versprochen?«

Milena blieb allein am Tisch zurück, trank den letzten Schluck Kaffee und schaute auf ihr Telefon. Vier Anrufe in Abwesenheit, alle von Vera, und eine SMS: *Bist du auf dem markt bring flaschentomaten saure sahne essen um sieben.*

Sie steckte das Telefon weg, legte den Stift in die Seiten und klappte das Notizbuch zu. Sie musste plötzlich an die alte Frau mit ihrem klapprigen Einkaufswagen denken. Beide Begegnungen – mit dieser Dame und mit Slavujka – hatten sie auf eigenartige Weise berührt. Sie überlegte, was es war. Weil beide so allein waren auf der Welt? Eine bloße Vermutung, eine Unterstellung: nur weil die Dame allein auf dem Markt unterwegs war. Die andere allerdings, Slavujka – das war Fakt –, war ohne Eltern, ohne Kinder, unverheiratet, und das Verhältnis zum Bruder war zerrüttet. Aber was wusste sie schon? Slavujka, das ehemalige Flüchtlingskind, war eine Kämpferin, die anscheinend imstande war, gegen ziemlich viele Widerstände ihr Ding durchzuziehen. War es am Ende diese Unabhängigkeit, die Selbständigkeit und der Mut, den sie bewunderte und worum sie sie im Stillen vielleicht sogar beneidete?

Sie holte noch einmal ihr Telefon heraus und wählte. Am anderen Ende tutete es, dann sprang die Mailbox an. Slavujkas schroffe Ansage, die Bitte, eine Nachricht zu hinterlassen, klang fast schon vertraut.

Milena räusperte sich. »Ich bin es noch einmal. Milena Lukin. Ich habe etwas vergessen: Wäre es möglich, dass wir ein Foto von Ihrem Bruder bekommen könnten?« Milena überlegte, ob sie noch etwas sagen, sie vielleicht sogar einladen oder mit Onkel Miodrag bekannt machen sollte.

»Danke«, sagte Milena. »Wir sprechen uns wieder. Bis dahin – alles Gute.«

8

Früher hätte Juliana den Einkaufswagen einfach hinter sich her das Treppchen hoch zur Küche gezogen, bis in die Speisekammer hinein. Das schaffte sie schon seit ein paar Jahren nicht mehr. Der Rolli hatte seinen Platz unten in der Durchfahrt, und sie erledigte das Ausräumen zu Fuß. Sieben Stufen rauf und wieder runter, hin und her, das dauerte seine Zeit, aber so war es eben. Mit dem letzten Päckchen, der Butter, zog sie sich am Geländer hoch. Noch eine Stufe.

Sie pustete und versuchte, ihren Atem und das Herzrasen unter Kontrolle zu bekommen. Die fremde Frau war so schnell von der Bildfläche verschwunden, einmal kurz umgedreht, und schon war sie weg. Hatte sie sich bei der Dame überhaupt bedankt?

Als sie den Käse ins Regal legte, stöberte sie, was sonst noch da war: Spinat und Karotten. Weiter unten: Haferflocken, Reis, Rosinen. Die Vorräte waren nicht so schmal, wie sie gedacht hatte. Nur mit der Milch konnte es knapp werden. Sie wollte schon zusperren und zum Teewasser, als sie in den Augenwinkeln etwas sah, was da nicht hingehörte.

Das mittlere Regal war für den Käse, so war es immer gewesen, jedenfalls seit sie in diesem Haus für die Speisekammer verantwortlich war. Die Konservenbüchse mit den geschälten Tomaten hatte da oben nichts zu suchen. Kopfschüttelnd holte sie die Dose herunter, als von hinten ein Schatten über sie kam.

Die Büchse fiel ihr aus den Händen und schlug hart auf dem Boden auf. Geistesgegenwärtig griff sie nach dem Schürhaken. Die Dose rollte, stieß irgendwo dagegen und kam zum Stehen.

In der Stille schaute sie sich um. Aber da stand nur der Sack Kartoffeln. Sie lauschte. Die Standuhr rasselte und holte gemächlich zum Schlag aus.

Sie hatte nicht mehr den Mumm, sich nach der Konserve zu bücken. Sie hängte den Schürhaken zurück und strich sich verwirrt die Strähnen aus dem Gesicht. Sie hätte schwören können…

Der Wasserkessel kam ihr schwer vor, noch schwerer als sonst, und der Weg zum Spülstein, zum Wasserhahn, war doppelt weit. Sie entzündete das Gas und hob mit beiden Armen den Kessel auf die Flamme. Es war alles gut. Sie war heute einfach nur mit dem falschen Fuß aufgestanden.

Während sie das Teeservice auf das Tablett stellte und ihr Puls wieder gleichmäßig schlug, fiel ihr ein, dass sie Sophia noch gar nichts erzählt hatte. Heute Morgen im Garten, hinten an der Mauer: Sie war zum ersten Mal in diesem Jahr wieder bei der Steinbank gewesen, um mal nach dem Rechten zu schauen. Von da hinten konnte man erst sehen, wie der Walnussbaum in die Breite gegangen war. Und die Wege wurden auch immer schmaler. Man müsste jetzt, im Frühjahr, dringend mal dem Efeu mit der Hacke beikommen, ebenso den Disteln und Brennnesseln. Was sie sagen wollte: die Steinbank.

Sie war gebrochen, weiß der Himmel, wie das geschehen konnte. Vom Frost? Vermutlich. Jedenfalls sackte die Bank zur Seite hin gewaltig ab. Im Sommer dort sitzen, in Ruhe verweilen und zusehen, wie sich die Abenddämmerung über den Garten senkte – das ging nun beim besten Willen nicht mehr. Es war eben nichts für die Ewigkeit.

Sie suchte den kleinen Silberlöffel und fragte sich, wann Sophia eigentlich zuletzt da hinten auf der Steinbank gesessen hatte. Wenn überhaupt machte ihre liebe Cousine ja immer nur die kleine Runde. War es nicht so? Sie servierte den Tee am Fenster, zog sich den Stuhl heran und setzte sich neben Sophias Sessel.

Dass ihr gerade jetzt die Geschichte mit dem Grafen einfiel. Graf Dietrich mit der hohen Stirn und dem blonden Backenbart. Immer auf der Durchreise, immer auf dem Sprung nach Wien, Triest oder Dubrovnik. Belgrad war ja nur eine Provinz auf dem Balkan, doch für Sophia – die Tochter des angesehenen Pelzhändlers und Kürschners Lazarus Spajić – konnte man ja mal einen Zwischenstopp machen. Sie war schließlich eine gute Partie und vermeintlich leichte Beute. Nun, Sophia hatte ihn eines Besseren belehrt. Die Ohrfeige, die sie ihm hinten bei der Steinbank verpasst hatte, war legendär. Aber das war inzwischen auch schon wieder ein paar Jährchen her.

Juliana trank ein Schlückchen. Sie hatte den Faden verloren. Richtig, die Steinbank. Als sie heute Morgen gesehen hatte, dass darunter bereits die Lilien blühten, die kleinen, zarten, rosafarbenen, war ihr klargeworden, dass jetzt die Jahreszeit war, der Monat, vielleicht sogar der Tag, wo sie einst in dieses Haus gekommen war. Sie, die arme Cousine aus Kopaonik, die damals nur besaß, was sie am Leibe trug, und das Bündel, das der Vater ihr geschnürt hatte. Ihre Ankunft bei Onkel Lazarus, im Hause Spajić, wie viele Jahre war das jetzt her?

Juliana schloss die Augen. Sie sah alles ganz genau vor sich: Sophia als kleines Mädchen in ihrem gepunkteten Kleid mit Haarband und weißen Strümpfen und ihr Schwesterchen in der gleichen Ausstattung, nur alles zwei Nummern kleiner. Die Dienstmädchen in den gestärkten und gerüschten weißen Schürzen und Drinka, die Köchin, die ihr zur Begrüßung und Stärkung hier an diesem Tisch am Fenster das Brot hingestellt hatte – dick mit Butter bestrichen und frischer Petersilie bestreut. Die Aufregung, die im Hause herrschte, der Arzt mit der großen Tasche, die weißen Tücher, die Schalen mit dem heißen Wasser – sie hatte es erst gar nicht begriffen, sie war ja selbst so aufgeregt. Aber der Tag ihrer Ankunft war auch der Tag von Nicolas Ankunft. An dem Tag, als sie hier mit ihrem Bündel auf der Treppe stand, wurde ihr kleiner Cousin Nicola geboren.

Nun, damals war sie mit spannenderen Dingen beschäftigt: ihre Entdeckungsreise im Schlepptau von Sophia. Eine Sodamaschine und Lichtschalter hatte sie vorher noch nie gesehen. Ebenso das Telefon und die Klingelanlage für die Salons von Onkel Lazarus und Tante Persida, die hier die Herrschaften waren und auch so genannt wurden. Das große Auto in der Garage und dann im Schuppen der Mann mit der runden Filzkappe. Unheimlich war er mit seinem finsteren Backenbart und den buschigen Augenbrauen, die aber gleichzeitig so beweglich waren, als könnten sie sprechen. Wie er auf sie zukam, mit dem Sahnebonbon in der

Hand, und Sophia ihr ins Ohr flüsterte: Pass auf, das ist der Albaner. Der klaut die kleinen Mädchen.

Juliana schreckte hoch und schaute verwundert um sich. War sie eingeschlafen? Es war ja schon fast fünf! Was war bloß heute mit ihr los? All die Erinnerungen, die Vergangenheit, alles plötzlich wieder so lebendig. Ach, Nicola, lange würde sie nicht mehr durchhalten. Und wo war denn jetzt die Schale mit den Plätzchen?

Irgendwann vergaß sie noch ihren eigenen Kopf. Sie erhob sich, ging am Herd vorbei durch die Küche, zurück zur Speisekammer, sperrte auf und knipste das Licht an.

Auf dem mittleren Regal, dem Käseregal, stand schon wieder die Dose mit den Tomaten.

Ihr wurde schwindelig, sie tastete nach dem Türrahmen, dem Regalpfosten, musste sich festhalten. Jetzt war ihr alles klar. Nicola spielte ihr einen Streich. Er trieb einen Schabernack mit ihr. Es war seine Art, ihr zu sagen: Julchen, liebe Cousine, da bin ich wieder. Typisch Nicola! Statt einfach zur Tür hereinzukommen, schlich er wie ein Kobold um sie herum, in ihre Speisekammer hinein und stiftete eine Unordnung. Jetzt versteckte er sich wahrscheinlich irgendwo und hatte ein diebisches Vergnügen daran zu beobachten, wie sie die Welt nicht mehr verstand. Juliana stemmte ihre Hände in die Hüften und schaute sich suchend um. »Nicola!«, rief sie. »Es reicht jetzt. Wo steckst du? Komm raus. Zeig dich.«

Sie war ihm nicht böse, sie war ihm nie wegen irgendetwas böse gewesen. Im Gegenteil: Gut, dass er wieder ein bisschen Leben in dieses traurige Haus brachte. Und sie war beruhigt, dass sie also doch noch nicht ganz verrückt war. Sie konnte sich sogar eines kleinen Triumphgefühls nicht erwehren. Schließlich hatte sie – im Gegensatz zu Sophia – nie daran gezweifelt, dass der Herumtreiber sein Versprechen einlösen und irgendwann wieder nach Hause kommen würde.

Ach, Nicola. Lächelnd nahm sie die Büchse und stellte sie in das Regal gegenüber, wo sie hingehörte.

9

Milena zog den Werbeprospekt aus dem Briefkasten, die Angebote einer Schnellreinigung, und warf den Zettel in den Papierkorb. Es war Freitag, das Wochenende stand vor der Tür, und sie hatte Adam erlaubt, bei Zoran zu übernachten. Vera war dagegen gewesen. Für sie war die Sache ein Graus: Bis Sonntag war ihr Enkel fort, schlief zwei Nächte in fremder Bettwäsche, und sie konnte nicht mal kontrollieren, ob er es warm genug hatte, ob er vor dem Schlafengehen die Zähne putzte und immer genug Wasser trank. Milena ging am Fahrstuhl vorbei und nahm die Treppe.

Hauptsache, die Jungs hockten nicht die ganze Zeit vor dem Computer und spielten eines dieser Ballerspiele. Dass das nicht der Fall sein würde, hatte Adam ihr hoch und heilig versprechen müssen, und sie vertraute ihm. Andererseits: Hatte er nicht neulich erzählt, Zoran habe von seinem Stiefvater eine neue Playstation bekommen, und er wolle auch so eine?

Sie schloss die Wohnungstür auf und war auf eine depressive Stimmung gefasst oder darauf, dass Vera eine Gardinenwasch- oder Teppichreinigungsaktion gestartet hatte. Stattdessen kamen laute Stimmen aus der Küche. Die Nachbarinnen Milka Bašić und Tamara Spielmann räumten die benutzten Teller ab und schafften Platz für die Flasche Marillenschnaps und kleine Gläschen.

»Guten Abend.« Milena lächelte und grüßte in die Runde.

»An ihrem Augenaufschlag habe ich gesehen, dass da ganz gewaltig was nicht stimmt«, rief Milka Bašić und nahm das Gläschen entgegen, das Vera randvoll geschenkt hatte.

Im Ofen stand die große Auflaufform mit goldgelb überbackenem Maisbrot, Proja, die immer dann auf den Tisch kam, wenn es schnell gehen sollte. Die Zutaten – Mais- und Weißmehl, Backpulver, Eier und irgendein möglichst kräftiger Käse – waren ja meistens verfügbar, und als Dreingabe nahm man einfach, was sonst noch so da war, in diesem Fall rote und gelbe Paprika und grüne Oliven. Und Spinat.

»Ich habe mich schon gefragt, was das für ein komisches Gekritzel an der Wand ist«, lispelte Tamara Spielmann.

»Gekritzel?« Milena nahm sich ein Stück von der Proja, balancierte es auf ihren Teller und schob die Form zurück in den Ofen. »Hat da schon wieder jemand im Fahrstuhl herumgeschmiert?« Sie scheuchte die Katze vom Stuhl und klemmte sich an die Tischecke neben Tamara Spielmann.

Milka Bašić seufzte, und in diesem Seufzen lag der ganze Verdruss über diese Welt und all die Menschen, die nie das machten, was sie wollte – wie jetzt anscheinend der Mann aus dem Reisebüro im Erdgeschoss. Milena erfuhr, dass er sich einen Teil des Hausflurs einverleiben wollte, genauer gesagt den Windfang beziehungsweise den Deckenraum des Windfangs, den er als Stauraum nutzen wollte. Die Planungen waren weit gediehen, bis zu jenen Markierungen an der Wand, die eben nicht nur Tamara Spielmann aufgefallen waren, sondern auch Milka Bašić. Gewohnt, blitzschnell eins und eins zusammenzuzählen, hatte sie den Mann zur Rede gestellt. Schließlich hatte er vor Jahren schon einmal eine inoffizielle Anfrage gestellt, wie es wäre, die Decke im Hauseingang zu seinen Gunsten herabzusetzen. Die Hausgemeinschaft hatte sich aus gutem Grund dagegen entschieden. Milena erinnerte sich.

»Und was sagt der Mann?«, fragte sie.

»Stellt sich stur.« Milka Bašić verschränkte grimmig die Arme vor der Brust.

»Und was meint die Hausverwaltung zu der Geschichte?«

»Da fühlt sich niemand zuständig.«

»Die sind alle geschmiert«, behauptete Vera.

Tamara Spielmann nickte.

»Habt ihr denn mal mit dem Hausmeister geredet?« Milena schaute verstohlen auf die Uhr.

»Wir dachten, das könntest du vielleicht tun«, sagte Vera. Und Milka Bašić fügte hinzu: »Sie haben bei dem Mann einfach die größte Autorität.«

Tamara Spielmann nickte.

Mit Šoć zu reden war so eine Sache. Der Mann war ein Brummbär, meistens alkoholisiert, auf seine Zusagen und überhaupt auf alles, was er sagte, konnte man gar nichts geben. Milena stellte ihren Teller in die Spüle. »Also gut. Einverstanden. Ich kümmere mich darum. Gleich nächste Woche.«

Die Damen verabschiedeten sich, Vera sank erschöpft aufs Sofa, und Milena hoffte insgeheim, dass sich die Sache in den nächsten Tagen vielleicht irgendwie von selbst erledigte. Sie zog sich ein frisches schwarzes T-Shirt über, malte sich die Augen an und griff zur Jeansjacke.

»Du gehst weg?«, fragte Vera.

»Lass einfach alles so stehen.« Milena tat Geld und Ausweise in die kleine Handtasche und überlegte, wo sie jetzt den Schlüssel hingetan hatte.

»Tante Isidora hat heute angerufen«, berichtete Vera. »Mindestens dreimal und sich nach dem Zustand von Miodrag erkundigt. Ich habe gesagt, dass ich da nicht auf dem neuesten Stand bin und dass du sie zurückrufst.«

Milena bückte sich und zog die Wellen aus dem Wohnzimmerteppich. »Wir sollten Onkel Miodrag ein Mobiltelefon kaufen, damit sie ihn direkt anrufen kann.«

»Bist du verrückt? Erinnere dich nur, wie sie sich hier am Wochenende aufgeführt hat. Die Frau ist hysterisch, und dein Onkel hätte keine ruhige Minute mehr.« Vera streichelte die Katze und schaute zu, wie Milena halbherzig versuchte, die Teppichfransen zu ordnen.

»Triffst du den deutschen Botschafter?«, fragte Vera.

Überrascht schaute Milena auf. »Wie kommst du darauf? Ich will einfach nur mal wieder ein bisschen unter Leute.«

»Dann hat es sicherlich mit den Valetićs zu tun, stimmt's?« Vera seufzte. »Dein Onkel soll seinen Frieden mit dieser unglückseligen Geschichte machen und gesund werden, aber das kann er nicht, solange du nicht aufhörst, immer wieder in dieser Wunde herumzustochern und Öl ins Feuer zu gießen.«

»Mama, bitte nicht jetzt.«

»Dann komm wenigstens nicht so spät.«

»Geh schlafen, Mama. Ruh dich aus. Und morgen früh rufe ich Tante Isidora an.«

»Milena?«

Sie drehte sich um. »Was ist denn?«

»Glaubst du, der Junge hat etwas Ordentliches zum Abendessen bekommen?«

Milena gab ihrer Mutter einen Kuss. »Mit Sicherheit.«

»Fiona muss übrigens zum Frisör«, sagte Vera. »Sie verliert ihr Winterfell.«

Am Tage hatte man mit offenem Mantel gehen können, jetzt war der Himmel zwar sternenklar, aber von Osten blies schon wieder ein kalter Wind. Milena machte ihre Jacke zu und überquerte die Straße.

Die Studenten hockten auf den Treppen vor dem Gebäude der Technischen Fakultät, riskierten eine Blasenentzündung und läuteten das Wochenende mit einem kleinen Trinkgelage ein. Einem alten Mann kam das zupass: Er sammelte die leeren Flaschen ein und zog mit seinem Handwagen weiter Richtung Tašmajdan-Park. Milena bog ab in die Ilija-Garašanin-Straße.

Als sie schließlich die Alte-Nowak-Straße erreichte, konnte sie das Schild schon von weitem erkennen: ein Oval aus bunten Farben, und im Zentrum ein gelber Zeppelin, der rhythmisch blinkte. Die Eingangstür war mit einer Eisenplatte verstärkt und schwarz gestrichen, auf Augenhöhe befand sich ein kleines, vergittertes Fenster, eigentlich nur ein Guckloch, darunter ein massiver, silberner Knauf. Rechts prangte ein Messingknopf, der aussah, als wäre er erst vor kurzem dort eingebaut worden.

Sie zögerte. Mit Siniša an ihrer Seite wäre ihr wohler, aber sie wollte nicht bis nächste Woche warten und so viel Zeit verstreichen lassen. Es war so ein Gefühl. Sie fröstelte und drückte auf den Klingelknopf. In der Ferne ertönte eine

Polizeisirene, verstummte, setzte wieder ein und entfernte sich. Milena trat einen Schritt zurück und schaute an der Fassade empor.

Neben einer Satellitenschüssel war da oben ein Fenster erleuchtet. Einen zweiten Eingang konnte sie nicht entdecken. Sie klingelte noch einmal, fasste an den Knauf und stellte überrascht fest, dass die Tür gar nicht verschlossen war.

An den Haken im Eingangsbereich hingen silberne Garderobenmarken und eine einzelne Jacke. Statt einer Garderobenfrau gab es einen kleinen Teller und eine Tischlampe, die warmes Licht verströmte. »Pro Person – 150 Dinar« stand auf einem Schild aus Pappe. Milena ging über einen Läufer auf einen großen Vorhang zu, schob den schweren Stoff beiseite und trat in einen großen Raum – ein Saal, menschenleer und nur spärlich beleuchtet. An kleinen, runden Tischen standen Stühle, die alle in eine Richtung guckten, zur Bühne. Dort oben, im Halbdunkel vor der schwarzen Wand, war ein Klavier, weiter vorne standen ein Schlagzeug sowie eine Ansammlung von Mikrophonständern und etwas, das aussah wie eine Kabeltrommel. Irgendwo klirrte und schepperte es.

Auf der gegenüberliegenden Seite befand sich eine Wand aus Glasbausteinen, die raffiniert von hinten beleuchtet war, so dass die Flaschen davor edel schimmerten. Hinter dem Tresen war anscheinend jemand dabei, die Getränkevorräte aufzufüllen. Milena sah nur einen gebeugten Rücken, ein weißes Hemd, das aus der Hose gerutscht war, und den schmalen Rand gemusterter Boxershorts.

»Guten Abend«, sagte sie.

Der junge Mann blickte kurz über seine Schulter.

»Ich habe bloß eine Frage«, sagte Milena.

»Ich sag's Ihnen gleich.« Er nahm immer zwei Flaschen auf einmal. »Das Konzert fängt frühestens in eineinhalb Stunden an. Eher in zwei.«

»Ich suche eine junge Frau«, sagte Milena. »Angeblich arbeitet sie hier.«

Der Mann schaute auf. »Diana?« Er knallte die Tür unter dem Tresen zu.

»Ist sie da?«, fragte Milena.

Mit dem Fuß schob er den leeren Kasten zur Seite, strich sich das Haar aus dem Gesicht und schaute auf seine Armbanduhr. »In einer halben Stunde – wenn Sie Glück haben.«

Milena legte ihre Handtasche auf den Tresen. Auf einem Tablett stand eine Reihe von Kerzenhaltern, die wohl alle neu bestückt werden sollten.

Der Barkeeper drehte ihr den Rücken zu und klapperte mit CD-Hüllen. Kurz darauf ertönte leise eine Jazztrompete, und an den Wänden im Saal flammten Lampen auf, gedämpftes Licht, das den dunklen Backstein hübsch zur Geltung brachte. Sie war tatsächlich der einzige Gast.

»Darf's schon etwas sein?«

Sie betrachtete die schimmernden Flaschen und feingestalteten Etiketten und griff zur Karte. Es war Ewigkeiten her, seit sie in einer Bar gewesen war, wahrscheinlich in Berlin, bevor Adam geboren wurde.

»Am liebsten wäre mir, ehrlich gesagt, eine Tasse Kaffee.«

»Wie langweilig.«

Überrascht schaute sie ihn an. »Haben Sie eine bessere Idee?«

Er strich sich über den akkurat getrimmten Backenbart. »Wie wäre es mit einem Old Fashioned?«

»Einverstanden.« Sie klappte die Karte wieder zu.

Er langte in einen Korb, holte zwei Limetten heraus und griff nach einem Messer.

Milena stellte ihr Telefon stumm und sah, dass Tanja eine SMS geschickt hatte. *Bin zu Hause,* schrieb die Freundin. *Und du?* Milena steckte es wieder ein und kletterte auf den gepolsterten Hocker. »Schönes Lokal«, sagte sie.

Er setzte das Messer an und halbierte die Limette genau in der Mitte, holte ein Glas aus dem Regal und schaufelte Eiswürfel hinein. »Sie sind zum ersten Mal hier?«

»Ich bin eigentlich nur wegen Diana gekommen, genauer gesagt, um sie etwas zu fragen. Es geht um Goran Valetić.«

»Goran?« Er presste mit der bloßen Hand die Früchte. »Den habe ich lange nicht gesehen.«

»Das heißt, Sie kennen ihn?«

Er ließ den Saft in ein Glas tröpfeln. »Als er noch mit Diana zusammen war, hat er öfter mal reingeschaut.« Er holte eine bauchige Flasche vom Regal.

Milena seufzte. »Ich hatte gehofft, Diana könnte mir helfen. Es geht um Gorans Eltern. Vorgestern habe ich mit seiner Schwester gesprochen.«

»Wusste gar nicht, dass er eine Schwester hat.« Er gab ein paar Spritzer aus einer kleineren Flasche in den Cocktail, fingerte nach einer kandierten Kirsche und steckte eine Zitronenscheibe an den Glasrand. Dann trocknete er sich die Hände ab, legte eine kleine quadratische Serviette auf den Tresen, schob sie zurecht und servierte mit einer ausholenden Bewegung. »Sehr zum Wohl.«

Milena setzte das Glas an die Lippen und kostete. »Schmeckt wirklich altmodisch.«

Lächelnd wischte er mit einem Lappen über die Theke.

»Ist das Bourbon?« Sie nahm einen etwas größeren Schluck.

»Mit Orangenbitter und Zitrone.« Er begann, Limetten zu halbieren und in eine silberne Schüssel zu werfen. Fließbandarbeit. Seine rote Krawatte steckte zwischen zwei Knöpfen im Hemd.

»Entschuldigen Sie, dass ich so neugierig bin.« Milena stellte vorsichtig das Glas ab. Das Zeug war stark. »Aber erzählen Sie mir doch ein bisschen von Goran. Was ist er für ein Typ?«

Der Barkeeper öffnete einen Schrank und holte einen Behälter unter der Theke hervor. »Als ich ihn zuletzt gesehen habe – wann war das eigentlich?« Er schaute an Milena vorbei und überlegte. »Da hatte er einen dunklen Anzug an, und ich dachte noch: Wow!« Er fing an, Blätter vom Sellerie zu pflücken. »›Was ist denn mit dir passiert?‹, habe ich ihn gefragt. Aber er war nicht gut drauf. Da hatte er schon Stress mit ...« Er machte eine Kopfbewegung zur Glaswand.

»Diana?«

Das Messer hackte auf dem Schneidebrett. »Sie ist lieb und nett, ehrlich. Hat nur einen kleinen Fehler.«

»Nämlich?«, fragte eine helle Stimme.

Eine junge Frau war unbemerkt hinzugetreten. Sie hatte ein rundes Gesicht, trug eine schwarze Bluse, einen blonden Pferdeschwanz und war dabei, sich eine lange, weiße Schürze umzubinden. Sie war sauer. »Das würde mich jetzt echt mal interessieren, Marco!«

Er nahm sie bei den Hüften, drehte sie, als wäre sie ein kleines Kind, und griff nach den Bändern der Schürze. »Du verliebst dich immer in die falschen Männer.«

»Und wen geht das was an?«

»Niemanden.« Er zog den Knoten straff. »Entschuldige, Schatz.«

Misstrauisch lugte die Frau herüber. »Ist das deine Tante?«, fragte sie mürrisch.

»Verzeihung. Milena Lukin ist mein Name.« Sie holte ihr Portemonnaie hervor, nahm eine Visitenkarte heraus und schob sie über die Theke. Diana war in die Knie gegangen und kramte hinter der Theke.

»Wir haben über Goran gesprochen«, erklärte Marco. »Sie sucht ihn.«

»Ich hatte gehofft, dass Sie mir da vielleicht weiterhelfen können«, fügte Milena hinzu.

Die junge Frau knallte ein Paket Kerzen auf die Theke. »Da war doch letztens schon mal jemand da. Weißt du noch, Marco?«

»Der Typ mit der Glatze?«

»Nein, nicht der. Der andere. Der mit dem Einstecktuch mit den Punkten.«

Milena schob ihr Glas ein Stück beiseite. »Es hat sich schon mal jemand nach Goran erkundigt?«

»Goran ist zurzeit ziemlich beschäftigt, und wo er steckt – keine Ahnung. – Ja, Marco, stell dir vor.« Sie begann, Kerzen in die Halter zu stecken. »Was wollen Sie denn überhaupt von ihm?«

»Ich weiß nicht, ob Sie im Bilde sind: Gorans Eltern sind tot, auf ziemlich unangenehme Weise aus der Welt geschafft.

Einzelheiten erspare ich Ihnen. Ich möchte mit Goran sprechen. Wenn Sie mir sagen, wo ich ihn finde? Oder haben Sie vielleicht seine Telefonnummer?«

»Und Sie sind noch mal wer? Nicht von *Safe 'n Secure*, oder?«

Bevor Milena etwas sagen konnte, las Marco vor, was auf ihrer Visitenkarte stand: »Milena Lukin. Institut für Kriminalistik und Kriminologie.« Er reichte Diana die Karte. »Heißt das jetzt, Sie sind von der Kripo?«

Milena schüttelte den Kopf. »Ich bin Wissenschaftlerin und rein privat in dieser Sache unterwegs.«

»Ich verstehe, ehrlich gesagt, überhaupt nichts mehr«, sagte Diana.

Geduldig erklärte Milena den Zusammenhang mit ihrem Onkel und fügte hinzu: »Und den Tipp hierherzukommen hat mir Gorans Schwester gegeben.«

»Okay. Alles klar.« Diana nahm das Tablett mit den Kerzen.

Milena ging ihr hinterher. »Vielleicht kann Goran uns helfen, ein paar Dinge zu klären. Haben Sie nicht seine Nummer?«

»Goran ist weg.« Diana verteilte die Kerzen auf den Tischen und zündete sie mit einem Feuerzeug an, das sie griffbereit auf das Tablett gelegt hatte. »Und sein Telefon – das können Sie vergessen. Da geht er nicht ran. Ich weiß nicht mal, ob die Nummer noch aktuell ist. Und wo er pennt – keine Ahnung. Das dürfen Sie mich nicht fragen.«

Eine Vierergruppe hatte sich inzwischen in der vorderen Reihe niedergelassen, ein Pärchen stand unschlüssig am Rand. Milena folgte Diana von Tisch zu Tisch und sagte:

»Aber Sie haben doch Kontakt mit ihm. Warum helfen Sie mir dann nicht?«

Diana stellte das Tablett ab. »Goran und ich sind nicht mehr zusammen, schon seit einem halben Jahr nicht mehr.«

»Und seither haben Sie ihn nicht mehr gesehen?«

»Als die schreckliche Sache mit seinen Eltern passiert ist, kam er ein paarmal bei mir an. Okay, er hat bei mir übernachtet, aber das war's jetzt. Ich will nichts mehr mit ihm zu tun haben. Klare Verhältnisse.« Sie strich sich eine Strähne hinter das Ohr. »Ich muss arbeiten.«

Milena ging zurück zur Bar. Sie holte einen Geldschein aus ihrem Portemonnaie und legte ihn auf den Tresen.

»Danke.« Marco nickte ihr zu. »Und viel Glück.«

Sie nahm ihre Jacke vom Hocker. Auf dem Weg zum Ausgang kamen ihr Gäste entgegen, sie lachten und schwatzten, der Abend hatte für sie gerade erst begonnen. Diana nahm mit wippendem Pferdeschwanz rechts und links Bestellungen entgegen. Als sie den Block zurück an ihren Gürtel steckte, überlegte Milena kurz und ging noch einmal zu ihr. »Dieser Verein, von dem Sie gesprochen haben«, sagte sie, »*Safe and…*«

»Goran hat da gearbeitet. Ich weiß nicht, ob das noch aktuell ist.«

»Falls er bei Ihnen auftaucht…«

»Sag ich Bescheid.«

»Und geben Sie ihm meine Nummer.«

Mit dem Tablett unter dem Arm trat Diana einen Schritt näher. »Wissen Sie«, sagte sie nachdenklich, »es ist irgendwie seltsam: als ob wir Flüchtlingskinder einen Stempel tragen, an dem wir uns immer gegenseitig erkennen.«

»Wo kommen Sie her?«, fragte Milena.

»Kroatien. Operation Sturm. Wir waren unter den 250 000, die damals weg sind. Was ich sagen will: Wir waren alle noch klein, manche von uns vielleicht gerade erst geboren. Trotzdem, ich kann Goran verstehen.« Sie machte die Augen schmal. »Und wenn ich mir vorstelle, die hätten so etwas mit meinen Eltern gemacht – ich würde durchdrehen. Ehrlich gesagt: Ich bete, dass Goran sie kriegt.«

»Wen?«, fragte Milena.

»Die Albaner-Schweine!«

»Ja, und dann?«

»Macht er sie kalt. Was denn sonst?« Sie zückte wieder ihren Block und wandte sich lächelnd einem der Gäste zu.

Milena ging langsam zum Ausgang. Im Vorraum drängelten sich die Leute an der Garderobe. Sie zwängte sich hindurch und trat nach draußen. Auch hier hatte sich eine kleine Schlange gebildet. Milena winkte dem Taxi, aus dem gerade Leute gestiegen waren, nahm auf der Rückbank Platz und nannte dem Fahrer ihre Adresse. Bevor sie es vergaß, holte sie ihr Notizbuch hervor und schrieb: ›*Safe and Secure*, Arbeitgeber von Goran Valetić.‹ Das würde sie zu Hause als Allererstes recherchieren. Noch etwas? Goran trug Anzug – aber das war wohl eher unwichtig. Einer mit Einstecktuch hatte sich nach Goran erkundigt. Vielleicht jemand von den Behörden. Sie lehnte sich zurück.

Am Platz der Republik waren Horden von Menschen unterwegs, Touristen und Leute in eleganter Garderobe, Damen mit Abendtäschchen, die wahrscheinlich gerade aus dem Theater kamen. Eine Gruppe, vielleicht eine Schulklasse, ging einfach bei Rot über die Ampel und blockierte den Verkehr. Der Taxifahrer, ein älterer Herr, brummte etwas und schüttelte den Kopf.

»Ganz schön was los«, bemerkte Milena.

»Die sind alle wegen diesem amerikanischen Sänger hier, so ein Geschniegelter, und führen sich auf, als gehörte ihnen die ganze Stadt. Und Taxi fährt von denen niemand.«

Die jungen Männer trugen fast alle Kapuzenjacke und waren in Gorans Alter oder jünger. Warum machte Goran sich unsichtbar und traktierte seine Schwester mit Anrufen?

Sie zahlte, bedankte sich und stieg aus. Sie war müde und gleichzeitig aufgedreht, und ihr Appetit auf eine Geleebanane wuchs sich in Sekundenschnelle zu einem Heißhunger aus. Sie suchte in ihrer Handtasche.

Was viel schlimmer war: Auch den Hausschlüssel konnte sie nicht finden. Nicht dass sie ihn im Taxi verloren hatte, als sie ihr Notizbuch herausholte. Nein, wahrscheinlich hatte sie ihn einfach zu Hause vergessen. So oder so – ihr blieb nicht anderes übrig, als zu läuten und Vera aus dem Bett zu holen.

Der Daumen auf dem Klingelknopf bewirkte gar nichts. Wenn Vera einmal schlief – womöglich auf dem rechten Ohr, wo sie doch links fast taub war –, konnte man Kanonen abfeuern. Und Adam übernachtete bei seinem besten Kumpel. Es war wirklich zum Verrücktwerden.

Milena überlegte, was sie jetzt tun sollte. Bei Milka Bašić um Asyl bitten? Den Schlüsseldienst anrufen? Sie hatte eine bessere Idee.

Sie hob den Arm: »Taxi!«

10

Seit eineinhalb Jahren arbeitete Marco im ›Zeppelin‹, aber bis heute hatte er das Phänomen nicht kapiert: Gestern tranken die Leute reihenweise Gin Tonic, und heute kippten sie fast ausnahmslos Prosecco. Mit Diana hatte er mal überlegt, ob es da nicht einen Zusammenhang gab: Wer Free Jazz mochte, konsumierte am liebsten Gin, Soul hieße dann – Prosecco auf Eis, Techno: Wodka-Redbull, und Schlager wäre vielleicht das Damengedeck, Sekt mit Orangensaft. Aber wahrscheinlich war es ganz simpel, wie mit dem Tomatensaft im Flugzeug: Einer fing an, und die anderen machten es nach. Marco stellte das Glas zum Abtropfen über Kopf und pustete sich eine Strähne aus dem Gesicht.

Der Typ neulich mit dem Einstecktuch hatte Bloody Mary getrunken und erst einmal seine feinen Lederhandschuhe auf den Tresen geknallt. Typisch Ausländer. Nat – so hatte der Mann sich vorgestellt – sprach perfekt Serbisch mit einem feinen Akzent und erkundigte sich so ausgesucht freundlich nach Goran, dass Diana ihn auf der Stelle abblitzen ließ und später »die Natter« taufte. Marco erinnerte sich vor allem an die Punkte auf dem Einstecktuch und dass der Mann Tennis spielte. Aber wie wichtig die Sache mit Goran sein musste, kapierte Marco erst jetzt, nachdem diese Frau gekommen war und sich ebenfalls so hartnäckig nach dem Schwachkopf erkundigt hatte.

Diana nutzte die Verschnaufpause und tippte auf ihrem Smartphone herum. Die Sängerin auf der Bühne hatte beim Singen die Augen geschlossen, und die Leute im Publikum wippten und nickten im Takt. Marco trocknete sich die Hände ab und schaute auf die Uhr. Es war noch zu früh, um einzuschätzen, ob nach dem Programm Schluss war oder ob sie mit Zugaben rechnen mussten. Marco stopfte sich das Hemd in die Hose, lehnte sich an den Tresen und verschränkte die Arme vor der Brust.

Morgen früh musste er auf die Meldestelle und nach seinem Pass fragen, das monatliche Ritual. Sie würden ihn warten lassen – zwei Stunden Minimum – und dann mitteilen, dass die Sache in Bearbeitung war. So ging es schon seit über einem Jahr. Nach dem ersten Vierteljahr hatten sie ihm – auf Nachfrage – mitgeteilt, dass die Fotos nicht richtig waren. Dann war der Sachbearbeiter in Urlaub, ewig lange, und niemand sonst in der beschissenen Behörde für seinen Antrag zuständig. Und zuletzt hieß es: Wasserschaden, sorry, alles perdu. Er musste wieder alle Unterlagen beibringen, noch einmal Fotos machen lassen und die Formulare ausfüllen. Aber was blieb ihm anderes übrig? Kosovo-Albaner wurden von der Politik als Staatsbürger zweiter Klasse behandelt, aber auch als solcher hatte er ein Recht auf den serbischen Pass. Nur wie lange noch? Dass sein Antrag verschleppt wurde, hatte System, und dieses System war korrupt und paradox und er mittendrin – den Beamten, ihrer verdammten Willkür und allen Schikanen ausgeliefert.

»Sag mal, könnte ich ein paar Tage bei dir pennen?« Diana legte ihr Telefon weg. »Von Dienstag bis Donnerstag?«

»Kein Problem.« Marco nahm das kleine Sieb aus dem Waschbecken und leerte es in den Mülleimer. »Vermietest du?«

»Ich bin total sauer.« Sie trank einen Schluck. »Goran hat mich beklaut. Ich meine, was soll das? Wenn er Geld braucht, könnte er doch fragen, oder? Vielleicht hätte ich ihm ja sogar ausgeholfen.«

»Der Typ ist echt gestört.«

»Ich kann absolut verstehen, dass er gerade neben der Spur ist.« Diana löste das Frotteeband von ihrem Zopf und zog die Haare straff. »Diese Horrorgeschichte mit seinen Eltern, und dann hat er niemanden, bei dem er sich mal ausquatschen könnte. Aber verarschen kann ich mich selbst.«

»Wo wohnt er denn jetzt?«

»Keine Ahnung. Im Auto?«

Marco überlegte. »Diese Frau vorhin, mit dem Old Fashioned, die meinte, Goran hätte noch eine Schwester. Wusstest du das? Vielleicht solltest du mal mit der reden.«

»Vergiss es. Die denkt nur ans Geld und daran, wie sie noch mehr scheffeln kann.« Diana betrachtete nachdenklich das Visitenkärtchen, das immer noch auf der Theke lag. »Das war's jetzt. Endgültig. Ich lasse ein neues Schloss einbauen, dann will ich eine neue Telefonnummer, und dann kommt er mir nicht mehr über die Schwelle.« Sie schob das Kärtchen in ihre Hosentasche, nahm das Tablett und zog wieder los.

Marco beobachtete, wie sie Gläser einsammelte, neue Bestellungen aufnahm, und bei jeder Bewegung wippte ihr Pferdeschwanz. Er wusste, sie würde Goran immer wieder über ihre Schwelle lassen, zu jedem Zeitpunkt. Er brauchte nur mit seinem Hundeblick zu kommen, und sie würde ihr Portemonnaie für ihn öffnen und ihm in ihrem Bett ein warmes Plätzchen anbieten. Und das war auch in Ordnung. Gorans Eltern waren umgebracht worden, abgeschlachtet von den Kosovo-Albanern, Marcos Landsleuten. Das war alles so krank, so durchgeknallt, so unglaublich. Marco trank und stellte sein Glas weg.

Er hasste es, Kosovo-Albaner zu sein. Er wollte nichts zu tun haben mit Leuten, die bettelnd durch die Innenstadt zogen, am Stadtrand in Wellblechhütten wohnten, Autos klauten und daheim die Serben umbrachten. Er persönlich hatte nie ein Problem mit den Serben gehabt, im Gegenteil: Sein erster Freund war aus Novi Sad, und Belgrad war für ihn immer das Größte gewesen.

Diana stellte die leeren Gläser auf die Theke und legte ihm die Bestellungen hin. Marco überflog den Zettel: zwei Bier, zwei Weißwein, ein O-Saft und – Bingo: sieben Prosecco. Grinsend warf er sich das Handtuch über die Schulter und machte sich an die Arbeit.

Sein Bild hatte erst einen Knacks bekommen, seit die Geschichte mit Pascal passiert war, dem Franzosen mit den schwarzen Locken. Im ›Grad‹ war ihm der Mann aufgefallen, im ›Interim‹ hatten sie ersten Blickkontakt, im ›2044‹ waren sie sich wiederbegegnet und hatten sich dann nicht mehr getrennt. Das Wochenende war perfekt gewesen, bis zum letzten Abend, als sie auf der Skardar-Straße, mitten auf der Ausgehmeile, angepöbelt, bespuckt, als schwule

Ausländer beschimpft und am Ende fast noch verprügelt wurden. Marco stopfte den Korken zurück in die Flasche.

Er hätte aufpassen und die Typen – totale Normalos – besser im Blick haben müssen. Stattdessen hatte Pascal sich Vorwürfe gemacht, dass er so leichtsinnig war, auf offener Straße nach Marcos Hand zu fassen. Aber woher sollte er denn wissen, wie die Leute hier tickten? Er war in Paris zu Hause, in Marseille und an Orten, wo sich niemand vor irgendjemandem verstecken musste. Noch bei der Abreise am Flughafen war Pascal neben der Kappe gewesen, und die Frage, ob er jemals wiederkommen würde, hatte Marco sich verkniffen. Es war der traurigste Abschied aller Zeiten gewesen. Marco warf wütend den Tetrapack in die Tonne.

Ohne Pass war er ein Gefangener. Er konnte keinen Flug buchen und Pascal nicht mal eben, wie jeder normale Mensch, hinterherreisen. Sein Lebensglück hing von ein paar Beamten in Strickjacke ab, die es nicht für nötig hielten, ihm das Papier zu geben, das ihm vom Gesetz her zustand. Er war Kosovo-Albaner, er war das Letzte. Er wischte über das Tablett und stellte die Getränke bereit.

Angenommen, er würde dem Typen mit dem Einstecktuch, diesem Nat, ein bisschen was über Goran erzählen? Es wäre eine Möglichkeit. Er müsste einmal checken, was dem Mann die Infos wert waren. Er würde ja niemandem weh tun, und die Kohle könnte er gleich an die Beamten auf der Meldestelle weiterreichen. Wie viel müsste er wohl in einen Umschlag stecken und verdeckt über den Tisch schieben, damit sie ihm endlich das verdammte Ding ausstellten? Er zog die Schublade auf.

Der Zettel mit der Telefonnummer war tatsächlich noch

da. Er schob das kleine Stück Papier in seine Hosentasche. Jetzt ganz ruhig. Schritt für Schritt. Er nahm ein Glas, eines von den großen, goss Mineralwasser hinein und gab den Saft einer halben Zitrone dazu, wie Diana es am liebsten hatte. Dann stellte er ihr das Getränk hin und fragte: »Weißt du eigentlich, was Goran jetzt vorhat?«

Sie reagierte nicht und tippte auf ihrem Smartphone herum.

Marco wischte und polierte mit dem Lappen hinterher. Zweiter Versuch. »Ich meine, nach allem, was passiert ist – geht Goran jetzt in seinen Job zurück und macht weiter, als wäre nichts gewesen? Kann ich mir nicht vorstellen.«

Sie trank, setzte das Glas ab und murmelte, ohne die Augen vom Display zu nehmen: »Ich will es, ehrlich gesagt, gar nicht wissen.«

»Was willst du nicht wissen?«, bohrte er. »Dass er da jetzt runterfährt und sich die Leute vorknöpft?« Er gab noch einmal ein bisschen frische Zitrone in ihr Glas. »Hat Goran eigentlich noch seine Waffe?«

»Wie bitte?«

»Seine Dienstwaffe. Oder musste er die abgeben?«

»Soweit ich weiß, ist er nur beurlaubt. Warum interessiert dich das so?« Beim Trinken musterte sie ihn. Marco zuckte mit den Schultern und warf die Zitrone in den Müll.

Diana zog wieder los, und Marco starrte auf sein Telefon. Er hatte so etwas noch nie gemacht. Aber was hatte er schon zu verlieren? Er musste für den Anfang einfach nur vage bleiben und vor allem klarmachen, dass die Infos nicht umsonst waren.

Er stieß die Tür zur Toilette auf, schob den Riegel vor,

klappte den Deckel runter und setzte sich. In einer Hand den Zettel, in der anderen das Telefon, tippte er die Nummer, vertippte sich, wählte noch einmal. Er war nervös. Warum eigentlich? Schlimmstenfalls bekam er eine Abfuhr, aber dann hatte er es wenigstens probiert.

Er drückte die grüne Taste, Verbindungsaufbau, Tuten und Mailbox. Perfekt. Marco räusperte sich.

»Hallo, Nat? Hier spricht Marco. Erinnern Sie sich? Der Barkeeper aus dem ›Zeppelin‹. Wir hatten neulich miteinander gesprochen.«

Er versuchte, seiner Stimme einen festeren, männlichen Klang zu geben. Er musste lauter sprechen, nicht an Goran denken und auch nicht an Diana. Er war jemand, der etwas zu verkaufen hatte, und er wusste, was er tat.

Er sagte: »Es geht um Goran Valetić. Ich habe da etwas, das Sie interessieren wird. Sie können mich zurückrufen – jederzeit.«

11

Wenn Milena sich irgendwann einmal das Genick brechen würde, dann hier, auf dieser Treppe. Die Stufen waren steil und schlecht beleuchtet, und dass das wacklige Geländer seit neuestem durch ein Provisorium aus hölzernen Verstrebungen verstärkt worden war, machte die Sache nicht besser. Tanjas Haus klebte auf halber Höhe am Hang zwischen Altstadt und Hafen, einst eine Bruchbude, die Tanja Stück für Stück in ein wahres Schmuckstück verwandelt hatte. Das Beste war die Fußbodenheizung. Nein, die finnische Sauna. Und das Allerbeste: die große Fensterfront nach Westen. Der Blick auf den Save-Fluss, den Hafen und die Branko-Brücke war atemberaubend.

Milena zog die Haustür hinter sich zu, die – wie meistens – nur angelehnt war, und rief: »Hallo! Ich bin's!«

Sie hörte ein Klappern in der Küche und Tanjas Stimme: »Süße, in zwei Minuten gibt's Essen!«

Zwischen Tüten und Taschen stand der kleine silberne Koffer, den Tanja für ihre Kurzreisen benutzte, daneben lagen die burgunderroten Stiefel und überall verstreut die Blüten der Forsythien, deren Zweige aus einer riesigen Glasvase ragten.

»Was für eine tolle Idee«, rief Tanja. »Schlüssel vergessen und reinschneien. So spontan – ausgerechnet du! Das ist ja der helle Wahnsinn.« Sie stand barfuß am Herd, trug Jogginghose und den Pulli aus grauer Seide, der über ihrem großen Busen spannte. Mit einer Gabel stocherte sie im dampfenden Wasser.

Milena gab ihrer Freundin einen Kuss auf die Wange und stellte mit Blick auf Brezn und süßen Senf fest: »Du warst in München.«

Eine Weißwurst landete auf dem Teller. »Beim Frisör. Ich war reif, du hättest mich sehen sollen.« Tanja fuhr sich mit den Händen durch ihre roten Locken. »Dieses krause Zeug kann einfach niemand so schneiden wie Tommy. Und schau mal: die Farbe!«

Milena nickte. »Es ist perfekt.«

Tanja steckte einen Löffel in den Senf. »Wieso brauchst du eigentlich keine Farbe? Wo ist dein Grau?«

»Ich muss abnehmen.«

Tanja gab ihr ein Glas zum Halten und goss Bier hinein. »Du hast Formen, und das ist gut so. Nicht dass es uns interessiert, aber Männer lieben das. Schau dir doch nur deinen Botschafter an.«

»Er ist nicht ›mein Botschafter‹.«

Tanja stellte die Flasche beiseite. »Was macht er eigentlich?«

Milena trank Schaum ab, der wunderbar nach Weizen schmeckte, und wischte sich über die Lippen. Mit Tellern, Flaschen und der Tüte frischer Brezn zogen sie ins Wohnzimmer. »Ich habe ihn gerade gestern zufällig getroffen, in der Kosovo-Staatskanzlei.«

»Was hast du in der Kosovo-Staatskanzlei verloren?«, fragte Tanja und zündete die Kerzen an.

Milena räumte einen Stapel Zeitungen vom Sofa. Obenauf lag die Schweizer Zeitung mit dem Stempel »Senator Lounge«, die Tanja wohl am Flughafen hatte mitgehen lassen. Erste Seite, rechts oben, eine kleine Meldung: *Bilaterale Gespräche zwischen Serbien und Kosovo für unbestimmte Zeit auf Eis gelegt.* Offizieller Grund seien schleppende Ermittlungen bei einem ungeklärten Mord an zwei serbischen Mitbürgern im Kosovo.

»Komm«, sagte Tanja. »Setz dich.«

Milena legte die Zeitung weg und fragte: »Hast du von den beiden alten Leuten gehört, die im Kosovo erschossen wurden?«

Tanja nickte mit vollem Mund, der Fall war ihr präsent.

Milena erzählte von Ljubinka, die damals nicht ihren Onkel, sondern den Miloš Valetić heiratete, und von den Hinterbliebenen, der Tochter, die sie ausfindig gemacht hatte: Slavujka, eine selbständige Kleinunternehmerin, die mit dem Kosovo und der Vergangenheit nichts zu tun haben wollte und der Rückkehr ihrer Eltern so kritisch gegenüberstand wie ihrem Bruder, der wie vom Erdboden verschluckt schien.

»Weißt du«, sagte Milena, »ich frage mich immer wieder: Was sind das für Menschen, die in ein Haus eindringen und ein altes Ehepaar niederschießen, deren einziges Vergehen anscheinend darin besteht, serbisch zu sein? Das geht über meinen Verstand. Es klingt alles so unglaublich, so vollkommen irre, und je länger ich über den Fall nachdenke, desto stärker wird mein Gefühl, dass es da noch einen anderen Zusammenhang gibt, von dem wir keine Ahnung haben. Und wenn wir ihn entdecken würden, sähe die Sache vielleicht ganz anders aus. Verstehst du, was ich meine?«

»Ich muss dich enttäuschen.« Tanja nahm ihren Teller vom Schoß und stellte ihn auf den niedrigen Glastisch. »Ich kann mir das, ehrlich gesagt, alles sehr gut vorstellen.« Sie trank einen Schluck. »Versteh mich nicht falsch, aber versetz dich mal in die Lage von den Leuten dort, den Albanern. Für die sind diese Leute nicht das nette, alte Ehepaar aus Belgrad, das seinen Lebensabend an diesem Ort verbringen will, in diesem …«

»Talinovac.«

»Für die Einheimischen sind es Serben, die im Kosovo schon wieder Besitzansprüche anmelden. Eine Provokation.« Tanja zog die Beine an und setzte sich in den Schneidersitz. »Wir wissen nicht, was in den vergangenen Jahren und Jahrzehnten in Talinovac und den anderen Orten passiert ist, wer von wem gedemütigt, beraubt, geschlagen oder sogar getötet wurde und wem das Haus tatsächlich gehört hat, das Ljubinka und ihrem Mann zugewiesen wurde.«

»Und was, meinst du, sollen wir jetzt tun?«

»Gar nichts! Das überlässt du alles den internationalen Organisationen und Menschenrechtlern, die sich da unten tummeln und den Politikern und der Polizei auf die Finger schauen. Sollen die dort Druck machen. Du hältst dich da raus. Und sag mir stattdessen lieber, was ich mit Stefanos machen soll.«

Milena drehte das Glas in ihren Händen.

»Hörst du mir überhaupt zu?« Tanja streckte ihr Bein aus und verpasste Milena einen Stups. »Schau mich an, wenn ich mit dir rede. Stefanos will mich seinen Eltern vorstellen.«

»Wie bitte?«

»Allerdings. Er bringt Mama und Papa hierher. Zu Ostern. Aus Nikosia. Direktflug.«

Milena knüllte die Serviette zu einem Ball. »Und dann? Hält er um deine Hand an?«

Tanja lachte. »Schatz, das gibt ein Drama, und ich wage keine Prognose, wie es ausgeht. Der Mann hält sich einfach nicht an meine Regeln: Ich stelle ihm ein Stoppschild hin, und er fährt drüber und mit vollem Karacho gegen die Wand, immer wieder. Verrückt, oder?«

»Ja.« Milena nickte. »Verrückt.«

In dieser Nacht fand sie keinen Schlaf. Der Mond schien hell durch die Gardine, streifte mit seinem Lichtschein die Schlafcouch, die Tanja für sie im Arbeitszimmer aufgeklappt und bezogen hatte. Unter dem Schreibtisch leuchteten signalgelbe Schnürsenkel in den Sneakers, die Stefanos dort anscheinend geparkt hatte. Tanjas Liebster war ein wunderschöner Mann aus Zypern, fünfzehn Jahre jünger, und seine Füße waren wirklich riesig. An Silvester hatte sie ihn kennengelernt und auf Anhieb gemocht. Milena drehte sich auf die andere Seite.

Die Matratze war fest, das Federbett warm und das T-Shirt, das Tanja ihr gegeben hatte, bequem. Nur diese Stille. Mitten in der Stadt, und kein Laut war zu hören. Kein Motor, keine Straßenbahn, nicht das Schnarchen einer alten Dame im Nachbarzimmer. Keine Katze, die im Sandkasten scharrte. Kein Adam, der schlaftrunken zu ihr ins Bett gekrochen kam. Milena wälzte sich wieder zurück. Das grüne Lämpchen am Computer schien zu flackern. Oder sie bildete es sich nur ein. Sie schlug die Bettdecke zurück.

Über den Flur tappte sie in die Küche, nahm sich ein Glas aus dem Schrank und hielt es unter den Wasserhahn. Dann ging sie ins Wohnzimmer, holte sich im Halbdunkel die Kamelhaardecke von der schmalen Liege und zog damit auf das große Sofa. Sie stopfte sich Kissen in den Rücken und schaute hinunter auf die Lichter, die Branko-Brücke und die Save, diesen dunklen Strom, der so ruhig dahinfloss. Nur noch ein paar hundert Meter, dann hatte er die Donau erreicht.

Vielleicht hatte Tanja recht. Selbst wenn sie Goran fand, wäre sie wohl kaum in der Lage, ihn von dem abzuhalten, was er vorhatte, falls er zum Äußersten entschlossen war. Sie allein konnte die Spirale der Gewalt nicht aufhalten.

Sie zog die Beine an und umschlang ihre Knie. Früher hatten Tanja und sie da unten an der Save auf der Mauer gesessen und geglaubt, sie könnten alles schaffen. Das Leben hatte nur aus Zukunft bestanden, und sie waren überzeugt, dass es allein auf sie beide, zwei alberne Gänse, wartete, um rund und strahlend zu werden.

Und gestritten hatten sie da, vor allem an den Freitagabenden. Tanja wollte immer zum Tanzen statt ins ›Café Grafiker‹, wo ihrer Meinung nach nur Intellektuelle, also Langweiler, herumsaßen, Typen wie der blasse Boris mit der schwarzen Brille aus der Oberschule, der bis heute keine Ahnung hatte, dass Milena ihn damals zum Mann ihres Lebens erkor. Tanja wollte nicht diskutieren, schon gar nicht über existentialistische Philosophien, Freud oder sonstige Weltanschauungen. Tanja interessierte die Praxis, wollte wissen, wie weit man gehen konnte, wie es funktionierte mit den Jungs, und berichtete Milena von ihren Experimenten in allen Details. Als Tanja nach dem Abitur wegen ihres mittelmäßigen Notendurchschnitts keinen Studienplatz in Belgrad bekam, eröffnete sie Milena, dass sie sich ihren Traum, Ärztin zu werden, nicht von irgendwelchen Sesselfurzern kaputtmachen lassen würde, und verkündete, zum Medizinstudium in die bosnische Provinz zu gehen, nach Tuzla.

Jeden Sonntagabend quetschte Tanja sich in den Fernbus, büffelte Anatomie und schlief in Tuzla bei einer alten Tante auf dem Sofa. Milena fühlte sich wie amputiert, bis Tanja am Freitagabend zurück nach Belgrad kam. In dieser Zeit wurde die Freundin richtig erwachsen, ruhiger und nachdenklicher.

Milena lebte bereits in Berlin, bastelte an ihrer Doktorarbeit und war im Begriff, Philip zu heiraten, als Tanja sich auf die Chirurgie spezialisierte. Jugoslawien war damals bereits durch die anhaltenden politischen Krisen gelähmt. Wenn die Leitungen hielten und sie spät in der Nacht miteinander telefonierten, war Tanja erschöpft und oft entmutigt. Als junge Ärztin in der Ausbildung bekam sie immer die schwierigen und aussichtslosen Fälle auf den Operationstisch: vor allem Kinder von mittellosen Eltern, Putzfrauen und Fabrikarbeitern, die den Ärzten nichts zustecken konnten und denen das Geld fehlte, um auf dem Schwarzmarkt die Medikamente zu kaufen, die das System, kurz vor dem Zusammenbruch, nicht mehr bereitzustellen vermochte. Tanja gab ihr Gehalt für diese Patienten, operierte auch nachts, bei Stromausfall mit Kerzenlicht, und konnte trotzdem am Ende oft nichts anderes tun, als ohnmächtig zuzusehen, wie die Eltern ihren sterbenden Kindern das schmale, durchsichtige Händchen hielten. Dann brach der Jugoslawienkrieg aus. Tanja ging nach Knin, in die damalige Republik Serbische Krajina, mitten hinein ins Kriegsgeschehen. Über ihre Erlebnisse dort, in den Lazaretten, sprach sie fast nie.

Milena faltete die Decke zusammen und legte sie über das Sofa, ging in die Küche und stellte leise das Glas in die Spüle. Sie hatte lange Zeit nicht verstanden, warum Tanja sich dann in einer Privatklinik in den Bergen oberhalb von Belgrad, in Dedinje, einkaufte, warum sie sich plötzlich der plastischen Chirurgie verschrieb und den Stars und Sternchen, den Neureichen der Wohlstandsgesellschaft mit Silikon, Botox und feinsten, straffenden Goldfäden den Traum von vermeintlich ewiger Jugend und Schönheit erfüllte, statt für die Kranken und Verletzten da zu sein, die ihre Hilfe wirklich benötigten. War es nicht zynisch, ein Verrat an ihren Idealen? Irgendwann hatte Tanja ihr jedoch in Ruhe erklärt, warum sie tat, was sie tat: Sie hatte in der Vergangenheit so viel Elend gesehen und so viel Schmerz in sich aufgesogen, dass es ihr für den Rest des Lebens reichte.

Seitdem hielt Milena ihre Klappe. Und rechnete es Tanja hoch an, dass sie immer bereitstand, wenn unbürokratisch Hilfe gefragt war, wie zuletzt bei den Frauen aus Bosiljegrad, die dort, an der Grenze zu Bulgarien, wo es nichts gab, von der Selbständigkeit und eigenen Gewächshäusern träumten. Milena hatte von der Idee gehört, Tanja davon berichtet, kurz darauf hatten sie die Frauen getroffen, und ein halbes Jahr später war der Anfang gemacht: Das erste Gewächshaus wurde gebaut. »Milena«, pflegte Tanja zu sagen, »du bist mein soziales Gewissen.«

Der Morgen dämmerte, und Milena war hellwach. Am Computer flackerte immer noch das grüne Lämpchen. Sie zog sich den Drehstuhl heran, setzte sich und schob eine Reihe von Klappkarten und teuer gefütterten Kuverts beiseite. Anscheinend hatte so ziemlich jede Galerie und jede Boutique die Schönheitschirurgin Tanja Pavlovic auf ihrer Einladungsliste. Kopfschüttelnd bewegte Milena die Maus. Der Bildschirm leuchtete auf.

Mit dem Internet öffnete sich automatisch die Suchmaschine. Milena platzierte den Cursor in das freie Feld und überlegte. Gorans Arbeitgeber. Sie tippte: »*safe*« und »*secure*«, und fügte noch »Belgrad« hinzu.

Der erste Eintrag war gleich der Treffer: »*Safe 'n Secure* – die Homepage.« Sie öffnete die Seite.

Junge Leute in hellblauen Hemden oder Blusen, Models mit Schulterklappen und dunkler Krawatte lächelten freundlich und vertrauenerweckend aus dem Bildschirm heraus. In großen Lettern stand quer über der Seite: »Ihre Sicherheit – unser Thema.«

Links schob sich eine Übersicht ins Bild. Milena scrollte. »Über uns« – »Was wir für Sie tun können« – »Kontakt«.

Sie überflog die Kurztexte. Die Firma installierte Alarmanlagen, Rauch- und Bewegungsmelder. Komplexe Sicherheitssysteme und jahrelange Erfahrung. Filialen in Novi Sad, Niš und anderen serbischen Städten. Hauptsitz: Belgrad. Telefonnummern, E-Mail-Adressen. Alles professionell, seriös und transparent.

Weiter unten die Sektion Gebäude- und Personenschutz. Einhundertachtzig geschulte Mitarbeiter. Internationale Erfahrung und Kooperationen mit Firmen in Österreich und Kanada. Zu den Kunden in Serbien gehörten ein amerikanisches Software-Unternehmen, eine spanische Modefirma und eine große serbische Warenhauskette. Für staatliche Ministerien arbeitete man außerdem. Milena scrollte durch die Liste. Das serbische Außenministerium. Das serbische Verteidigungsministerium. Die Unterabteilungen.

Sie klickte und beugte sich überrascht vor. *Safe 'n Secure* war auch für die Sicherheit der Kosovo-Staatskanzlei zuständig. Milena griff nach den Zigarillos, die auf der Fensterbank lagen – Tanjas Marke mit Kirschgeschmack –, und bediente sich.

Wenn Goran für *Safe 'n Secure* arbeitete, wäre es theoretisch möglich, dass er auch für die Kosovo-Staatskanzlei im Einsatz war – als Mitarbeiter für den Gebäudeschutz oder als Bodyguard. Dann gäbe es zwischen Goran, *Safe 'n Secure* und der Staatskanzlei eine direkte Verbindung.

Sie ging in ihr eigenes E-Mail-Programm, um Siniša von ihrer Entdeckung zu berichten, ihm den Link zu schicken, und sah im Posteingang, dass sie von Slavujka Valetić eine Nachricht bekommen hatte, schon gestern Abend.

Hallo, Frau Lukin, schrieb Slavujka, *hier, wie gewünscht, ein Foto von Goran, vor ca. zwei Jahren aufgenommen.* Milena öffnete den Anhang.

Der Mann, der dort breitbeinig am Tisch saß und großspurig die Arme vor der Brust verschränkte, hatte ein seltsames Gesicht: Der Mund war auffällig klein, aber die Lippen waren schön geformt. Die dunklen, umschatteten Augen schauten sanft und melancholisch drein, dagegen ein wenig schief und fast brutal die breite, ziemlich fleischige Nase. In dem Gesicht passte nichts zusammen. Die Falten um die

Augen konnten Lachfalten, aber auch Krähenfüße sein. Der Mann war Ende zwanzig, aber mit den Geheimratsecken und den Augenrändern konnte man ihn auch auf Mitte, Ende dreißig schätzen. Im Hemdausschnitt baumelte etwas. Milena klickte mit der Lupe zwischen die Knöpfe und entdeckte an einer dünnen Kette ein winziges Paar silberner Fußballschuhe.

Sie lehnte sich zurück. Goran Valetić – sein Verhältnis zur Schwester war gestört. Doch seit die Eltern tot waren, hatte er anscheinend versucht, Kontakt zu Slavujka aufzunehmen. Welch bittere Ironie: Als Mitarbeiter bei *Safe 'n Secure* war er für Sicherheit zuständig und möglicherweise für den Personenschutz ausgebildet, aber seine Eltern hatte er nicht beschützen können. Was ging jetzt wohl in ihm vor? Bestimmt war er imstande, mit einer Waffe umzugehen. Ob er Selbstjustiz üben, sich an den Albanern in Talinovac rächen wollte? Der Gedanke, dass er unterwegs sein könnte an den Ort, an dem seine Eltern gestorben waren, beunruhigte sie.

Milena zog ihre Jeans an, streifte ihren Pullover über, nahm einen Zettel und schrieb: *Guten Morgen, Tanja – wenn du das hier liest, bin ich schon unterwegs. Die Sache mit Goran Valetić, aber spätestens morgen Abend bin ich wieder zurück. Ich rufe dich an. Milena.*

Sie legte die Nachricht gut sichtbar auf die Tastatur und nahm ihre Tasche. Im Flur horchte sie in die Wohnung. Alles still. Leise zog sie die Haustür hinter sich ins Schloss.

12

Die Autobahn nach Süden, Richtung Niš, war so gut ausgebaut, dass Milena die Strecke bis Jagodina – immerhin fast zweihundert Kilometer – bei durchgedrücktem Gaspedal und maximalem Spritverbrauch in etwas mehr als eineinhalb Stunden bewältigte. Zwei Telefongespräche führte sie in der Zeit: ein sehr kurzes mit Adam, von dem sie wissen wollte, ob bei ihm auch alles in Ordnung war (»Mama, ich hab' jetzt keine Zeit«), und ein ziemlich langes mit Tanja, bei der sie sich eigentlich nur für den gemütlichen Abend hatte bedanken wollen. Aber dazu kam es nicht. Tanja war auf hundertachtzig: Milenas Exkursion nach Talinovac sei kompletter Schwachsinn (»Was willst du denn allein gegen die Albaner ausrichten?«), zudem halsbrecherisch und gefährlich (»Wenn sie dir nur die Reifen aufstechen, wäre ich ja beruhigt!«), kurzum: »Eine total bekloppte Aktion.« Milena versuchte erst gar nicht, Tanjas Bedenken zu zerstreuen, und bemühte sich stattdessen, das Gespräch kurz zu halten, was Tanja nur noch mehr in Rage versetzte. Kurz nach Kragujevac legte Milena auf und beschloss, erst einmal die nächste Raststätte anzusteuern – da ging das Telefon schon wieder.

Siniša war dran, von Tanja alarmiert, aber bevor er richtig Luft holen konnte, gab Milena vor, die Verbindung sei schlecht – was teilweise sogar stimmte –, rief »hallo, hallo« in den Hörer, legte einfach auf und stellte den Apparat ab. Es war nicht die feine Art, aber sie brauchte jetzt erst einmal eine Stärkung. Noch fünfzehn Kilometer bis zur Grenze. Sie blinkte und rollte an die Zapfsäule – letzter Halt in Serbien.

Sie ließ volltanken und gab dem Tankwart ein Trinkgeld, der ihr daraufhin noch die Windschutzscheibe putzte. Die Waschräume in dem Flachbau waren überraschend sauber, und der Cappuccino, den sie in der Cafeteria an der Theke bestellte, gar nicht schlecht. Sie kaufte noch eine Packung Zigaretten und eine Straßenkarte und ging zurück zum Auto.

Es war warm, ein leichter Wind wehte, und durch die klare Scheibe wirkte der Himmel mit den Schäfchenwolken noch mal so blau. Milena genoss die Landschaft, die sich auf dieser Strecke verwandelte: Aus lieblich sanften Hügeln wurden richtige Berge, aus kleinen Bächen ein reißender Fluss. Hoch oben, auf den Klippen, thronte eine alte Festung, einst von den Türken errichtet, und Milena vergaß für einen Moment, dass sie an einen Ort unterwegs war, in dem vor nicht mal einem Monat zwei Menschen getötet worden waren. Sie fuhr in einer geschichtsträchtigen Gegend, Toplica genannt, die bald ins Kosovo und später, Richtung Albanien, in die Landschaft Metochien übergehen würde. Um 1100 war hier der erste serbische Nationalstaat entstanden, der mit der Niederlage bei der Schlacht auf dem Amselfeld gegen die Türken im Jahre 1389 verlorenging. Erst im Jahre 1912 konnten die Serben die Vorherrschaft der Osmanen endgültig brechen und im Ersten Balkankrieg das verlorene

Gebiet zurückerobern. Hundert Jahre waren seither vergangen, und der serbische Staat hatte durch eine arrogante und selbstverliebte Politik alles verspielt. Das Kosovo war erstmals in der Geschichte ein eigener Staat, von den USA, Deutschland und vielen anderen Staaten anerkannt, von Albanern dominiert, und Serben waren hier eine ungeliebte, in manchen Teilen sogar verhasste Minderheit.

Die Grenzkontrolle auf serbischer Seite verlief zügig, der Beamte betrachtete mit demonstrativer Gleichgültigkeit ihren Personalausweis und gab ihr das Dokument zurück, ohne ihr auch nur einmal ins Gesicht gesehen zu haben. Zum Stau kam es erst bei der Einreise ins Kosovo.

Im Stop-and-go kroch Milena zwischen Lastwagen aus Bulgarien, Rumänien und Österreich. Die PKWs, die sich ihr vor die Stoßstange setzten, hatten serbische Kennzeichen und waren fast alle überladen, mit tiefhängendem Kofferraum und Dachgepäckträgern, auf denen Elektrogeräte, Baumaterialien, Kisten und Koffer transportiert wurden. Aber bei der Kontrolle war es ausgerechnet Milena, die von den Männern in den schwarz-roten Uniformen der kosovarischen Grenzpolizei herausgewinkt wurde. Nervös kurbelte sie das Seitenfenster herunter und reichte ihre Papiere heraus.

»Bitte steigen Sie aus.«

Sie gehorchte. Während der Mann in ihrem Pass blätterte, gingen zwei Beamte prüfend um ihr Auto herum. Einer von ihnen, mit Schnauzbart, forderte sie auf, den Kofferraum zu öffnen.

Zwischen Reserverad und Katzensand stand immer noch der Eimer, und quer steckte der alte Schrubber, mit dem

Vera und sie am vergangenen Samstag – wie jedes Jahr nach dem Winter – am Grab ihres Vaters den Stein gewaschen und alles wieder auf Hochglanz gebracht hatten. Zwischen den Putzlappen lagen zwei Flaschen Wasser – von Siniša gestiftet – für die Scheibenwaschanlage. Der Schnauzbart betrachtete all das mit einem Ausdruck von Ratlosigkeit und fragte: »Haben Sie Waffen?«

Milena schüttelte den Kopf und war froh, dass sie nicht noch die Akten spazieren fuhr, die Unterlagen für ihre Habilitationsschrift, die sie kürzlich zum Scannen gebracht hatte. Titel: *Die Strafverfolgung der Kriegsverbrechen auf dem Territorium des ehemaligen Jugoslawiens in der Zeit von 1990 bis einschließlich 1999.*

Sie durfte den Kofferraum wieder zumachen, und der Schnauzbart erkundigte sich: »Wohin geht die Reise?«

Milena überlegte kurz. »Nach Talinovac.«

»Um was zu tun?«

»Ich besuche ... eine Freundin.«

Ihr Zögern schien den Beamten zu irritieren. »Name?«, fragte er.

»Milka Bašić.« Milena strich sich eine Strähne aus dem Gesicht. Etwas Besseres fiel ihr auf die Schnelle nicht ein.

Der Kollege klappte ihren Reisepass zu und sagte: »Sie haben keine gültige KFZ-Versicherung.«

»Wie bitte?«

»Wenn Sie einreisen wollen, müssen Sie eine abschließen.« Er nickte hinüber zu einer Baracke mit vergitterten Fenstern, wo schon andere Leute standen.

Zwanzig Minuten später klebte Milena die Plakette ordnungsgemäß sichtbar an die Innenseite ihrer Windschutzscheibe. Die Sache hatte zwanzig Euro gekostet, eine reine Erfindung, um Geld zu schneiden. Andererseits: Woher sollte ein kleiner Staat wie das Kosovo, mit geschätzten zwei Millionen Einwohnern, bettelarm, ohne Industrie und Infrastruktur, auch sonst seine Devisen hernehmen? Sie schnallte sich an und fuhr über die Grenze. Ein Schild mit dem kosovarischen Wappen hieß sie willkommen: goldene Sterne auf blauem Grund.

Natürlich ändert sich eine Landschaft nicht hinter dem Schlagbaum, und auch der Himmel verfinstert sich selten von einer Minute auf die andere. Es lag wohl am Straßenstaub, den Rauchschwaden brennender Mülltonnen und dem Gestank, dass Milena in eine melancholische Stimmung verfiel, dazu in Sichtweite die trostlosen Häuser mit vernagelten Fenstern, anscheinend unbewohnt, teilweise geplündert, halb verfallen oder zum Steinbruch verkommen. Die Schilder mit kyrillischer Schrift erzählten, dass hier, im grenznahen Gebiet, vor allem einmal Serben gewohnt hatten und dass die Bäckerei, das Eisenwarengeschäft und andere Läden hatten schließen müssen. Eine alte Frau führte ihre Kuh am Strick. Hunde tobten am Straßenrand und ignorierten den Verkehr, der sich auf der Schnellstraße nach Priština in einer langen Kolonne voranwälzte. Der Checkpoint am ersten Knotenpunkt bestand aus einer Wellblechbude, Sandsäcken, einem gepanzerten Fahrzeug und den gelangweilten Soldaten der internationalen Schutztruppe. Mit ihren Maschinengewehren über der Schulter gehörten sie zur Landschaft wie die Autowracks am Straßenrand, die gleichzeitig Spielplatz waren für barfüßige Kinder.

Je weiter Milena ins Landesinnere kam, desto dichter wurde die Bebauung, wobei fast jedes Haus unvollständig war: im Erdgeschoss ein Gerippe aus verrosteten Eisenträgern, provisorisch gedeckte Dächer, Außenwände ohne Putz. Diese Häuser, die sogenannten »steinernen Sparkassen«, waren typisch für den jungen Staat und ein großes Problem – nicht nur, weil sie die Landschaft verschandelten, weil die Ortschaften ausuferten und eine in die andere überging. Die meisten Immobilien waren ohne Genehmigung und ohne Rücksicht auf eine Anbindung an das Versorgungsnetz gebaut worden. Aber der größte Schaden entstand wohl dadurch, dass das private, meist von Verwandten im Ausland erwirtschaftete Kapital in Steinen und Mörtel angelegt wurde und für die Volkswirtschaft und produktive Investitionen verloren war. Milena schaute in den Rückspiegel.

Vielleicht hatte Tanja sie mit ihrem Gerede verrückt gemacht, aber dieses kleine, senfgelbe Auto war schon eine ganze Weile hinter ihr. Zwischendurch war es verschwunden, und sie dachte, es wäre alles nur Einbildung, doch prompt tauchte es wieder hinter ihr auf. Normalerweise würde sie einfach ein bisschen auf die Tube drücken, aber daran war bei diesen Straßenverhältnissen nicht zu denken. Sie beschloss, einen Test zu machen. Sie verließ die Route nach Priština und fuhr – auch wenn es ein Umweg war – Richtung Ferizaj, was früher Uroševac hieß. Wie sie befürchtet hatte: Das senfgelbe Ei kam eifrig blinkend hinterher. Plötzlich war die Straße frei, sie beschleunigte, und der alte Fiat 500 fiel zurück.

Sie dachte, was sie nun tat, wäre schlau: Hinter der nächsten Kurve rollte sie von der Straße auf eine befestigte Fläche, vorbei an Obst- und Gemüseständen, bis nach ganz hinten unter die Bäume. Ein Stück weiter standen Verschläge aus Holz und eine Laube, in der Schaschlik und Bier verkauft wurde. Milena kuppelte aus und sah im Rückspiegel, wie der Fiat hinter dem Stand mit den Kohlköpfen parkte. Sie fluchte leise. Ihr Manöver hatte nicht funktioniert.

Rasch verriegelte sie die Türen, huschte über eine Terrasse an Klapptischen und Stühlen vorbei und folgte dem Pfeil zu den Toiletten. Von dort beobachtete sie, wie ein ziemlich großer Mann aus dem kleinen Fiat stieg, sich das weiße Hemd in die dunkle Hose stopfte und zielsicher zu ihrem Auto ging. Dreist spähte er durch die Scheibe und inspizierte seelenruhig das Wageninnere. Jetzt telefonierte er und schaute sich suchend um.

Milena versteckte sich hinter der Holztür. Sie hatte diesen Mann noch nie gesehen. War das ein Polizist in Zivil? Jemand vom serbischen Geheimdienst? Aber dass da gleich jemand am Start war, kaum dass sie die Grenze überschritten, war völlig irre. Und noch dazu dieses Auto!

Einfach hingehen und den Mann ansprechen, in aller Ruhe, ganz souverän. Milena wusch sich die Hände. Sie wollte sich nicht verrückt machen, andererseits konnte sie keine Scherereien mit irgendwelchen Leuten gebrauchen, die auf Schikane aus waren. Sie wollte einfach nur nach Talinovac und danach so schnell wie möglich wieder nach Hause.

Der Mann verschwand in der Laube, und in diesem Moment wurde sein Auto von einem Lieferwagen zugeparkt. Das war die Gelegenheit, und Schicksal war es außerdem.

Sicherheitshalber ging sie hinten herum zurück zu ihrem Auto, kletterte über Getränkekisten, quetschte sich an Mülltonnen vorbei. Kinder schlugen mit Stöcken auf die Büsche ein und jagten mit einem Maschinengewehr aus Plastik die Katzen. Sie stieg ein, startete den Motor, setzte vorsichtig ein Stück zurück, legte den Gang ein und gab Gas.

Plötzlich war das weiße Hemd vor ihrem Kühler. Im letzten Moment stieg sie auf die Bremse. Sie keuchte vor Schreck, stieß ihre Tür auf und rief wütend: »Haben Sie noch alle Tassen im Schrank? Um ein Haar hätte ich Sie über den Haufen gefahren! Wer sind Sie, was wollen Sie?«

»Zum Glück habe ich Sie gefunden.« Der Mann hatte dunkle Augen, dichte schwarze Augenbrauen und hob beide Hände in die Höhe. »Enver Kurti ist mein Name. Ich bin hier, um auf Sie aufzupassen.«

13

Vielleicht lag es an der Musik, die er über Ohrstöpsel hörte: Goran fühlte sich wie im Film, und die Szene war taghell erleuchtet. Er war unterwegs zu den »Serben-Häusern«, wie die Albaner unten im Dorf abfällig sagten, und dann hatten sie vor ihm ausgespuckt. Goran hatte »Danke« gesagt und es dabei belassen. Diese Leute waren wie die Tiere, sie rochen, wer zu ihnen gehörte und wer nicht, und alle miteinander machte er für den Tod seiner Eltern verantwortlich.

Die Serben-Häuser, fünf an der Zahl, waren heruntergekommen und baufällig und schienen sich ängstlich aneinanderzudrängen. Nirgends war ein Mensch zu sehen. Wo sich eine Gardine bewegte, klopfte er, bis jemand die Tür aufriss. Der Mann hatte ein Gewehr im Anschlag und brüllte: »Was willst du?«

Fast hätte er es vergessen: Er war in keinem Film, er war in einem Land von Verrückten.

»Ich bin Goran Valetić«, sagte er. »Sohn von Miloš und Ljubinka Valetić, und das ist die Wahrheit.«

Der Typ ließ die Flinte sinken, und seine Frau wischte sich die Hände an ihrer Schürze ab und bat ihn herein. Der Mann beäugte ihn misstrauisch, die Knarre in Reichweite, während seine Frau sich entschuldigte, immer wieder, so lange, bis Goran sagte: »Es ist gut!« Und, falls er sich im Ton vergriffen hatte, noch einmal: »Danke.«

Er schaute zu, wie sie ein Tischtuch über die Decke aus Plastik breitete, wie sie die guten Tassen aus dem Schrank holte und für den Kaffee süße Früchte in Zuckersirup. Vuk, der Mann mit der Flinte, schenkte vom Selbstgebrannten ein, froh über die Gelegenheit, und erklärte, die Erfahrungen der Vergangenheit würden gewisse Vorsichtsmaßnahmen und Verhaltensregeln erforderlich machen. Er faselte, und seine Frau, Vesna, schaute besorgt aus dem Fenster und murmelte, man solle nicht immer wieder mit diesen Geschichten anfangen. Dieses Flüstern, diese Angst, die sich wie Mehltau über alles legte – Goran kannte sie zu gut. Er rührte im Kaffee, und es fiel ihm schwer zuzuhören, er hasste dieses Gewäsch, dass die Serben hier zusammenhalten müssten, dass seine Eltern entschlossen gewesen seien, ihr neues Leben anzugehen, ohne Vorbehalte gegen dieses Gesocks, zwei so feine, gebildete Menschen.

Goran lächelte und nickte betrübt, wie man lächelt und betrübt nickt, wenn über Verstorbene geredet wird, noch dazu über seine Eltern, aber je länger sie redeten, umso stärker spürte er den stummen Vorwurf, dass er, der Sohn, sich nicht um seine Eltern gekümmert habe, dass er nicht da gewesen sei, als die Bedrohung zunahm und die Angst immer größer wurde. Ja, er war feige, und er wagte nicht zu fragen, ob die Eltern gar nicht erzählt hätten, dass die Idee zur Rückkehr von ihm stammte, dem Sohn, dass er ihnen die Fremde als Heimat verkauft und sie in ihr neues Leben gequatscht hatte, dass er ihnen keine Ruhe ließ, bis sie nicht ihre Unterschrift geleistet und die Koffer gepackt hatten.

Vielleicht hatten die Eltern geahnt, hatten es vielleicht sogar gewusst, dass er vom Vermittler Geld für seine Überredungskunst bekam, eine – für seine Begriffe – riesige Summe. Er hatte den Verdacht, dass seine Eltern schweigend hinnahmen, dass er sie verkaufte, dass sie, ihm zuliebe, bereit waren, das Opfer zu bringen, und sollte ihnen in der Fremde etwas zustoßen, musste er eben damit leben. Und genau so war es gekommen. Er würde bis an das Ende seines Lebens gestraft sein.

Trotzdem weigerte er sich zu glauben, dass sein Vater, der alte Querulant und Stinkstiefel, sich hier, in der Fremde, dreingefügt und sein Schicksal hingenommen hatte wie diese beiden, Vuk und Vesna, die ihm mit ihren faltigen, resignierten Gesichtern und dieser stummen Ergebenheit gegenübersaßen, das personifizierte serbische Leid. Er könnte kotzen.

Es war still geworden. Goran blinzelte. Vor ihm lag der kleine Koffer, das schweinslederne Ding von seinem Vater. Vesna nickte ihm zu.

Es war ihm unangenehm, den Koffer aufzumachen, während Vuk und Vesna mit starrer Miene dabei zusahen. Aber er hatte das Gefühl, er musste es tun. Er war in einem Film, er hatte eine Rolle, er war der Sohn, und er tat, was man von ihm erwartete. Er betätigte die kleinen Messingverschlüsse und klappte den Deckel hoch.

Dokumente lagen darin und Papiere in den verdammten Klarsichthüllen, die sein Vater so heiß geliebt hatte. Darunter war noch etwas. Goran schob das Seidenpapier beiseite. Das Bild, das zum Vorschein kam, dieses Antlitz, war ihm tief vertraut. Der weiße Engel von Mileševa hing früher bei ihnen daheim im Wohnzimmer über der Anrichte. Er hatte keine Ahnung gehabt, dass seine Mutter diese Ikone bei der Flucht mitgenommen und über die Zeit gerettet hatte.

Er betrachtete den Engel, an dem die letzten zwanzig Jahre anscheinend vollkommen spurlos vorübergegangen waren, aber das Gesicht sagte ihm nichts. Stattdessen tauchten in seiner Erinnerung Bilder auf, völlig absurd: die Suppenterrine mit dem Sprung, die immer sonntags auf den Tisch kam. Der Schuhlöffel aus Elfenbein, den niemand benutzen durfte, weil er schon dem Urururgroßvater gedient hatte. Der Pfeifenständer auf dem Tisch seines Vaters, die Holzschuhe seiner Schwester, auf die er als kleiner Junge so neidisch gewesen war. Wo waren all diese Dinge? Vernichtet, verbrannt oder bei Leuten in Gebrauch, Albanern, die keine Ahnung hatten, wo das Zeug herkam, und denen niemand sagte, dass die Terrine bitte schön nur sonntags und der Schuhlöffel überhaupt nicht zu benutzen sei?

Vuk und Vesna erzählten flüsternd, wie sie den Koffer vor den Albanern gerettet und aus dem Haus geholt hätten, wie lebensgefährlich die Aktion und wie viel Mut dafür erforderlich gewesen sei. Aber sie hatten es getan, für ihn und seine Schwester – als Andenken an die armen Eltern, Gott habe sie selig. Vesna bekreuzigte sich, und Vuk tat es ihr nach.

Goran drehte das kleine Ölbild in den Händen. Den bösen Gedanken, dass die beiden den Koffer seines Vaters durchstöbert und sich die Münzsammlung, Bargeld oder Schmuck unter den Nagel gerissen hätten, verwarf er wieder. Er klappte den Koffer zu. Und wenn. Er hätte es an ihrer Stelle genauso gemacht.

Er ging, wie sie ihm gesagt hatten, den Feldweg entlang, den Hügel hinauf, und wenn er den Wald erreichte, musste er sich links halten, und dann würde er es schon sehen. In einem Land von Verrückten war er selbst ein Verrückter: der Verrückte mit dem alten Koffer, darin die Ikone, der Engel von Mileševa. Wie ein Pilger stapfte er zum Wallfahrtsort. Er musste zu dem Haus, in dem seine Eltern ermordet worden waren, musste den Ort sehen und dann entscheiden, was er tun und wie er weiter vorgehen würde. Und wie immer die Entscheidung ausfiel: Wenn er für die Umsetzung Geld brauchte, könnte er die Ikone verkaufen, so etwas ließ sich problemlos versilbern. Sonst hätte er den Engel einfach weggeschmissen oder am nächsten Baum abgelegt.

Er wunderte sich, das Haus lag ganz schön abgelegen. Sein Vater wäre mit einem solchen Standort nicht einverstanden gewesen, so viel war schon mal klar, er hätte eine Eingabe gemacht, eine penible Zeichnung, einen Lageplan. Er hätte Material zusammengetragen, um den Behörden seine Kritik und sein Anliegen klarzumachen. Wahrscheinlich hätte seine Mutter ihn beschwichtigt und versucht, das Gute in der Situation zu sehen: die schöne Aussicht, der fruchtbare Boden, der hübsche Garten. Irgendetwas fiel ihr ja immer ein. Goran seufzte.

Wer war er eigentlich, dass er immer glaubte, sich über seine Eltern erheben zu können, sogar nach ihrem Tod und nach allem, was er getan hatte? Sein Vater war ein Klugscheißer, ein Besserwisser, aber er – Goran – was war er? Er war angepasst, obrigkeitshörig, ein gescheiterter Sportler, ehemaliger Türsteher, der ewige Flüchtling, der nicht mal anständig Englisch sprach, der über seine Verhältnisse lebte, Schulden bei seiner Schwester machte und seine Freundin beklaute – seine Exfreundin, wohlgemerkt, die ihn schon lange zum Teufel geschickt hatte, weil sie ziemlich schnell spitzgekriegt hatte, dass er ja doch nur von einem Spießerleben träumte mit Haus, Auto und Garage, wie dieser famose Herr Staatssekretär, der da abends in Strickjacke und Pantoffeln in seiner Werkstatt hinter der Garage hockte und Pornos guckte.

Erschöpft blieb er stehen und wischte sich mit dem Ärmel über die Stirn. Er schaute hinauf in den Himmel und den Feldweg entlang, bis zum Wald, das waren gut und gerne noch drei Kilometer. Und obwohl er nichts eingeworfen hatte, bildete er sich plötzlich ein, seine Mutter zu sehen, wie sie sich zu ihm umdrehte, ihn anschaute, tadelnd und gleichzeitig liebevoll, als wäre er ein kleines Kind, und zu ihm sagte: Was tust du? Lamentierst, versinkst in Selbstmitleid, das ist ja nicht zum Aushalten! Und was ist mit unserem Engel? Bring die Ikone dahin, wo sie hingehört, und dann ist es gut. Dann fahr fort, mach weiter in deinem Leben.

Er sah ihre zierliche Gestalt, ihren mädchenhaften Gang, etwas unsicher, sogar schwankend. Er ging jetzt schneller, lief den Hügel hinauf, und durch den Wald rannte er.

Das Haus schimmerte im Sonnenlicht zwischen den Bäumen hindurch, so idyllisch gelegen, ein Traum, die kleine Lichtung und die alten Bäume, zwischen denen gestreifte Fetzen aus Plastik flatterten, die Reste der Absperrung, die unheimliche Erinnerung an den Polizeieinsatz und daran, dass hier etwas Schlimmes passiert war. Vorsichtig stieg er die Stufen hinauf und drückte sachte gegen die Tür. Sie war nur angelehnt.

Es dauerte etwas, bis seine Augen sich an das schummrige Licht gewöhnt hatten. Das Erste, was er entdeckte, war die Kerze auf der Fensterbank und Streichhölzer auf dem Boden. Er hob die Schachtel auf, legte sie zurück, ging weiter, betrachtete ein großes Loch in der Wand, ein Durchbruch, der das Zimmer zur Veranda machte, und drehte sich einmal um die eigene Achse. Wenn das die Veranda war, wo war dann das Zimmer? Da hinten waren einmal die Leitungen gewesen, wahrscheinlich für Wasser, die Wände aufgestemmt, die Rohre herausgerissen.

Er stellte den Koffer ab und bemerkte, dass der Boden hier dunkel gefärbt war. Er ging in die Knie und befühlte den Beton.

Es waren zwei Flecken, der eine war etwas größer als der andere. Dies musste die Stelle sein, wo die Patronenhülsen gefunden worden waren, Kaliber 7,62 Millimeter. Die Genickschüsse, einen für seine Mutter, einen für seinen Vater, gleichzeitig oder hintereinander abgefeuert.

Mechanisch öffnete Goran den Koffer und holte die Ikone heraus, den weißen Engel von Mileševa, und lehnte das Bildnis an die Wand. Der gütige, duldsame Gesichtsausdruck war ihm unerträglich.

14

Milena setzte sich in den Schatten, zog einen Stuhl vom Nachbartisch heran und stellte ihre Tasche darauf. Sie schaltete ihr Telefon an und wühlte nach ihren Zigaretten. Als sie die Schachtel gefunden hatte, war das Telefon betriebsbereit.

Kaum war die Verbindung aufgebaut, schrie Siniša am anderen Ende in den Hörer: »Wo bist du? Ist alles in Ordnung bei dir?«

»Beruhige dich«, antwortete Milena. »Und sag mir lieber, wer dieser Mann ist, der behauptet, er solle auf mich aufpassen.«

»Hat er dich gefunden?«

»Dann stimmt es?«

»Was?«

»Er sagt, du hättest ihn beauftragt.«

»Du lässt mir keine andere Wahl. Wenn du allein im Kosovo herumschwirrst, stelle ich dir jemanden an die Seite.«

»Ohne mich zu fragen?«

»Enver ist ein guter Mann, du kannst ihm vertrauen. Er ist die Zuverlässigkeit in Person. Wo ist er? Ist er da?«

»Er holt Limonade.« Milena schaute über ihre Schulter. »Und es sieht tatsächlich so aus, als würde er mich keine Sekunde aus den Augen lassen.«

»Natürlich nicht. Genau darum habe ich ihn ja gebeten.«

Milena lehnte sich zurück. »Was ist das für eine Geschichte? Bezahlst du ihn, oder warum tut der Mann widerspruchslos, was du anordnest?«

»Das kann er dir, wenn er will, selbst erzählen. Ich muss Schluss machen. Halte mich auf dem Laufenden. Und noch eine Bitte.«

»Ja?«

»Lass gefälligst dein Telefon angeschaltet.«

Sie legte auf, und Enver nahm auf dem Stuhl gegenüber Platz, schob ihr ein Glas mit trüber Flüssigkeit hin und lächelte dabei, als könnte er sich nichts Schöneres vorstellen, als hier mit ihr zwischen Schaschlikgrill und Plumpsklo zu sitzen und in der Frühlingssonne ein Glas Limonade zu trinken. Sie betrachtete sein Gesicht, die Nase, die ein wenig zu groß war. Das krause, schwarze Haar war kurzgeschnitten, und die wachen, braunen Augen hatten einen warmen, fast gütigen Ausdruck. Sie bot ihm eine Zigarette an. Er lehnte dankend ab, hatte aber im selben Moment ein goldenes Feuerzeug parat und fragte: »Haben Sie bei Doktor Stojković ein paar Erkundigungen über mich eingeholt?«

Milena blies den Rauch in die Luft. »Ich habe zwei Fragen«, sagte sie.

»Schießen Sie los.«

»Wie haben Sie mich eigentlich so schnell gefunden?«

»Doktor Stojković hat mir Ihre Koordinaten durchgegeben: Lada Niva, petrolblau, Belgrader Kennzeichen.«

»Und dann?«

»Wenn Sie von Belgrad nach Talinovac wollen, müssen

Sie über Leposavic fahren, die einzig mögliche Strecke. Ich wohne eigentlich in der Nähe von Prizren, das ist nicht gerade um die Ecke, aber heute sind wir zufällig mit der ganzen Familie in Kijevo. Zum Glück! Von dort bis Leposavic ist es nämlich nur noch ein Katzensprung. Also bin ich los, habe mich am Straßenrand postiert, ungefähr vierzig Minuten gewartet und – voilà.«

Milena betrachtete seine geschwungenen Lippen und die weißen Schneidezähne, die einander ein bisschen im Weg standen.

»Und die zweite Frage?«, erkundigte er sich.

»Erklären Sie mir mal, wieso Sie so schnell zur Stelle sind, wenn Siniša bloß mit den Fingern schnippt. Haben Sie nichts Besseres zu tun?«

»Wenn Doktor Stojković mich um etwas bittet, versuche ich zu helfen. Ganz einfach.«

»Warum? Sind Sie ihm etwas schuldig?«

»Das ist eine alte Geschichte, über die ich nicht mehr sprechen möchte. Ich bitte um Verständnis.«

»Wenn Sie wollen, dass ich Ihnen vertraue, müssen Sie schon darüber reden.«

»Sie könnten aber ein falsches Bild von mir bekommen.«

»Hauptsache, ich bekomme überhaupt eines.«

Er blickte in die Wolken, lächelte versonnen und sagte: »Vor vielen Jahren – ich war noch nicht ganz trocken hinter den Ohren – bin ich von der Polizei geschnappt worden. Einbruch. Schnaps und Zigaretten. Wir wollten Party machen, das Zeug verticken. Die anderen sind getürmt, mich haben sie erwischt und vor Gericht gestellt. Ich sollte für ein paar Jahre in den Knast.«

»Und Siniša war bei Gericht der Vorsitzende?«

»Ich weiß nicht, was ich gemacht hätte, wenn er mich verknackt hätte und ich tatsächlich im Gefängnis gelandet wäre. Zu der Zeit, müssen Sie wissen, kam man als Albaner schon für kleinere Vergehen hinter Gitter. Ich glaube, ich hätte mich aufgehängt. Im Gefängnis, vorbestraft, ein Krimineller – das hätte mein Vater nicht überlebt, von meiner Mutter ganz zu schweigen.«

»Was macht Ihr Vater?«

»Er war Juwelier. Vor vier Jahren ist er gestorben. Mein ältester Bruder hat das Geschäft übernommen und führt es jetzt in der dritten Generation.«

»Und was machen Sie?«

»Ich bin Elektrotechniker. Zurzeit arbeitslos.«

Milena drückte ihre Zigarette aus und zog ihre Tasche auf den Schoß: »Dass Sie und Ihre Familie Siniša für immer dankbar sind, ehrt Sie, aber deshalb müssen Sie nicht Ihre kostbare Zeit mit mir verbringen. Im Ernst. Wenn es nach mir geht, sind Sie frei, und ich verspreche Ihnen, die Sache bleibt unter uns.«

Enver legte die flache Hand an seine Brust und sagte: »Es ist mir eine Ehre und große Freude, Sie auf dem Weg nach Talinovac begleiten zu dürfen. Die Freunde von Doktor Stojković sind meine Freunde, und für Ihre Sicherheit zu sorgen ist mir eine Herzensangelegenheit.«

Zehn Minuten später fuhr Milena in ihrem Lada wieder auf der Landstraße Richtung Uroševac, und neben ihr auf dem Beifahrersitz, in dunkler Hose und weißem Hemd, saß Enver Kurti. Milena beschloss, die Sache pragmatisch zu sehen, und außerdem hatte es ja auch sein Gutes: Er sprach

Albanisch, er kannte sich aus und konnte ihr bei den Recherchen in Talinovac vielleicht behilflich sein.

Nach einem Überholmanöver fragte sie: »Haben Sie von dem Doppelmord in Talinovac gehört?«

»Selbstverständlich.« Enver hielt sich am Griff über seinem Seitenfenster fest.

»Und wissen Sie zufällig etwas über den hiesigen Stand der Ermittlungen?«

»Tut mir leid, da muss ich passen. Ich bin, wie gesagt, nur Elektrotechniker. Aber jetzt, wo Sie fragen, fällt mir auf: Ich kann mich nicht erinnern, dass ich in den vergangenen Wochen noch etwas über den Fall gelesen oder gehört hätte.«

Milena nickte grimmig. Klar: Wenn im Kosovo zwei Serben Opfer eines Verbrechens wurden, nutzte man in Serbien die Gelegenheit, um auf Teufel komm raus die Emotionen anzufachen, und nahm jedes Detail, um daraus Verschwörungstheorien zu stricken, während die Verantwortlichen im Kosovo einfach abtauchten und sich in Schweigen hüllten.

»Sie ermitteln in dem Fall?«, fragte Enver Kurti.

Milena fummelte an der Lüftung und kurbelte das Fenster ein kleines Stück herunter. »Rein privat. Ich bin Wissenschaftlerin in Kriminalistik und Kriminologie. Um ernsthaft zu ermitteln, fehlen mir, ehrlich gesagt, die Zeit, die Erfahrung und vor allem der ganze Apparat.« Sie klappte den Sichtschutz herunter, weil die Sonne jetzt von vorne blendete, und erzählte von ihrem Onkel und Ljubinka Valetić und von der Romanze, die die beiden einmal miteinander verbunden hatte. Sie berichtete, was sie mit Siniša alles angestellt hatte, um die Tochter, Slavujka Valetić, ausfindig zu machen. Enver hörte aufmerksam zu, und Milena erzählte weiter, dass der Sohn, Goran, wie vom Erdboden verschluckt sei, dass er bei der Sicherheitsfirma *Safe 'n Secure* arbeite, die – unter anderem – auch für den Schutz der Kosovo-Staatskanzlei zuständig sei, und dass es Andeutungen der Exfreundin gebe, wonach Goran sich zurzeit im Kosovo aufhalten könnte.

»Privat?«, fragte Enver Kurti.

»Vermutlich.«

»Und Sie wollen ihm dort auflauern?«

»Ein einvernehmliches Treffen wäre mir schon lieber.«

Er nickte.

»Außerdem will ich mich umhören, mit den Leuten sprechen und mir einmal das Haus ansehen, das den Valetićs zugesprochen wurde – vorausgesetzt, dass es überhaupt zugänglich ist. Und wenn wir bei der Gelegenheit herausfinden könnten, wer der Vorbesitzer der Immobilie ist, wäre das grandios.« Hatte sie gerade »wir« gesagt?

Enver Kurti schwieg. Vielleicht hielt er ihre Pläne für nicht durchführbar und sie selbst für naiv. Oder übergeschnappt.

»Haben Sie Hunger?«, fragte er.

Milena schaute auf die Uhr. »Wie weit ist es denn noch bis Talinovac?«

»Am besten biegen Sie da vorne mal rechts ab.«

»Hier?« Sie gehorchte und folgte der schmalen, plötzlich glattgeteerten Straße, die sich in Kurven einen Hang hinaufschlängelte. Hier war alles ganz sauber, nirgends lag mehr Müll herum, und mit den gestutzten Hecken rechts und links war es richtig hübsch und grün.

»Hier bitte links.«

Die kleine Straße wurde noch schmaler und endete nach ein paar hundert Metern vor einem Tor mit weißgestrichenen Pfosten. In der gepflasterten Auffahrt parkten viele Autos, eines größer als das andere. Überrascht schaute Milena ihren Beifahrer an: »Das ist doch ein Privatgrundstück.« Wie von Geisterhand öffnete sich die breite Pforte.

»Das Haus meines Schwagers«, nickte Enver. »Meine kleine Schwester und er haben heute geheiratet. Ich schlage vor, wir stärken uns, und bei der Gelegenheit stelle ich Sie meiner Mutter und meinen Geschwistern vor.«

»Moment mal.« Milena stellte den Motor ab. »Sie sagen, Ihre Schwester heiratet, und Sie kutschieren mit mir durch die Gegend?«

»Selbstverständlich.«

»Jetzt hören Sie mir mal zu, lieber Herr Kurti.«

»Enver.«

»Enver«, wiederholte Milena und sah, wie ein Mann im weißen Anzug die Auffahrt herunterkam. »Ich möchte Ihre Familie wirklich gerne kennenlernen, aber ich fürchte, dafür ist heute nicht der richtige Zeitpunkt. Ich mache Ihnen einen Vorschlag: Sie gehen jetzt da rein und feiern mit Ihrer Familie, und ich fahre weiter nach Talinovac.«

»Kommt nicht in Frage.«

»Warum?«

»Sie müssen etwas essen, so oder so, darum verbinden wir jetzt das Angenehme mit dem Nützlichen. Ich verspreche Ihnen…«

Es klopfte gegen ihre Scheibe. Der Mann im weißen Anzug rief: »Was ist? Kommt ihr nicht raus?«

»Mein Bruder.« Enver machte dem Mann ein Zeichen und schlug vor: »Am besten, Sie parken dort drüben.«

»Das ist mir alles sehr unangenehm«, protestierte Milena und drehte am Zündschloss. »Siniša hätte Sie bestimmt nicht um Hilfe gebeten, wenn er gewusst hätte, dass Ihre Schwester heute heiratet.« Sie rollte auf eine Kiesfläche. Kaum hatte sie den Motor wieder abgestellt, öffnete der Bruder ihre Tür.

»Frau Lukin? Herzlich willkommen! Wie wunderbar, Sie endlich kennenzulernen. Der Doktor hat so viel von Ihnen erzählt.« Er schüttelte ihre Hand. »Ich bin Ramadan, Envers großer Bruder.«

Milena beschloss, mitzuspielen und dabei zu versuchen, die Sache so kurz wie möglich zu halten.

Mit Enver folgte sie Ramadan über ein paar Stufen und eine Veranda in die Eingangshalle hinein. Geländer und Säulen waren mit Fresien, Buchsbaum und weißen Bändern geschmückt, ebenso der Treppenlauf, der in einem eleganten Schwung nach oben auf eine Galerie führte. Kinder tobten herum und sahen in ihrer festlichen Kleidung aus wie kleine Erwachsene. Die tummelten sich vor allem hinter der großen, gläsernen Flügeltür, und wenn Milena gedacht hätte, dass es im Kosovo keine High Society gäbe, wäre sie spätestens hier und jetzt eines Besseren belehrt worden.

Bylent, der Hausherr und Bräutigam, empfing sie im hellen Leinenanzug mit Champagnerschalen und einer Liebenswürdigkeit, als wäre ihr Kommen das Ereignis, das das Glück dieses Tag erst perfekt machte. Sie sollte erzählen, woher sie kam und was genau sie für Pläne hatte, aber Milena wollte davon jetzt nicht anfangen. »Was für ein schönes

Fest!«, sagte sie und schaute sich um. »Und so viele schöne Menschen.«

Der Bräutigam legte ihr seine Hand auf den Arm. »Sie müssen Leonora kennenlernen. Warten Sie, ich hole sie. Entschuldigen Sie mich einen Moment.« Er verschwand.

Enver lächelte und prostete ihr zu. Sie nippte an ihrem Glas und fragte: »Was macht Ihr Schwager denn beruflich?«

Während Enver erzählte, Bylent sei Architekt und ziemlich umtriebig, mit einer Professur an der Universität in Priština und einem Büro in der Schweiz, betrachtete Milena die Kleider aus Samt und Brokat mit Boleros und Stickereien, Frauen in Purpur und Königsblau, die älteren Damen in gesittetem Schwarz mit kunstvoll hochgesteckten Frisuren und Familienschmuck behängt, der mit schweren Steinen die Ohrläppchen in die Länge zog. Zu gern hätte sie jetzt auch so ein fließendes Gewand getragen, mit Perlen und bunten Steinen besetzt und an den Knöcheln zu weiten Pluderhosen gefasst. Dagegen sahen die Roben der französischen und italienischen Designer einfach fad aus – aber immer noch besser als Milenas verwaschene Jeansjacke.

Die Frau, mit der Bylent von der Terrasse kam, trug ein cremefarbenes, knöchellanges Kleid aus feiner Spitze und hatte eine Taille – so schmal, dass es fast schon eine Unverschämtheit war. Mit der Frisur und dem Diadem überragte die Braut ihren Bräutigam um einen halben Kopf. Das Collier aus großen, goldenen Talern, mit tropfenförmigen Rubinen veredelt, war wahrscheinlich die Mitgift und schien fast zu schwer für diesen zarten Hals.

Die Augen von Leonora sprühten vor Freude, und gleichzeitig standen sie voller Wasser. »Es freut mich so, dass du gekommen bist, ich darf doch du sagen?« Sie ließ Milenas Hand nicht los und sprudelte: »Ist es nicht ein Glück, dass das Schicksal dich ausgerechnet heute zu uns hierhergeführt hat? Immer, wenn Onkel Siniša von dir erzählt hat ... Weißt du, du bist für mich wie eine große Schwester.« Bylent verschloss seiner Braut den Mund mit einem Kuss, und Leonora seufzte glücklich.

Milena brachte ihre aufrichtigen Glückwünsche zum Ausdruck und beschloss, wenn sich die Gelegenheit ergab, den Bräutigam später zu fragen, ob er vielleicht etwas über die Immobilien der Rückkehrer wusste. Immerhin war er Architekt. Oder ob er einen Tipp hatte, wen sie sonst ansprechen könnte.

Leonora machte eine Drehung und rief: »Wir schneiden jetzt die Torte an!« Manche klatschten und riefen: »Na endlich! Los, jetzt!«

Die Hochzeitstorte war mindestens fünfstöckig, mit rosa Marzipan überzogen, mit Creme und Schokolade verziert und von einem winzigen Brautpaar aus Zuckerguss gekrönt. Es war die Torte, von der Milena bei ihrer Hochzeit heimlich geträumt hatte. Für einen kurzen Moment erinnerte sie sich an Bückeburg und die schlichte Zeremonie auf dem Standesamt. Ihr Kostüm hatte gezwickt, Vera hatte geheult, die Schwiegereltern hatten stocksteif danebengestanden, und Philips Hand in ihrer war schweißnass gewesen. Danach gab es ein Glas Sekt, Buttercremetorte, Filterkaffee und einen Butterkuchen, der so trocken war wie die Rede ihres Schwiegervaters.

Bylent legte zärtlich seinen Arm um Leonora, während sie gemeinsam unter dem Applaus und Gejohle der Gäste das Tortenmesser führten.

»Ihre Schwester ist wunderschön«, sagte Milena.

Enver lächelte stolz.

»Wie viele Geschwister haben Sie?«

»Ramadan ist der Älteste, Leonora die Jüngste. Und dazwischen sind noch vier Schwestern und ich.«

»Macht insgesamt...«

»Sieben.«

»Und alle sind hier?«

»Selbstverständlich. Mit dem ganzen Anhang. Da drüben, das ist Teuta, die Älteste – nach Ramadan.«

»Aber Ihre Schwestern leben nicht alle im Kosovo?«

Enver schüttelte den Kopf. »Sie sind natürlich, wie es sich gehört, mit Albanern verheiratet, leben aber mit ihren Familien in der Schweiz, in Frankreich und den USA.«

»Und Sie und Ihr Bruder sind hiergeblieben?«

»Ich habe in Belgrad studiert und danach viele Jahre in Dortmund gelebt. Dann ging meine Ehe in die Brüche, und jetzt bin ich wieder hier.«

Milena nahm dankend den Teller mit dem kleinen Tortenstück und fragte: »Haben Sie keine Kinder?«

»Einen Sohn.«

»Wie alt ist er?«

»Er lebt bei meiner Ex.« Enver machte plötzlich eine Miene, als hätte er auf Gips statt auf Zuckerguss gebissen. »Kommen Sie«, sagte er und stellte seinen Teller beiseite. »Ich möchte Sie meiner Mutter vorstellen.«

Im Raum nebenan verlief ringsum eine niedrige Polsterbank, vor der flache Tische aufgebaut waren. Bunte, orientalische Kissen lagen herum, und Teppiche an den Wänden dämpften die Geräusche, das Gesumme und Gelächter.

Die alte Dame unter dem Fenster hatte schwarzes, von einer silbernen Strähne durchzogenes Haar und trug ein schmales, glitzerndes Stirnband, an dem Anhänger mit kleinen, goldenen Münzen baumelten – wahrscheinlich sieben, für jedes Kind eine. Das Kleid war dezent mit Blumen bestickt, und das Dekolleté von schwarzer Spitze bedeckt, demselben Material, aus dem auch die feinen Handschuhe waren. Milena gab ihr die Hand und danach den jungen Frauen, die bei ihr saßen, den Schwestern Rozafa, Afërdita und Teuta, alle mit hochgesteckten Frisuren, heller, fast durchsichtiger Haut, langen Wimpern und starken Brauen. Sie musterten Milena neugierig, reichten Wein und forderten sie auf, sich zu setzen. Milena musste von ihrer Familie erzählen, von Adam und Vera, ihrem verstorbenen Vater und schließlich auch von Philip, ihrem Geschiedenen in Deutschland.

»Das heißt, du hast keinen Mann mehr?«, fragte eine der Schwestern ungläubig, es war wohl Rozafa.

Die Armreife der Mutter klingelten, als sie Milenas Hand tätschelte und sagte: »Mein Herz fühlt mit dem Herzen deiner Mutter. Ich kenne ihre Sorgen. Ich wünsche euch Glück und dass dein Sohn seinen Platz im Leben findet, woran ich keinen Moment zweifle.«

Kleine Schüsseln wurden serviert, ein Mus aus Kichererbsen mit Dill und Granatapfelsoße; Linsensalat mit Zimt und Paprika; Couscous mit Orangen, Sultaninen und Birne. Rozafa bereitete für Milena einen Teller, nahm von allem etwas, dekorierte das Ganze mit einem Minzeblatt und verkündete: »Wir suchen dir einen Witwer. Onkel Ismet, zum Beispiel.«

»Zu alt.« Ihre Schwestern schüttelten entschieden den Kopf. »Und fett ist er außerdem.«

»Hören Sie nicht auf das Gerede«, sagte Enver. »Greifen Sie zu.«

Ramadan, der älteste Bruder, reichte Fladenbrot und fragte: »Wie gefällt es Ihnen im Kosovo? Hat es sich sehr verändert?«

Milena kaute und überlegte. Das Mus war köstlich. Nach einem Schluck Wasser sagte sie: »Wie lange ist der Krieg jetzt her?«

»Ich weiß.« Ramadan seufzte. »Vieles ist immer noch kaputt. Wenn ich hier von einem Ort zum anderen fahre, frage ich mich selbst: Wie ist das bloß möglich? So ein schönes Land, aber alles ist wie aufgebrochen, durcheinandergeschüttelt und immer noch nicht wieder richtig zusammengesetzt.«

»Die Wunden sind da, und sie schmerzen.« Die Mutter nahm einen Zug aus der Wasserpfeife. »Erinnert euch an euren Cousin. Fatmir sollte hier sein, und stattdessen gibt es diese Lücke.«

»Er ist in Račak gefallen«, erklärte Enver leise.

»Und die Wunde wird immer bleiben«, fügte die alte Dame hinzu.

Račak, dieses winzige Dorf in Zentral-Kosovo, und das Massaker, das Serben dort an den Albanern begangen haben sollten. Die Lage war unübersichtlich gewesen und Europa traumatisiert von den Kriegsgreueln in Bosnien fünf Jahre zuvor, die sich nun unter keinen Umständen wiederholen durften. Für die NATO-Staaten waren die Bilder von den Toten die Legitimierung gewesen, Krieg gegen Serbien zu führen und diesen Krieg einen »humanitären Einsatz« zu nennen. Das Völkerrecht wurde mit Füßen getreten, und als herauskam, dass die Bilder eine Inszenierung der albanischen Untergrundkämpfer gewesen waren, interessierte sich dafür niemand mehr.

»Ich muss Ihnen etwas sagen.« Milena tupfte sich mit der Serviette den Mund ab. »Es tut mir weh, was der Krieg mit uns gemacht hat, dass Ihr Cousin und viele andere nicht mehr leben, dass das Kosovo und Serbien zwei getrennte Staaten sind und die Menschen sich misstrauisch, teilweise hasserfüllt gegenüberstehen. Und gleichzeitig bewundere ich, wie hartnäckig und unbeirrt das albanische Volk für seine Unabhängigkeit gekämpft hat.«

»Danke«, sagte Ramadan. »Wir wissen Ihre Worte zu schätzen. Und wir wissen, dass wir nicht die Einzigen sind, die Opfer zu beklagen haben.«

Da sagte Enver plötzlich: »Und nun haben wir unsere Unabhängigkeit. Sie steht vor uns wie ein großes, hässliches Geschenk. Das Dumme ist bloß, dass niemand etwas damit anzufangen weiß.«

»Die Leute haben andere Sorgen«, entgegnete Ramadan scharf. »Sie haben nichts zu beißen. Es gibt nichts in diesem Land. Keine Industrie, keine Landwirtschaft. Eigentlich haben wir nur den Wind und die Sonne.«

»Und die Hoffnung, dass die reichen Verwandten im Ausland es mit ihrem Geld schon irgendwie richten werden«, spottete Enver.

»Sie müssen Geduld haben«, sagte Milena beschwichtigend. »Der Staat, die wirtschaftlichen Beziehungen – das muss ja alles erst einmal aufgebaut werden.«
Enver nickte. »Und das Einzige, was bisher aufgebaut wurde, ist das Denkmal für den amerikanischen Präsidenten. Haben Sie sich das Ding mal angesehen? Bill Clinton, winkend in Priština – überlebensgroß, in Bronze, an einer Straße, die nun Bill-Clinton-Boulevard heißt. Das sagt doch alles.«
»Was, Enver? Was sagt es?« Ramadan reagierte so heftig, dass Milena erschrak. »Dass wir den Amerikanern dankbar sind, weil sie die Ersten waren, die unseren Staat anerkannt haben? Ja, das sind wir.«
»Die Anerkennung war ein Riesenfehler«, entgegnete Enver. »Meinen Sie nicht? Sprechen Sie offen.«
»Ein schwieriges Thema.« Milena wog ihre Worte ab. »Es gibt jetzt zwei albanische Staaten: Das große Albanien und das kleine Kosovo, wobei der Staat alleine kaum überlebensfähig ist. Und das ist tatsächlich nicht ungefährlich. Warum? Weil man damit rechnen muss, dass das Kosovo sich früher oder später mit dem großen Bruder, Albanien, vereinigt.«
»Wäre das so schlimm?«, fragte Rozafa.
»Das Problem«, fuhr Milena fort, »sind die albanischen Minderheiten in Griechenland und Makedonien. Was passiert, wenn auch sie den Anschluss an Albanien suchen?«
»Es wird Krieg geben.«
»Bitte, Enver.« Ramadan stöhnte.
»Lassen Sie uns das Thema wechseln«, bat Milena.
»Entschuldigung«, meldete sich Rozafa, und alle schau-

ten sie an. Sie wurde rot und sagte: »Ich bin, ehrlich gesagt, froh, dass alles so gekommen ist.«

»Wovon sprichst du?«

»Ich meine, die Unabhängigkeit und dass die Serben hier nichts mehr zu sagen haben.«

»Was redest du da?«

»Lass Sie, Enver.«

»Nicht, wenn wir einen serbischen Gast haben.«

»Schluss jetzt.« Leonora zog ihre Schuhe aus und setzte sich zwischen ihre Brüder. »Kein Wort mehr über Politik. Ihr sollt essen, trinken und fröhlich sein.«

Auf kupfernen Tellern wurde Safranreis mit Kardamom und Berberitzen gereicht, dazu kleine Schüsseln mit Huhn, Sultaninen und Mandeln. Afërdita schaute bewundernd auf Milenas Haare. »Sie glänzen so schön, wie machst du das, gibt es da einen Trick?«

»Ich weiß nicht«, murmelte Milena. Sie hatte ein schlechtes Gewissen. Sie hätte das Gespräch nicht auf den Krieg bringen dürfen. Sie war auf einer Hochzeit unter Freunden und auf keiner Podiumsdiskussion. Aber es hing eben auch alles mit allem zusammen: die Toten von Račak, der NATO-Einsatz, die Unabhängigkeit des Kosovo und ganz am Ende der Tod von Miloš und Ljubinka Valetić. Er war ebenfalls eine Spätfolge dieses Krieges – davon war Milena überzeugt.

Man aß mit den Händen, weiße Tücher wurden gereicht und Schälchen mit Wasser, in denen Zitronenscheiben und frische Minzeblätter schwammen. Rozafa schenkte Tee ein und sagte: »Es geht nicht gegen dich, Milena. Du bist unsere Freundin. Aber gestern Abend, in Priština, du glaubst nicht, was da los war: Überall Bars, Klubs und Restaurants, verschiedene Sprachen, internationales Publikum – da ist mehr los als bei uns in Zürich! Und da dachte ich: Früher durften wir Albaner ja nicht mal ins Kino, Discos waren verboten, es gab keine Partys, Cafés waren streng nach Albanern und Serben getrennt. Das war alles so ätzend und bescheuert!«

Man stieß auf die Zukunft an, auf die Freundschaft, und die Armreife der Frauen klingelten zusammen mit den Gläsern. Die Musik, die aus dem Nachbarraum herüberdrang, die sentimentalen Lieder von Liebe und Treue, von Trennung und Tod, dazu die Speisen auf den niedrigen Tischen, der Duft der Gewürze – Milena war das alles so vertraut. Über Jahrhunderte waren die Kulturen zusammengewachsen, hatten sich ergänzt und bereichert, und jetzt wurde von Politikern und Nationalisten penibel nach den Unterschieden gesucht. Diese Engstirnigkeit, das Abgrenzen und Einteilen in Gut und Böse produzierte immer wieder Angst und führte nur dazu, dass der Horizont immer enger gesteckt wurde.

Als Milena auf die Terrasse trat und sich eine Zigarette anzündete, fühlte sie die Sonne und Wärme auf ihrem Gesicht. Sie schloss die Augen. Sie wollte schon längst in Talinovac sein. Ihr Sohn, Adam, war so weit weg, in einem anderen Land. Sie sollte ihn bei sich haben, damit er all das hier sah, die Schönheit und Herzlichkeit und diese Selbstverständlichkeit, mit der östliche Bräuche und westliche Traditionen gemischt wurden. Sie spürte, wie jemand neben sie trat.

»Alles in Ordnung?«, fragte Enver.

»Ein schönes Fest.« Milena lächelte. »Ihre Schwestern sind reizend, und Ihre Mutter – sie hat diese Aura.«

Schweigend beobachteten sie, wie unten im Garten Kinder und Männer Kricket spielten, als wäre man in England auf dem Land.

»Wir im Kosovo waren immer weltläufig«, sagte Enver. »Wir waren ein Teil Jugoslawiens, wir gehörten zu den blockfreien Staaten, die Welt stand uns offen. Die Albaner drüben waren isoliert hinter dem Eisernen Vorhang. Sie sind uns fremd.«

»Jugoslawien gibt es nicht mehr.« Milena drückte ihre Zigarette an der Mauer aus. »Wir haben es verspielt, nicht aufgepasst, und jetzt ist es verloren. Wir müssen nach vorne schauen.«

Junge Frauen, die sich barfuß auf dem Rasen versammelt hatten, kreischten, während ein Blumengebinde durch die Luft flog, und brachen in lauten Jubel aus, als jemand den Brautstrauß aufgefangen hatte.

»Als man Sie damals geschnappt hat«, sagte Milena, »bei dem Einbruch, von dem Sie erzählt haben – wie hat Siniša es eigentlich geschafft, dass Sie wieder freigelassen wurden?«

Enver grinste. »Es gab keine Urkunde, meine Geburt war nicht dokumentiert – keine Seltenheit bei uns im Kosovo. Also hat man mir schleunigst eine ausgestellt und mich bei der Gelegenheit ein bisschen jünger gemacht. Plötzlich war ich noch keine sechzehn. Und deshalb bin ich heute auch erst neununddreißig.«

»Und in Wirklichkeit?«

»Einundvierzig. Mindestens.«

Milena lachte. »Praktisch.«

»Sie sagen es.«

Ihre Gesichter waren sich plötzlich ganz nah. Milena sah den schönen Schwung seiner Lippen, seine gebräunte Haut und grüne Sprenkel in seinen Augen.

Rasch wandte sie sich ab. »Wir müssen los«, sagte sie.

»Natürlich.« Enver schaute auf seine Schuhspitzen. »Wie du meinst.«

»Und zwar so schnell wie möglich.« Milena knöpfte sich die Jacke zu. »Ich habe Angst, dass wir sonst in die Dunkelheit kommen.«

15

Die Frauen flanierten wieder im Röckchen, posierten vor großen Schaufensterscheiben und saßen mit übereinandergeschlagenen Beinen in den Straßencafés. Slobodan Božović sah die schönsten Hintern in der Nachmittagssonne über das Trottoir wackeln, die wohlgeformtesten Waden, aber nichts davon konnte seine Stimmung heben. Er saß im Fond seines Dienstwagens, und durch die getönten Scheiben sah die Welt doppelt finster aus. Er überlegte, mit welcher Maßnahme er auf dieses Desaster reagieren sollte. Den Pressechef feuern? Er hatte Kopfschmerzen.

»Herr Staatssekretär«, meldete sich sein Fahrer. »Wenn wir über den König-Alexander-Boulevard fahren, wäre es kürzer.«

Slobodan Božović lockerte seinen Krawattenknoten. Der Kerl raubte ihm den letzten Nerv. »Fahren Sie die Strecke, die ich Ihnen genannt habe.«

Dass in seiner Karriere der Wurm drin war – so weit würde er nicht gehen. Er hatte sich daran gewöhnt, dass er in den Umfragen, dem Ranking der bekanntesten und beliebtesten Politiker, grundsätzlich einen der hinteren Plätze belegte. Es war der Preis dafür, dass er es vorzog, im Hintergrund und ohne Aufsehen dafür zu sorgen, dass die Gelder aus seinem schmalen Budget gerecht verteilt und für

Projekte mit kompetenten Partnern verwendet wurden. Er hängte da nur ungern etwas an die große Glocke. Aber angesichts der Nachricht von den beiden Toten in Talinovac hatte er keine Wahl gehabt. Plötzlich war er ein gefragter Mann. Also hatte er die Flucht nach vorne angetreten, hatte in Talkshows gesessen, war im Presseclub zu Gast gewesen, hatte den Ausbruch an Gewalt beklagt und mehr Sicherheit für die serbischen Brüder und Schwestern im Kosovo gefordert. Und nun hatte er den Salat: In den aktuellen Umfrageergebnissen kam er überhaupt nicht mehr vor!

»Herr Staatssekretär.« Der Fahrer suchte im Rückspiegel den Blickkontakt. »An Zeleni Venac ist um diese Zeit der Teufel los. Wenn wir stattdessen...«

»Lassen Sie mich in Ruhe. Ich muss nachdenken.«

Jonathan Spajić, sein guter Freund und Berater, hatte die Sache auf den Punkt gebracht: »Slobodan Božović«, hatte er gesagt, »du hast ein Kommunikationsproblem.« Der Name ›Božović‹ stand jetzt für negative Nachrichten, für Tod, Krieg und Vertreibung, und seine Verdienste blieben auf der Strecke. Wenn er gut dastehen wollte, als Politiker, dem man vertrauen konnte und der weitsichtig die richtigen Entscheidungen traf, brauchte er gute Nachrichten und vor allem schöne Bilder, zum Beispiel er mit niedlichen Kindern. Solche Fotos würde er bald liefern. Die Idee vom Schüleraustausch, der Slogan »Kleine Schüler – großes Herz« war genial. Man konnte über Jonathan Spajić mit seinen Lederhandschuhen und dem silbernen Rennrad spotten, aber in diesem Fall hatte er den absolut besten Geistesblitz gehabt.

»Da wären wir dann, Herr Staatssekretär.«

»Fahren Sie noch einmal um den Block.«
»Wie bitte?«
»Tun Sie einfach, was ich Ihnen sage!«
In zwei Jahren waren Wahlen. Vierundzwanzig Monate hatte er Zeit, um sich für ein anderes Amt ins Gespräch zu bringen. Auf keinen Fall hatte er vor, als der berühmte Letzte in die Geschichte einzugehen, der in der Staatskanzlei das Licht ausmachte. Vielleicht sollte er Jonathan Spajić offiziell als seinen Berater engagieren. Der Mann war zwar irgendwo eine Knalltüte, aber er brachte eine gewisse Weltläufigkeit in seinen Stab. Slobodan Božović legte eine Hand auf den Vordersitz, beugte sich vor und sagte: »An der Ampel steige ich aus.«
»Sie meinen…?«
»Ganz genau.«
»Soll ich warten?«, fragte der Fahrer.
»Nein«, knurrte Slobodan Božović. »Sie kriegen von mir Bescheid, wo Sie mich abholen können.«
Er ging im Strom mit den Passanten, mit federndem Schritt, breiten Schultern, offenem Sakko und dem Gefühl, dass er all die Frauen mit den Stirnfransen, roten Lippen und lackierten Nägeln haben konnte. Aber er war vorsichtig geworden. Er vermied es, die Leute anzuschauen, er wollte keine Blicke provozieren. Auch wenn er immer das Gegenteil behaupten würde: Der Vorfall vom vergangenen Sonntag machte ihm Angst. Dass der Mann ohne Probleme an den Sicherheitsleuten vorbei auf sein Grundstück, quasi bis an seine Bettkante spazieren konnte, war ein Schock, und dass der Kerl selbst für die Security arbeitete, war ein Skandal, den er lieber nicht an die große Glocke hängen wollte.

So ein Bauchgefühl. Die Sicherheitsfirma hatte sich bei ihm entschuldigt, den Verrückten aus seinem Umfeld entfernt und das Sicherheitspersonal vor seinem Haus verstärkt. Dabei wollte er es belassen. Die Sache hatte ihn einen Whisky gekostet und den Beamer, den der Typ ihm beim Abgang noch vom Regal stieß.

Von der Sache mit dem Kopfgeld hatte Slobodan Božović nichts gewusst und dass es eine Prämie für die Rückkehrwilligen oder die Vermittlung derselben gab. Auch das war auf dem Mist von Jonathan Spajić gewachsen, aber ob die Idee so genial war, wagte er zu bezweifeln. Nun gut, in diesem Fall war das Geld zurückgekommen, der Verrückte hatte es ihm auf den Tisch geknallt, und es reichte ziemlich genau, um den kaputten Beamer zu ersetzen. So gesehen war Slobodan Božović mit plus/minus null aus der Sache herausgekommen. Wie gesagt: Dabei wollte er es belassen. Den Vorfall ernst nehmen und trotzdem nicht überbewerten war seine Devise. Aber Jonathan Spajić hatte er angewiesen, in Zukunft mit seinem Budget achtsamer umzugehen und bei der Rekrutierung der Leute genauer hinzuschauen.

Er hielt sich rechts, bog ab, ging durch die kleine Passage und nahm die Treppe zur Vasa-Straße. Früher hätte er dort drüben, auf der anderen Straßenseite, ein kleines Bier gezischt, einfach so, um mal zu hören, was die Leute so redeten, aber die Zeiten waren vorbei. Er wechselte die Straßenseite, hielt ein Taxi an, stieg ein. »Zum Zoo, bitte.«

Das Hakenschlagen war eine reine Vorsichtsmaßnahme. Kontrollblick nach hinten. An der Straße des Heiligen Stephan ließ er wieder anhalten und zahlte. Noch einmal wechselte er die Straßenseite, bog um die Ecke und verschwand in der ersten Einfahrt. Ohne Eile ging er durch den ersten Hof, an dem Fahrradständer und den Mülltonnen vorbei und trat durch die Hintertür in das gegenüberliegende Gebäude. Das Treppenhaus war dunkel, die Luft kühl. Seine Schritte und das Knarren der Stufen waren die einzigen Geräusche. Im zweiten Stock klopfte er und wartete. Hundertmal hatte er ihr gesagt, dass sie ihn nicht so lange hier draußen auf dem Treppenflur stehen lassen sollte. Endlich drehte sich der Schlüssel im Schloss. Die Tür ging auf.

Das kleine Höschen, das ausgeleierte T-Shirt und diese zarte Wölbung ihrer Schulter reichten schon, um ihn zu besänftigen. Wie bei einer chemischen Reaktion explodierte etwas in seinem Hirn. Zum Glück musste er keine Worte machen, konnte gleich zur Sache kommen und brauchte keine Samthandschuhe. Das Mädchen war so wunderbar unkompliziert, so anspruchslos, der Sex mit ihr war phantastisch. Für ein paar Minuten vergaß Slobodan Božović das Amt, die Würde und den Kopfschmerz, und dieses Vergessen war das Beste. Er wünschte, dieser Zustand würde ewig andauern oder doch wenigstens lange – allein die Natur, sie wollte es anders, und er wäre der Letzte, der sich der Natur widersetzte.

Nachdem er keuchend zur Seite gerollt war und wieder zu Atem kam, hörte er ein Rauschen. Das Wasser im Badezimmer, der kleine Käfer war schon aus dem Bett gekrochen. Ihm war es recht. Er mochte es nicht, wenn die Weiber hinterher immer noch an seiner Brust schnurrten, und hörte befriedigt, wie sie mit dem Geschirr klapperte und dabei trällerte. Ewig könnte er so liegen und zuhören, in Erwartung seiner Tasse Kaffee. Er stopfte sich das Kissen in den Rücken.

Unter dem Fenster stand ein improvisierter Tisch mit Kerzenständer, und über der Stuhllehne hing eine Federboa. Hatte sie nicht mal erwähnt, dass sie Theater spielte? Wie sich alles wiederholte: Božena hatte früher auch solche Flausen im Kopf gehabt. Er streckte sich und angelte nach seiner Hose.

Eines Tages würde er aufhören zu rauchen. Er würde sich die Zähne machen lassen, Zähne wie Jonathan Spajić. Und er wollte eine neue Englischlehrerin. Er tastete in den Taschen – nichts.

»Diana!«, rief er.

Nur mit dem Handtuch bekleidet, die Haare zum Pferdeschwänzchen gebunden, kam sie angetänzelt und setzte sich zu ihm auf die Bettkante. »Nur mal so als Zwischenfrage.« Sie zog die Beine an, stützte das Kinn auf die Knie, und der kleine, blonde Pferdeschwanz hörte auf zu wippen. »Hast du eigentlich mit ihm gesprochen?«

Er sah den Ansatz ihrer festen Brust und fragte abwesend: »Mit wem soll ich gesprochen haben?«

»Mit deinem Kumpel, diesem Regisseur.«

Er stand völlig auf der Leitung. »Natürlich«, sagte er mechanisch. »Sieht gut aus.« Er hatte keine Ahnung, was er ihr erzählt hatte. Er wollte nach ihr greifen, aber sie entzog sich.

»Du hast es vergessen.« Sie stand auf. Die Röte auf ihren runden Apfelwangen war bezaubernd. »Du nimmst mich nicht ernst.«

»Purzelchen.« Er seufzte. »Der Empfang ist doch erst nächste Woche.«

»Welcher Empfang?«

»Mein Geburtstag. Alle werden da sein, und ich werde mit allen reden, auch mit diesem Kumpel.«

»Versprochen?« Sie stand auf.

Gottlob, der Wasserkessel pfiff. »Versprochen«, murmelte er. Und wo waren jetzt seine Zigaretten?

Auf dem Nachttisch lagen nur Bücher, obendrauf stand die Untertasse, die er wohl schon beim letzten Mal als Aschenbecher benutzt hatte. Er zog die Schublade auf. Nur Kondome und ein Bilderrahmen, Gesicht nach unten.

Er wusste fast nichts über dieses kleine Luder, und eigentlich wollte er es dabei belassen. Aber er konnte nicht widerstehen. Nur mal kurz schauen, wen oder was sie da vor ihm versteckte. Er nahm den Rahmen und drehte ihn um.

Der verschlagene Blick des Mannes, der da breitbeinig am Tisch saß, traf ihn völlig unvorbereitet. Schon wieder starrte er in diese seltsam verhauene Visage, schon wieder verfolgte der Kerl ihn bis an die Bettkante. Er wollte das Bild an die Wand knallen, aber er war wie gelähmt. Der silberne Anhänger an der Halskette, waren das Fußballschuhe?

»Du spionierst in meinen Sachen?« Diana stand mit dem Tablett in der Tür.

»Was hast du mit diesem Kerl zu tun?«, fragte er leise.

»Das geht dich nichts an.« So heftig stellte sie das Tablett ab, dass der Kaffee aus den Tassen schwappte. Sie riss ihm das Foto aus der Hand und warf es zurück in die Schublade. Wütend schob sie diese zu.

»Und damit, glaubst du, ist der Fall erledigt?« Er packte

sie am Arm. »Ich warne dich. Versuch nicht, mich für dumm zu verkaufen.«

»Bist du eifersüchtig?«

So dämlich hatte er sie noch nie lachen hören. Er griff härter zu. Dieser Streichholzknochen – eine Bewegung, und er könnte ihn brechen. Er hätte nicht übel Lust. »Ich will wissen, was hier gespielt wird!«, schrie er.

»Du tust mir weh. Das ist lächerlich. Die Sache ist längst vorbei.«

»Welche Sache?«

»Wir haben uns getrennt. *Ich* habe mich getrennt. Zufrieden?«

Er ließ sie los. Er spürte ihre Angst, er konnte sie riechen, und dieser Geruch ekelte ihn, er ging immer einher mit Verrat. Er wandte sich ab, stieg wortlos in seine Hose, knöpfte sein Hemd zu.

»Du gehst schon? Was ist denn los?« Sie hängte sich an ihn, fuhr ihm mit der Hand zwischen die Knöpfe. »Jetzt sei doch nicht so. Ich hab's doch nicht so gemeint. Ich mach's wieder gut. Ich versprech's.« Sie schaute zu ihm auf und machte einen Schmollmund.

Er schloss die Augen, spürte ihre Fingerchen wandern und wie sein Blut zu pochen begann.

Mit einer Bewegung schüttelte er sie ab. Er wusste nicht, was hier gespielt wurde und welche Rolle sie in dieser Geschichte hatte, aber er war kein Idiot. Und Jonathan Spajić behauptete immer, er hätte alles im Griff. *Master of the Universe.* Dass er nicht lachte!

Slobodan Božović war bereits auf der Treppe, als er dachte: Oder war das alles hier Jonathans Werk? Der Mann agierte schon viel zu lange viel zu selbstherrlich, und dass er ihm vertraute, war schon der erste Fehler. Er hörte Diana rufen: »Und was ist mit dem Empfang? Darf ich nicht auch kommen? Ich könnte doch kellnern!«

Er sah Schimmel an der Wand, Glassplitter und eine kaputte Scheibe. Dieser Moment, wenn etwas zu Ende ging, war immer unschön. Er war nicht traurig, nur sentimental, aber er schaute nicht zurück. Irgendwo warteten schon die Nächsten auf ihre Chance, und sie sollten sie bekommen. Es würde auch seine Art und Qualität haben. Trotzdem. Diese Treppe war ihm fast schon vertraut gewesen.

Schade um das, was er investiert hatte. Schade um den guten Sex. Schade um das kleine Luder.

16

Hinter der Hecke und den Brombeerbüschen ging es steil abwärts, als hätte dort ein Erdrutsch stattgefunden, vielleicht nach dem letzten großen Regen. Dahinter begann die Wiese: sanfte Wellen, übersät von gelben Himmelsschlüsseln und wie gemacht, um mit ausgebreiteten Armen darüberzulaufen, Flugzeug zu spielen und mal kurz über Talinovac zu segeln. Die Sonne schaffte es mit ihren Strahlen gerade noch über die Wipfel und teilte den Ort da unten in zwei Hälften: eine Sonnen- und eine Schattenseite.

Milena lauschte. Ein fernes Brummen war zu hören, ein Rascheln. Auf dieser Strecke, den letzten Kilometern vor Talinovac, war überhaupt kein Verkehr – abgesehen von dem einsamen Fahrradfahrer. Plötzlich tauchte er zwischen den wilden Pfingstrosen auf und trat so kräftig in die Pedale, als wäre er auf der Flucht.

»Hast du den gesehen?« Enver kam von der anderen Seite aus den Büschen und stopfte sich ordentlich das Hemd in die Hose.

Milena drückte ihre Zigarette aus, das Signal zum Weiterfahren.

Die Straße war voller Geröll, an den Rändern kaum befestigt und durch den Hang und die Bäume streckenweise so dunkel, dass Milena kurz davor war, die Scheinwerfer einzuschalten. Doch nach zwei Kurven war die Straße plötzlich frei und verlief gerade – nur weiter hinten war irgendetwas, ein Hindernis.

Mitten auf der Fahrbahn stand quer ein Moped, und am Straßenrand lungerten Jugendliche herum. Ob die Gruppe sich langweilte oder ob sie etwas im Schilde führte, war schwer zu sagen. So oder so – sie kam mit dem Auto nicht vorbei, auch links nicht, wo mehrere Fahrräder auf der Grasnarbe herumlagen.

»Ich wusste es«, sagte Enver.

Milena kuppelte und nahm den Gang raus. »Du meinst, es könnte etwas mit unserem Belgrader Kennzeichen zu tun haben?«

»Der Radfahrer vorhin kam mir gleich verdächtig vor.«

»Wollen die Geld?«

Enver krempelte seine weißen Hemdsärmel hoch. »Du bleibst hier sitzen«, befahl er. »Egal, was passiert.«

»Aber nicht den Helden spielen«, versuchte Milena zu scherzen. »Hörst du?« Doch er hatte die Tür schon zugeworfen. Ohne Eile ging er zu den jungen Leuten.

Ruhig und freundlich, wie es seine Art war, redete er mit ihnen. Sie war froh, dass sie ihn bei sich hatte – nicht nur, weil er die Landessprache beherrschte. Er war ein angenehmer Zeitgenosse, aber die Halbstarken da vorne waren irgendwie störrisch, jedenfalls musste Enver ziemlich viele Worte machen, bis überhaupt mal Bewegung in die Leute kam.

Ein schlaksiger Typ im ärmellosen T-Shirt – auf dem schmalen Oberarm eine große Tätowierung – ging auf Enver zu, und für einen Moment schien es, als würden die beiden sich die Hand reichen. Aber so war es nicht. Stattdessen rückten die übrigen vier nach, standen jetzt um Enver herum und bildeten einen Halbkreis, der immer enger wurde. Milena trommelte nervös auf ihr Lenkrad.

Plötzlich war Enver weg, verschwunden. Sie sah ein Messer aufblitzen, stieß fluchend ihre Tür auf und hörte im selben Moment, wie Enver brüllte. Dann knallte es: einmal, zweimal. Enver verpasste dem tätowierten Typ Ohrfeigen.

Milena war wie gelähmt, und den Jugendlichen ging es anscheinend genauso. Und Enver? Hob das Messer vom Boden auf, und es sah aus, als hielte er der versammelten Mannschaft eine Standpauke. Dann – Milena traute ihren Augen nicht – gab er dem Tätowierten das Messer zurück. Drehte sich um und kam seelenruhig zurück zum Auto. Die Jungs rührten sich nicht von der Stelle.

»Bist du in Ordnung?« Milena war ausgestiegen, stand hinter ihrer Tür und hatte sich noch nicht von ihrem Schrecken erholt.

Enver machte nur die Hand zur Faust, spreizte die Finger und sagte: »Gib mir doch mal das Foto von Goran.«

»Ist dir wirklich nichts passiert?« Milena klappte ihren Sitz vor und holte ihre Handtasche von der Rückbank. Aus ihrem Kalender zog sie ein zusammengefaltetes Blatt Papier, den Schwarzweißausdruck des Fotos, das Slavujka ihr gemailt hatte.

Enver präsentierte den Jugendlichen das Bild, und Milena sah auch ohne Übersetzung, dass die jungen Leute Goran schon einmal gesehen haben mussten. Sie redeten durcheinander, Enver unterbrach, hakte nach. Milena verstand keine Silbe. Der Tätowierte führte jetzt das große Wort, und die Umstehenden nickten. Endlich wandte Enver sich an Milena.

»Folgendes«, sagte er. »Goran ist in Talinovac. Er ist heute hier aufgekreuzt.«

Milena nickte. Sie hatte es geahnt.

»Die Jungs haben ihn zu den Serben geschickt, ein Ehepaar, das anscheinend mit den Valetićs befreundet war. Sie sagen, sie könnten uns hinbringen.«

»Wunderbar.« Milena nickte den Jungs zu. »Worauf warten wir?«

Der Kleinste unter ihnen machte einen Einwand – mit Gesten und heller Stimme, und Milena sah, dass der Junge mit dem Bürstenhaarschnitt ein Mädchen war. Was es erzählte, provozierte unter den Freunden einen lauten Wortwechsel.

Enver übersetzte: »Sie meint, Goran würde gar nicht mehr bei den Serben sein, sondern sei zum Totenhaus gegangen oder jedenfalls Richtung Wald.«

»Totenhaus?«

»Das Haus von den Valetićs.« Enver zuckte die Achseln und lächelte schief.

»Wann war das?«

»Vor zwei Stunden. Mit einem Koffer.«

»Sind sie ihm nicht hinterher?«

Enver übersetzte ihre Frage. Das Mädchen schüttelte erschrocken den Kopf.

»Wie weit ist es zu diesem – Totenhaus?« Milena fragte das Mädchen: »Kannst du uns vielleicht den Weg zeigen?«

Kurz darauf folgten Milena und Enver im Lada dem Tätowierten auf dem Moped. Auf den Sozius hatte sich das Mädchen mit dem Bürstenhaarschnitt geklemmt.

Talinovac war wie ausgestorben und schien nur von Hunden bewohnt zu sein und von ein paar Hühnern. Der Tätowierte demonstrierte, was er draufhatte, schaukelte auf seinem Moped in einem eleganten Slalom um die Schlaglöcher herum, bog beim Wirtshaus rasant um die Ecke und brackerte genau da durch eine Pfütze, wo wie ein Denkmal eine alte Frau stand und verwundert dem Minikonvoi hinterherschaute. Mit sechzig Sachen raus aus dem Ort, links ein windschiefer Postkasten, rechts eine alte Scheune – dann war die Reise schon zu Ende.

Sie stiegen aus. Der Feldweg führte schnurgerade den Hügel hinauf. Drei Kilometer, hieß es, am Wald links halten, und dann würden sie es schon sehen. Das Problem war der Wassergraben, der den Weg von der Straße trennte. Er schien nicht besonders tief zu sein und war auch nicht besonders breit, aber es reichte: Mit dem Auto kamen sie da nicht rüber. Für die Fußgänger hatte jemand ein Brett hingelegt.

Milena schaute nervös auf ihre Uhr. Enver diskutierte mit dem Tätowierten, und ihnen lief die Zeit davon. Wer wusste, ob sie Goran überhaupt noch erwischen würden? Wie lange hielt sich jemand an dem Ort auf, an dem die Eltern umgebracht worden waren?

»Hört mal.« Milena deutete auf das Moped. »Können wir das nicht ausleihen?« Überrascht verfolgte sie, wie der Tätowierte ihren Vorschlag anstandslos in die Tat umsetzte und die Maschine über das Brett auf die andere Seite schob – dabei hatte Enver ihre Frage doch noch gar nicht übersetzt.

»Bitte schön.« Enver grinste. »Haben wir gerade besprochen.«

Der Tätowierte zeigte ihr die kleinen Fußrasten. Noch nie hatte sie auf so einem Ding gesessen, aber was sollte schon passieren? Sie hielt sich an Enver fest.

Mit dem, was zwei erwachsene Menschen auf die Waage brachten, verlangten sie dem Moped einiges ab, und die Holperstrecke tat ihr Übriges. Alle paar Meter ging die Kiste in die Knie, und der Motor kämpfte mit lautem Röhren gegen die Steigung. Milena rief: »Was hast du mit dem Typ und dem Mädchen eigentlich noch gesprochen? Kannten sie die Valetićs, und wissen sie vielleicht etwas, das uns weiterhelfen könnte?«

»Hab ihnen vor allem gesagt, dass sie sich fernhalten sollen.«

»Fernhalten?«

»Schließlich wissen wir nicht, wie Goran drauf ist.«

»Du meinst, ob er eine Waffe hat?«

»Und welchen Hass er auf die Albaner schiebt. Will nicht wissen, was in ihm vorgeht, jetzt, da oben, in dem Haus, wo seine Eltern umgebracht wurden.«

Sehr umsichtig, dachte Milena. Aber sie hatte ohnehin den Eindruck, dass bei den Jugendlichen der Respekt vor dem »Totenhaus« gewaltig war.

»Ist das alles?«, fragte sie. »Oder habt ihr noch etwas gesprochen?«

Enver beugte sich über den Lenker und antwortete nicht. Sie waren in Sand gekommen, und Enver quälte den Motor.

»Hab ihnen nur eingeschärft – sie sollen mal schauen.«

»Mal schauen?«

»Wenn wir in einer Stunde nicht zurück sind, sollen sie die Polizei rufen.«

In der Dämmerung zeichneten sich gegen den fast klaren Himmel die Bäume ab, schwarze Fichten vor allem und Buchen. Milena fröstelte. Die Suche nach Goran hatte sich zu einer Jagd ausgewachsen. Was würde sie ihm sagen, wenn sie ihm gegenüberstand? Sie wusste nicht, was sie erwartete.

Sie stellte sich vor, wie Miloš und Ljubinka Seite an Seite auf diesem Weg gegangen waren, vielleicht täglich. Ob sie sich beklagt hatten, oder hatten sie zusammen gelacht? Waren sie froh, dass sie raus waren aus Belgrad und dem Flüchtlingsheim, oder enttäuscht und verängstigt, weil das hier nicht das Leben war, das sie sich vorgestellt hatten? Wurden sie von den Albanern als Fremde ignoriert oder als unerwünschte Eindringlinge drangsaliert und wie Feinde behandelt?

Sie fuhren am Waldrand entlang, zwischen Büschen hindurch und noch ein Stück weiter, dann stellte Enver den Motor ab. Milena stieg vom Sitz. Ihre Beine waren steif, die Schenkel schmerzten. Sie bewegte sich wie ein Storch. Enver lehnte das Moped an den Baum, um den noch das Plastikband der Polizeiabsperrung geschlungen war. Gras und Brennnesseln standen niedrig, wie niedergetrampelt, vielleicht von den Einsatzkräften, die hier vor einer Woche noch ermittelt hatten. Es war ja erst zwei Wochen her, dass sie aus der Zeitung von dem Mord erfahren hatte. Und jetzt war sie am Tatort.

Das Haus war ein quadratischer Kasten, der bleich in der Dämmerung schimmerte. Sie sprachen kein Wort. Wenn Goran da war, hatte er sie längst gehört, und das beruhigte sie. Sie wollte ihn nicht überfallen. Die Tür war nur angelehnt, ein Siegel oder eine Klingel gab es nicht. Sie klopfte.

»Herr Valetić?«, rief sie. »Goran?«

Im Haus herrschte Finsternis, und das konnte wohl nur bedeuten, dass Goran doch schon weg war. Überrascht war sie nicht, nur enttäuscht.

»Ich glaube«, sagte Enver, »wir haben ihn verpasst.«

Auf dem Fensterbrett lagen Kerzen und Streichhölzer. Milena verriss im Luftzug ein Hölzchen ums andere.

»Dürfen wir das?«, fragte Enver. »Einfach hier rein?«

»Ich will mir nur ein Bild machen«, sagte Milena.

Sie dachte, rechts müsse die Küche sein, aber es gab keine Spüle und keinen Herd, nur eine Kiste und einen Spirituskocher. In der Ecke lag etwas Holz und auf dem Boden schmutziges Stroh, als hätte dort jemand geschlafen.

»Du kriegst die Tür nicht zu«, rief Enver. Seine Stimme kam von nebenan.

»Wie bitte?«

»Das ist ja eine Bruchbude!«

An der Türklinke hing eine Jacke. »Enver«, rief sie. »Schau mal!«

Das Kleidungsstück war ein Sakko, ziemlich proper, und schien hier noch nicht lange zu hängen. Sie tastete die Taschen ab. Innen knisterte ein Stück Papier, sah aus wie ein Ticket, ein Knöllchen. Milena steckte es ein und hängte die Jacke zurück an die Klinke.

»Enver?« Sie schirmte beim Gehen die Flamme mit der Hand ab. »Wo bist du?«

Das Kerzenlicht warf unruhige Schatten an die Wand – eine rohe, unverputzte Mauer, die über die gesamte Länge aufgestemmt war. Als hätte jemand einfach die Rohre herausgebrochen. Da mussten Bauarbeiter am Werk gewesen sein, Profis. Sie hatten alles geplündert und mitgenommen, was nicht niet- und nagelfest war. Im Bad dasselbe: Waschbecken, Kloschüssel – alles weg. Im Zimmer, wo einmal ein großes Fenster gewesen sein musste, ragten durch ein schwarzes Loch unbeweglich die Äste und Zweige herein. Die Demontage hatte nicht erst in den vergangenen Tagen stattgefunden. Wie Enver gesagt hatte: Miloš und Ljubinka Valetić waren in eine Bruchbude gezogen.

»Bist du hier?«, fragte sie. Sie konnte kaum etwas sehen. Das Kerzenlicht blendete, und das Schummerlicht dahinter verschluckte alle Details. »Sag doch etwas.«

In den Augenwinkeln sah sie ein Glitzern. Sie hob die Kerze, drehte ein wenig den Kopf und sah ein Paar winzige Fußballschuhe. Wie eingemauert in eine Nische stand da eine dunkle Gestalt. Eine Sekunde blieb ihr, den kleinen Mund, die breite, fleischige Nase zu erkennen – dieses Gesicht, in dem nichts so recht zusammenpasste. Dann bekam sie einen Stoß.

Milena taumelte und klammerte sich an den harten Gegenstand, mit dem sie getroffen wurde, ein kleiner Koffer, aber sie konnte ihn nicht halten. Der zweite Stoß war heftiger. »Goran!«, rief sie und ließ los. »Warten Sie!«

Sie stürzte, fluchte und sah gerade noch, wie er durch die Tür verschwand.

»Hallo?«, hörte sie Envers Stimme. »Hast du gerufen, bist du okay?«

»Beeil dich!« Sie versuchte, von den Jutesäcken hochzukommen. »Versuch, ihn aufzuhalten.«

In drei Schritten war er bei ihr. »Hat er dir etwas getan?«, rief er erschrocken. Ohne zu antworten, rappelte sie sich auf.

Enver hatte die Kerze wieder angezündet und leuchtete vor der Tür, aber in dieser Dunkelheit hätten sie Suchscheinwerfer gebraucht. Goran war verschwunden. Beim Hinausrennen hatte er sogar noch Zeit gefunden, sein Sakko von der Klinke zu reißen.

Milena fluchte noch einmal. »Wir sind direkt an ihm vorbei«, sagte sie und zeigte Enver die Stelle. »Hier hat er gestanden.« Ihre Schulter schmerzte, sie bewegte den Arm und fragte: »Wo warst du eigentlich?« Ohne die Antwort abzuwarten, nahm sie ihm die Kerze aus der Hand. »Schau mal«, sagte sie leise.

Hinten, im Winkel, lehnte ein kleines Ölbild. Milena leuchtete mit der Kerze über den Boden, der Flecken hatte, als wäre Blut in den Beton gesickert. Dies musste die Stelle sein, wo Miloš und Ljubinka Valetić getötet worden waren. Milena wurde übel.

Erschüttert kniete sie nieder. Hatte Goran die Ikone hier hingestellt? Sie betrachtete den entrückten Ausdruck in dem bleichen Antlitz. In den Augen dieser Ikone war eine tiefe Traurigkeit, aber das Lächeln war ganz mild, als würde dieser Engel um etwas bitten, was im klaren Widerspruch zu dem Verbrechen stand, das an diesem Ort begangen worden war: Vergebung.

»Wir sollten gehen«, drängte Enver. »Wir müssen zurück. Du weißt, die Kinder unten, die Jugendlichen – sie tun, was ich ihnen gesagt habe, und rufen die Polizei.«

Je länger sie im Gesicht dieser Ikone forschte, umso stärker wurde die Verbindung zu ihr. Was war es?

»Kommst du?«

Milena stellte ihre Kerze vor dem kleinen Bild ab und schob sie dorthin, wo sie nicht die Blutflecken auf dem Beton berührte. Die Flamme zitterte, beruhigte sich allmählich und brachte das weiße Antlitz zum Leuchten. Was die Ikone ausstrahlte, waren Milenas Empfindungen: das Entsetzen über die Tat. Und eine tiefe Ratlosigkeit.

17

»Also immer noch Talinovac.« Vera seufzte am anderen Ende der Leitung, als würde sie Milenas Kreditkartenabrechnung kontrollieren. »Was treibst du da unten so lange?«, fragte sie. »Und warum sprichst du so leise?«

»Ich mache mir Sorgen.« Milena hockte auf ihrem schmalen Bett und hörte, wie Enver im Zimmer nebenan hustete. Als ob die Wände in diesem Gasthaus nur aus dieser vergilbten Tapete beständen. Das harte Kopfkissen im Rücken, fuhr Milena nachdenklich fort: »Ich frage mich die ganze Zeit: Was ist, wenn er eine Dummheit macht?«

»Wer?«, fragte Vera verständnislos. »Von wem sprichst du?«

»Goran – für ein paar Sekunden stand er direkt vor mir. Er hatte so eine Panik in den Augen. Und dann...«

»Der Sohn von der Višekruna? Hat er denn etwas mit dem Tod seiner Eltern zu tun?«

»Ich glaube, dass er etwas herausgefunden hat und einer Sache auf der Spur ist. Und das macht mir Angst.«

»Verstehe«, sagte Vera, und es war zu hören, dass sie gar nichts verstand.

»Vuk und Vesna, bei denen er vorher war, ein serbisches Ehepaar hier unten im Ort, glauben, dass er unter Schock steht.«

»Natürlich steht er unter Schock. Wer würde das nicht? Die eigenen Eltern!«

Milena putzte sich die Nase. »Was ich sagen wollte: Es ist zu spät, um jetzt noch nach Belgrad zurückzufahren. Du machst dir keinen Begriff, wie hier die Straßen teilweise sind.«

Es war still in der Leitung. Milena hörte Schritte auf dem Gang. »Bist du noch dran?«, fragte sie ins Telefon.

»Wieso glaubst du eigentlich, du könntest etwas herausfinden, was die Polizei nicht schon längst herausgefunden hat?«, fragte Vera.

Milena klemmte den kleinen Hörer mit der Schulter fest und leerte ihre Umhängetasche auf der Bettdecke aus.

»Denkst du, du bist Onkel Miodrag etwas schuldig? Ist es das?«, fragte Vera weiter. »Ich muss mit ihm reden.« Sie sprach plötzlich ganz leise. »Das geht so nicht. Treibst dich im Kosovo herum, wo dort gerade zwei Serben ermordet wurden. Was sagt Siniša eigentlich dazu?«

»Er hat mir Enver an die Seite gestellt.«

»Enver?«

»Ein Freund. Ein Albaner.« Milena strich den kleinen Zettel glatt.

»Hat er etwas mit dem Fall zu tun? Ist er Polizist?«

»Er übersetzt und passt auf.«

»Er passt auf«, wiederholte Vera. »Und wo ist der Mann jetzt?«

Milena setzte ihre Brille auf. »Nebenan. In seinem Zimmer.« Und sie murmelte: »Udbine-Straße – sagt dir das was?«

»Wie bitte?«, fragte Vera.

»Am sechsten April, kurz nach einundzwanzig Uhr.« Milena rechnete. »Das muss am vergangenen Sonntag gewesen sein. Verstoß gegen die Straßenverkehrsordnung. Hör mal, um diese Uhrzeit ein Knöllchen. Seltsam. Amtliches Kennzeichen...«

»Guck das nächste Mal einfach, wo du dich hinstellst.«

»Kennst du die Straße?«

»Nein, und sie interessiert mich auch nicht!« Vera schnaubte. »Dass Siniša deine Aktivitäten unterstützt – bin ich hier eigentlich die Einzige, die noch bei klarem Verstand ist?«

»Es ist spät«, sagte Milena. »Lass uns morgen weiterreden.«

»Schau doch, dass du morgen nicht so spät kommst. Es gibt Tafelspitz mit Karotten und frischem Meerrettich. Und sag mir Bescheid, wenn du etwas von Adam hörst.«

»Wir haben gerade gesprochen.«

»Sag ihm: Es gibt Birne Helene. – Und...«

Milena lauschte in die Stille. »Und?«

»Eine Bitte: Schieb doch vorsichtshalber einen Stuhl unter deine Türklinke.«

Milena verschwieg, dass es in diesem Zimmer gar keinen Stuhl gab, und versprach, alles zu tun, wünschte eine gute Nacht und legte auf. Während sie den Zettel zwischen die Seiten ihres Kalenders steckte, überlegte sie: Udbine-Straße. War das nicht beste Wohngegend, oben in Dedinje? Würde ja passen: überall Sicherheitspersonal vor den Villen, und sobald jemand falsch parkte – keine Chance. Egal um welche Uhrzeit.

In ihrem Magen rumorten Kohlroulade, Kuhkäse und

Apfelkuchen. Vesna und Vuk, das serbische Ehepaar und Freunde der Valetićs, hatten darauf bestanden, dass sie und Enver zum Essen blieben, und sie hatten kräftig aufgefahren – nicht nur, was die serbische Küche betraf. Zwei Stunden hatten die beiden erzählt: über die Albaner, das Kosovo und das Kreuz mit der Unabhängigkeit. Vuk und Vesna waren ein verängstigtes, altes Ehepaar, das sich in seinem Häuschen unweit der Müllkippe verschanzte und sehnsüchtig auf ein Zeichen vom Sohn wartete, der ausgewandert war und versprochen hatte, sie eines Tages nachzuholen. Und während die beiden Alten warteten, rechneten sie hin und her, wie viel die Albaner ihnen wohl für ihr kleines Häuschen geben und wie weit sie damit in Schweden kommen würden. Alle Serben, die dem Kosovo den Rücken kehrten, hatten ihre Immobilien an Albaner verkauft, und viele hatten den veräußerten Besitz danach noch in Serbien als kriegsbedingten Verlust deklariert und obendrauf eine hübsche Abfindung kassiert. Aber die Zeiten waren vorbei. Der serbische Staat schaute inzwischen genauer hin, und die Albaner bauten sich ihre Häuser jetzt selbst. Vuk und Vesna, den letzten Serben in Talinovac, schwante, dass sie den Absprung verpasst hatten. Die Zeit für die Serben im Kosovo war zu Ende, vorbei, abgelaufen, und auch wenn sie es den beiden nie direkt ins Gesicht gesagt hätten: Die Rückkehr von Ljubinka und Miloš Valetić hierher ins Kosovo war eine Riesendummheit gewesen!

Vuk und Vesna erzählten von Leuten, ebenfalls Serben, oben in Svinjare, die in ihr altes Haus zurückkehren wollten und bei ihrer Ankunft einer albanischen Großfamilie gegenüberstanden, die sich dort inzwischen breitgemacht hatte: Eltern, Großeltern, Kinder, Enkel – Albaner vermehrten sich ja wie die Karnickel. Da standen die Serben nun mit Sack und Pack, wurden mit einer Schrotflinte bedroht und von ihrem eigenen Grundstück gejagt. Glücklicherweise hatten sie ihre Ansprüche innerhalb der genannten Frist bei der zuständigen Behörde, der Kosovo Property Agency (KPA), geltend gemacht und alles mit den nötigen Dokumenten belegt. Bis zur Zwangsräumung vergingen trotzdem Jahre! Und als es dann so weit war, befand sich an der Stelle, wo einmal ihr Haus stand, nur noch ein Steinbruch.

Viele solcher Geschichten hätten Vuk und Vesna noch zum Besten gegeben, wenn Enver nicht zwischendurch auf die Uhr geschaut hätte. Dass ein Albaner mit am Tisch saß – so etwas hatte es bei den beiden alten Leuten noch nie gegeben! Aber er war ja auch anders als seine Landsleute, das sah man auf den ersten Blick: Er war klug, gebildet, zivilisiert und konnte ohne weiteres auch als Serbe durchgehen. Milena wollte höflich eine Bemerkung machen, aber Enver hatte ihr nur zugezwinkert und sich belustigt für das Kompliment bedankt.

Milena zündete sich eine Zigarette an, nahm den Hotelaschenbecher und ging zum Fenster. Unten, im trüben Licht der Straßenlaterne, hatten sich ein paar Leute versammelt. Sie blies den Rauch in die Luft. Es waren ausschließlich Männer, und mit den hochgezogenen Schultern, die Hände in den Hosentaschen, wirkten sie nicht gerade vertrauenerweckend. Als hätte sich schon herumgesprochen, dass eine Serbin im Ort war, dabei hatte sie den Lada mit dem serbischen Kennzeichen doch extra am Hinterausgang, im Schuppen, geparkt. Sie ließ die Gardine zurückfallen.

Sie hatte gegenüber den Albanern genauso ihre Vorurteile wie Vuk und Vesna, und sie schalt sich dafür. Würden diese Leute vor ihrem Haus in Belgrad stehen, würde sie es ganz normal finden: Männer am Samstagabend, die sich auf ein Bier trafen und ein paar Worte wechselten. War doch schön, dass es unter den Leuten in Talinovac noch so etwas wie einen dörflichen Zusammenhalt gab.

Sie setzte sich auf die Bettkante und schlug ihr Notizbuch auf. Sie überflog die Stichpunkte, die sie beim Abendessen mit Vuk und Vesna hingekritzelt hatte.

Das Haus im Wald, die neue Bleibe für Miloš und Ljubinka Valetić, mittlerweile auch »Totenhaus« genannt: Vuk und Vesna glaubten zu wissen, dass die Immobilie eigentlich immer leergestanden hatte, jedenfalls konnten sie sich nicht erinnern, wer dort jemals gewohnt haben sollte. Das deckte sich mit dem, was Enver von den Jugendlichen im Dorf gehört hatte.

Miloš und Ljubinka Valetić seien nach ihrer Ankunft und dem ersten Schreck entschlossen gewesen, die Herausforderung anzunehmen und zu versuchen, das Haus irgendwie instand zu setzen und bewohnbar zu machen. Dass sie sich diese Aufgabe überhaupt zutrauten, lag hauptsächlich an Miloš und daran, dass er von der Möglichkeit erfahren hatte, finanzielle Unterstützung für den Wiederaufbau zu bekommen. Der Topf sei genau für Leute wie ihn, die nicht an ihren früheren Wohnort zurückkehrten, sondern im Kosovo neu anfangen wollten.

Vuk und Vesna erinnerten sich: Miloš sei in der ersten Zeit oft zum Telefonieren auf der Post gewesen. Die Bürokratie, Formulare und Fristen hätten ihn nicht abgeschreckt – im Gegenteil: Er sei optimistisch gewesen. Er fuhr mit dem Bus nach Uroševac, nach Štrpce, und war sogar einmal in Priština. Ljubinka pflegte an solchen Tagen bei Vuk und Vesna zu sein, weil ihr oben im Haus allein doch etwas unheimlich zumute war. Oft saß sie bis spät in die Nacht bei ihnen am Tisch, unter der Lampe, wartete geduldig auf die Rückkehr ihres Mannes und stopfte dabei Unterwäsche.

Es war wohl nicht so einfach, bei den Behörden den richtigen Ansprechpartner zu finden. Miloš hatte mit einiger Verbitterung berichtet, wie hervorragend diese Behörden ausgestattet seien: modernste Büromöbel und Mitarbeiter, die ständig in den schönsten neuen Dienstwagen unterwegs waren, so dass man sie kaum mal zu fassen bekam. Er war ein Bittsteller, dazu Serbe, und so wurde er auch behandelt und immer wieder auf einen neuen Termin an einem anderen Ort in der nächsten Behörde vertröstet.

Vuk hatte seinem Freund Miloš geraten, keinen Krieg mit den Behörden anzufangen und sich mit dem zufriedenzugeben, was er bekommen hatte. Aber Miloš hatte sich da schon in etwas festgebissen. Hatte sogar Kontakt zu einem Abgeordneten und einem Journalisten in Belgrad aufgenommen. Aber dass ein Abgeordneter die Sache vielleicht nur benutzen würde, um sich von der anderen Seite kaufen zu lassen, und ein Journalist es schwer haben würde, mit einer solchen Geschichte durchzudringen, ohne sich die Finger zu verbrennen – davon wollte Miloš nichts hören. Er war überzeugt: Das Material, das er zusammengetragen hatte und weiter sammelte, sei seine Lebensversicherung, und bald sei sie fällig.

Milena ließ ihr Notizbuch sinken. Die Männer da draußen grölten jetzt wie die Schlachtenbummler. Sie verstand nicht, was sie riefen oder sangen und was da eigentlich gefeiert wurde. Sie schloss das Fenster, setzte sich zurück aufs Bett und überlegte.

Das Material, die sogenannte Lebensversicherung, war höchstwahrscheinlich in dem Koffer, den Goran an sich genommen hatte. Vuk hatte von Papieren in Klarsichthüllen gesprochen, konnte aber nicht sagen, worum es in den Schriftstücken ging. Er sei kein Gelehrter, sagte er, von Bürokratie verstehe er nichts, und nebenbei gesagt würde ihn der Inhalt ja auch nichts angehen. Das Zeug sei bei Goran in guten Händen.

Milena schaute erschrocken auf. Hatte es eben geklopft? Es war schon nach Mitternacht.

Auf Strümpfen ging sie zur Tür und lauschte. »Hallo?«, fragte sie halblaut.

»Ich bin's«, antwortete Enver mit gedämpfter Stimme. Sie drehte den Schlüssel im Schloss herum.

Er trat ein, hatte eine besorgte Falte zwischen den Augenbrauen und schloss sofort die Tür hinter sich.

»Was ist denn los?«, fragte Milena irritiert.

Statt einer Antwort löschte er das Licht, ging ans Fenster und schaute durch die Gardine hinunter auf die Straße. »Was sagst du zu der Fete?«, fragte er. »Oder hast du es noch gar nicht gesehen?«

Milena folgte ihm ans Fenster. Und sah, was los war.

Wie viele Männer mochten es sein? Zwanzig oder mehr? Sie riefen, manche lachten, und andere unterhielten sich auch bloß, aber fast alle schauten immer wieder hinauf zu ihrem Fenster – als wäre hier ein Popstar abgestiegen. Nein, wohl eher eine Hassfigur, und die wollte man sich jetzt mal aus der Nähe ansehen. Und die Leute da unten schienen langsam ziemlich wütend zu werden, weil die Kanaille sich partout nicht zeigen wollte. Sie war ein Scheusal, eine verhasste Serbin, die herumschnüffelte, obwohl sie hier schon lange nichts mehr verloren hatte.

Einer der Männer trug neongelbe Sneakers; er formte die Hände wie einen Trichter um den Mund, skandierte und hüpfte dabei rhythmisch, als hätte er sie in diesem Moment hinter der Gardine entdeckt. Als Serbin musste sie für alles herhalten, was diese Menschen in der Vergangenheit an Schlechtem erlebt hatten, und ebenso für alle Hoffnungen, die sich in der Gegenwart noch nicht erfüllt hatten. Milena fröstelte. Ein Funke würde reichen, und die Situation würde eskalieren.

Enver sah blass aus. »Nimm deine Sachen«, sagte er tonlos. »Wir fahren.«

Das Packen dauerte keine drei Minuten. Milena folgte ihm aus dem Zimmer, den dunklen Flur hinunter. An der Treppe wollte sie Licht machen, aber Enver hielt ihre Hand fest, und er ließ sie nicht los, bis sie über die engen Stufen vor dem Hinterausgang angelangt waren. Enver rüttelte an der Klinke und fluchte leise.

»Hast du dein Feuerzeug«, fragte er, »und kannst ein bisschen Licht machen?«

Milena leuchtete mit der kleinen Flamme umher. Enver schob einen Vorhang beiseite, aber da stand nur ein Kühlschrank. Auf der anderen Seite, rechts von der Tür, entdeckte Milena einen kleinen Kasten. Ungefähr ein Dutzend

Schlüssel baumelte hinter dem kleinen Türchen. Enver hatte einen guten Griff: Schon der zweite Schlüssel passte.

Er hielt die Hand auf, und Milena klatschte ihn ab.

Enver schüttelte den Kopf. »Den Autoschlüssel.«

»Natürlich.« Wieder wühlte sie in ihrer Tasche. »Bitte.«

»Warte hier.« Den Schlüssel in der Hand, zog er leise die Tür hinter sich zu.

Sie blieb gehorsam im Flur zurück, hörte den Kühlschrank summen und dachte, dass all das völlig irreal sei, eine Bedrohung ohne Grundlage, nur im Kopf. Aber die Männer auf der Straße waren real. Ein Alptraum, den sie selbst heraufbeschworen hatte, allein durch ihr KFZ-Zeichen, ein Nummernschild aus Blech. Ihr Fehler war, dass sie zu den Bösen gehörte.

Ein schrecklicher Gedanke schoss ihr durch den Kopf. All die Männer da draußen – sie konnte nicht weiterdenken. Ein greller Lichtstrahl traf sie mitten ins Gesicht. Milena fuhr erschrocken herum.

»Sie?« Der Mann im Unterhemd ließ die Taschenlampe sinken und knipste das Deckenlicht an. »Ich dachte schon, es wäre jemand von den Radaubrüdern da draußen.«

Milena rang sich mühsam ein Lächeln ab. »Wir reisen ab.«

Der Mann trat näher. »Und was ist mit der Rechnung?«

Milena nickte und zog ihre Tasche hervor.

»Ich würde es mir an Ihrer Stelle überlegen, ob ich da jetzt rausgehe«, sagte der Wirt.

Sie nestelte in ihrem Portemonnaie und zog einen ziemlich großen Schein heraus.

»Tut mir leid«, sagte der Mann versöhnlich. »Ich habe die

Leute jedenfalls nicht gerufen.« Er hielt den Schein prüfend ins Licht und steckte ihn ein. »Ist in Ordnung.«

Milena hörte ihren Lada, den Motor, das vertraute Rasseln, und atmete auf.

»Nichts für ungut.« Der Mann kratzte sich am Kopf. »Vielleicht ist es tatsächlich besser so.« Er hielt ihr die Tür auf und schaute zu, wie sie ins Auto stieg.

Ohne Licht, die Türen verriegelt, bogen sie hinter dem Haus auf die Straße. Enver fuhr nur Schritttempo, hinein in die Menge, die sich widerstrebend teilte.

Milena schaute in verschlossene Gesichter, Mienen voller Misstrauen, manche hasserfüllt. Die Männer starrten durch die Scheiben zu ihr herein: Familienväter, Großväter und noch ganz junge Kerle, und sie wurde den Gedanken nicht los, dass jeder Einzelne von ihnen wusste, wer die Täter waren. Dass sich Männer aus diesem Kreis in jener Nacht zusammentaten, um den Serben oben im Wald, dem alten Ehepaar, einen Besuch abzustatten und ihnen eine Lektion zu erteilen. – Ein Schlag. Milena zuckte zusammen.

Es hagelte Schläge. Milena zog den Kopf zwischen die Schultern und presste die Hände im Schoß zusammen. Mit Fäusten hämmerten die Männer auf die Motorhaube und das Dach. Und jeder einzelne Schlag war ein Schlag in Milenas Gesicht.

18

Frau Juliana pustete und versuchte, ihren Atem unter Kontrolle zu bekommen. Ihr Puls raste, als hätte sie einen Großeinkauf in die Speisekammer geschafft. Dabei hatte sie bloß telefoniert, aber das Gespräch, bemerkenswert kurz, hatte es in sich gehabt. Der Hörer in Julianas zitternder Hand und das langgezogene Tuten sagten ihr, dass es tatsächlich stattgefunden haben musste.

Es war ein seltsamer Zustand, in dem sie sich befand. Behutsam legte sie den Hörer zurück auf die Gabel, schaute hinaus in den Garten, ins Grün, ins Gelb und Blau von Tulpen und Iris, und die Farben verschwammen vor ihren Augen. Wie lange hatte sie auf diesen Tag gewartet? Zwei Schritte, und sie sackte auf den Stuhl neben Sophias Sessel und tätschelte ungläubig die abgewetzte Lehne.

Hier hatte sie auch damals gesessen. Es war die Zeit, als die Ringelblumen blühten, der Lavendel duftete und das Pflaster klebrig war von den Linden. Der Albaner war fort, um daheim bei der Ernte zu helfen, und würde erst im Herbst wiederkommen. Sophia war mit der kleinen Schwester an der Adria in der Sommerfrische, und Juliana hielt die Stellung. Es war ein Samstag gewesen, in den frühen Morgenstunden, das wusste sie noch genau, denn sie hatte auf die Käsefrau gewartet. Doch statt dem Läuten hörte sie jemanden durch die Durchfahrt schleichen. War der Albaner etwa schon wieder zurück?

Sie kam gerade noch rechtzeitig, um zu sehen, wie Nicola sich mit einem Koffer aus dem Tor stehlen wollte. Wie erstarrt stand sie auf ihrer Treppe. Fast widerwillig setzte Nicola seinen Koffer noch einmal ab und kam zu ihr. Er zog seine Schlägermütze vom Kopf und nahm ihr Gesicht in seine großen, warmen Hände. Er stand zwei Stufen unter ihr, so waren sie gleich groß. Mit seinen grauen Augen schaute er sie an, wie man ein kleines Kind anschaut. »Juliana«, sagte er und seufzte. »Julchen. Mach mir den Abschied nicht so schwer. Sei nicht traurig, und sei ganz unbesorgt. Ich komme doch wieder!« Dann ging er. War einfach fort. Juliana schneuzte sich.

Sophia sagte immer, dass Nicola ein Nichtsnutz sei, ein Frauenheld, faul und bequem. Statt einfach zu tun, was man von ihm erwartete! Er sollte – wie sein Vater und Großvater – nach Budapest gehen und das Leder- und Pelzhandwerk erlernen und Kürschner werden. Er sollte in den Filialen in Wien und Paris arbeiten und später das Hauptgeschäft hier in Belgrad, in der Königin-Natalja-Straße, übernehmen. Aber die Fußstapfen, lästerte Sophia, waren für den kleinen Nicola wohl ein bisschen zu groß. Nur zur Erinnerung: Der Papa, Onkel Lazarus, hatte seinerzeit die Astrachan-Jacke für Prinzessin Elena kreiert, ein modischer Persianer mit Zobelbesatz, und damit schon in ganz jungen Jahren einen echten Coup gelandet. Jeder, der in der Gesellschaft etwas galt und gelten wollte, musste fortan ein Stück aus dem Hause Spajić haben, und wenn es nur ein Muff war. Nicola hätte das Geschäft ohne Anstrengung weiterführen können, niemand verlangte Unmögliches von ihm – und schon gar nicht den großen Coup.

Juliana verstand nichts von diesen Dingen. Sie führte im Haus die Warenwirtschaft und verantwortete den Wäscheschrank, aber woran sie sich erinnerte, war, dass viel gelacht wurde, wenn Nicola hier unten in der Küche war, sich mit der Zigarette zwischen den Lippen ans Klavier setzte, einen Gassenhauer nach dem anderen zum Besten gab und die dicke Drinka bei den Hüften nahm und mit ihr tanzte.

Das alles war lange her. Juliana strich versonnen über das Tischtuch und schaute auf die Uhr. Blumen auf dem Tisch wären schön. Aber die Kristallvase war zu schwer, sie konnte sie nicht mehr vom Schrank herunterholen. Sollte sie ihm trockene Plätzchen anbieten? Nicola liebte Quittenkäse, mit Walnüssen versetzt und Puderzucker bestreut, in dünne Scheiben geschnitten, zum Kaffee. Aber es gab keinen Albaner, der im Herbst die Früchte vom Baum holte, und keine Drinka, die die Quitten mit Nelken einkochte. Es gab keine Ordnung mehr, alles war durcheinandergeraten. Wann war Nicola gegangen – vor oder nach dem Krieg? Wusste er von dem Bombeneinschlag und dem großen Feuer? Dass oben nur noch der Salon geblieben war? Sie hatte den Raum seit Jahren nicht betreten. Die Treppe war beschwerlich, und es war zu traurig zu sehen, wie das Wasser durch die Decke kam und unter den hässlichen braunen Flecken das schöne Rosenmuster in der Tapete verschwand. Nun, hier in der Küche war fast alles beim Alten. Nur die Töpfe blinkten nicht mehr, und der Boden, das schwarzweiße Schachbrett, war stumpf geworden.

Sie öffnete den großen Schrank. Das nachtblaue Kleid hing ganz hinten zwischen den Lavendelsäckchen. Die Farbe stand ihr gut zu Gesicht. Sie hätte ein anderes Leben führen können. Mit der Mitgift, die Onkel Lazarus ihr in Aussicht stellte, hätte sie die Wahl gehabt. Ein guter Handwerker oder ein Lehrer. Aber ihre Verantwortung lag hier, in diesem Haus. Sie hatte den Cousinen gedient, war immer für sie da, und es war die richtige Entscheidung gewesen. Sie hatte das Erbe, das wenige, das geblieben war, bewahrt und erhalten.

Sie band den Gürtel, schob die Schleife auf die Hüfte, trat an die Kommode und zog die große Lade auf. Die Haare, die sie in der Schatulle gesammelt hatte, waren für den Dutt, und der Dutt war für besondere Anlässe. Jetzt war ein solcher Anlass, und wahrscheinlich war es der letzte in ihrem Leben.

Sorgfältig steckte sie die Haarnadeln fest, drehte den Kopf und betrachtete im Spiegel ihr faltiges Gesicht. Juliana Spajić, die arme Cousine aus Kopaonik. Der Kreis schloss sich, und alles bekam eine Ordnung und einen Sinn. Die Standuhr rasselte und holte zum Schlag aus. Es war so weit. Juliana erhob sich. Ihr war ganz feierlich zumute. Im Vorbeigehen strich sie über Sophias Sessel und löschte in der Speisekammer das Licht.

Im Tor öffnete sie die kleine Tür, trat über die Schwelle hinaus auf die Straße und blinzelte verwirrt in die Sonne. Der Mann, der dort wartete, hatte ein silbernes Fahrrad, und eine Hand steckte flegelhaft in der Hosentasche. Sie hatte den Fremden noch nie gesehen.

»Guten Tag«, sagte sie.

»Julchen?«, fragte der Mann und schnalzte mit der Zunge. »Haben wir zwei nicht miteinander telefoniert?«

Sie forschte in seinem Gesicht und suchte nach etwas, das ihr vertraut sein könnte. Das Kinn war kräftig, aber der Mund, die Lippen – nein, das war nicht ihr Nicola. Ihr wurde schwindelig. Dann war es also, wie Sophia immer sagte: Alles bloß ein Wunsch. Und sie war einfach nur meschugge.

Er trat näher. Sie wollte zurückweichen, als sie in seine Augen sah, in dieses Grau. Er nahm sie fest bei den Schultern. Sie verstand nicht, was er sagte.

»Nicola?«, stammelte sie. »Bist du es?«

19

Im Geiste ging Milena noch einmal die Liste durch: Orangen und Äpfel hatte sie eingepackt. Ebenso den Ziegenkäse, den Onkel Miodrag sich gewünscht hatte. Dazu Weißbrot, Gurke, gekochtes Huhn mit Estragon und Liebstöckel und – um die Verdauung anzuregen: Pflaumen in Madeira. Nicht zu vergessen die übliche Kanne Milch, heute mit Banane statt mit Zimt. Vera bestand auf der täglichen Zufuhr Calcium, die für den Knochenaufbau unerlässlich war, und dass Onkel Miodrag das Zeug, wie er sagte, zu den Ohren rauskam, war ihr herzlich egal.

Sorgen bereiteten zurzeit vor allem die Druckstellen an Steißbein und Gesäß. Das dauernde Liegen. Und wenn die Wunde erst einmal offen war... Niemand konnte das Unglück so gut heraufbeschwören wie Vera und das Ganze dann zur Katastrophe aufblasen, die mit einem detaillierten Schlachtplan abgewendet werden musste. Den umzusetzen war vor allem Milenas Aufgabe, als hätte sie nicht schon genug auf dem Zettel. Sie hatte mit Vera gestritten.

Andererseits hatte ihre Mutter natürlich recht: Man konnte nicht vorsichtig genug sein, und ein Krankenhausaufenthalt, bei einem Mann in seinem Alter, war eben keine Lappalie.

Mit solchen Gedanken und bepackt mit Tüte und Tasche

lehnte Milena sich gegen das Sicherheitsglas und betrat die Station wie immer mit dem Rücken zuerst.

Die Tür zum Schwesternzimmer war nur angelehnt. Milena hörte, wie jemand schluchzte, während Schwester Dunja sachlich argumentierte: »Ich habe keine Mittel, um die Sache zu beschleunigen. Tut mir leid.«

»Er wartet jetzt schon die vierte Woche.« Ein leises Schneuzen war zu vernehmen. »Uns steht das Wasser bis zum Hals. Er muss wieder arbeiten, sonst...«

Milena zögerte, dann klopfte sie und steckte den Kopf durch den Türspalt.

Schwester Dunja stand an der großen Metallschublade, der Patientenkartei, spazierte mit den Finger über die alphabetischen Reiter und sagte: »Oder Sie versuchen einfach, ob Sie nicht für Ihren Mann einen Platz in einem anderen Krankenhaus finden.« Sie versenkte die schmale Akte, verpasste der Lade mit der Hüfte einen Schubs und schaute Milena fragend an.

»Ich will gar nicht lange stören«, sagte Milena halblaut. »Es ist wegen der Wundpflaster. Meine Mutter hatte gestern mit Ihnen gesprochen.« Sie überreichte den Zehnerpack: jedes Pflaster vakuumverpackt, aluminiumbeschichtet, atmungsaktiv und in Deutschland hergestellt. »Sie können bei Bedarf natürlich auch andere Patienten damit versorgen. Nächste Woche kommt Nachschub.«

»Wunderbar.« Schwester Dunja legte die Schachtel beiseite, griff nach einer Liste und hauchte ihren Kugelschreiber an. Das nervöse Blinken der Lämpchen an der Wand und das stupide Brummen waren wie immer kein Grund zur Aufregung.

Die fremde Frau stand verloren mitten im Raum, schniefte und zupfte unschlüssig an den Ärmeln ihrer viel zu großen Männerjacke. Milena reichte ihr ein Päckchen Taschentücher.

»Danke.« Die Frau lächelte scheu.

»Ist noch etwas?« Schwester Dunja schaute hoch. »Ihr Onkel, Frau Lukin, wartet, glaube ich, schon sehnsüchtig.«

Er lag in seinem Bett am Fenster, schaute in die Bäume, und jedes Blatt da draußen erinnerte ihn, dass er daheim in Prokuplje schon längst seine Rosen und Obstbäume hätte beschneiden und die Aussaat besorgen müssen. Drei Tage hatte Milena ihn nicht gesehen, und sie erschrak, wie blass er war. Sein Mund war ganz klein geworden, die Lippen trocken, und die Augen lagen in tiefen Höhlen.

»Ich dachte schon, du kommst nicht mehr«, ächzte er.

»Wie geht's dir, was hast du gegessen?« Sie stellte ihre Tasche ab und küsste ihn auf die kratzige Wange.

Er wedelte nur mit der Hand durch die Luft. Milena nahm sein Kopfkissen, schüttelte es auf und stopfte es so zurecht, dass er einigermaßen bequem aufrecht sitzen konnte. Mit der Tageszeitung legte sie ihm auch ein buntes Blatt Papier auf die Decke. Das Filzstiftgemälde, Motorrad in greller Landschaft, hatte Adam für ihn gemalt.

»Wo ist denn der Racker?«, fragte Onkel Miodrag und tastete nach seiner Brille. »Wollte er nicht mitkommen?«

»Wenn es nach ihm gegangen wäre, hätte er den Gitarrenunterricht liebend gern auf der Stelle sausenlassen.« Sie zog den Nachttisch heran und begann auszupacken.

So ging das nun schon seit über zwei Wochen. Herr Popović, der Patient gegenüber, war umringt von besorgt murmelnden Besuchern, die diskret eine Korbflasche kreisen ließen; Herr Stojadin, im Bett nebenan, mit Ohrenstöpseln und einer scharfen Falte über der Nasenwurzel, in die Sozialgeschichte des neunzehnten Jahrhunderts vertieft. Eine kleine Sensation war, dass der schweigsame Mann mit dem schmalen Oberlippenbart heute im Bademantel am Fenster stand, statt wie sonst, bis zum Hals zugedeckt, das erste Bett vorne bei der Tür zu belegen. Milena konnte sich nicht erinnern, dass sie ihn jemals auf den Beinen gesehen hatte.

»Es gibt Neuigkeiten«, sagte sie und wickelte Teller, Glas und Besteck aus dem Geschirrtuch.

Onkel Miodrag ließ das Bild sinken und schaute forschend über den Rand seiner Brille. »Du warst in Talinovac, stimmt's?«

»Aber nicht allein«, schob sie eilig hinterher.

»Ich wusste es!«

»Zusammen mit einem Freund, einem Albaner, der sich da unten auskennt.«

»Du bist wahnsinnig.« Onkel Miodrag schüttelte den Kopf, aber seine Wangen bekamen etwas Farbe. »Was hast du da unten gemacht?« Er versuchte, sich weiter aufzusetzen. »Hast du etwas herausbekommen? Hast du mit der Polizei gesprochen?«

Sie goss ihm ein Glas Milch ein. »Trink erst mal.«

Er gehorchte.

»Ich wollte Goran Valetić treffen.« Sie nahm ihm das Glas ab. »Weißt du, ich hatte so ein Gefühl. Irgendwie wusste ich, dass er in Talinovac sein würde.« Sie begann, ihm ein Käsebrot zu schmieren, und erzählte von dem Zwischenstopp auf der albanischen Hochzeit, den Jugendlichen am Ortseingang von Talinovac und schließlich von ihrem Zusammenprall mit Goran, der ihr für ein paar Sekunden gegenübergestanden hatte.

»Und dann?«, fragte Onkel Miodrag atemlos.

»War er weg.«

»Wie – weg?«

»Er ist geflüchtet. Abgehauen.«

»Weil er etwas mit dem Tod seiner Eltern zu tun hat?«

Milena überlegte kurz und schüttelte den Kopf. »Ich glaube, er hat einfach Angst bekommen. Schau mal: Zwei Fremde in dem Haus, in dem kurz zuvor seine Eltern umgebracht wurden.«

Sie berichtete, wie abgelegen das Haus war, fast mitten im Wald, mit kaputten Fenstern, herausgerissenen Rohren und einem großen Loch in der Wand – eigentlich eine Ruine. Und sie erzählte, wie sie an der Stelle, wo es passiert sein musste, eine Ikone gefunden hatten.

»Eine Ikone?«

»Ja, so eine kleine. Die muss Goran da hingestellt haben.«

»Und gab es keine Kerze?«

»Wie?«

»Na, eine Kerze eben! Für seine Eltern, für Ljubinka…«

Seine Augen standen voller Wasser, und sein Kinn zitterte.

»Beruhige dich«, sagte Milena und drückte seine Hand. »Wir haben eine Kerze angezündet.«

Er nickte, presste die Lippen zusammen und fuhr sich mit dem Handrücken über die Nase. »Und?«, fragte er heiser. »Gibt es eine Spur?«

Sie legte ihm ein Stück Huhn auf den Teller. »Weißt du,

ich bin später mit Enver in so eine Situation geraten, da habe ich in die Gesichter dieser Menschen geschaut.«

»Was für eine Situation?«

Sie reichte ihm eine Gabel. »Da habe ich, glaube ich, etwas kapiert: Es war gar kein Mord an Miloš und Ljubinka Valetić. Verstehst du, was ich meine? Es war der Mord an zwei Serben, die sich das Recht herausgenommen haben, in Talinovac Fuß fassen zu wollen. Sie mussten sterben – stellvertretend für alle unerwünschten Rückkehrer.«

Onkel Miodrag schob den Teller von sich. »Diese verdammten Albaner.«

»Serben haben im Kosovo einfach nichts mehr verloren. Das ist mir noch einmal klargeworden.«

»Und du sagst, du hast in die Gesichter der Mörder geschaut?«

»Nun – sagen wir so: Die Männer, die sich da vor unserer Herberge zusammengefunden haben, hätten theoretisch die Mörder sein können. Und wenn du mich fragst: Die wissen, wer die Täter sind – auch wenn sie ihre Namen wahrscheinlich niemals preisgeben würden.«

»In was für einer Welt leben wir eigentlich?«

»In keiner guten, Onkel Miodrag. Das ist eine Entwicklung über Jahre und Jahrzehnte. Da hat sich im Zusammenleben zwischen Serben und Albanern etwas hochgeschaukelt ...«

»Ich habe immer gedacht, das ist die Politik, und eigentlich sind doch die Albaner unsere Freunde. Aber weißt du, was ich mittlerweile denke?« Onkel Miodrag ballte wütend die Faust.

»Nicht doch, Onkel Miodrag.«

»Die Albaner sind für mich Tiere! Sie sind einfach nur Tiere – nichts anderes!«

Milena schaute erschrocken auf. Der Mann, der die ganze Zeit reglos am Fenster gelehnt hatte, stand plötzlich wie ein dunkler Schatten an Onkel Miodrags Bett. Im Gegenlicht war sein Gesicht nicht zu erkennen, und die Worte kamen ihm nur mühsam über die Lippen. »Wir sind Menschen«, stieß er hervor. »Verstehst du? Menschen wie ihr… Serben!« Voller Erregung spuckte er die Worte aus, geriet ins Taumeln und drohte, das Gleichgewicht zu verlieren. Mit einem Satz war Milena bei ihm, aber der Mann hob abwehrend die Hand.

Ohne Hilfe tastete er sich zum Fußende, packte die Stange und keuchte: »Wenn wir Tiere wären, dann wegen euch. Weil ihr uns dazu gemacht habt.« Dann hangelte er sich weiter. Herr Stojadin schaute kurz von seinem Buch auf, bevor er umblätterte und wieder in seiner Lektüre versank.

»Verdammt«, flüsterte Onkel Miodrag. »Der Kerl ist Albaner!«

Milena war wie betäubt. Jetzt wusste sie auch, wo sie den Mann schon einmal gesehen hatte. Sie war sich ziemlich sicher: Er arbeitete auf dem Markt, wenn sie nicht alles täuschte, am Gewürzstand. »Hatte er heute Besuch?«, fragte sie leise. »Von einer Frau in einer großen Männerjacke?«

Onkel Miodrag nickte. »Haben die ganze Zeit miteinander geflüstert, und sie hat, glaube ich, geweint.« Vorsichtig reckte er den Hals und schaute über Herrn Stojadin hinweg rüber zum Bett des Albaners. »Der Besuch von seiner Frau hat ihn ganz schön mitgenommen.«

»Und wir haben ihm den Rest gegeben.« Milena tat reichlich Käse, Huhn, Brot und Gurke auf einen Teller.

Der Mann lag halb zugedeckt auf seiner Matratze, die verrutscht war und am Fußende schief aus dem Rahmen ragte.

»Entschuldigung«, sagte Milena halblaut.

Seine Lippen unter dem schmalen Bart waren nur ein Strich, die Augen geschlossen, aber die Lider flatterten.

»Ich möchte mich entschuldigen. Es tut mir wirklich leid.« Vorsichtig stellte sie ihm den Teller auf den Nachttisch. »Wissen Sie, wir haben so vor uns hin geredet, ziemlich dummes Zeug. Wir wollten Sie nicht beleidigen und natürlich auch nicht Ihre Landsleute.«

»Wie Menschen behandelt werden«, murmelte er. »Das ist alles, was wir wollen.«

»Brauchen Sie etwas?«, fragte Milena besorgt. »Kann ich etwas für Sie tun?«

»Ein Serbe? Will etwas tun – für einen Albaner?« Er verzog das Gesicht, als würde das Absurde an diesem Gedanken ihn gleich zum Lachen bringen. »Wird ja immer besser.«

Milena verstand nicht. »Was meinen Sie?«

»Gebt mir einfach die Hüfte, und baut mir das Ding ordentlich ein. Dieses verfluchte Stück Kunststoff – mehr verlange ich doch gar nicht. Und ich schwöre beim Leben meiner Mutter: Ich habe noch nie in meinem Leben etwas verlangt.«

»Sie bekommen Ihr Hüftgelenk«, tröstete Milena.

»Dann bin ich wieder weg, und dieses Haus sieht mich hoffentlich nie wieder.«

»Es wird alles gut.«

»Hören Sie doch auf. Sie wissen ja nicht, was Sie reden! Wir schuften uns zu Tode, und wenn wir von euch etwas brauchen, sind wir euch nicht mal einen Tritt in den Hintern wert. Wir sind weniger als der verdammte Schmutz unter eurer Schuhsohle.«

»Unsinn!«, sagte Milena erschrocken. »Was erzählen Sie denn da?«

»Jetzt gehen Sie endlich. Worauf warten Sie? Hören Sie auf, mich anzustarren. Lassen Sie mich in Frieden!«

Als sie in ihrem Auto zurückfuhr, musste sie sich eingestehen, dass der Mann – bei aller Verbitterung und allem Selbstmitleid – einen Punkt getroffen hatte. Einem Albaner in Serbien wurde die Krankenhausbehandlung nicht verweigert, aber er hatte sich bitte schön zu gedulden, Schmerzen auszuhalten und hinzunehmen, dass jeder andere Patient Vorrang hatte. Jeder Notfallpatient, Privatpatient, Patient serbischer Staatsangehörigkeit oder serbischer Herkunft wurde ihm vorgezogen. Und dieser Fakt war, wie Schwester Dunja es wohl ausdrücken würde, »keine Diskriminierung, sondern völlig normal«.

Von Ampel zu Ampel wurde der Verkehr dichter, die Reklameschilder vervielfachten sich, und die Schaufensterscheiben wurden größer. Männer in Businessanzügen trugen in einer Hand die Aktentasche, in der anderen den Pappbecher. Frauen hasteten nach Büroschluss zur Straßenbahn und führten vor, wie schnell man auch mit Absätzen rennen konnte. Vor dem Eingang des italienischen Fastfoodrestaurants drängelten sich Jugendliche in einheitlich tiefhängenden Hosen, und hier und da waren die Einkaufstüten der schwedischen und spanischen Modeketten zu sehen. Milena blinkte, ließ die Fußgänger passieren und dachte, dass etwas Entscheidendes fehle.

Sie bog in den König-Alexander-Boulevard ein und fuhr an großen und kleineren Geschäften vorüber. Die Zuckerläden, die es hier früher an jeder zweiten Ecke gab, waren längst verschwunden und mit ihnen der Kindheitstraum, die Schuber voller Bonbons, kandierter Früchte, Dauerlutscher und Lakritzstangen. Ebenso die albanischen Konditoreien mit den süßen Teilchen aus Mürbe- und Blätterteig, verziert mit klebrigen Marmeladenaugen und gehackten Walnüssen. Wo, überlegte Milena, bekäme man jetzt eigentlich schnell mal ein Glas Boza, dieses sämige, süßlich prickelnde, vergorene Hirsegetränk, das früher an jeder Ecke verkauft wurde? So lange war es doch gar nicht her, dass der Boza-Verkäufer auf der Straße unterwegs war, mit der großen Korbflasche auf dem Rücken und den klirrenden Henkelgläsern am Gürtel. Man erkannte ihn schon von weitem an seinem Fes aus dunkelrotem Filz mit dem typischen Farbverlauf: Oben, wo die schwarze Seidentroddel hing, war der Fes von der Sonne ausgeblichen, unten, an der Stirn, dunkel vom Kopfschweiß. Der gewöhnliche Albaner, der Gepäck- und Kohlenträger, trug immer Melone, und wenn die Männer sich am Abend zum Plaudern an den Straßenecken zusammenfanden, hatten manche ein buntes Tuch um den runden Hut geschlungen. Im Herbst traf man noch den albanischen Maronenverkäufer, der auf der Fürst-Michael-Straße die Früchte auf seinem Holzkohlegrill röstete und in Tüten aus gerolltem Zeitungspapier verkaufte. Aber wo war der Albaner, der einfach nur stumm, mit gekreuzten Beinen, auf der Erde saß und seine lange Pfeife rauchte? Mit der Erinnerung, den sentimentalen Bildern, stieg Milena wieder der bitterscharfe Tabakgeruch von damals in die Nase. Sie fuhr Schritttempo, ließ die Straßenbahn vorbei, blinkte und manövrierte in die Parklücke.

Als damals die Schlägertrupps durch die Einkaufsstraßen zogen und die Schaufensterscheiben der Konditoreien und Zuckerläden zertrümmerten, zeigten sich manche Rentner solidarisch, organisierten ihre sogenannten »süßen Runden« und hielten demonstrativ Kaffeeklatsch in den albanischen Cafés. Aber der große Aufschrei in der Bevölkerung blieb aus. Nahezu unbemerkt wurde der albanische Minister von seinem Amt entbunden, der international anerkannte Universitätsprofessor von Lehre und Forschung suspendiert und der Ohrwurm des albanischen Schlagersängers aus dem Radio- und Fernsehprogramm verbannt. Manchen Albanern blieb der Weg ins Ausland, andere bereiteten ihrem Leben ein Ende. Der legendäre Bekim Fehmiu, der am Nationaltheater so eindrucksvoll den Odysseus gab, nahm den Strick, als man von ihm verlangte, »sich zu bekennen«, sein Herz in zwei Hälften zu zerreißen und sich zwischen Kosovo und Serbien zu entscheiden.

Milena zog das Wochenblatt aus dem Briefkasten, ging am Fahrstuhl vorbei und nahm die Treppe. Mit dem Verschwinden der Albaner verblasste zuerst die Erinnerung, und dann gingen die Achtung und der Respekt dahin. Der Zuckerladenbesitzer, der Boza-Verkäufer und der Universitätsprofessor hatten sich in einen Autodieb, Drogendealer und Waffenhändler verwandelt. Der Albaner war ein zwielichtiges Subjekt geworden, eine dunkle Gestalt ohne Gesicht, getrieben von niedrigsten Instinkten. Man ging ihm besser aus dem Weg, und man schützte sich, so gut man konnte.

Milena zog die Wohnungstür hinter sich ins Schloss, drehte zweimal den Schlüssel um und legte die Kette vor.

»Hallo!«, rief sie. »Ich bin's!«

Fiona, die Katze, kam aus dem Wohnzimmer, spazierte ihr ein paar Schritte entgegen, drehte dann um und verschwand in der Küche.

»Beeil dich!« Veras Stimme. »Das Essen steht auf dem Tisch.«

Beim Händewaschen dachte Milena, wie wunderbar bei der Greueltat von Talinovac doch alles zusammenpasste: ein einsames Haus im Wald, zwei wehrlose serbische Rentner, ein Haufen hasserfüllter Albaner und am Ende zwei Genickschüsse. Das Motiv? Vielleicht Fanatismus, nationalistische Verblendung und möglicherweise so irrational, dass man sich nicht wundern durfte, wenn die Tat nie aufgeklärt würde.

Sie hängte das Handtuch an den Haken und schlüpfte in ihre Hausschuhe. Es war so bequem, alles Gesehene und Gehörte, den ganzen Horror, in die passenden Schubladen zu verbannen und den Schrank einfach zuzumachen. Sich noch eine Weile gepflegt der Empörung hingeben, und dann war es auch gut.

»Setz dich.« Vera hantierte mit Topfdeckeln, und ein feiner zitroniger Duft zog durch die Küche. Adam stocherte in seiner Portion Hühnerfrikassee, fischte akribisch die Erbsen und Spargelspitzen heraus und schob sie an den Tellerrand.

Milena drückte ihrem Sohn einen Kuss auf das weiche

Haar. Sie lebte auf einer Insel, knapp siebzig Quadratmeter groß, und tat, als wäre es ausgeschlossen, dass hier einmal etwas Schlimmes geschehen könnte. Als hätte sie die Macht, zu kontrollieren und zu verhindern, dass Vera jemals krank werden, gar sterben oder Adam vielleicht einmal in schlechte Gesellschaft und auf die schiefe Bahn geraten könnte. Dass die politische Lage sich zuspitzte, das Institut abgewickelt würde und sie ihre Stelle verlieren könnte. Dass die Zeit in dieser Küche rückblickend vielleicht nur eine kurze glückliche Phase war. Dabei waren ihre Möglichkeiten, irgendetwas von dem, was da draußen vor sich ging, aus dieser Küche herauszuhalten, so gering, dass der Boden unter ihren Füßen, die zerkratzten Kunststofffliesen, für einen kurzen Moment ins Wanken geriet.

»Brauchst du eine Extraeinladung?« Vera häufte Reis auf ihren Teller und formte mit dem Löffel eine Kuhle. »Hast du Schwester Dunja die Pflaster gegeben und ihr gesagt, wie sie damit umgehen muss?«

»Alles erledigt.« Milena probierte einen Pilz, tippte Adam an den Ellenbogen, damit er sich ordentlich hinsetzte, und fragte, mit Blick auf den bunten Zettel neben seinem Teller: »Was wird das, wenn es fertig ist?«

»Farbproben«, sagte er.

»Für sein neues Zimmer«, ergänzte Vera und stellte mit hochgezogenen Brauen ein kleines Weinglas neben Milenas Teller.

»Neues Zimmer?« Sie schaute ihrer Mutter hinterher, die sich am Kühlschrank zu schaffen machte. »Hat Philip angerufen?«

»Fast eine Stunde haben die beiden telefoniert, und jetzt

ist der Junge völlig rappelig.« Vera zog den Korken aus der Flasche. »Adam, bitte. Leg den Stift weg.«

»Ich darf die Wände streichen, wie ich will«, sagte er. »Jede Farbe ist erlaubt. Papa und ich – wir machen eine richtig coole Aktion.«

»Das sind ja Neuigkeiten«, murmelte Milena und nippte am Rosé.

»Oma findet: Dunkelrot.« Adam kritzelte. »Aber vielleicht ist Blau besser, oder was meinst du?«

»Blau ist schön.« Milena schob ein Stück Huhn und etwas Reis auf ihre Gabel. Die neue Wohnung in Altona. Philip hatte sich also entschlossen, Tatsachen zu schaffen. Und wenn er jetzt den Unterhalt kürzte? Sie war es so leid. Immer war sie die Spielverderberin, am Meckern und Verbieten, während Philip gemütlich mit seinem Sohn durch den Baumarkt stromerte, Hüte aus Zeitungspapier bastelte und ihm erlaubte, sich nach Herzenslust mit Farbe zu bekleckern. Dazu spendierte Jutta, seine vollbusige Lebensgefährtin, wahrscheinlich literweise Cola und Pizza aus dem Karton. Diese Vorstellung versetzte ihr den größten Stich.

Sie pickte eine Erbse von Adams Tellerrand und fragte: »Und dein Zimmer hier bei uns? Gefällt es dir nicht mehr?«

»Wieso?« Er griff nach dem Türkisblau.

»Wenn du willst, können wir auch hier eine neue Farbe aussuchen und mal zusammen so eine Aktion machen.«

»Echt?« Überrascht schaute er auf.

»Kommt gar nicht in Frage!« Vera nahm Adams Teller und stellte ihn geräuschvoll in die Spüle. »In Hamburg könnt ihr solche Mätzchen veranstalten. Aber hier bei uns bleiben die Wände, wie sie sind.«

Eineinhalb Stunden später hatte Adam gebadet, seine Arme und Beine waren mit der guten Creme von Doktor Pavlović eingerieben, und zur Beruhigung hatte er ein Glas Melissentee getrunken. Beim Gutenachtkuss kamen sie überein, dass ein starkes Hellblau für Hamburg eigentlich sehr schön sein könnte.

Als Ruhe eingekehrt war, holte Milena sich ein Glas Mineralwasser aus der Küche, ging in ihr Zimmer und schaltete den Computer ein. Sie würde mit Philip keinen Krach anfangen. Lieber würde sie bei den Fakten bleiben und ihm mal vorrechnen, was das Leben hier so kostete – selbst wenn man in einer so rückständigen Welt wie dem Balkan lebte! Sie schob Fiona beiseite, holte ihre Brille hervor und klickte sich ins E-Mail-Programm. Mit dem Zigarillo zwischen den Zähnen hämmerte sie: *Mein lieber Philip!*

Fiona schnurrte unter der Schreibtischlampe und schloss schläfrig die Augen. Milena lehnte sich zurück. Warum hatte sie eigentlich diese Wut im Bauch? Vor zwei Wochen hatte Philip sie über seine Wohnungs- und Umzugspläne informiert und das Gespräch gesucht – oder wenigstens das, was er dafür hielt. Für seine Verhältnisse hatte er sich bemüht zu kommunizieren. Sie dagegen hatte die Sache verdrängt, geschwiegen und gehofft, dass sich die Angelegenheit am Ende vielleicht von selbst erledigen würde.

Sie setzte die Brille wieder auf und tippte: *Ich gratuliere Dir zu Deiner neuen Wohnung! Schau doch, dass Du jetzt so bald wie möglich einen Flug für Adam buchst, vielleicht schon an einem der nächsten Wochenenden, damit Ihr Eure Pläne so schnell wie möglich in die Tat umsetzen könnt.*

Milena trank einen Schluck, ignorierte Fionas starren

Blick und fuhr fort: *Solltest Du Dich deshalb gezwungen sehen, den Unterhalt zu kürzen, vergiss nicht, Deinem Sohn zu erklären, warum er in Zukunft keinen Gitarrenunterricht mehr bekommt (das wird er verschmerzen) und dass dann auch der Basketballverein gestrichen werden muss. Wegen der Malschule entscheiden wir im Sommer, wenn es so weit ist.* Ihr Telefon brummte.

Sie schaute auf das Display und drückte die grüne Taste. »Siniša«, rief sie zerstreut. »Ich hatte schon versucht, dich anzurufen!«

»Was machen wir bloß falsch? Warum telefonieren wir immer aneinander vorbei?«

»Ach, Siniša.« Sie klemmte den Hörer mit der Schulter fest und klickte auf »Senden«. »Es tut so gut, deine Stimme zu hören.«

»Weil ich dich nicht an die Strippe kriege, musste ich mir alle Informationen von Enver holen.«

»Ich habe gar nichts mehr von ihm gehört. Ist er gut nach Hause gekommen?«

»Er hat erzählt, dass ihr mit Goran zusammengeprallt seid, als ihr in dem Haus herumgegeistert seid.«

Milena beugte sich vor. »Ich wollte dich nämlich fragen: Hast du schon herausgefunden, was jetzt mit der Immobilie in Talinovac passiert?«

»Nun, ich habe versucht, mich schlauzumachen, und das war, unter uns gesagt, keine leichte Aufgabe. Du kannst dir nicht vorstellen, mit welcher Arroganz diese Bürokraten dich von Pontius zu Pilatus schicken, und bei jeder Gelegenheit versuchen sie, dich für dumm zu verkaufen. Zudem ist die Rechtslage gelinde gesagt ein bisschen verworren.«

»Und was heißt das?«

»Angeblich fällt die Immobilie an den Staat zurück.«

»An den kosovarischen?«

»Nein, an den serbischen.«

»Ein Haus, das im Kosovo steht, fällt an den serbischen Staat?«

»Wir könnten natürlich dagegen vorgehen. Schließlich wurde die Immobilie den Valetićs zugesprochen, und wenn es ihr rechtmäßiges Eigentum war, sehe ich nicht ein, warum es nach ihrem Tod nicht an die rechtmäßigen Erben fallen sollte.«

»Also an die Kinder.«

»Zu gleichen Teilen. Es sei denn, es wurde testamentarisch etwas anderes verfügt. Aber bevor ich in der Sache aktiv werde, würde ich gerne noch einmal mit Slavujka Rücksprache halten.«

»Ich versuche schon die ganze Zeit, sie zu erreichen, aber ich kriege sie nicht.« Milena klickte in den Posteingang. »Ich habe nur diese Abwesenheitsnotiz bekommen.«

»Und was steht da?«

»Dass sie am Montag wieder da ist.«

»Okay.« Siniša schien sich eine Notiz zu machen. »Dann sollten wir uns nächste Woche zusammensetzen und schauen, was an Dokumenten und Urkunden da ist.«

»Das könnte schwierig werden.«

Milena zog unter einem Stapel die dunkelblaue Broschüre hervor, die sie damals in der Staatskanzlei versehentlich hatte mitgehen lassen.

»Wieso? Weil alles weg ist?«

»Ein serbisches Ehepaar, befreundete Nachbarn, hat die

persönlichen Unterlagen zwar gerettet, aber die Sachen sind jetzt bei Goran. Und Goran ist verschwunden.«

»Vielleicht hat er sich ja inzwischen bei seiner Schwester gemeldet. Oder wir fragen bei dieser Sicherheitsfirma, er muss doch mal wieder an seinem Arbeitsplatz auftauchen. Der Mann kann sich ja nicht in Luft aufgelöst haben.«

»Mir geht noch etwas ganz anderes im Kopf herum.« Milena schlug die Broschüre auf. Vorne war die Karte vom Kosovo, darin verstreut Symbole – Häuser wie beim Monopoly.

»Nur damit du mich nicht falsch verstehst«, unterbrach Siniša. »Wir sollten die Sache nicht auf die lange Bank schieben. Ich bin nämlich überzeugt, wir könnten da einen Präzedenzfall schaffen. Hörst du mir zu?«

Milena blätterte. »Hier ist es.« Sie machte einen Knick in die Seite. »Hör mal, was da steht: *Die Immobilien, die für die Rückkehrer bereitstehen, werden fristgerecht aufgebaut, instand gesetzt und schlüsselfertig übergeben.*«

»Wo steht das?«

»Seite siebzehn, Paragraph drei. Und weiter: *Bis dahin wird gewährleistet, dass die Immobilien vor Plünderung, Vandalismus und illegaler Besetzung geschützt werden.*«

»Ich verstehe kein Wort.«

»In diesem Bericht aus der Staatskanzlei sind zwei- und dreistellige Millionenbeträge aufgeführt, die beim Rückkehrprogramm allein für die Immobilien zur Verfügung stehen.«

»Zwei- und dreistellige Millionenbeträge für die zerschossenen und zerstörten Häuser im Kosovo. – Entschuldige, Liebes, aber das sind Peanuts!«

»Mag sein. Für mich klingt es trotzdem nach einer Stange Geld.«

»Erst schmeißt die NATO Bomben und tritt das Völkerrecht mit Füßen, und dann sollen ein paar Millionen alles wieder in Ordnung bringen.«

»Hör mir zu. Das Haus in Talinovac besteht gerade mal aus einem Dach und dreieinhalb Wänden. Es gibt keinen Strom, kein fließend Wasser – nichts. Wieso wurde das Haus nicht vor Plünderung und Vandalismus geschützt? Oder wurde es am Ende überhaupt nie für die Rückkehrer aufgebaut?«

»Warum interessieren dich plötzlich all diese technischen Details?«

»Mich interessiert, ob die Bürokraten in der Staatskanzlei eigentlich wissen, wohin sie ihre Rückkehrer schicken. Ob sie die Orte kennen und eine Ahnung haben, wie es dort aussieht. Und ob Talinovac am Ende vielleicht überall ist.«

Es war still am anderen Ende.

»Hallo?«, fragte Milena. »Bist du noch dran?«

»Ich bin mir nicht sicher, ob wir dieses Fass aufmachen sollen.«

»Warum? Hast du Angst?«

»Natürlich nicht.«

Milena klappte die Broschüre zu. »Dann sollten wir der Sache nachgehen.«

20

Marco stellte den Fuß auf den Mauervorsprung, streckte den Arm und tastete in der Regenrinne nach der Taschenlampe. Seit er im Dunkeln beinahe in den Schacht gefallen wäre, den sie hier vor ein paar Tagen angefangen hatten zu buddeln, machte er keinen Schritt mehr ohne das Ding.

»Beeil dich!« Diana gähnte und schlang fröstelnd die Arme um ihren Körper. »Ich bin saumüde.«

Marco leuchtete über den Hof. Das Brett, das er am Morgen über die Grube gelegt hatte, lag unverändert da. »Pass auf.« Er reichte Diana die Hand. »Da geht's ziemlich tief runter.«

»Übrigens.« Diana balancierte und machte einen Sprung. »Ich hätte einen Job für dich. Privatveranstaltung, mittelgroß. Wir sind drei Mädels im Service, und sie wollen noch einen Typen. Ich hab gesagt, ich frag dich mal.«

»Wie viel?«

»Fünfzig Euro.«

Er stieß die Tür zum Treppenhaus auf und ließ den Lichtkegel über die ausgetretenen Stufen wandern. »Wo?«

»Oben in Dedinje. Košutnjak.«

»Promi-Event?«

»Politiker. Runder Geburtstag.«

Marco warf ihr einen Seitenblick zu. »Aber nicht diese Halbglatze, dieser Typ, der dir bei der Veranstaltung im Save-Zentrum seine Telefonnummer zugesteckt hat?«

Diana zuckte die Schultern. »Und wenn?«

»Ich fasse es nicht! Sei ehrlich: Läuft da was?«

»Gegen die Typen sonst ist der Mann einfach ein anderes Kaliber. Der hat so etwas – wie nennt man das noch mal? Ich wette, der wird mal Präsident.«

Sie stiegen nebeneinander die Treppe hoch, und Marco legte einen Arm um Diana. »Der Typ ist eklig«, sagte er. »Was willst du von dem?«

»Er hat Kontakte, kennt tausend Leute, und ein paar Regisseure und Filmproduzenten sind auch darunter. Tja, Süßer, so läuft das eben. Und wenn du dich immer nur zierst, brauchst du dich nicht zu wundern, wenn alle Züge ohne dich abfahren.«

Marco schwieg. Wenn Diana etwas erreichen wollte, konnte sie echt skrupellos sein. Und er? Zauderte und eierte herum. Die Sache mit Nat war das beste Beispiel. Der Mann wollte handfeste Infos: Gorans Aufenthaltsort, seine Pläne – und Marco lieferte: nichts. Er tat alles, damit Nat auch ja das Interesse verlor. Dabei musste er doch nur erzählen, was der Mann hören wollte! Marco schloss die Wohnungstür auf und knipste das Licht an.

»Bist du am Donnerstag dabei, soll ich dich anmelden?« Diana warf ihre Tasche aufs Sofa und griff nach der CD, die auf dem Küchentisch lag.

»Yep.« Er zerrte an seiner Krawatte, machte den Kühlschrank auf und löste den Kronkorken von der Flasche, während Diana an dem alten Player herumdrückte.

Kurz darauf war ein Stimmengewirr zu hören, näselnde Ansagen, wie auf einem Flughafen. Töne fielen wie Tropfen in ein Wasserglas, dazwischen ein Zirpen, als wäre eine Grille im Raum. Diana drehte die Lautsprecher auf.

Der Synthesizer setzte ein, das Saxophon kündigte die Beats an. In der Ferne war ein geheimnisvolles Rauschen, ein Komet. Sein Eintritt in die Atmosphäre wurde von sakralen Gesängen begrüßt. Diana schloss die Augen, streckte die Arme und legte erwartungsvoll den Kopf zur Seite. Marco trank einen Schluck und stellte die Flasche ab.

Sie tanzten, gaben sich dem Rhythmus hin, dem System, in dem es keine Fragen gab, keinen Stillstand, nur die Welle, die anschwoll, brach und sich von neuem aufbaute. Marco vergaß, dass er pleite war, allein, dass das Leben kompliziert war und die Zukunft unklar. Es gab nur die Gegenwart, diesen Raum und im Zentrum zwei Körper, Diana und er, im Einklang mit dem Universum. Die Küche auf der vierten Etage, in einem Abrisshaus im Osten von Belgrad, war der beste Dancefloor der Welt, und das Leben fühlte sich für ein paar Minuten großartig an.

Als der Track vorbei war und der Rhythmus in etwas anderes überging, ließen sie sich erschöpft aufs Sofa fallen. Er reichte Diana die Flasche und schaute zu, wie sie trank und nach ihrem Smartphone langte.

Marco legte ein Bein über die Lehne und seinen Kopf an ihre Schulter, spürte ihre Hitze und versuchte, an gar nichts zu denken, vor allem nicht an Pascal und daran, dass er auf Ibiza wahrscheinlich rund um die Uhr Party machte. Er durfte so nicht denken, aber für seinen Bruder hatte die Familie achttausend Euro zusammengekratzt. Achttausend!

Damit die Schlepper ihn über die ungarische Grenze nach Deutschland schmuggelten. Vater, Mutter, Onkel, Tanten, Cousins und Cousinen – die ganze Sippe hatte investiert und sich eine gute Rendite versprochen. Inzwischen war der Bruder längst wieder daheim, vom deutschen Staat ins Flugzeug gesetzt und zurückgeflogen, und das Geld war futsch. Marco hätte es dem Bruder und der ganzen buckligen Verwandtschaft voraussagen können: Die Vorstellung, dass ein Kosovo-Albaner in Deutschland oder sonst wo Asyl bekam, war absurd. Aber er wurde ja nicht gefragt und in solche Aktionen nicht einbezogen. Seine Ansichten und sein Lebenswandel waren der Familie suspekt.

Das Blitzlicht riss ihn aus seinen Gedanken. Diana schaute auf das Display, lachte und reichte ihm wortlos das Smartphone. Marco zoomte ihre Gesichter näher heran.

»Dieser Politiker«, fragte er. »Wie heißt der noch mal?«

»Božović.«

»Hat der nicht Kontakte zur Passstelle in der Save-Straße?«

»Frag ihn doch.«

»Sehr witzig.« Marco stellte verärgert seine Flasche ab. »Du gehst mit dem Mann ins Bett. Du hast eindeutig die besseren Connections zu ihm.«

»Ich sag dir jetzt mal was.« Diana wartete, bis er ihr in die Augen schaute. »Du bist ein Schisser.«

»Warum? Weil ich dich um einen Gefallen bitte?«

»Ich weiß, dein Franzose hat die Schnauze voll von Belgrad, und du sitzt ohne Pass fest in diesem Scheißland, in dem nichts klappt. Aber du bist selbst schuld.«

»Erzähl mehr.« Marco lehnte sich zurück und schoss ein

Foto von ihr, während sie fortfuhr: »Ich meine: Du siehst super aus, und du hast was in der Birne. Mach halt was daraus. So wie ich!«

Grinsend betrachtete er das Bild auf dem Display. »Na, ich weiß nicht. Was hast 'n du hier für einen Mund?«

»Zeig her!«

Sie rangelten, lachten, er schoss noch ein Foto, als plötzlich die James-Bond-Melodie ertönte, Dianas Retro-Klingelton. Marco hielt Diana mit einem Arm auf Abstand und schaute auf das Display. Nummer unterdrückt.

»Nicht rangehen!« Diana versuchte, ihm das Telefon wegzunehmen, aber er war stärker. Seine Bewegung mit dem Daumen passierte fast zufällig, und die Verbindung war hergestellt.

»Hallo?«, fragte jemand am anderen Ende. »Diana?«

Marco presste den Hörer an sein Ohr, während Diana ihn knuffte, und sagte: »Diana ist im Moment nicht zu sprechen.«

»Marco?«, fragte der Mann. »Bist du das?«

»Goran!« Marco nahm überrascht die Füße vom Stuhl.

»Seid ihr gerade am Partymachen, oder was?«

»Wo steckst du?« Marco stand auf und drehte die Musik leiser.

»Gib mir bitte mal Diana.«

»Diana?« Er schaute sie an. Sie schüttelte den Kopf und wedelte abwehrend mit den Händen.

»Tut mir leid«, sagte Marco.

»Mach kein Theater. Ich weiß, dass sie neben dir sitzt.«

»Wenn du willst«, bot Marco an, »kann ich ihr etwas ausrichten.«

»Hört sie eigentlich nie ihre Mailbox ab? Sie soll sich mal einkriegen. Aber von mir aus. Richte ihr aus: Ich komme morgen um sechs bei ihr vorbei. Ich will bloß mit ihr reden und, wenn sie nichts dagegen hat, etwas bei ihr deponieren.«

»Um was geht's, wenn ich fragen darf?«

»Das geht dich einen Scheißdreck an! Hast du verstanden, was ich dir gesagt habe?«

»Reg dich ab, Mann. Morgen, achtzehn Uhr. Ich sag's ihr.«

»Weißt du, ob jemand bei ihr war und sich nach mir erkundigt hat?«

»Keine Ahnung. Nicht dass ich wüsste.«

»Wegen dieser Sache: Sie soll sich nicht aufregen. Sie bekommt ihr Geld. Und noch etwas.« Stille am anderen Ende.

»Hallo?«, fragte Marco.

»Sag ihr, dass ich sie liebe.«

Marco schaute auf das Display. Die Verbindung war beendet. Er legte das Telefon zur Seite. »Penner.«

»Was wollte er?«, fragte Diana.

»Dich treffen.« Marco pustete sich eine Strähne aus der Stirn. Goran würde morgen zur Wohnung von Diana kommen. Immerhin: eine handfeste Info. Marco rieb sich die Augen. Vielleicht war das die Gelegenheit, auf die er gewartet hatte. Jetzt nichts überstürzen. Wenn er Nat diese Info gab, musste er Diana da irgendwie raushalten.

Die Hände in den Hosentaschen, stand sie vor ihm und fragte: »Wann will Goran sich treffen?«

»Morgen«, antwortete Marco mechanisch.

»Uhrzeit?«

»Um sechs.«

Diana wandte sich verächtlich ab. »Schön für ihn. Hat er sich wenigstens entschuldigt?«

»Er sagt, du sollst dich nicht aufregen.«

»Wie mich dieser Mann anödet.« Sie ließ sich aufs Bett fallen. »Der Mann langweilt mich, und er ödet mich an.«

Marco schüttete das Bier in den Ausguss. »Er will irgendetwas bei dir deponieren.«

»Was denn? Kartons? Seine Mitgift? Jeden Tag quatscht er mir die Mailbox voll. Aber ich habe meine eigene Agenda, verstehst du? Und er soll mich in Ruhe lassen.«

»Schon okay.« Marco warf ein zweites Kopfkissen aufs Bett. »Du bist ihm nichts schuldig.«

Sie lag reglos auf dem Bett. Weinte sie? »Hey«, flüsterte er, hockte sich neben sie und strich ihr vorsichtig die Haare aus dem Gesicht. »Alles okay?«

Sie nestelte nach einem Taschentuch und putzte sich die Nase. »Sag mal.« Sie atmete tief durch. »Erinnerst du dich an diesen Typen im ›Zeppelin‹?«

Marco starrte erschrocken ins Leere. »Typ im ›Zeppelin‹?«, wiederholte er. »Welcher Typ?«

»Mit so einem Einstecktuch und Angeber-Handschuhen. Weißt du nicht mehr? Wir hatten uns noch den ganzen Abend scheckig gelacht. Wie hieß der noch mal?«

»Nat, glaube ich.«

»Die Natter – genau. Der hatte dir doch seine Telefonnummer gegeben. Hast du die noch?«

Marco pustete hörbar die Luft aus. »Müsste ich gucken. Wieso?«

»Hat der sich irgendwann noch mal bei dir gemeldet?«

»Wie kommst du darauf?«

»Ich meine, er hat doch nach Goran gefragt, und vielleicht hat er etwas damit zu tun, dass Goran so komisch ist. Dass er plötzlich verschwindet, wieder auftaucht, irgendwelche Sachen lagern will. Ich finde das alles seltsam.«

»Da war doch auch eine Frau, die sich nach Goran erkundigt hat, diese Kriminalistin.«

»Die Tante hat doch selbst keinen Plan.« Diana seufzte. »Weißt du was?«

Er legte einen Arm um sie.

»Ich gehe morgen hin und treffe Goran. Ich habe keine Lust, mich weiter zu verstecken. Ich höre mir an, was er zu sagen hat, ganz unverbindlich, und dann schauen wir weiter. Was meinst du?«

»Gute Idee.« Marco zögerte. »Andererseits: Wenn es dir unangenehm ist, ihn zu treffen – vielleicht gibt es noch eine zweite Möglichkeit.«

21

In der Zeitschrift *Prominent!* war die Trauung des serbischen Tennisspielers mit dem schwedischen Fotomodell das Ereignis der Woche. Eine Hochzeitsgesellschaft in Weiß, barfuß am Strand. Milena überflog die Bildunterschriften, überblätterte eine Anzeige für einen französischen Mittelklassewagen und stieß auf das Geständnis eines italienischen Finanzmoguls, der berichtete, wie er von seiner Sexsucht geheilt wurde. Sie seufzte, wollte die Zeitschrift zuklappen und beiseitelegen, als ihr Blick auf die schmale Rubrik »Termine« fiel.

Gleich die oberste Notiz betraf den Staatssekretär. Doktor Slobodan Božović beging demnächst festlich seinen fünfzigsten Geburtstag. Celebreties der Belgrader Gesellschaft würden auf Größen aus Politik und Wirtschaft treffen. Die meisten der aufgeführten Namen sagten Milena nichts. Gastgeber Božović bat seine Gäste um großzügige Spenden für die serbische Kosovo-Hilfe und behauptete: »Das wäre mein schönstes Geschenk.« *Prominent!* gratulierte im Voraus und jubelte: »Toller Mann, tolle Geste«, und wünschte eine »tolle Party«.

Milena beugte sich über das kleine Foto, das neben der Meldung platziert war: Der Staatssekretär lachte so breit, dass die kleinen Augen fast vollständig zwischen den Wangen und buschigen Augenbrauen verschwanden. Der Mann hatte etwas Gefräßiges und sah dabei gleichzeitig ganz zufrieden aus – was man von der Frau an seiner Seite nicht behaupten konnte. Milena holte ihre Brille hervor und klappte die Bügel auseinander.

Die Frau war komplett durchrenoviert: Die großen Augen, die hohen Wangenknochen, die geschwungenen Brauen – Milena mochte wetten, dass die Frau des Staatssekretärs, so wie sie hier abgebildet war, ein Geschöpf von Tanja war.

»So vertieft?« Ein Schatten fiel über die Zeitschriftenseite. Milena schaute auf.

»Entschuldigen Sie meine Verspätung«, sagte Alexander Kronburg.

»Ich brauche einen Kontakt zu diesem Mann.« Milena tippte auf das kleine Foto.

Der deutsche Botschafter beugte sich über die Seite, und aus dem glattgekämmten Haar fiel eine Strähne in die Stirn. Milena beobachtete, wie er den Text überflog und seine Pupillen von Zeile zu Zeile sprangen.

»Sie kennen den Mann«, sagte sie. »Slobodan Božović, Sie haben erst vergangene Woche mit ihm konferiert. Denken Sie, ich könnte ihn einmal treffen?«

Kronburg drehte die Zeitschrift um und runzelte die Stirn. »Wie eilig ist es?«

»Es geht um die Immobilien für die Rückkehrer, genauer gesagt um das Haus in Talinovac. Bloß: Wenn ich in der Staatskanzlei anrufe, komme ich über die Pressestelle nicht hinaus.«

»Talinovac?« Kronburg setzte sich und strich seine Krawatte glatt. »Meinen Sie das Haus des serbischen Ehepaars, diese grausame Geschichte?«

»Darf's schon etwas sein?« Die Kellnerin zückte den Block.

Kronburg schaute zerstreut Richtung Kuchentheke, und Milena sagte: »Sie müssen die Diplomatentorte probieren.«

»Diplomatentorte?«, wiederholte er verblüfft. »Ist die nicht staubtrocken?«

»Mit geeisten Himbeeren.« Die Kellnerin notierte. »Und für Sie?«

»Kaffee, schwarz.« Milena gab ihr die Karte. »Zweimal.«

Die Kellnerin verschwand, und Kronburg fragte: »Was ist mit dieser Immobilie in Talinovac?«

»Das Haus ist eine Ruine.«

»Heißt das, Sie waren vor Ort?« Alexander Kronburg schüttelte ungläubig den Kopf. »Dort wurden gerade erst zwei serbische Flüchtlinge getötet. War das eine Idee von Ihrem Freund, diesem Anwalt? Hat er überhaupt ein Mandat in der Sache?«

»Wir können davon ausgehen, dass von den Millionen, die für das Rückkehrprogramm zur Verfügung stehen, in Talinovac kein Cent angekommen ist.«

»Die Gelder sind knapp bemessen, aber das wird sich in naher Zukunft ändern. Das Programm wird ausgebaut.«

»Vielleicht«, unterbrach Milena, »sollte das Programm nicht ausgebaut, sondern lieber mal neu durchdacht werden.«

»Es wird alles getan werden, damit sich diese schreckliche Geschichte nicht wiederholt.«

»Glauben Sie das wirklich?«

Kronburg lehnte sich zurück. »Was werfen Sie mir eigentlich vor?«

»Ich habe das Gefühl, dass die Politik gar nicht wissen will, was da unten passiert. Mich würde zum Beispiel brennend interessieren, wie die anderen Immobilien aussehen, die für die Rückkehrer zur Verfügung stehen, und was der zuständige Staatssekretär, Doktor Slobodan Božović, dazu zu sagen hat. Sie nicht?«

»Diplomatentorte?«, fragte die Kellnerin.

Kronburg nickte, verschränkte die Arme vor der Brust und starrte auf den glatten, dunklen Schokoladenüberzug. »Božović ist kein schlechter Mann«, sagte er. »Sachbezogen, lösungsorientiert, und vor allem studiert er gründlich die Akten und weiß, wovon er redet.« Er brauchte zwei Versuche, um mit den Zinken seiner Gabel durch die harte Schokolade zu stoßen. »Aber wenn es stimmt, was Sie sagen, und die Immobilie in Talinovac wurde vermittelt, ohne dass die Regeln aus dem EU-Rückkehrprogramm gegriffen haben, wäre das natürlich ein Fall für eine Untersuchungskommission.« Er griff an die Innentasche seines Sakkos. »Entschuldigen Sie.« Er schaute auf das Display seines Telefons. »Mein Büro.«

Während er mit gedämpfter Stimme telefonierte, angelte Milena sich ein Stück Schokolade von seinem Teller. Warum war dieser Mann bloß immer so – schwerfällig? Oder umständlich?

Er legte auf. »Meine Assistentin«, sagte er. »Ich fliege um achtzehn Uhr nach Berlin.«

Milena schaute auf die Uhr. »Das ist in sechzig Minuten. Und Ihr Gepäck?«

»Ist unterwegs.«

»Wollten Sie nicht etwas mit mir besprechen?«

Er legte einen Geldschein auf den Tisch. »Würden Sie mich zum Flughafen begleiten? Mein Fahrer könnte Sie dann wieder zurück in die Stadt bringen. Es wäre mir sehr wichtig.«

Milena stand auf. »Was Božović angeht, wäre es vielleicht nicht schlecht, wenn wir ihn zusammen treffen könnten. Was meinen Sie? Eventuell zu einem gemeinsamen Mittagessen. So bald wie möglich.«

Alexander Kronburg half ihr in die Jacke und strich ihr behutsam eine Strähne aus dem Gesicht. »Glauben Sie eigentlich«, fragte er, »dass es einen Zusammenhang zwischen dieser Ruine und dem Tod der beiden Rentner gibt?«

Milena nahm ihre Tasche und stopfte die Zeitschrift hinein. »Ich weiß es nicht. Aber ich werde es herausfinden.«

22

Um 17.45 Uhr, eine Viertelstunde vor seinem Treffen mit Diana, saß Goran im Bistro gegenüber und beobachtete von seinem Fensterplatz aus, wie auf der anderen Straßenseite ein Lieferwagen parkte. Die Lücke war zu klein, das Gekurbel endlos, dann kam der Wagen zum Stehen. Ein Hinterrad befand sich schief auf dem Gehweg, und die Tür hinten, zum Laderaum, würde sich kaum öffnen lassen.

Goran trank sein Glas in einem Zug leer und registrierte, dass der Typ hinter dem Steuer und sein Beifahrer, statt auszusteigen, wie gebannt auf Dianas Haustür starrten. Goran rieb sich seine Handflächen an der Hose ab.

»Alles okay bei dir?« Die Espressomaschine fauchte, und der Barkeeper räumte das Geschirr von der Theke. »Oder soll's noch einer sein?«

Goran nickte. »Und ein Glas Wasser.« Er langte nach der Box mit den Servietten.

Die Leute, die ihm auf den Fersen waren, zählte er nicht mehr, und auseinanderhalten konnte er sie erst recht nicht. Nur eines hatten die Gestalten gemeinsam: Früher oder später lösten sie sich in Luft auf – wie zuletzt der Typ in der Kapuzenjacke. Vom Siegesplatz bis zur Belgrader Straße war der Mann ihm gefolgt, dann ebenfalls in die Sechs Richtung Palilula gestiegen und irgendwo zwischen Vasa-Straße und Straße-des-Heiligen-Stephan verschwunden. Verfolgungswahn nannte man das. Goran litt darunter, seit sie ihm in Talinovac, am Tatort, im Haus seiner Eltern, aufgelauert hatten. Und seit ihm dämmerte, welche Aufgabe sein Vater ihm hinterlassen hatte.

Der Barkeeper stellte ihm die Gläser hin. Goran trank das Wasser und nippte am Whisky. Die Angelegenheit war heikel, das Material brisant. Er musste etwas tun. Er hatte seine Eltern dazu gebracht, an ein Luftschloss zu glauben, hatte in ihnen eine Hoffnung geweckt, die sie längst begraben hatten, und für ein paar Scheine ihren Traum verkauft. Er wusste noch nicht, wie, aber er musste dafür sorgen, dass die Wahrheit ans Licht kam. Er musste sich mit Diana beraten, musste die Sache irgendwie durchziehen, und wenn er es geschafft hatte, noch einmal von vorne anfangen. Alles auf null. Und niemandem vertrauen, schon gar nicht Typen wie Nat. Alles war ins Rutschen gekommen, seit dieser Mann aufgetaucht war – mit seinen feinen Handschuhen, dem Einstecktuch und einem Satz, der ihn damals umgehauen hatte und den er nie vergessen würde: »Jemanden wie dich suchen wir.« Nie zuvor hatte jemand so etwas zu Goran gesagt. Er war der Türsteher, das gescheiterte Fußballtalent, an ihm haftete der Geruch von Avala wie an Nat der Duft von italienischem Rasierwasser.

Goran trank und drückte mit Daumen und Zeigefinger gegen seine Nasenwurzel. Seine Augen brannten. Es war okay. Es war eine geile Zeit gewesen: Blitzausbildung zum Personenschützer, Festanstellung beim Sicherheitsriesen, Anzug, Ray Ban, Headset – das ganze Programm. Er hatte damals gedacht, er würde jetzt in einer anderen Liga spielen, könnte, wenn er wollte, alle Mädels haben. Und fast so war es ja auch gewesen. Möglich, dass er kurzzeitig mal überschnappte und dass zwischen ihm und Diana dieses Missverständnis entstand. Er war kein Psychologe. Diana war die Frau seines Lebens, und daran würde sich nie etwas ändern. Er würde mit ihr zusammenziehen, einen eigenen Klub aufmachen, die besten DJs einfliegen, alles vom Feinsten, und Leute wie Nat mussten draußen bleiben.

Er machte dem Barmann ein Zeichen und sah im selben Moment, wie im Haus gegenüber die Tür ins Schloss fiel. Er schaute auf die Uhr. Zehn nach sechs. Er fluchte, stieß seinen Hocker zurück und schnappte sich seinen Parka.

Zwei Minuten später war er auf der anderen Straßenseite und hämmerte gegen die Haustür.

»Diana!«, rief er.

Er wartete, klingelte. Der Lieferwagen parkte noch an derselben Stelle. Er schaute in beiden Richtungen die Straße hinunter, aber von den Typen war nichts zu sehen. Die Hände in den Hosentaschen, ganz ruhig, schlenderte er bis zur nächsten Ecke, bog in die Seitenstraße und sofort links in die erste Einfahrt. Von weitem sah er sie über den Hof kommen, zwei Gestalten. Die Männer waren am Diskutieren, kurze, abgehackte Sätze, er verstand nicht, worum es ging. Einer der beiden, mit Aknenarben und modischer Brille, ungefähr sein Alter, trug eine Sporttasche, der andere einen albernen Jutebeutel.

Goran machte Platz, ließ die Männer passieren, sah noch, wie der mit der Brille ihm einen Blick zuwarf und dann dem anderen kumpelhaft die Hand auf die Schulter legte.

Goran trat in den Hof und schaute hinauf zur Wohnung. Ob in Dianas Zimmer die kleine Lampe brannte, konnte er nicht genau erkennen. Vielleicht war es nur eine Spiegelung auf den Fensterscheiben.

Er ging an dem Fahrradständer und den Mülltonnen vorbei und stieß die Hintertür auf. Seine Schritte und das Knarren der Stufen waren die einzigen Geräusche. Er machte kein Licht. Er kannte hier jeden Riss im Linoleum, das kaputte Fenster, den Taubendreck und die Scherben auf dem Boden. Im zweiten Stock klopfte er und lauschte.

Nein, da war niemand, nicht mal die Mitbewohnerin. Aber ein neues Schloss hatten sie einbauen lassen, ein Zylinderschloss, deutsche Produktion. Kluge Mechanik, eine sinnvolle Sicherheitsvorkehrung – aber die Entdeckung traf ihn wie ein Schlag. Jetzt war es also offiziell: Er war ausgesperrt, unerwünscht, er hatte hier nichts mehr verloren. Voller Wut schlug er mit der flachen Hand gegen die Tür und bemerkte im selben Moment, dass unten jemand in den Hausflur trat. Dass es nicht Diana sein konnte, hörte er am Schritt.

Goran presste sich an die Wand und schob sich langsam die Treppe hinauf, so leise wie möglich. Plötzlich bemerkte er hinter sich eine Bewegung, eine Luftveränderung, einen Schatten. Goran reagierte, ohne nachzudenken.

Er rammte dem Unbekannten seinen Ellenbogen in die Magengrube, stieß den Kerl an die Wand, drehte ihm mit aller Kraft den Arm auf den Rücken und schrie: »Was willst du?«

Der Typ wimmerte, und von unten rief jemand: »Alles klar da oben?«

Goran betrachtete überrascht den Mann in seinem Schwitzkasten, die zerzauste Frisur, den blutigen Kratzer über der Wange und den akkurat getrimmten Backenbart. »Alles okay«, rief er nach unten.

Marco keuchte. »Hast du jetzt völlig den Verstand verloren?«

»Dasselbe könnte ich dich fragen. Mann!« Goran stieß Marco mit der Faust gegen die Schulter. »Was schleichst du hier überhaupt im Dunkeln herum?«

»Ich habe dich nicht erkannt, diese ultrakurzen Haare, der Parka.« Marco heulte fast. »Ich dachte, da wäre irgendein Penner vor Dianas Tür.«

»Wo ist sie?« Goran kniff die Augen zusammen und musterte Marco. »Sie wollte doch kommen. Sie hat es versprochen. Hat sie Angst? Hat Diana deshalb dieses neue Schloss?«

»Sie ist verhindert.« Marco massierte seine Schulter. »Sie braucht eine Auszeit.«

»Auszeit? Was soll der Quatsch? Hast du ihr den Mist eingeredet?«

»Ich soll dir bloß etwas ausrichten: Wenn du ihr etwas sagen willst oder geben...«

Goran trat ganz nahe an Marco heran. »Diana weiß nichts von unserem Treffen, stimmt's? Du hast ihr nichts von meinem Anruf gesagt. Guck mich an, wenn ich mir dir rede!«

Marco wich zurück. »Ich habe keine Ahnung, wovon du sprichst.«

»Erklär mir doch mal Folgendes.« Goran fixierte Marco, und es fehlte nicht viel, und er hätte ihn am Kragen gepackt. »Woher wussten die, dass ich in Talinovac bin? Hast du es aus Diana rausgekitzelt und deinen albanischen Freunden da unten gesteckt?«

»Albanische Freunde? Welche Freunde?«, stammelte Marco. »Es tut mir total leid, was mit deinen Eltern passiert ist.«

»Mit wem steckst du unter einer Decke? Raus damit!«

»Ehrlich. Ich habe nichts damit zu tun.«

Goran betrachtete die Schweißperlen auf Marcos Stirn, die gezupften Augenbrauen, den Adamsapfel, der beim Schlucken auf- und niederging. Der Mann hatte wirklich keine Ahnung. Marco war ein Depp, einfach nur eine arme schwule Sau.

Ohne ein weiteres Wort nahm Goran die Treppe, ging Stufe für Stufe hinunter, am kaputten Fenster vorbei, und trat achtlos auf die Scherben. Er musste aufhören, überall Gespenster zu sehen. Er musste handeln, auch ohne Diana, und den letzten Willen seines Vaters erfüllen. Dieses Mal durfte er die Sache nicht versauen. Er durfte seinen Vater nicht enttäuschen.

»Wolltest du Diana nicht etwas geben?«, rief Marco ihm hinterher. »Etwas bei ihr deponieren?«

Im Erdgeschoss blieb Goran vor den Briefkästen stehen, zog den Umschlag aus seiner Innentasche und stopfte den Nachlass seines Vaters in den Briefschlitz. Er war ein Schwächling, ein Versager, keiner Aufgabe gewachsen und feige noch dazu. Der ewige Flüchtling aus dem Kosovo.

Er trat hinaus auf die Straße, sah den Lieferwagen und einen Typ in Kapuzenjacke. Er ging vorbei, drehte sich nicht um, obwohl er das Gefühl hatte, dass der Kerl hinter ihm herkam. Verfolgungswahn nannte man das.

23

Mit jedem Zubringer wurde der Verkehr auf der Schnellstraße dichter. Lieferwagen und PKWs drängelten sich auf der Überholspur an den Lastwagen vorbei und machten nur widerwillig Platz für die dunkle Limousine mit dem Botschaftskennzeichen, die vom Flughafen kommend mit aufgeblendeten Scheinwerfern Richtung Innenstadt brauste.

»Wo darf ich Sie hinbringen?« Der Fahrer suchte im Rückspiegel den Blickkontakt. »Direkt nach Hause?«

Milena beugte sich vor. »Ich müsste zur Musikschule. Njegoš-Straße. Liegt das in etwa auf Ihrem Weg?«

»Wann müssen Sie dort sein?«

»Um kurz nach sieben. Mein Sohn wartet dort.«

Er wechselte wieder auf die linke Spur. »Das schaffen wir.«

Hinter den getönten Scheiben tauchte die Festung Kalemegdan auf, der steile Hügel am nördlichen Ende der Altstadt, mit Resten alter Steine und Mauern, die die Türken vor vielen Jahrhunderten errichtet hatten. Am äußersten Ende stand das riesige Monument, der Siegesbote, ein atemberaubend hässliches Machwerk aus dem späten neunzehnten Jahrhundert, der mit ausgestrecktem Arm und der Friedenstaube die Stelle markierte, wo Donau und Save zusammenfließen. Milena lehnte sich zurück, schloss die Augen und versuchte, sich zu entspannen. Das Angebot von Alexander Kronburg hatte sie sprachlos gemacht. Nach dem ersten Schreck fühlte sie sich geschmeichelt, und nun war sie vor allem ratlos. Das würde ja alles auf den Kopf stellen! Sie hatte um Bedenkzeit gebeten.

Die Branko-Brücke, das Nadelöhr in die Belgrader Innenstadt, war, wie immer, verstopft. Der Chauffeur benutzte die Lichthupe und jede Lücke, um sich weiter nach vorne zu arbeiten.

»Was meinen Sie?« Milena beugte sich wieder vor. »Soll ich vielleicht meinen Sohn anrufen und sagen, dass wir ein bisschen später kommen?«

»In zehn Minuten sind wir da.« Er schaute zu ihr in den Rückspiegel. »Höchstens zwölf.«

»Perfekt.«

In der hereinbrechenden Dunkelheit erstrahlte die Altstadt bereits im Licht der Scheinwerfer. Neben den beiden kleineren Kuppeln, dem Sitz des Patriarchen und dem Palast der Fürstin Ljubica, leuchtete goldgrün der Turm der Michaelskathedrale. Ein Postkartenpanorama – wenn man mal vom Rest absah, dem riesigen Steinhaufen, einem Durcheinander an Vor- und Nachkriegsbauten, auf deren Flachdächer man überdimensionierte Reklametafeln gepflanzt hatte.

»Das ist wirklich sehr liebenswürdig, dass Sie mich hier durch die Gegend kutschieren«, sagte Milena.

»Nicht der Rede wert.« Der Chauffeur setzte den Blinker. »Bis vor die Haustür – hat Graf Kronburg ausdrücklich gesagt.«

»Auf keinen Fall. Am Platz der Republik können wir wunderbar den 26er nehmen, der bringt uns direkt zum Tašmajdan-Park.«

»Frau Lukin, ich mache das wirklich gerne.«

Milena kontrollierte ihr Telefon und fragte: »Wie heißen Sie?«

»Saša Urban.«

»Haben Sie Kinder?«

»Zwei Töchter.«

»Schon groß?«

»Die Ältere schließt gerade ihre Ausbildung ab.«

»Hier in Belgrad?«

Der Mann lachte kurz auf. »Schön wär's. Nein. In Deutschland! Es musste ja unbedingt Ergotherapie sein. Und jetzt, hat sie angekündigt, will sie auch noch Pharmazie studieren.«

»Tüchtig, Ihre Tochter. – Und die andere?«

»Ist in Boston. Au-pair bei einer befreundeten Familie von den Kronburgs.«

»Da haben Sie Ihre Kinder ja schön über die Welt verteilt.«

»Allerdings. Aber Hauptsache, sie kommen voran, nicht wahr? – Da vorne, ist das Ihr Knirps?«

Der Wagen hielt, und Adam kam mit der Gitarre auf dem Rücken angerannt. »Was ist denn jetzt kaputt?«, schrie er.

»Wo ist deine Mütze?« Milena war ausgestiegen und half ihm, die Gitarre abzunehmen, während sich im selben Moment, wie von Geisterhand, der Deckel vom Kofferraum hob.

»Und unser Niva?«, fragte Adam und sagte zum Fahrer: »Guten Abend!«

»Der Niva steht noch am Institut«, sagte Milena, »ich hole ihn morgen.«

»Ist das der deutsche Botschafter?«, fragte Adam flüsternd, während er neben Milena auf den Rücksitz rutschte. »Der Mann, über den du dich immer so aufregst?«

Milena schüttelte den Kopf. »Sein Fahrer. Herr Urban bringt uns freundlicherweise nach Hause.« Sie hob warnend den Zeigefinger. »Und du erzählst jetzt bitte keine dummen Sachen, hörst du?«

»Wie viel PS hat denn der Wagen?«, rief Adam, kaum dass Urban eingestiegen war.

»Zweihundertzwanzig«, antwortete der Chauffeur. Langsam glitten sie durch die Njegoš-Straße.

»Verbraucht aber bestimmt seine zwölf Liter, oder?«

»In der Stadt noch etwas mehr.«

»Ich würde mal sagen: Umweltfreundlich ist was anderes.«

»Adam, bitte!«

»Wo er recht hat, hat er recht«, meinte Urban.

»Nein, der Junge ist nur naseweis.«

Adam grinste und sagte gestelzt: »Handelt es sich bei dem Motor vielleicht wenigstens um einen Diesel, Einspritzer?«

Sie fuhren am Markt vorbei, Adam fachsimpelte mit dem Chauffeur, und Milena dachte an Slavujka Valetić, die hier irgendwo mit ihren Frauen und der Firma einen eigenen Stand betrieb. Hoffentlich erreichte sie sie am Montag, dann könnten sie sich vielleicht schon am Dienstag treffen, am besten gleich zu viert, mit Slavujka, Goran und Siniša – zur Lagebesprechung. Wenn Milena den Kosovo-Staatssekretär mit der Situation in Talinovac konfrontierte, brauchte sie Rückendeckung und musste sich sicher sein, dass sie das Richtige tat.

Auf der Njegoš-Straße herrschte Trubel, wie immer um diese Zeit, bei Marktschluss. Die Händler stapelten Kisten und Kästen und blockierten mit ihren Anhängern, Liefer- und Pritschenwagen die halbe Fahrbahn. Der Chauffeur setzte ein Stück zurück und bog in die Seitenstraße, die Mutap. Hierher hatte Milena vergangene Woche die alte Dame begleitet. Im Vorbeifahren sah sie das Haus, die vermoosten Fenstersimse und zerborstenen Stuckaturen. Heute stand das große Tor offen, und in der schwach beleuchteten Einfahrt parkte ein Krankenwagen.

»Entschuldigung.« Milena legte erschrocken ihre Hand auf den Vordersitz. »Könnten wir kurz anhalten?«

Urban bremste und lenkte an den Bordstein.

»Zehn Minuten«, bat sie.

»Kein Problem«, sagte der Chauffeur. »Wir haben alle Zeit der Welt.«

»Sicher?«

»Absolut.«

Bevor sie die Tür öffnete, sagte sie zu Adam – wieder mit erhobenem Zeigefinger: »Du wartest hier. Ich bin gleich wieder da.«

Sie musste ein Stück zurücklaufen und hoffte, dass sie sich vielleicht versehen hatte, aber sie war noch nicht am Haus angekommen, als der Krankenwagen mit aufgeblendeten Scheinwerfern aus der Einfahrt setzte, zügig abbog und in gemessenem Tempo davonfuhr.

Betroffen schaute Milena den Rücklichtern hinterher. Jeden Tag hatte sie sich vorgenommen, der alten Dame einen Besuch abzustatten, und die Sache dann doch wieder verschoben. Und jetzt war es zu spät.

Eine Frau in Pantoffeln und Regenjacke kam aus der Einfahrt, wahrscheinlich eine Nachbarin. Milena sprach sie an: »Entschuldigung, ich habe gerade den Krankenwagen gesehen und bin ganz erschrocken. Ist der alten Dame etwas zugestoßen?«

Die Frau schob ihre Hände in die Jackentaschen. »Sind Sie mit Frau Juliana bekannt?«

Milena schüttelte den Kopf. »Ich hatte vergangene Woche bloß eine kleine Begegnung mit ihr.«

»Ein Schwächeanfall, sagt der Arzt, aber ich kenne ihre Symptome. Ich fürchte, die Diagnose ist etwas zu optimistisch.« Die Frau ging weiter, und Milena starrte in die leere Einfahrt, ins trostlose Licht, das eine Glühbirne dort verbreitete. Zweige vom Efeu schaukelten im Wind, dahinter war alles schwarz.

»Sind Sie zufällig die Dame« – die Frau in der Regenjacke war wieder zurückgekommen –, »die Frau Juliana letztens nach Hause gebracht hat?«

»Sie war etwas desorientiert.« Milena nickte. »Und dann sind wir ein Stück zusammen gegangen.«

»Und ich dachte noch: Ob das bloß wieder eine von Frau Julianas Geschichten ist? Haben Sie jedenfalls herzlichen Dank. Das war sehr umsichtig von Ihnen.«

»Sie kümmern sich um die alte Dame?«

»Ich tue, was ich kann. Ich muss weiter. Schönen Abend.«

»Nur eine Frage«, rief Milena ihr hinterher. »In welches Krankenhaus wird sie gebracht? Ins Heilige-Sava?«

»Krankenhaus? Sie sitzt da drin, bei sich in der Küche.«
Milena lächelte überrascht. »Ich dachte...«

»Auf eigene Verantwortung. Störrisch wie ein Esel ist sie.« Die Frau schaute besorgt zum Haus. »Der Arzt wollte sie zur Beobachtung mitnehmen, aber wenn sie sich weigert... Wissen Sie, wenn man ihr Glauben schenken möchte, ist alles immer nur ein grippaler Infekt. Da ist der beste Arzt machtlos – von mir, der dummen Nachbarin, ganz zu schweigen.«

Milena machte ein besorgtes Gesicht. »Ist denn jetzt jemand bei ihr?«

»Wer denn? Die liebe Familie existiert nur noch in ihrem Kopf. Die Letzte, ihre Cousine Sophia, ist jetzt auch schon seit fast fünfzehn Jahren unter der Erde.«

»Sie hatte mir von einem Mann erzählt, den sie angeblich gesehen hat.«

»Nicola wahrscheinlich – ihr Cousin. Von dem redet sie ständig, gerade in letzter Zeit. Hat sich vor sechzig Jahren abgesetzt, ich glaube, nach Kanada. Nein, nein, Frau Juliana ist ganz allein, leider, da gibt es niemanden mehr.« Die Frau schaute wieder zum Haus. »Wissen Sie, da ist immer dieser Gedanke im Hinterkopf: Was macht sie gerade, was fällt ihr als Nächstes ein? Hat sie ihre Sinne beisammen, oder steckt sie jetzt das ganze Haus in Brand?«

»Bewundernswert, wie Sie sich kümmern.«

Die Frau hob hilflos die Schultern. »Was soll ich machen? Der Arzt gibt ihr eine Spritze, schreibt ein paar Tropfen auf und verschwindet. Und ich renne dann eben in die Apotheke, damit wenigstens irgendetwas zur Hand ist, wenn sie mir das nächste Mal umkippt.«

»Natürlich.« Milena überlegte.

»Aber ich kann mich nicht vierteilen! Mein Mann, zum Beispiel, wartet seit fast zwei Stunden auf sein Essen, ich muss meinen Schwiegervater versorgen, der ist selbst hinfällig, und dann denke ich wieder: Nein, ich muss doch rüber und gucken, ob sie den Gasherd ausgemacht hat. Oder ob sie wieder im Garten herumkriecht, weil sie glaubt, sie muss die alten Zweige aufsammeln. Glauben Sie mir, das ist alles kein Spaß.«

»Wenn ich irgendwie behilflich sein kann«, sagte Milena. »Soll ich vielleicht rasch die Tropfen holen?«

»Ich kann das machen!« Adams helle Stimme. »Ich weiß, wo die Apotheke ist!«

Milena drehte sich herum, ging in die Knie und zog den Reißverschluss an seiner Jacke hoch. »Ich meine es wirklich ernst«, sagte sie.

»Passen Sie auf«, sagte die Nachbarin. »Ich nehme Sie sonst beim Wort.«

»Tun Sie das!«

»Wirklich?« Sie schaute Milena prüfend an. »Wissen Sie, worum ich Sie wirklich gerne bitten würde?« Sie kam einen Schritt näher. »Wenn Sie kurz ein Auge auf Frau Juliana haben könnten? Das würde mir ein bisschen Zeit verschaffen.«

Milena schaute auf die Uhr.

»Eine halbe Stunde, nicht länger, dann hätte ich meine Männer versorgt und könnte Sie ablösen. Aber ich weiß, das ist natürlich eine Zumutung.«

»Wo wohnen Sie?«, fragte Milena.

»Da drüben.« Die Frau zeigte über die Straße, an Herrn

Urban vorbei, dem Chauffeur, der diskret Abstand wahrte. Als hätte er nur auf diesen Moment gewartet, trat er jetzt vor und sagte: »Wenn Sie mir eine Bemerkung erlauben? Ihr Herr Sohn hat eigentlich einen sehr guten Vorschlag gemacht.«

»Ich wäre jedenfalls schon dreimal in der Apotheke gewesen«, murrte Adam.

»Also gut.« Milena legte ihm eine Hand auf die Schulter. »Dann machen wir es jetzt folgendermaßen.«

Wenige Minuten später waren Adam und Herr Urban mit dem Rezept auf dem Weg in die Apotheke. Die Nachbarin eilte nach Hause, und Milena teilte Vera telefonisch mit, dass es heute ein bisschen später werden würde. Alles Weitere dann – beim Abendessen.

Milena steckte das Telefon weg und stieg mit gemischten Gefühlen die kleine Treppe zum Hochparterre hinauf. »Gehen Sie einfach rein«, hatte die Nachbarin gesagt. »Frau Juliana kennt das. Sie wird sich freuen, Sie zu sehen.«

Die Haustür war offen, und der Korridor lag im Dunkeln. Nur rechts, durch eine Ritze hindurch, schimmerte Licht.

»Hallo?« Milena drehte vorsichtig an dem kleinen Knauf und hoffte, die alte Dame nicht zu Tode zu erschrecken.

Der schmale Raum war eine Vorratskammer mit einem hohen Regal, in dem – so weit sie es erkennen konnte – verteilt ein paar Lebensmittel lagen. Milena konnte die Tür nicht richtig öffnen, bloß einen Spalt. Sie stieß gegen etwas Großes, Schweres, das dahinter lag.

»Frau Juliana?« Sie drückte und schob und versuchte, in den Winkel hinter der Tür zu sehen. Ein Schürhaken fiel zu

Boden, das Licht erlosch. Milena tastete an der Wand nach dem Schalter.

Es war nur ein Kartoffelsack. Milena bückte sich und zog das Hindernis aus der Ecke, hob eine Konservenbüchse auf, die dahinter lag, und löschte das Licht.

Am Ende des Flurs befand sich eine zweiflügelige Tür, von der die Farbe blätterte. Milena klopfte, wartete ein paar Sekunden und trat in einen großen Raum mit Kacheln an der Wand, holländische Motive bis zur Decke, die im diffusen Licht bläulich schimmerten. Links vom Spülstein stand ein großer Geschirrschrank, der wohl noch älter war als der Speiseaufzug und die Klingelanlage, ein verstaubter, holzverkleideter Kasten mit einer altmodischen Nummernanzeige. Die Köchin, die es hier früher bestimmt einmal gegeben hatte, musste starke Arme gehabt haben: Ein paar von den gusseisernen Töpfen hingen noch über der stillgelegten Kochinsel, gegen die sich der Gasherd – vielleicht der letzte Neuzugang in dieser Küche – winzig ausnahm. Alles hatte seinen Platz, nur auf der Anrichte lag Krimskrams: Münzen, Schlüssel, Batterien und ein Paar dunkle Lederhandschuhe.

Um die Ecke stand ein Bett, schmal wie eine Pritsche, über das eine karierte Wolldecke gebreitet war. Vor einem großen Fenster brannte eine kleine Lampe, die einzige Lichtquelle in diesem Raum. Drei hässliche Möbel waren zu einer Sitzgruppe zusammengestellt: ein Stuhl, ein eckiger, viel zu hoher Tisch und – mit dem Rücken zum Raum – ein Ohrensessel, in dem eine zierliche Person saß, die sich in der schwarzen Scheibe spiegelte. Milena trat vorsichtig näher.

Frau Juliana trug ein weißes Nachthemd mit besticktem Kragen, darüber eine wollene Strickjacke, über die sie noch eine Steppweste gezogen hatte. Die Füße standen auf einem kleinen Schemel und steckten in dicken Socken und knöchelhohen gefütterten Hausschuhen. Über ihre schmale Schulter fiel ein dünner, langer Zopf, der Kopf war zur Seite geneigt und der Mund im Halbschlaf geöffnet. Milena wollte auf Zehenspitzen wieder verschwinden, als die Standuhr zu rasseln begann und zum Schlag ausholte.

»Guten Abend.« Frau Juliana schaute hoch und räusperte sich. »Kann ich Ihnen helfen?«

»Entschuldigen Sie, dass ich hier so eindringe.« Milena lächelte entschuldigend. »Ich will auf keinen Fall stören.«

Die alte Frau versuchte aufzustehen. »Warten Sie denn schon lange?«

»Bitte bleiben Sie sitzen.« Milena nahm ihre Tasche von der Schulter. »Ihre Nachbarin hat mich geschickt, damit jemand nach Ihnen schaut. Sie kommt gleich wieder.«

»Wie spät ist es?« Frau Juliana schaute sich suchend um. »Du liebe Güte.« Wieder versuchte sie, sich hochzustemmen. »Ich muss das Abendbrot richten. Sie haben doch sicher Hunger.«

Milena legte der alten Dame eine Hand auf den Arm. »Sie hatten einen Schwächeanfall. Sie müssen sich ausruhen.«

Die alte Frau streichelte Milenas Hand. »Ich wusste, dass Sie noch einmal vorbeikommen würden, aber ich hatte ja keine Ahnung, dass es heute ist.«

»Sie erinnern sich?« Milena zog sich den Stuhl heran.

»Was hat die gute Angelina Ihnen erzählt? Dass ich meschugge bin? Mit ihrem Gerede bringt sie mich überall in Verruf. Jetzt setzen Sie sich doch. Möchten Sie vielleicht ein Tässchen Tee?«

»Vielen Dank, wirklich nicht. Aber was ist mit Ihnen? Soll ich mal ein bisschen heißes Wasser aufsetzen?«

Frau Juliana winkte ab und betrachtete das kleine Pflaster auf ihrem Arm. »Weiß der Himmel, was der Doktor mir gespritzt hat. Ein ganz junger Bursche und, wenn Sie mich fragen, noch nicht ganz trocken hinter den Ohren. Sie hätten mal sehen sollen, was hier los war: ein Auftrieb! Arzt, Sanitäter, Krankenwagen mit Blaulicht. Was denkt Angelina sich bloß? Mit ihrer Nervosität macht sie alle verrückt, und mich bringt sie damit noch ins Grab.«

»Ihre Nachbarin meint es nur gut, sie sorgt sich um Sie, das dürfen Sie ihr nicht übelnehmen.« Milena nahm die Karaffe vom Tisch und goss Wasser in ein Glas.

Frau Juliana trank und lehnte sich erschöpft zurück.

»Wie geht es Ihnen?«, fragte Milena. »Schon wieder besser?«

»Danke, es geht mir gut. Und Ihnen?« Frau Juliana schaute sich vorsichtig um und fragte halblaut: »Ist er noch hier?«

»Wer?«

»Sie kennen nicht meinen Cousin?«

»Nicola?« Milena schüttelte den Kopf. »Aber Sie haben vergangene Woche von ihm gesprochen.«

»Er ist so ein Dickkopf.« Frau Juliana zog hörbar die Luft durch die Nase. »Heute Nachmittag, zum Beispiel.«

»Hatten Sie deshalb den Schwächeanfall?«, unterbrach Milena.

Frau Juliana machte unwillig eine Kopfbewegung. »Darf ich Ihnen einmal schildern, wie die Situation war?«

»Aber nur, wenn Sie sich dabei nicht aufregen.«

»Gute Frau, ich bin die Ruhe selbst, glauben Sie mir. Also. Ich sitze hier am Fenster, führe das Haushaltsbuch und sehe, wie da draußen im Garten, in der Dämmerung, fremde Leute zwischen den Bäumen herumlaufen. Ich denke, das kann doch nicht sein, fremde Menschen in unserem Garten, und bin schon drauf und dran, die Polizei zu rufen – da erkenne ich ihn.«

»Ihren Cousin?«

»Wen denn sonst?« Frau Juliana trank einen Schluck und stellte behutsam das Glas zurück. »Auch wenn ich nur die alte Tante bin, die Cousine, die hier zum Inventar gehört wie der verbeulte Topf über dem Herd: Noch bin ich da. Und ich frage mich: Ist es denn zu viel verlangt, dass er mal hereinkommt, guten Tag wünscht oder mir seine Freunde vorstellt? Das ist doch kein Benehmen.«

»Sind Sie denn sicher, dass es Nicola war?«

»Ich weiß, was Sie sagen wollen: In der Dämmerung sind alle Katzen grau. Jetzt reden Sie schon wie Angelina.«

Milena ließ nicht locker. »Ihre Nachbarin sagte, Ihr Cousin sei vor langer Zeit nach Kanada ausgewandert.«

»Angelina ist eine Klatschbase, aber was sie sagt, ist richtig. Ja, er ist nach Kanada gegangen, und man könnte meinen, dass er da bei den Holzfällern vergessen hat, was gute Manieren sind.«

»Wann ist er damals fortgegangen?« Milena beugte sich vor. »Vor sechzig Jahren? Wie alt wäre er dann jetzt? Achtzig?«

Frau Juliana starrte ins Leere, und Milena fuhr mit sanfter Stimme fort: »Ich will Ihnen nicht zu nahe treten. Aber könnte es sein, dass Sie die Geschichte mit Nicola, die Szene im Garten, nur geträumt haben?«

»Wissen Sie, wann ich zuletzt geträumt habe?« Frau Juliana beugte sich nach vorne. »Das war in jener Nacht, als die deutschen Bomben gefallen sind. Wir wären verbrannt, alle miteinander, wenn meine selige Mutter nicht gewesen wäre und mir im Traum zugerufen hätte: ›Raus, Kind! Du musst raus!‹«

»Mein Gott«, entfuhr es Milena. »Und dann?«

»Eine Katastrophe. Alles verbrannt, alles perdu. Der Albaner im Schuppen... Nur Schutt und Asche sind geblieben. Gut, dass Onkel Lazarus das nicht mehr erleben musste.« Frau Juliana stützte den Arm auf die Lehne und hielt den abgespreizten Zeigefinger an die Schläfe. »Sie kennen doch sein Geschäft? In der Balkanstraße, oben, Ecke Königin-Natalija-Straße. Zwei Etagen schönste Pelze, Lüster an der Decke, fünfzehn Angestellte. Wir haben uns da gar nicht reingetraut, damals, als der Papa mich hierhergebracht hat. Wir waren ja vom Land, die arme Verwandtschaft. Wissen Sie, wenn ich mir eines gewünscht hätte, dann einmal im Leben die Geschäfte in Budapest, Wien und Paris zu sehen. Aber dazu ist es leider nie gekommen. Ich habe nur die Fotos betrachten dürfen.«

»Wollte Nicola das Geschäft nicht übernehmen?«, fragte Milena aufs Geratewohl. »Oder waren die Zeiten schon vorbei?«

»Sagen wir so: Er hatte andere Dinge im Kopf. Er wollte weg und nichts mit der Familie zu tun haben. Unter uns gesagt...« Sie schaute sich verstohlen um. »Spielschulden waren wohl auch ein Grund.« Sie seufzte. »Wie viele Jahre haben wir gewartet, dass er zurückkommt? Sophia hatte die Hoffnung schon aufgegeben, aber für mich war es immer ein Trost zu wissen, dass er eines Tages wieder vor der Tür stehen wird. Und sehen Sie: Ich habe recht behalten. Genau so ist es gekommen. Auch wenn ich mir, unter uns gesagt, seine Rückkehr anders vorgestellt hätte. Aber wir haben uns alle verändert, nicht wahr?« Sie zog ein Taschentuch aus ihrem Ärmel und schneuzte sich. »Nein, ich darf nicht klagen. – Meine Liebe, was ist mit Ihnen? Sie müssen schon los?«

»Es tut mir wirklich leid.« Milena schrieb in großen Ziffern ihre Telefonnummer auf die Rückseite ihrer Visitenkarte. »Aber draußen wartet mein Sohn und daheim meine Mutter. Falls irgendetwas ist, wieder fremde Leute auf Ihr Grundstück kommen oder Ihnen sonst etwas seltsam vorkommt, rufen Sie mich an. Einverstanden?«

Frau Juliana betrachtete die Nummernfolge, ließ das Kärtchen im Ärmel ihrer Strickjacke verschwinden und sagte tadelnd: »Ich rede und rede, Sie müssen mich doch unterbrechen!«

Auf dem Heimweg grübelte Milena: Ein achtzigjähriger Cousin, der zurückkommt und mit Freunden durch den Garten spaziert – das ergab keinen Sinn. Die alte Dame war einsam, vermischte Gegenwart und Vergangenheit zu einer eigenen Welt, die mit der Realität wahrscheinlich nicht immer etwas zu tun hatte. Aber war sie deshalb verrückt?

Nach dem Abendessen – Adam lag bereits im Bett – bereitete Milena sich ein Glas Tee und ging in ihr Zimmer. Sie schloss die Tür, setzte sich an den Schreibtisch und holte die Zeitschrift *Prominent!* aus ihrer Tasche.

Während sie ihr Feuerzeug suchte, kamen ihr plötzlich die Handschuhe in den Sinn, die sie bei Frau Juliana auf der Anrichte gesehen hatte. Dunkles Leder, für die Hände einer alten Frau viel zu groß, oder täuschte sie sich? Nein, es waren Männerhandschuhe gewesen. Es klopfte.

Fiona kam hereinspaziert, und Vera fragte: »Hast du einen Moment?«

Milena zündete sich einen Zigarillo an, pustete den Rauch in die Luft und schaute zu, wie die Katze auf den Schreibtisch sprang und Vera durchs Zimmer marschierte und geräuschvoll das Fenster auf Kipp stellte.

»Ich weiß«, sagte Milena, »es ist spät geworden, und Adam muss morgen früh raus. Es tut mir leid.«

»In der Limousine durch die Gegend kutschieren, mit eigenem Fahrer! Ich gratuliere, du hast Adam jetzt so richtig auf den Geschmack gebracht.« Vera bückte sich, hob ein Buch vom Boden auf und legte es auf den Nachtschrank.

»Mama«, seufzte Milena. »Es ist gleich elf. Ich muss Tanja anrufen. Mit dem Fahrer und dem Zwischenstopp in der Mutap-Straße – das hat sich einfach so ergeben.«

»Interessant.« Vera schüttelte das Kopfkissen auf und klopfte es energisch zurecht. »Wie ergibt sich denn so etwas?«

»Ich hatte eine Besprechung mit Alexander Kronburg. Wir haben uns verquatscht und sind in Zeitnot geraten. Da bin ich mit ihm zum Flughafen gefahren, um das Gespräch fortzusetzen, und danach mit dem Fahrer wieder zurück. So einfach ist das.«

»Und darf man erfahren, was ihr so dringend zu besprechen hattet – du und der Herr Graf?«

Milena schüttelte den Kopf. »Es ist kompliziert, und ich hatte noch keine Zeit, darüber nachzudenken.«

»Wie denn auch? Du musst dich ja um die alte Frau in der Mutap-Straße kümmern. Als hättest du sonst nichts zu tun. Aber was rede ich eigentlich?« Vera faltete ein T-Shirt und hängte es über die Stuhllehne. »Hier macht ja jeder, was er will, und ich rege mich deswegen nicht mehr auf.«

»Jetzt hör mir mal zu«, sagte Milena. »Frau Juliana ist eine alte Frau. Sie sitzt den ganzen Tag allein in diesem alten Haus, das bald zusammenkracht, hat nur eine Nachbarin und hält mit allen Mitteln an einem Leben fest, das es so gar nicht mehr gibt, und dieser Kraftakt versetzt sie ständig in Aufregung. Wenn sie in ihrer riesigen Küche am Fenster sitzt, glaubt sie, fremde Menschen zu sehen, die durch den Garten spazieren, und wenn sie das Haus verlässt, findet sie nicht mehr zurück.«

Milena berichtete von ihrer Begegnung mit Frau Juliana vor ein paar Tagen auf dem Markt und dass heute Abend bei ihr zu Hause der Krankenwagen in der Einfahrt stand.

»Mutap-Straße«, wiederholte Vera nachdenklich. »Ist es dieses alte, halbverfallene Palais, teilweise noch mit Stuck, wo man sich fragt, ob da überhaupt noch jemand wohnt?«

»Die Familie hatte wohl mal ein ziemlich großes Pelzgeschäft.«

»Pelzhaus Spajić?«

»In der Balkanstraße. Kennst du es?«

»Die Großmutter deines Vaters hatte einen Muff, der war vom Pelzhaus Spajić. Ich glaube, Tante Borka hütet das mottenzerfressene Ding immer noch. Ist schließlich vom Pelzhaus Spajić, und da haben nur die oberen Zehntausend gekauft. Und das Königshaus.« Vera nahm die Zeitschrift und betrachtete das Titelbild. »Das ist nicht unsere Welt. Wir sind Partisanen, immer gewesen, aber wenn du meinst, du musst mit diesen Leuten fraternisieren – bitte. Du wirst deine Gründe haben.«

»Mama?«

Die Hand auf der Klinke, drehte Vera sich um. »Ich weiß. Ich bin eifersüchtig. Aber was hast du erwartet?«

»Die Zeitschrift.« Milena streckte den Arm aus. »Ich muss noch einmal einen Blick reinwerfen.«

Vera schloss die Tür, und Milena blätterte zur Rubrik »Termine«. Siebzehnter April, Donnerstag – das war schon der nächste Tag. Sie schob die Katze beiseite und griff zum Telefon.

Es tutete, Tanja meldete sich, und Milena fragte: »Hast du schon geschlafen?«

»Geschlafen? Wie denn? Ich habe die Mailbox dreimal abgehört, aber ich bin aus deiner Nachricht nicht schlau geworden. Was ist los?«

Milena lehnte sich zurück. »Ich dachte, wir gehen mal wieder unter Leute.«

»Dann lass uns ins Kino gehen und hinterher noch etwas trinken, aber nicht zum Fünfzigsten von Slobodan Božović.«

»Also hast du eine Einladung?«

»Natürlich habe ich eine. Was glaubst du, wovon ich meine Flugtickets bezahle? Seine Frau ist Stammkundin bei mir.«

»Sehr gut.« Milena drückte ihren Zigarillo aus. »Ich begleite dich. Wir machen uns einen Spaß, und nebenbei...«

»Diese Partys sind kein Spaß«, unterbrach Tanja. »Du weißt doch, wie so etwas läuft: Die Frauen quasseln von ihren Innenarchitekten und Fitnesstrainern, und die Männer starren dir in den Ausschnitt und spielen Taschenbillard.«

»Es geht um das alte Ehepaar, das vor zwei Wochen umgebracht wurde. Ihr Haus ist eine Ruine, praktisch unbewohnbar. Ich muss einfach wissen...«

»Süße, du gibst wohl nie auf, oder?«

»Das heißt, wir gehen hin?«

Stille am anderen Ende. Dann sagte Tanja: »Auf keinen Fall.«

24

Als Slobodan Božović noch kein Politiker war, sondern ein kleiner Junge, besaß er einen Stock, den er einmal in der Nähe der Tenne gefunden hatte, genauer gesagt, dort, wo der Weg zum Donnerbalken führte, also fast schon beim Misthaufen. Wenn er so durch die Gegend streifte, stellte er sich vor, dass er mit dem Stock seine große Schwester beschützte, das Haus, die Scheune und alles, was ihm lieb war.

An einem Tag im Sommer lag er wieder auf der Lauer. Der Vater arbeitete wahrscheinlich auf dem Feld, und die Mutter und die Schwester waren bei der großen Wäsche. Über den Levkojen summten die Bienen, und der Hund unter dem Fuhrwerk rührte sich nicht. Slobo lief gebückt von der Regentonne zum Brunnen, von dort zu den Pappeln und schlich am Lattenzaun entlang zur Gartenpforte. Stangenbohnen und Sonnenblumen gaben ihm Deckung, so dass er ungesehen auf die große Wiese gelangte. Das Gras war gemäht, und überall verstreut lagen Lehmziegel umher.

Slobo betrachtete die gleichmäßig geformten Klötze und stellte sich vor, es wären keine Ziegel, die sein Vater fabriziert und zum Trocknen in die Sonne gelegt hatte, sondern etwas anderes, Geheimnisvolles. Als wären Außerirdische gelandet und dieses seltsame Muster wäre die Botschaft aus einer fremden Galaxie.

Die Kontaktaufnahme, den nackten Fuß auf eine solche Spur zu setzen, kam einer Mutprobe gleich. Die glatte Oberfläche fühlte sich feucht an und war angenehm kühl, und wenn er sein Gewicht auf ein Bein verlagerte, entstand ein Abdruck: Ballen und Ferse waren zu erkennen und, weniger deutlich, die Zehen.

Er hüpfte von Lehmziegel zu Lehmziegel und markierte jeden einzelnen. Noch am selben Abend wurde er von seinem Vater in die Scheune gerufen.

Slobo musste die Peitsche vom Haken nehmen und sie dem Vater übergeben, die Hose herunterlassen und sich bäuchlings über den Melkschemel legen. So war die Prozedur immer, aber dieses Mal waren die Hiebe auf seinen Rücken und den nackten Hintern heftig wie nie zuvor. Slobo klammerte sich an seinen Stock, presste die Lippen zusammen und fixierte die Steine. Er hörte, wie sein Vater keuchte, wie seine Schwester schrie und die Mutter betete, dann wurde ihm schwarz vor Augen. Tagelang lag er auf dem Bauch und schwor sich im Fieber, seinem Vater niemals zu verzeihen.

Heute hatte Slobodan Božović selbst einen Sohn. Er liebte Oliver mehr als sein Leben, und niemals würde er ihm Gewalt antun. Im Gegenteil. Oliver bekam alles, wovon ein Junge in seinem Alter nur träumen konnte: Spielkonsolen, Tennisstunden, Fechtunterricht. Wenn Oli sagte, er wolle eine Trompete, bekam er eine Trompete, und wenn ihm am nächsten Tag einfiel, er wolle Schlagzeug spielen, bekam er ein Schlagzeug. Beim Leben seiner Mutter: Es gab wohl keinen Wunsch, den Slobodan seinem Sohn nicht erfüllen würde. Und wenn sie zusammen trainierten – ihre gemeinsame Vater-und-Sohn-Zeit (Slobodan nannte es »*Quality Time*«) – und gegeneinander kämpften und schwitzten, konnte Oli an ihm seine Kräfte messen und seinen Charakter ausbilden.

Für all das erwartete Slobodan keinen Dank, keine Gegenleistung, es war selbstverständlich, er war schließlich der Vater. Nur in bestimmten Situationen, wenn er etwas anordnete, wenn er sich klar und deutlich ausdrückte, hatte Oli zu gehorchen und keine Widerworte zu finden. War es denn zu viel verlangt, dass der Junge sich eine Krawatte umbinden und später, beim Empfang zum fünfzigsten Geburtstag, mit geradem Rücken neben seinem Vater stehen sollte?

Slobodan war die Hand ausgerutscht, Oliver durch den Raum geflogen, und jetzt, mit der Platzwunde, hatte der Bengel erreicht, was er wollte. Slobodan hatte ihm befehlen müssen, auf sein Zimmer zu gehen, dort zu bleiben und den Gästen unter keinen Umständen unter die Augen zu treten.

Weil er nicht wusste, was dem Bengel in den nächsten Stunden einfiel, hatte Slobodan zur Sicherheit die Tür abgeschlossen. Da konnte der Junge jetzt bis tief in die Nacht am Computer sitzen, Spiele spielen und seinen Spaß haben, und obendrein bekam er ja von seiner Mutter als Trost für die erlittenen Schmerzen Unmengen an Eiscreme und Popcorn zugesteckt.

Slobodan Božović beobachtete, wie sie draußen auf der Terrasse stand und dem jungen Mann vom Partyservice erklärte, wo er zwischen den Koniferen und Stauden die Fackeln aufstellen sollte. Božena trug ihr weißes Cocktailkleid mit den Strasssteinen, und ihre Formen waren so perfekt, dass er sie auf den Sockel heben und direkt neben die Venus stellen könnte. Manchmal hasste er dieses Weib.

Nicht nur, weil sie den Jungen verzärtelte und jede Gelegenheit nutzte, um sich mit Oli gegen ihn zu verbünden. Er hasste es, wenn sie mit ihrer Schlafbrille neben ihm lag und die Zahnschiene trug. Er hasste die Bettwäsche aus Satin, in der ihm kalt war, und die Silikonkissen in ihrer Brust und im Gesäß, die ihn daran hinderten zuzufassen, wie er es früher getan hatte. Er traute sich nicht, er hatte einfach Angst, etwas kaputtzumachen, und manchmal hatte er Božena im Verdacht, dass es ihr recht war, dass es ihre heimliche Rache war für seine kleinen Seitensprünge, die er sich hier und da erlaubte, und alles, was er ihr vermutlich sonst noch so antat. Er vermisste seine Božena von früher, die Božena mit den roten Apfelwangen, die er durchkitzeln und vögeln konnte. In manchen Momenten vermisste er das kleine Luder so sehr, dass es ihn körperlich schmerzte.

Er goss sich nur noch einen Fingerbreit ein und legte die Füße hoch. Früher hatte er für jede Lebenslage eine Telefonnummer gehabt, sein Notizbuch quoll über, ein Anruf genügte, und wenn er wollte, hätte er zehn Weiber gleichzeitig am Start haben können. Wenn er so zurückblickte: Er war damals unermüdlich gewesen, immer unterwegs, über Land und bei den Menschen, vor allem bei den Bauern. Er war der Mann aus dem Ministerium gewesen, zuständig für Infrastruktur, wobei die Bauern gar nicht wussten, was das sein sollte. Er kaufte den Bauern ihr Land ab und legte dafür so viel Geld auf den Tisch, wie sie in ihrem ganzen

Leben noch nicht auf einem Haufen gesehen hatten. Der Handschlag galt, eine Unterschrift, und man ging zum gemütlichen Teil über. Er hatte immer ein gutes Händchen und den richtigen Instinkt gehabt.

Als das Volk auf die Straße ging und gegen den Diktator demonstrierte, gegen die korrupte Politik und die Staatsdiener, die sich bei jeder Gelegenheit die Taschen vollstopften, hatte er sofort kapiert, was los war, und dem verdutzten Minister seinen Rücktritt erklärt. Dabei hatte sein Projekt, sein Baby, ja gerade erst angefangen, sich ganz prächtig zu entwickeln. Korridor 17, die Ost-West-Tangente, sollte Südserbien mit dem Kosovo verbinden und der Region den Wohlstand bringen. Er wusste, dem Volk, das da draußen wütend auf Kochtöpfe einschlug und mit dicken Backen in die Trillerpfeifen pustete, konnte man mit vernünftigen Argumenten und Erklärungen nicht mehr beikommen. Die Kollegen im Ministerium kapierten nicht, was los war, und schaukelten weiter ihre Eier, da hatte er seinen Schreibtisch schon längst geräumt.

Er vernichtete alle Unterlagen, vor allem jene, die den Grundstücktransfer und die Firma betrafen, die er auf den Namen seines Schwagers gegründet hatte. Er legte alle Pläne auf Eis: das Eigenheim-Projekt, die Villa, den Tennisplatz, er stieß sogar den Geländewagen ab, den er sich gerade erst zugelegt hatte. Božena verstand die Welt nicht mehr. Von einem Tag auf den anderen war er nur noch ein Einmannbetrieb, ein Einzelunternehmer, aber von der zupackenden Sorte, ein Selfmademan. Wo die Not am größten war, spendete er – mit Vorliebe Schulbücher und Medikamente, und erzielte mit relativ wenig Aufwand ziemlich viel Aufmerksamkeit. Bei diesen Gelegenheiten – kleinen Presseterminen, später großen Podiumsdiskussionen – sprach er von humanitären Werten und globalem Wandel, von Aufschwung und Fortschritt. Er war glaubwürdig, mutig, sein Timing war gut, und er traf den richtigen Ton. Als das Regime endgültig der Vergangenheit angehörte, ergab es sich fast von selbst, dass er der Mann für neue Aufgaben war.

Slobodan stellte vorsichtig sein Glas ab. Sein Kreuz schmerzte. Inzwischen war er ein alter Sack, nicht mehr so wendig, und ob er mit fünfzig immer noch diese Gabe hätte, sich neu zu erfinden, wagte er zu bezweifeln. Von welchem seiner Mitarbeiter kannte er eigentlich noch den vollen Namen, den Familienstand, die Leibspeise? Seine Hauptbeschäftigung bestand darin herauszufinden, wer ihm gefährlich werden könnte. Jeder wollte ihm etwas einflüstern, und jeder hielt die Hand auf: Die Bürokraten in Brüssel erhöhten die Rückkehrhilfe? Hervorragend. Die Gelegenheit, noch einmal Kasse zu machen. Aber er war kein Idiot. Der Job hatte sich erledigt, das Kosovo hatte sich erledigt, und die Sache war ausgereizt – spätestens seit dem Vorfall mit dem alten Ehepaar. Slobodan streckte sich, goss sich noch einmal ein und setzte seine Brille auf.

Der Plan, den Jonathan hier gestern auf seinem Schreibtisch ausgerollt hatte, nahm fast die gesamte Fläche ein. Zwei Grundrisse waren darauf abgebildet: Hochparterre und erster Stock. Die Wohnfläche betrug fast dreihundert Quadratmeter, aber die Schraffuren zeigten, dass davon wohl höchstens ein Viertel bewohnbar war. Es war ein alter Kasten, gebaut Mitte des neunzehnten Jahrhunderts, direkt an der Straße gelegen, ohne Auffahrt, ohne Swimmingpool, und seine erste Reaktion war gewesen: Danke, Johnny, kein Bedarf.

»Es ist ein Schmuckstück«, hatte Jonathan widersprochen. »Wie für dich gemacht.«

Slobodan betrachtete den Grundriss inzwischen wohl schon zum zehnten Mal, und langsam dämmerte ihm: Der Mann hatte recht. Diese Immobilie hatte Potential. Zentrale Lage, Gründerzeit mit allem Schnickschnack und obendrein ein riesiger Garten. Slobodan sah Buchsbaumhecken, steinerne Statuen und Wasserspiele. Er könnte die Bruchbude in ein kleines Schloss verwandeln, könnte sich seine eigene Residenz bauen, wie geschaffen für Musikabende und intellektuelles Gedöns, Gesprächsrunden und festliche Empfänge. Die Immobilie würde ihm eine Aura verleihen und helfen, sich für höhere, repräsentative Aufgaben zu empfehlen. Es klopfte.

Božena steckte den Kopf zur Tür herein. »Wo bleibst du?«, zwitscherte sie. »Schuhe an – hopp. Die Gäste sind da.«

Er leerte sein Glas. Jonathan war nicht dumm. Er würde versuchen, den Preis in die Höhe zu treiben. Er musste dem Trottel klarmachen, dass ein solcher Deal auch eine Investition in die Zukunft, ein bedeutender Schritt in der Karriere sein konnte. Es sei denn, Jonathan wollte auf Dauer der Johnny mit dem albernen Fahrrad und dem Einstecktuch bleiben, der sich in seiner Freizeit auf dem Tennisplatz herumtrieb.

»Wir hatten doch gesagt, dass du dir die Nasenhaare schneidest.« Božena zog an seiner Krawatte und rückte den Knoten zurecht. »Deine Begrüßungsrede ist in dreißig Minuten, ich gebe dir ein Zeichen. Mach die Sache nicht zu lang, und sei ein bisschen witzig, okay? Und denk daran, das Büfett zu eröffnen.«

Slobodan schob den Daumen in den Kragen und versuchte, seinen Adamsapfel freizubekommen. »Ist Maček da?«, fragte er. »Und der alte Pašić?«

Božena schüttelte den Kopf. »Hör mir jetzt bitte mal zu. Rozanas Auftritt ist um zehn, und der Ablauf ist folgendermaßen: Das Licht wird gedimmt, Spotlight auf Rozana. Keine Ansage, keine Erklärung. Sie steht auf dem Treppenabsatz und beginnt zu singen. ›Happy Birthday‹. Ganz pur. Du nimmst mich bei der Hand, und wir gehen zusammen nach vorne. Halt bitte Augenkontakt mit Rozana, aber auch mit mir. Danach Applaus, du küsst ihr die Hände und überlässt ihr die Bühne. Sie singt drei Titel von ihrem neuen Album, plus Zugabe. Der DJ und der Lichttechniker wissen Bescheid, und die Presse ist ebenfalls informiert. Die Leute werden rasen vor Begeisterung.«

Auf dem Weg in den Empfangsbereich legte er seinen Arm um Boženas Taille. Er war verliebt wie am ersten Tag, und Božena schmiegte sich im Blitzlichtgewitter an ihn.

Slobodan schüttelte Hände und nahm Wangenküsse entgegen. Aus dem Innenministerium war der Staatssekretär gekommen, und das Mäuschen an seiner Seite war wahrscheinlich eine Praktikantin. Der Verkehrsminister hatte immerhin seinen Stellvertreter geschickt, nur von der Ministerialverwaltung konnte er auf die Schnelle niemanden entdecken. Der Fernsehmoderator vom Morgenmagazin und der Chefredakteur der Gratiszeitung standen einträchtig beim Programmdirektor. Der Schönling ohne Krawatte war wahrscheinlich der neue Star aus der Telenovela, und bei den Damen gab es hier und da sogar ein paar Lichtblicke. Die Mischung stimmte. Božena hatte wieder einmal ganze Arbeit geleistet. Slobodan sah aus den Augenwinkeln einen blonden Pferdeschwanz wippen.

In langer Schürze balancierte das kleine Luder ein Tablett und kam direkt auf ihn zu. Slobodan umfasste Božena, wandte sich mit seiner Gattin zur Seite, und Jonathan trat ihm in den Weg.

»Es gibt ein Problem«, flüsterte der Mann heiser.

Slobodan klopfte ihm auf die Schulter und schob sich mit Božena vorbei, aber Jonathan war hartnäckig.

»Wir müssen reden«, sagte der Mann mit einer Ruhe, die Slobodan erschreckte. »Ich würde dich nicht bitten, wenn es nicht wichtig wäre.«

»Gläschen Sekt?« Diana deutete artig einen Knicks an.

Slobodan nahm ein Glas und sagte leise zu Jonathan: »In meinem Büro.« Er spürte Boženas Hand in seinem Rücken und fügte hinzu: »Nach dem Auftritt von Rozana.«

Mit sanfter Gewalt schob Božena ihn Richtung Fotografen. Slobodan drückte das Kreuz durch und schaute in die Kamera, wie er es vor dem Spiegel einstudiert hatte. Auch wenn er sich heute feiern ließ – der Staatsmann konnte keine Sekunde vergessen: Die Zeiten waren ernst. Und der Feind lauerte überall.

25

»Udbine-Straße«, murmelte Milena und setzte den Blinker. Seit einer geschlagenen Viertelstunde kurvten sie hier, in Košutnjak, durch die Wohnstraßen: Milena, über das Lenkrad gebeugt, auf der Suche nach einem Parkplatz, während Tanja auf dem Beifahrersitz sagte: »Nicht zu fassen. Der Botschafter von Deutschland, Alexander Graf Kronburg, offeriert dir einen Job auf dem Silbertablett – und du zierst dich.«

»Ich ziere mich nicht«, antwortete Milena. »Ich überlege.«

»Warum?«, rief Tanja. »Die Justizreform war immer eine Herzensangelegenheit von dir. Alexander hat lange genug für die Gelder gekämpft, du hast ihn immer bestärkt, jetzt stellt das Auswärtige Amt die Gelder bereit, und – wenn du mich fragst: Es ist deine Pflicht, jetzt nicht zu kneifen und dafür zu sorgen, dass das Geld in die richtigen Kanäle fließt. Und außerdem würdest du es ja auch nicht umsonst tun.«

»Natürlich nicht.«

»Dreizehntes Monatsgehalt?«, fragte Tanja.

»Plus Zulagen.«

»Bezahlter Urlaub?«

»Und ein warmes Büro in der deutschen Botschaft.«

»Bitte, was willst du mehr?«

Plötzlich war der Radfahrer im Scheinwerferkegel, ein kleines rotes Rücklicht. Der Mann fuhr mitten auf der Straße, und die Pedale mit den gelben Reflektoren gingen in einem irren Tempo auf und nieder.

Milena trat auf die Bremse. »Spinnt der, ist der lebensmüde?« Sie hupte, aber der Mann drehte sich nicht einmal um und war so schnell verschwunden, wie er aufgetaucht war.

»Im Anzug auf dem Fahrrad – cool!«, sagte Tanja.

»Wohl eher lebensmüde.« Milena schaltete in den ersten Gang. Radfahrer in Belgrad waren ungefähr so selten wie Rosinen im Gugelhupf von Tante Borka. Und wenn man mal auf ein Exemplar stieß, war man so verblüfft, dass man sich daran erinnern musste, dass sie ja eigentlich dazugehörten. Milena schätzte die Lücke zwischen den parkenden Autos ein und schaltete in den Rückwärtsgang: »Nur mal angenommen, ich unterschreibe und mache den Job – was wird dann aus meinen Studenten? Was wird aus meiner Habilitation?«

»Die Kriegsverbrechen in Jugoslawien?« Tanja machte eine Kunstpause und verkündete beinahe feierlich: »Die kannst du dann wohl vergessen. Ich fände es super. Statt mit der Vergangenheit müsstest du dich wieder mehr mit der Gegenwart beschäftigen. Zum Beispiel auch mit Alexander.«

»Ich will, dass die Rechtsreform endlich umgesetzt wird, Punkt«, sagte Milena. »Und das will Alexander auch.«

»Dann ist die Sache doch entschieden, oder?«

Milena antwortete nicht. Das Angebot kam einfach zur Unzeit, sie hatte im Moment überhaupt keinen Kopf für so etwas. Sie kurbelte und versuchte, so zu parken, dass sie mit dem Lada nicht die Einfahrt blockierte.

»Passt doch.« Sie zog die Handbremse, während Tanja den Gurt löste und mit der Tür gegen den Baumstamm stieß.

Zur Prager Straße mussten sie ein ganzes Stück zurücklaufen. Hier oben, in den Hügeln über Belgrad, war es viel kühler als unten in der Stadt, und es roch stärker nach Frühling. Sie stöckelten an Hecken entlang, schmiedeeisernen Zäunen und Mauern, auf denen Kameras postiert waren, die – mehr oder weniger diskret – daran erinnerten, dass die Anwohner über einen Wohlstand verfügten, von dem der normale Spießbürger nur träumen konnte. Und wenn man das Sicherheitspersonal betrachtete, das hier und da in den Einfahrten herumlungerte, mit Waffen am Gürtel und finsteren Mienen, bekam man eine Idee davon, mit welcher Entschlossenheit dieser Reichtum erlangt und mit welchen Mitteln er gegen andere verteidigt werden würde.

Milena hakte sich bei ihrer Freundin ein, in Gedanken dabei, noch einmal zu überlegen, wie sie heute Abend vorgehen würde. Im Prinzip musste sie nur auf eine Gelegenheit warten, um Slobodan Božović in ein Gespräch zu verwickeln. Sie musste herausfinden, ob er eine Ahnung hatte, in was für eine Immobilie man das alte Ehepaar Valetić in Talinovac verfrachtet hatte und dort seinem Schicksal überließ. Wahrscheinlich würde er die Verantwortung auf die Behörden vor Ort schieben. Und damit wäre er natürlich fein raus.

»Weißt du, was mich ärgert?«, sagte Milena. »Es sind allein politische Gründe, das Kosovo nicht aufzugeben, um keinen Preis. Darum müssen in der Praxis immer wieder Besitzansprüche angemeldet werden. Da kommen zwei alte Leute, die keine Zukunft mehr haben, gerade recht. Was tut man? Man verspricht ihnen ein Häuschen in der alten Heimat und ein Leben ohne Angst. Und wenn die Versprechen nicht gehalten werden, wenn die beiden Alten sogar umkommen – was tut's? Umso besser. Man kann den Kosovo-Albanern ja alles in die Schuhe schieben. Sie sind schuld an allem, sie bringen sogar wehrlose Menschen um. Es wird einfach immer die nationalistische Karte gespielt.«

»Da ist etwas Wahres dran«, sagte Tanja. »Nur ist es ziemlich viel Stoff für einen Smalltalk.«

»Die Frage ist nur«, fuhr Milena fort, »war es wirklich so? Haben Kosovo-Albaner tatsächlich das alte Ehepaar umgebracht? Es klingt so einleuchtend, aber wir können es nicht nachprüfen. Wenn wir das Material hätten, das der alte Miloš Valetić anscheinend zusammengetragen hat, wenn wir das einmal sichten könnten, Siniša und ich, wüssten wir wahrscheinlich mehr.«

»Und wer hindert euch daran?«

»Das Material ist bei Goran, dem Sohn, und Goran ist verschwunden. Wie vom Erdboden verschluckt. Aber ich glaube, dass er hier gewesen ist, beim Staatssekretär Slobodan Božović.«

»Wann?«

»Vor zirka zehn Tagen.«

»Und woher weißt du das?«

»Das kann ich dir genau sagen.« Milena wühlte in ihrer Tasche, während von der anderen Straßenseite jemand herüberrief: »Tanja Pavlović!«

Eine Frau im schwarzen Kleid schlug die Tür ihres Geländewagens zu, ließ die Blinklichter aufleuchten und kam in kurzen Stiefeletten, mit strammen Waden, über die Straße. Die Besitzerin eines Outlet-Stores war in ganz Serbien durch ihre meinungsstarken Auftritte im privaten Fernsehen bekannt. Mit ihren Shopping-Tipps und »Must-haves« terrorisierte sie nicht nur eine ganze Nation, sondern war mittlerweile für die Wirtschaft zu einem echten Faktor geworden. Parallel arbeitete Tanja daran, die äußere Erscheinung dieser Person in den Griff zu bekommen. Das ehrgeizige Ziel war die Halbierung des Körpergewichts: Fünfzehn Kilo Fett waren bereits abgesaugt, fünfzehn weitere sollten folgen, und dann würde die eigentliche Arbeit beginnen: eine Figur mit Traummaßen zuschneiden und modellieren. Tanja war die unangefochtene Künstlerin, deren Kunst man sich allerdings auch leisten können musste, sie war eine Trophäe, mit der man sich schmückte. Auf dem Weg von der Einlasskontrolle an der Gartenpforte bis zum Zelt, in dem die Garderobe untergebracht war, wurde Tanja von mindestens fünf Frauen geherzt und umarmt, ihr abricotfarbenes Seidenkostüm gedrückt und die Schuhe mit den grünen Riemchen bewundert, ohne dass jemand auf die Idee gekommen wäre, sich über Tanjas Krähenfüße zu mokieren oder darüber, dass die Jacke sich beim besten Willen nicht über ihrem großen Busen schließen lassen würde.

Nur eine Frau tat, als hätte sie Tanja noch nie gesehen, und Tanja verhielt sich diskret. Aber Milena wusste, dass die Talkshow-Moderatorin erst kürzlich in Tanjas Klinik eingerückt war, um einen kleinen plastisch-chirurgischen Eingriff vornehmen zu lassen, jene kleine Korrektur im Intimbereich, wie sie manchmal als notwendig erachtet wurde, wenn es darum ging, gewisse Defizite des Mannes auszugleichen, in diesem Fall wohl des Oppositionspolitikers, mit dem die Talkshow-Queen seit einiger Zeit das Traumpaar gab. Der Politiker hatte sich in der laufenden Legislaturperiode interessanterweise vor allem dadurch hervorgetan, dass er öffentlich mit nacktem Oberkörper und einer riesigen Kreuzotter um den Hals posierte. Milena seufzte. Frauen legten sich bei der erstbesten Gelegenheit bereitwillig unters Messer, ließen sich liften, spritzen und straffen, dass ihnen die Anstrengung teilweise ins Gesicht geschrieben stand, während Männer kompensierten und sich keinen Deut darum scherten, dass ihnen die Wampe über den Gürtel hing und Haare in Fülle nur noch auf dem Rücken wuchsen.

Milena trat beiseite, um für die Leute Platz zu machen, die am Eingang für den Fotografen posierten, und zupfte verstohlen an ihrer Hose. An der Hauswand lehnte ein silbernes, filigranes Rennrad. Mit den schmalen Reifen und dem weinroten Ledersattel sah es in dieser Umgebung aus wie ein dekoratives Lifestyle-Accessoire. Doch das Rücklicht leuchtete schwach und verriet, dass das Rad eben noch in Benutzung gewesen sein musste. Von dem lebensmüden Mister Cool?

»Gut möglich«, sagte Tanja und schaute sich interessiert um.

Alles drängte zum Gastgeber, der neben seiner Gattin und einer Vitrine mit Glastierchen die Gratulanten empfing. Der Raum war für den Kronleuchter zu niedrig und für die vielen Menschen zu klein. Grünpflanzen reichten bis zur Decke und streichelten im Gedrängel mit ihren Blättern über die Glatzen und Frisuren, und Milena ahnte, dass es ziemlich schwierig werden könnte, den Staatssekretär heute Abend in ein Gespräch zu verwickeln, in dem Worte wie »Kosovo« und »Valetić« vorkamen. Genauso absurd wie ihre Schnapsidee, sich in diese Hose zu zwängen, die sie seit ihrem Termin beim Scheidungsrichter vor neun Jahren nicht mehr aus dem Schrank geholt hatte. Der dünne Stoff kroch ihr immer wieder in den Po, der seither an Umfang zugenommen hatte, und über ihren Schuhen entstand ein Hochwasser, das so nicht vorgesehen war. Sie konnte nur hoffen, dass ihre Samtjacke lang genug war, um das Dilemma wenigstens hinten zu verbergen. Und Tanja, statt ihr beizustehen und Rückendeckung zu geben, war spurlos verschwunden. Milena hätte sich am liebsten klammheimlich verdrückt – wie der Kellner, der sich in diesem Moment durch eine Tür hinter der Wendeltreppe davonstahl. Der Mann kam Milena bekannt vor.

»Gläschen Sekt?«, fragte eine Stimme. Die junge Frau präsentierte ein Tablett mit verschiedenen Gläsern und schaute gleichgültig an Milena vorbei.

»Kennen wir uns nicht?«, fragte Milena überrascht. »Aus dem ›Zeppelin‹. Sie sind doch Gorans Freundin.«

»Exfreundin, wenn schon.«

»Diana, freut mich, Sie zu sehen. Ich glaube, ich habe gerade auch Ihren Kollegen gesehen.« Milena schaute sich um. »Ist Goran vielleicht auch hier?«

Diana schob die Gläser auf dem Tablett zurecht. »Wie kommen Sie denn darauf?«

»Er war ja schon mal hier, und das ist noch gar nicht

so lange her.« Milena begann, wieder in ihrer Tasche zu wühlen.

»Hier?«, wiederholte Diana. »Bei Slobo Božović?«

»Vermutlich, und zwar am sechsten April.« Milena hielt Diana den kleinen Zettel unter die Nase. »Irgendwann nach einundzwanzig Uhr.«

Die Gläser auf dem Tablett kamen ins Rutschen, als Diana das Knöllchen betrachtete. »Udbine-Straße.« Sie schaute Milena fragend an. »Und?«

»Die ist hier gleich um die Ecke.« Milena steckte den Zettel wieder ein. »Können wir uns irgendwo unterhalten? Ich glaube, Goran ist in Schwierigkeiten.«

In diesem Moment ertönte ein zartes Klingeln. Der Staatssekretär klopfte mit einem kleinen Gegenstand an sein Glas, und das Gerede und die Hintergrundmusik verstummten.

Diana bückte sich nach zwei Kaffeetassen, die jemand auf den Treppenstufen abgestellt hatte. »Kommen Sie mir nach. Aber möglichst unauffällig.«

Slobodan Božović stand etwas erhöht auf einem kleinen Podest vor der weißen Schrankwand, schaute wohlwollend auf seine Gästeschar und rief: »Liebe Freunde, verehrte Gäste!«

Diana verschwand durch die Terrassentür nach draußen.

»Keine Angst«, witzelte Božović. »Ich halte heute Abend keine Grundsatzrede.« Er machte eine Kunstpause. »›Grundsatzrede?‹ – werden einige von euch jetzt denken. ›Der alte Božović weiß doch gar nicht, was Grundsätze sind!‹«

Im Gelächter bahnte sich Milena einen Weg an dem großen Flatscreen vorbei, in dem ein Kaminfeuer flackerte, wanderte an den weißen Gardinen entlang und zog vorsichtig die Terrassentür auf.

»Fünfzig Jahre, meine Damen und Herren«, rief Božović ihr hinterher. »Ein halbes Jahrhundert. Was soll man da sagen? Nur so viel…« Leise trat Milena hinaus, zog die Tür hinter sich zu und schaute sich um.

Zwischen Hortensien und Fackeln stand eine Statue. Die Blumenerde ringsum war sorgfältig mit Torfmull belegt und gegen die Rasenkante von einer kleinen Hecke aus Buchsbaum begrenzt. Die Plastikstühle waren zu einem Turm gestapelt und mit Schutzfolie bedeckt, wie auch die Sitzkissen der Hollywoodschaukel, die an der Stirnseite der Terrasse stand und sachte in Bewegung war. Dahinter, schon halb in den Rosen, war eine Art Stützpunkt eingerichtet: Zwei Tische ergaben eine Arbeitsfläche, obendrauf standen Plastikwannen mit Geschirr, darunter Eimer mit Spülwasser.

Diana war dabei, Tabletts abzuwischen. Ohne von ihrer Arbeit aufzusehen, fragte sie: »Wie kommen Sie darauf, dass Goran in Schwierigkeiten ist?«

Milena trat näher. »Weil er sich versteckt. Weil er unauffindbar ist. Als wäre er auf der Flucht.«

»Marco hat ihn gestern getroffen«, sagte Diana.

»Machen Sie Witze?« Milena rückte die Tasche über ihrer Schulter zurecht.

»Und dabei sind die beiden leider ziemlich aneinandergeraten.«

»Was ist passiert?«

»Marco wollte ihm sagen, er solle mich in Ruhe lassen, und das kam wohl nicht so gut an.«

Milena seufzte. »Also gut.« Sie rückte ihre Tasche über der Schulter zurecht. »Das ist Ihre persönliche Angelegenheit. Aber abgesehen davon, sagen Sie mir jetzt bitte, wo ich Goran finden kann.«

»Wie war das noch mal? Ihr Onkel hat mal etwas mit Gorans Mutter gehabt, richtig? Ich weiß, persönliche Angelegenheit, ewig lange her.« Diana warf den Lappen ins Spülwasser. »Wissen Sie, ich weiß leider gar nichts. Ich bin raus aus der Nummer. Halten Sie sich an Marco. Aber in einem Punkt kann ich Sie beruhigen: Mit dem Tod von seinen Eltern hat Goran nichts zu tun. Ich schwör's. Er macht sich Vorwürfe, aber er ist unschuldig.«

»Warum macht er sich Vorwürfe?« Milena holte ihre Zigaretten heraus und hielt Diana die geöffnete Packung hin.

»Warum? Weil er seine Eltern da reingequatscht hat, in dieses Programm, und er hat eine Stange Geld dafür gekriegt – das wirft er sich vor.« Sie bediente sich. »Und dann hat er sich nicht mehr um seine Eltern gekümmert.«

»Wie viel hat er bekommen?« Milena gab Diana Feuer. Im Schein der kleinen Flamme sah ihr blasses Gesicht noch kindlicher aus.

Diana pustete den Rauch in die Luft. »Tausend Euro.«

»Tausend«, wiederholte Milena. »Und von wem?«

»Von den Leuten, nehme ich an, die das mit den Rückkehrern deichseln.«

Milena rauchte und versuchte, ihre Gedanken zu ordnen. Goran bekam von irgendwelchen Leuten einen Tausender und überredete seine Eltern, ins Kosovo zurückzugehen.

Die Eltern wurden umgebracht, starben, und Goran stattete dem Staatssekretär hier, zu Hause, einen Besuch ab. Dann fuhr er nach Talinovac, bekam dort den Koffer seines Vaters, wollte Diana treffen, geriet mit Marco aneinander – wie passte das alles zusammen?

»Ich weiß nicht, ob es wichtig ist«, sagte Diana. »Aber ich war mal zufällig dabei, wie Slobo ein Foto von Goran gesehen hat.«

»Was für ein Foto?«

»Ein Foto eben.« Diana paffte und pustete den Rauch in die Luft. »Und hat total empfindlich reagiert. Ehrlich, er war so außer sich, dass ich dachte: Was ist denn jetzt los?« Trotzig schaute sie Milena an. »Glauben Sie, das hat etwas zu bedeuten?«

»Gestatten Sie mir eine Frage: Wie eng sind Sie mit Božović?«

Diana wandte sich ab. Milena folgte ihrem Blick, hinein ins Wohnzimmer, zum Staatssekretär, der wie ein Alleinunterhalter vor seinen Gästen stand. Durch die Scheibe war zu hören, wie im Publikum gelacht und vereinzelt geklatscht wurde.

»Es ist also kein Zufall«, stellte Milena fest, »dass Sie und Marco heute ausgerechnet hier, beim Staatssekretär, arbeiten.«

»Natürlich nicht.« Diana warf verärgert ihre Zigarette in die Dunkelheit. »Es ist unser Job. Aber Sie können mir glauben, ich würde hier auch lieber mit einem Sektglas in der Hand herumstehen und klug daherreden.«

»Tut mir leid«, versuchte Milena zu beschwichtigen. »Ich will Ihnen nicht zu nahe treten. Mit wem Sie sich einlassen und was Sie sich davon versprechen, ist Ihre Privatsache. Aber Sie sollten vorsichtig sein. Gorans Eltern sind getötet worden. Der Fall ist kompliziert. Zu denken, irgendwelche Nationalisten würden hinter dieser Tat stecken, scheint mir zu einfach.«

»Wieso? Wer soll denn sonst dahinterstecken?«

»Ich weiß es nicht. Vielleicht kannte Gorans Vater die Antwort.«

Diana nahm wortlos ihr Tablett. An der Tür blieb sie plötzlich stehen. Ohne Milena anzusehen, sagte sie: »Goran wollte etwas bei mir deponieren. Ich dachte, Möbel, Kartons, keine Ahnung. Und jetzt kommt Marco von seinem Treffen, hat diese fiese Schramme im Gesicht und sagt, alles sei in Ordnung. Und hier, auf der Party, quatscht er heimlich mit der Natter.«

»Mit der Natter?«

»Dieser Typ, der sich auch mal im ›Zeppelin‹ nach Goran erkundigt hat.«

»Der ist auch hier? Wie sieht er aus?«

»Karierter Anzug, Einstecktuch, Gel im Haar. Ich traue dem Kerl nicht über den Weg. Wenn ich ihn sehe, gebe ich Ihnen ein Zeichen.«

Sie schob die Terrassentür auf. Die Leute applaudierten, der Staatssekretär winkte und legte einen Arm um seine Frau. Musik setzte ein, eine Popschnulze, wie im amerikanischen Wahlkampf. Die Tür zum Nebenraum wurde aufgemacht. Milena drückte ihre Zigarette aus und rief: »Warten Sie, ich komme mit.«

Aber Diana war schon verschwunden und die Terrassentür wieder geschlossen. Milena bemühte sich, aber sie bekam das schwere Ding nicht von der Stelle. Entweder klemmte die Tür, oder es gab einen Trick. Milena klopfte an die Scheibe. Tanja war nicht zu sehen, und von den Leuten, die zum Büfett gingen, kam niemand auf die Idee, dass hier draußen jemand ausgesperrt sein könnte.

Milena fluchte leise. Jetzt wäre ein guter Zeitpunkt, mit Tanja zum Staatssekretär zu gehen, ihm zu gratulieren und irgendwann, im Laufe des Gesprächs, ein paar Fragen zu stellen. Sie holte ihr Telefon aus der Tasche und tippte: *Tanja, bin auf der Terrasse, ausgesperrt!* Sie schickte die Nachricht ab und schaute sich um.

Am Zierteich entlang führte ein Weg zur Garage und weiter zu einem Anbau, der im Dunkeln lag. Aber wenn sie bei den Tannen und Koniferen ums Haus herumging, müsste sie doch eigentlich wieder in den Vorgarten kommen.

Es gab an dieser Ecke leider kein Licht und keinen Bewegungsmelder. Die Platten waren vermoost, rutschig und leicht abschüssig. Milena stieg über einen Gartenschlauch, machte kleine Schritte und verwünschte ihre Absätze und die glatten Ledersohlen. Sie tastete sich im Dunkeln an der Hauswand entlang, stieß gegen einen Eimer, eine Stufe und sah jetzt erst, dass hier ein Seitengang war. Auf gut Glück drehte sie am Knauf. Die Tür war offen. Aus Rücksicht auf den weißen Teppich putzte Milena ihre Schuhe ab.

Irgendwo, auf der anderen Seite des Hauses, hinter der Tür am Ende des Flurs, war die Party in vollem Gange. Rechts, auf halber Strecke, stand eine der Türen offen, ein schmaler Spalt, durch den ein Streifen Licht fiel.

Milena lauschte. Das ferne Wummern der Bässe machte

die Stille hier drinnen nur noch größer. Vorsichtig drückte sie mit der flachen Hand gegen die Tür.

Am Fenster standen ein großer Schreibtisch und ein Sessel mit hoher Lehne. Die Messinglampe mit goldenem Schirm verströmte ein diffuses, behagliches Licht, und der altertümliche Globus auf dem Regal sorgte für eine fast schon präsidiale Atmosphäre. Das Arbeitszimmer von Slobodan Božović sah aus wie ein Showroom. Es gab keine Bücher, Akten oder sonst etwas, das darauf hindeutete, dass dieser Raum benutzt und dass in ihm gearbeitet wurde. Bis auf ein riesiges Stück Papier, das ausgebreitet auf dem Schreibtisch lag. Milena dachte zuerst an einen Bebauungs- oder Flächennutzungsplan, wie sie ihn in der Kosovo-Broschüre gesehen hatte. Sie machte einen halben Schritt, als plötzlich hinter ihr jemand mit der Zunge schnalzte. Erschrocken fuhr Milena herum.

Im dunklen Winkel, hinter der Tür, saß eine Gestalt mit übereinandergeschlagenen Beinen. Milena konnte kein Gesicht erkennen, nur eine Schuhspitze, die auf und nieder wippte. Spott lag in dieser Bewegung, und Schadenfreude – jedenfalls kam es Milena so vor. Wütend auf sich selbst, dass sie sich in diese peinliche Situation gebracht hatte, trat sie näher, streckte ihre Hand aus und sagte: »Guten Abend. Milena Lukin ist mein Name.«

»Was Sie suchen, befindet sich schräg gegenüber.« Der Mann ignorierte Milenas Hand. »Wenn ich Sie höflich bitten dürfte...« Er machte eine Bewegung, als würde er ein lästiges Insekt verscheuchen.

»Ich habe eine Verabredung mit Herrn Božović«, log Milena und war von ihrer Lüge so überrascht wie der arrogante Typ, der sich jetzt aus dem Halbdunkel nach vorne beugte.

Sein Gesicht war schmal, glattrasiert, das Kinn eher spitz als markant. Der Rest ließ sich mit Dianas Worten zusammenfassen: karierter Anzug, Einstecktuch, Gel im Haar. Vor ihr saß der Mann, der sich im ›Zeppelin‹ nach Goran erkundigt hatte.

Mechanisch fügte Milena hinzu: »Aber vielleicht können auch Sie mir weiterhelfen. Es geht um Goran Valetić.«

»Ich verstehe nicht.«

»Ich weiß, dass Sie ihn kennen.«

Die Pupillen in seinen grauen Augen irrten umher – verwirrt, wie auf der Suche nach etwas, das er zu berechnen vergessen hatte. Nach dem ersten Schreck hatte Milena das Gefühl, wieder Boden unter die Füße zu bekommen.

»Falls es Sie interessiert«, sagte sie. »Ich bin vom Institut für Kriminalistik und Kriminologie. Wir kooperieren unter anderem mit der deutschen Botschaft und der EU, und wir bemühen uns schon seit geraumer Zeit um einen Kontakt zur Staatskanzlei.« Sie redete einfach drauflos, in der Hoffnung, diesen Mann zu beeindrucken, einzuschüchtern oder wenigstens aufzuschrecken, und überlegte dabei fieberhaft, wer hier eigentlich vor ihr saß: die rechte Hand von Slobodan Božović? Der Schwiegersohn, der Referent – zuständig für Sicherheit oder die Drecksarbeit?

Er erhob sich von seinem Sessel, war einen Kopf größer als Milena und eher drahtig als kräftig. An seiner Schläfe war eine Ader hervorgetreten, aber seine Stimme klang seltsam ruhig: »Was wollen Sie?«

»Verraten Sie mir Ihren Namen?« Milena lächelte. »Sind

Sie ein Kollege von Goran Valetić?« Sie schaute sich interessiert um. »Arbeiten Sie auch für die Sicherheitsfirma *Safe 'n Secure*?«

Der Mann verstellte ihr die Sicht auf den Schreibtisch und versuchte, sie zur Tür zu drängen. »Ich bin ein Freund der Familie. Und Sie verlassen jetzt diesen Raum.«

»Jetzt weiß ich, wer Sie sind.« Milena bemerkte, dass der Mann seine Hand in der Hosentasche zur Faust ballte. »Sie sind die ›Natter‹.«

»Wie bitte?«

»Der Ausdruck stammt nicht von mir und übrigens auch nicht von Goran.«

»Sie haben Goran getroffen?«, entfuhr es dem Mann.

»Er hat kein einziges schlechtes Wort über Sie verloren, das können Sie mir glauben. Leider war er auch sonst nicht sehr gesprächig. Aber das kann man in seiner speziellen Situation ja auch verstehen.«

»Wo haben Sie ihn getroffen?«

»In Talinovac.«

»In Talinovac«, wiederholte der Mann und blinzelte. »Heißt das, Sie ermitteln?«

»Wie kommen Sie darauf?« Milena schüttelte den Kopf. »Wir haben uns bloß mal das Haus angeschaut und versucht, uns eine Vorstellung von dem zu machen, was da passiert sein könnte. Kein angenehmer Ausflug, erst recht nicht für Goran. Ich weiß nicht – kennen Sie die Hütte, haben Sie diese Bruchbude mal gesehen? Man wird jetzt wohl hoffentlich mal ein paar Fenster einbauen, Strom- und Versorgungsleitungen legen und vielleicht daran gehen, die Wände zu verputzen, damit die nächsten Flüchtlinge, falls überhaupt noch welche kommen, sich dort auch häuslich einrichten können.«

Der Mann trat näher. »Was wollen Sie?«

Milena seufzte. »Also gut. Vielleicht können Sie mir genauso Auskunft geben. Und es ist ja auch kein Geheimnis: Wir wollen erst einmal wissen, wo das Geld geblieben ist, das speziell für diese eine Immobilie in Talinovac bestimmt war. Wir wollen wissen, welcher Cent für welche Maßnahme ausgegeben wurde, um nachvollziehen zu können, wie das Programm im Detail umgesetzt wurde und was genau in Talinovac schiefgegangen ist. Zweitens: Wie wurden Zusatzkosten verbucht wie zum Beispiel die tausend Euro, die Goran bekam, um seine Eltern zu überreden, zurück ins Kosovo zu gehen? Und warum gibt es dafür überhaupt ein Budget? Vielleicht, weil sonst niemand zur Rückkehr zu bewegen ist und das ganze Programm damit überflüssig wäre? Glauben Sie mir, ich weiß, wie so etwas läuft: Da gibt es einen politischen Willen, und der muss umgesetzt werden, koste es, was es wolle, nicht wahr?«

»Sind Sie fertig?«

»Nein. Was ist passiert, als Goran hier vor zehn Tagen geklingelt hat? Da waren seine Eltern bereits tot. Hat er das Geld, die tausend Euro, dem Staatssekretär vor die Füße geschmissen? Oder wollte er, dass man noch etwas drauflegt, damit er die Klappe hält und keine Details ausplaudert, zum Beispiel, wo es hakt bei diesem Programm und wo die schwarzen Schafe sind?«

»Wenn es Sie so interessiert – warum fragen Sie ihn nicht selbst?«

»Weil er auf der Flucht ist. Und ich glaube, ich bin nicht

die Einzige, die ihn sucht. Wir jagen ihn, und die Frage ist, wer ihn zuerst zu fassen bekommt, richtig?«

Sie sah, wie die Kiefermuskeln in seinem Gesicht arbeiteten und dass über seiner Oberlippe eine feine Schnur winziger Schweißperlen verlief. Sie machte einen Schritt zurück. »Bleiben Sie stehen«, sagte der Mann leise.

Ein metallisches Geräusch, das Klicken einer Mechanik. Milena schaute in die kreisrunde Mündung einer Pistole.

26

Marco schob die Essensreste vom Teller in den großen Eimer, als eine Frau mit roten Locken an ihn herantrat. »Entschuldigung«, sagte sie, »haben Sie meine Freundin gesehen? Dunkle Haare und trägt so eine Samtjacke, etwas länger, pflaumenfarben.«

Marco schüttelte den Kopf. »Tut mir leid.«

»Seltsam.« Die Rothaarige schaute ratlos in die Dunkelheit. »Vor einer halben Stunde hat sie mir eine SMS geschrieben. Da war sie hier auf der Terrasse. Aber drinnen ist sie auch nicht.«

»Am besten, Sie fragen eine meiner Kolleginnen. Schauen Sie mal, die Mädels schwirren hier alle irgendwo herum.«

Die Frau zog ab, und Marco stellte den Stapel mit dem schmutzigen Geschirr in die Wanne. Pflaumenfarbene Samtjacke. Wo war er hier bloß gelandet? Wenn er sich die Leute so anschaute, wie sie sich das Fleisch, die Salate und die Mayonnaise reinschaufelten und sich mit ihren Pfoten an den Sektgläsern festhielten, merkte man erst, wie fein und kultiviert Jonathan war. Und sehr hellhörig, als Marco ihm von den Unterlagen erzählte, die er bei Diana aus dem Briefkasten gefischt hatte.

Marco klemmte sich die Kiste mit den Gläsern unter den Arm und griff mit der freien Hand nach der Kühlbox. Er würde die Sache jetzt durchziehen. Er wollte den Reisepass. Und Jonathan hatte es sofort verstanden. »Kein Problem«, hatte er gesagt. »Das kriegen wir hin.«

Marco stellte die Kiste unter dem kleinen Tresen ab, den sie hier improvisiert hatten, und kontrollierte die Getränkevorräte.

Er war jetzt also Hehler, wenn auch der dümmste der Welt: Er hatte keine Ahnung, was er da vertickte. Er war nicht schlau geworden aus den Zetteln in den Klarsichthüllen, den Namen, Fotos und Artikeln.

Er suchte das kleine Schneidebrett und legte die Limetten bereit.

Er musste aufpassen, dass Jonathan ihn nicht über den Tisch zog. Der Mann war ein Profi. Er musste aufpassen, dass Jonathan am Ende nicht einfach mit den Unterlagen verschwand und ihm den Pass schuldig blieb. Oder dass Jonathan die Papiere nahm und später behauptete, sie wären wertlos. Marco fing die kleine Frucht, die von der Tischkante kullerte, und warf sie in den silbernen Korb.

Er musste sagen, dass er die Unterlagen erst herausrückte, wenn er den Pass hatte. Und dass er für die Qualität der gelieferten Ware keine Verantwortung übernahm. Er musste mit offenen Karten spielen.

»Hast du eigentlich wegen ihr so rote Ohren?«, fragte Diana und nickte hinüber zu Rozana Smija. Der Schlagerstar stand abseits und ließ sich vom Tontechniker verkabeln, während die Frau des Gastgebers ihr mit der Puderquaste über das Näschen fuhr.

»Du kannst mir jedenfalls dankbar sein«, sagte Diana.

Marco legte das Schneidebrett bereit. »Wofür?«

»Dass du das hier erleben darfst: Rozana Smija, live! Meine Mama würde ausflippen. Und andere fahren über den ganzen Balkan, um das zu erleben.«

Marco pustete sich verächtlich eine Strähne aus dem Gesicht. »Was hast du eigentlich so lange mit dieser Frau gesprochen, dieser Kriminalistin aus dem ›Zeppelin‹?«, fragte er.

Diana schaute ihm zu, wie er die Zitronen in dünne Scheiben schnitt. »Ich habe sie auf dich angesetzt.«

»Wie bitte?«

Sie zuckte mit den Schultern. »Ich mache mir halt Sorgen. Erst führst du mit der Natter konspirative Gespräche, und jetzt läufst du mit roten Ohren herum.«

»Du hast gesagt, du bist raus aus der Sache.« Marco wischte sich die Hände ab. »Erinnerst du dich? Und du hast gesagt, ich soll mein Kapital nutzen.«

»Wieso? Ist die Natter schwul?«

»Nerv mich nicht. Lass mich einfach machen.«

Das Licht wurde gedimmt, bis der Kronleuchter fast vollständig erlosch. Ein Spotlight flammte auf. Rozana Smija, im knappen Glitzerkleid, stand auf dem Treppenabsatz, schaute ins Scheinwerferlicht und quittierte das Raunen im Raum mit einem Lächeln. Als es still war und kein Laut mehr zu hören war, hob sie das Mikrophon an die Lippen und begann zu singen.

Sie hauchte – gefühlvoller als Marilyn Monroe für den amerikanischen Präsidenten. Die Leute hielten ihre Smartphones in die Höhe. Der Superstar Rozana Smija, der Millionen Tonträger verkaufte und auf dem Balkan und dem Bosporus die Konzerthallen füllte, gab hier, in der Prager

Straße, beim Staatssekretär für Kosovo und Metochien, ein Privatkonzert: Happy Birthday, Slobo Božović.

Der Staatssekretär fasste seine Frau bei der Hand, zog mit ihr durch die Gasse, die die Gäste für sie bildeten. Im Halbdunkel wanderte ein Schatten an der Wand entlang, der karierte Anzug von Jonathan.

Marco faltete das Handtuch und flüsterte Diana ins Ohr: »Bin gleich wieder zurück.«

27

Vor ihren Augen drehte sich alles. In ihren Ohren rauschte das Blut, und ihre Glieder schmerzten, vor allem der Nacken.

»Süße, was ist passiert?« Tanja kniete neben ihr und fasste erschrocken nach ihrer Hand.

»Hast du ihn gesehen?«, krächzte Milena.

»Den Armleuchter? Der hat mich fast über den Haufen gerannt.«

»Wir müssen hinterher.« Milena versuchte aufzustehen.

»Was ist überhaupt los?« Tanja half ihr hoch. »Wer ist denn der Mann?«

»Hier stand er. Genau hier! Ich bin auf ihn zu, wir haben uns fast geprügelt, ich wollte, dass er die Waffe fallen lässt.«

»Die Waffe?«

»Eine Pistole. Ich dachte, er schießt.« Milena war den Tränen nahe.

»Langsam.« Tanja legte ihr den Arm um die Schulter. »Du hast einen Schock.«

Milena machte ihre Tasche auf und fing an zu wühlen, während Tanja sie in den Sessel drückte und befahl: »Jetzt erzähl.«

»Wir rufen die Polizei.«

»Und zwar der Reihe nach. Was ist passiert?«

Milena starrte auf ihr Telefon. Es war ausgegangen. Sie erzählte Tanja schnell, was passiert war. Wie sie in dieses Zimmer kam, der Typ in der Ecke saß. Der Mann aus dem Klub, der nach Goran Valetić gesucht hatte. Sie hatte ihm alles an den Kopf geworfen, was sie dem Staatssekretär an den Kopf werfen wollte, alles, was sie sich zusammenreimte – bis sie die Pistole sah.

»Zum Glück hast du im Flur nach mir gerufen.« Milena stand auf. »Du hast mich gerettet.« Milena hängte sich ihre Tasche um. »Wir gehen jetzt zu Božović.«

»Und dann?« Tanja rührte sich nicht.

»Fragen wir ihn, wer der Typ ist, der mich hier mit der Waffe bedroht.«

»Und du glaubst, du bekommst eine Antwort?«

»Was schlägst du sonst vor?«

»Die Polizei rufen?«

Milena klappte ihren Schminkspiegel auf. »Einverstanden. Worauf warten wir?«

»Aber du musst bedenken: Es würde die Party sprengen, und die Zeitungen wären morgen voll. Nützt dir ein solcher Skandal? Oder wäre er für deine Recherchen eher hinderlich?«

»Gute Frage.« Milena war verunsichert.

»Eine andere Möglichkeit«, fuhr Tanja fort. »Ich bringe dich nach Hause, und wir überlegen in Ruhe, wie wir weiter vorgehen. Ich hätte, ehrlich gesagt, nichts dagegen, wenn Siniša dabei ist. Was meinst du?«

Milena starrte auf den Schreibtisch hinunter, den Plan, zwei Grundrisse, seltsame Schraffuren, und wusste gar nichts mehr. Sie war manövrierunfähig, ein passives Bündel, das Tanja unterhakte und zur Tür bugsierte.

Als sie in die Eingangshalle kamen, brandete Applaus auf. Die Leute johlten und pfiffen. Slobodan Božović verneigte sich vor Rozana Smija, wie ein Untertan vor seiner Königin, und küsste ihre Hände. Wenn Vera jemals erfahren sollte, schoss es Milena durch den Kopf, dass sie heute Abend ihrer Lieblingssängerin zum Anfassen nahe war und kein Autogramm mit nach Hause brachte – das würde sie ihr nie verzeihen.

»Ihr wollt schon gehen?« Božena fächerte sich mit einem kleinen Kärtchen Luft zu. »Jetzt geht's doch erst richtig los!«

»Ich weiß, wir sind zwei Spaßbremsen«, sagte Tanja, »alte Weiber, die leider entsetzlich müde sind. Dabei ist es so ein schönes Fest.«

»Und«, ergänzte Milena, »wir würden uns natürlich gerne noch von Ihrem Mann verabschieden.«

Slobodan Božović stand mit gelockerter Krawatte und offenem Hemdkragen hochrot neben Rozana Smija, die jetzt ihren Nummer-eins-Hit anstimmte und den Staatssekretär animierte, mit ihr synchron die Hüften zu schwingen – was ihm gar nicht schlecht gelang. Die Leute klatschten vergnügt im Takt zur Musik, die in voller Lautstärke aus den Lautsprechern kam.

Božena würdigte Milena keines Blickes, legte Tanja eine Hand auf den Arm und schrie: »Ich muss dir noch etwas erzählen!«

Tanja signalisierte: Ich komme gleich nach, und Milena trat hinaus auf die Treppe, ans Geländer, und atmete durch.

Die dunklen Silhouetten im Garten gehörten zu den Sicherheitsleuten, die mit den Garderobenfrauen plauderten. Leute vom Service schleppten Körbe mit Geschirr. Was für ein Desaster. Der ganze Abend.

Das Fahrrad stand immer noch an der Hauswand. Irgendwo wurde geflüstert. Milena beugte sich über das Geländer, bemerkte im selben Moment, wie langsam die Seitennaht ihrer Hose aufplatzte, und sah, wie der Riss an ihrer Hüfte sich Zentimeter um Zentimeter vergrößerte, während hinter ihr jemand die Treppe heraufgesprungen kam.

»Guten Abend«, sagte Milena.

»Hallo.« Marco nickte und ging rasch an ihr vorbei.

»Ich habe vorhin die Bekanntschaft mit diesem Mann gemacht.« Milena zupfte ihre Jacke zurecht. »Mit der ›Natter‹, so nennt ihr ihn doch, oder?«

Marco hob die Hände. »Tut mir leid. Ich habe überhaupt keine Zeit.«

»Marco, wir müssen sprechen.«

Er schaute über ihre Schulter, als hätte er Angst vor versteckten Kameras. »Nicht hier«, flüsterte er.

»Natürlich.« Milena drehte sich um. »Kein Problem. Wann passt es Ihnen? Morgen? Ich lade Sie zum Mittagessen ein.«

»Ich melde mich.« Marco stieß hastig die Haustür auf und verschwand.

»Haben Sie meine Karte?«, rief Milena ihm hinterher.

Unter der Treppe knirschte der Kies. Das Fahrrad an der Hauswand war fort. Das Rücklicht leuchtete auf dem Weg zum Gartentor, zwei, drei Sekunden, dann war es um die Ecke verschwunden.

»Entschuldige.« Nach Minuten, die ihr wie eine Ewigkeit erschienen, stand Tanja plötzlich neben ihr. »Božena ist manchmal wie ein kleines Kind. Du musst ihr immer das Gefühl geben, sie sei die Wichtigste.«

»Der Typ«, murmelte Milena. »Ich glaube, er ist gerade auf dem Fahrrad davongefahren.«

»Bitte schön.« Tanja hielt ihr ein Porträt von Rozana Smija vors Gesicht, eine Postkarte, eine schwungvolle Unterschrift und ein naiv gemaltes Herz. »Soll ich dir geben.«

Milena seufzte ironisch. »Danke. Dann hat sich der Abend ja doch noch gelohnt.«

Auf dem Weg zum Auto hakte Tanja sich wieder ein und tröstete. »Du musst es so sehen«, sagte sie. »Du weißt jetzt, dass deine Theorie nicht ganz falsch sein kann. Kosovo-Albaner, aufgestauter Nationalistenhass – Irrtum! Hinter dem Mord an dem alten Ehepaar steckt etwas ganz anderes, sonst hätte der Typ nicht so reagiert.«

Milena schwieg. Selbst wenn es so war – was wirklich dahintersteckte, stand in dem Material, das der alte Valetić zusammengetragen hatte. Sein Eifer hatte ihn vermutlich das Leben gekostet. Jetzt ging der Sohn mit dem Koffer spazieren. Milena mochte sich nicht ausmalen, was ihm alles zustoßen konnte. Sie lenkte an den Bordstein und bremste fast genau an der Treppe, die zu Tanjas Haus führte.

Sie verabredeten, im Laufe des Tages zu telefonieren. »Schlaf gut.« Tanja gab Küsschen und stieg aus. Bevor sie die Tür zuschlug, fragte Milena über den Beifahrersitz hinweg: »Was hatte Božena eigentlich so Dringendes zu erzählen?«

»Vergiss es.« Tanja beugte sich noch einmal zu ihr herunter. »Božović will ein Haus kaufen, irgendwo im Zentrum, ein hübsches Palais. Da sieht man mal wieder, was Politiker in Serbien für Verbindungen haben. Aber ich hoffe trotzdem, es klappt, sonst habe ich nämlich ein Problem.«

»Warum?«

»Mit dem Projekt wäre Božena erst einmal beschäftigt. Sonst checkt sie spätestens im Herbst wieder bei mir in der Klinik ein: Mir ist langweilig, bitte tu etwas. Aber was soll ich noch an ihr machen? Schon wieder die Titten?«

Als Milena zehn Minuten später vor ihrem Haus parkte und kurz darauf die Wohnungstür aufschloss, merkte sie, wie langsam die Anspannung von ihr abfiel und sich ein flaues Gefühl im Magen ausbreitete. Fiona strich schnurrend um ihre Beine. Leise zog sich Milena die Schuhe aus und tappte auf Strümpfen den Flur hinunter.

Adam schlief. Vorsichtig strich sie seine Decke glatt, zog langsam den Comic unter seiner Hand hervor, drückte einen Kuss auf seine Stirn und löschte das kleine Licht.

In der Küche räumte sie die Fernsehzeitschrift vom Tisch und stellte die Autogrammkarte von Rozana Smija gut sichtbar an die Blumenvase. Auf der Rückseite stand noch etwas geschrieben. Eine Widmung? Milena hielt die Autogrammkarte unter die Lampe.

Sorry. Irgendwann erkläre ich es Ihnen. Marco.

28

Er war doch ein alter Mann, er wurde bald achtzig, und manchmal fragte er sich, warum er sich das alles noch antat. Zum Beispiel, morgens, in der Früh: die Rasur. Jetzt, wo Lydia nicht mehr war und alle fünf Minuten an der Klinke rüttelte, hatte er dafür alle Zeit der Welt, es war für ihn die schönste Zeit des Tages. An der Art, wie das Messer über die Haut glitt, konnte er schon erkennen, ob es ein guter oder ein schlechter Tag werden würde.

Heute hatte er sich geschnitten. Aber war es denn ein Wunder? Er hatte ja nicht einmal mehr die Muße, sich die Krawatte ordentlich zu binden. Oder sich für die erste Tasse Kaffee fünf Minuten hinzusetzen. Das Zeitunglesen am Morgen hatte er sich ja schon komplett abgewöhnt. In seinem Leben war jetzt immer ein Gejaule und Gehechel, immer das Getapse auf dem Linoleum. Er brauchte nur den Kopf zu heben, und schon wedelte Batica so heftig mit diesem Stummelschwanz, dass das ganze Hinterteil dabei hin- und herwackelte.

»Ich komme«, sagte er und schob seinen Stuhl an den Tisch. »In Gottes Namen.«

Als sie ihm Batica brachten, hatte er sofort gesagt: Nein danke, Kinder, wirklich nicht. Kein Bedarf.

Er wusste natürlich, was sie sich dabei gedacht hatten,

das Muster war ja hinreichend bekannt: Gib dem Alten einen Hund, das hält ihn auf Trab, und er ist beschäftigt.

Aber weder war ihm langweilig, noch hatte er zu wenig Bewegung oder fühlte sich einsam – jedenfalls nicht einsamer als in der Ehe mit Lydia. Das Problem war wohl eher, dass die Kinder ein chronisch schlechtes Gewissen hatten, wenn sie an ihren alten Vater dachten. Doch das Bündel Fell hatte nun einmal auf dem Tisch gelegen, und einen Namen hatte es auch schon. Was hätte er denn tun sollen? Den störrischen Alten geben und einen Streit vom Zaun brechen?

Er führte Regeln ein. Das Tier bekam zu fressen und in der Ecke einen Platz zum Schlafen. Das Sofa, der Sessel, das Schlafzimmer waren tabu. Und mit Halsband, Leine und dem ganzen Zirkus fing er gar nicht erst an. Auch nicht mit dem Befehlston: Batica – bei Fuß, Batica – Platz! Er war für Erziehung noch nie zuständig gewesen, und auch bei einem Tier würde er jetzt nicht mehr damit anfangen.

Es war interessant: Batica war ein echter Mitläufer, aber mit dem richtigen Instinkt, nicht unterwürfig, auf seine Art sogar klug, ein Eigenbrötler, aber auch ein Freigeist. Wenn er ins Kaffeehaus ging, verkrümelte Batica sich genauso unter dem Sitz wie im Bus, in der Küche oder im Kino. Er schien eigentlich immer nur auf seine Stunde zu warten. Die schlug in der freien Natur.

Er selbst war kein Naturbursche, nie gewesen, aber er akzeptierte diese Seite. Batica war ein Hund, und Hunde brauchten Auslauf. Mittlerweile fuhren sie fast täglich raus in den Belgrader Forst, mit dem Bus Linie 72 und den anderen Halbverrückten mit festem Schuhwerk.

Batica kroch durchs Unterholz, schleppte Stöcke und

bändelte mit jedem an. Von den Rentnern wurde Batica wie ein alter Bekannter begrüßt (das verwunderte ihn nicht), aber mittlerweile hielten auch die Läufer an, traten auf der Stelle und führten kurzatmige Gespräche mit Batica. Es wurde für ihn immer schwieriger, sich dem allgemeinen Hallo und der Konversation zu entziehen. Noch beschränkte er sich auf ein Kopfnicken oder einen kurzen Gruß. Er konnte Gesprächen über Wetter und Rheumatismus nun einmal nichts abgewinnen, und er wollte sich auch nicht über Lebewesen austauschen, deren Horizont von hier bis zum nächsten Fressnapf reichte. Er schaute sich um. Wo war denn der Hund jetzt überhaupt?

»Batica?«

Er würde schon wieder auftauchen, er tauchte ja immer auf: hechelnd, schwanzwedelnd, mit Kletten an den Ohren und dem üblen Mundgeruch. Aber die Phasen, in denen er sich wünschte, Batica möge sich doch einfach in Luft auflösen und für immer verschwinden, waren seltener geworden. Wenn er es recht überlegte...

Wieder blieb er stehen.

»Batica!« Er lauschte. Stille. Nur der Wind in den Blättern. Vogelgezwitscher.

Er rief – wieder und wieder. Er ging sogar ein Stück zurück, schaute sich um und wusste nicht, was er tun sollte. Ameisenhaufen, Maulwurfshügel und Reifenspuren. Wieso Reifenspuren?

Dann hörte er ihn. Ziemlich weit weg, eher ein Jaulen, und so kläglich, dass er es mit der Angst zu tun bekam. Dem Hund war etwas zugestoßen. Er lief, so schnell er konnte.

Das Jaulen klang schrill. Äste schlugen ihm ins Gesicht, rissen ihm den Hut vom Kopf – er rannte, wie er in seinem Leben noch nicht gerannt war, stolperte über Wurzeln und rang nach Atem. Verwirrt rückte er seine Brille zurecht.

Jemand hatte ein Paar Schuhe in den Baum gehängt – dachte er zuerst. Aber da baumelten auch Jeans, oberhalb der Knie zerrissen. Ein ganzer Körper schaukelte sachte im Wind.

Um den Hals war ein Strick geschlungen. Fliegen schwirrten umher. Der Kopf des Mannes hing wie abgeknickt auf die Brust herunter, den starren Blick auf die Stelle gerichtet, an der Batica saß – wie gebannt von den toten Augen.

29

Vor den demolierten Briefkästen stand aufgeklappt die Leiter, und mitten im Windfang parkte eine Palette mit Gipskartonplatten. Milena betrachtete die Markierungen an der Wand. Wenn sie die Striche richtig deutete, würde die Decke so weit abgesenkt werden, dass über dem Hauseingang am Ende noch eine Handbreit Luft blieb.

Hausmeister Šoć legte den Schlagbohrer beiseite, zog ein gefaltetes Stück Papier aus der Tasche seines Arbeitskittels und sagte: »Alles genehmigt, Frau Lukin.« Er stieg über den Werkzeugkasten und hielt ihr ein Schreiben mit dem Logo der Hausverwaltung unter die Nase.

»Ich hoffe, Sie lassen sich für Ihren Einsatz wenigstens anständig bezahlen«, sagte Milena, und es klang genauso schnippisch, wie es gemeint war.

Dabei machte der Hausmeister doch nur, was andere ihm auftrugen, in diesem Fall der Besitzer des Reisebüros, der den Raum schrumpfte und sich auf Kosten der Bewohner ein paar Quadratmeter Luft für seinen Stauraum stahl. Eigentlich sollte man sich gar nicht aufregen. Die Aktion vor vielen Jahren, mit den Abstell- und Trockenräumen, war viel dreister gewesen.

Die fensterlosen Kammern waren nacheinander zu kleinen Büros für Inkassounternehmen und Visa-Agenturen umfunktioniert worden, ohne dass sich herausfinden ließ, wer da eigentlich mit wem gekungelt hatte. Dagegen war bei der Gemeinschaftsterrasse der Fall klar: Die hatten sich die Leute im obersten Stock unter den Nagel gerissen und ihre Wohnungen zu schönen Maisonetten ausgebaut. Dass seitdem das Haus im Sinken begriffen war, weil die alten Fundamente die zusätzliche Last nicht tragen konnten, kümmerte dabei niemanden.

Milena fuhr die König-Lazar-Straße hinunter, direkt auf das Denkmal von Herzog Vuk und das Institut für Kriminalistik und Kriminologie zu. Überall waren Parkplätze von Mülltonnen blockiert, weil die Abfallräume in den Häusern zu Beautysalons und Telefonläden umgebaut wurden. Und wenn in Erdgeschossen neue Schaufensterscheiben eingesetzt wurden, zwackte man bei der Gelegenheit ein Stück vom Gehweg ab. Und jedes Mal war ein Hausmeister zur Stelle, der aus seinem Arbeitskittel einen Brief mit Stempel und Unterschrift hervorzog: Alles genehmigt. Milena parkte im spitzen Winkel vor dem ›Roten Hahn‹.

Eigentlich müsste sie versuchen, in der Stadtverwaltung, beim Baudezernat, anzurufen. Aber die Chance, dass sich dort jemand für eine abgehängte Decke in irgendeinem Hauseingang interessierte, war gleich null. Sogar beim Denunzieren brauchte man Beziehungen.

Kurz darauf hängte Milena im Büro ihre Jacke über den Stuhl, stellte den Wasserkocher an und machte das Fenster auf. Heute Nachmittag musste sie ins Krankenhaus, zu Onkel Miodrag, und vorher sollte sie noch das Organigramm für das kommende Semester fertigbekommen. Und sie musste Alexander Kronburg anrufen. Sie schaufelte Kaffeepulver in den Becher und schüttete heißes Wasser darauf.

Der Job, im Auftrag der deutschen Botschaft die serbische Justizreform zu begleiten, war verlockend, aber wie stellte der Mann sich das vor? Sie konnte hier nicht einfach alles stehen- und liegenlassen. Sie hatte Verträge zu erfüllen, und ihre Studenten konnte sie auch nicht hängenlassen.

Sie schaltete den Computer an, rückte die Tastatur zurecht. Allerdings gab es in den Büros der deutschen Botschaft sicherlich Zentralheizung, Klimaanlage und hinter dem Haus reservierte Parkplätze. Sie trank in kleinen Schlucken und stellte sich vor, wie eine fürsorgliche Assistentin ihr den Kaffee bringen würde.

Es klopfte. Milena tippte ihr Passwort, Adams Geburtsdatum, drückte auf »Bestätigen« und schaute auf.

Der Institutsdirektor, Boris Grubač, stand im Zimmer und streckte ihr mit dem Bauch seine schräggestreifte Krawatte, beide Hände und einen kleinen Karton entgegen, eine Packung Geleebananen. Vorsichtig legte er das Paket auf den Tisch und schob es behutsam zurecht. »Bitte schön«, sagte er. »Nur eine kleine Aufmerksamkeit.«

Sie streifte die Schachtel mit einem Blick. Es war die Packung, die aus zwei Etagen bestand und nach dem Schubladenprinzip funktionierte – für eine »kleine Aufmerksamkeit« definitiv zu groß. Misstrauisch fixierte sie ihren Chef. Seine Mundwinkel waren feucht, und seine Augen trieften vor Freundlichkeit.

»Danke.« Milena setzte ein Lächeln auf. »Übrigens: Ich hatte vergangene Woche ein Gespräch mit dem deutschen Botschafter.«

»Ich weiß«, antwortete Grubač.

Milena lehnte sich überrascht zurück. »Woher?«

»Seine Sekretärin ruft doch fast täglich bei uns an. Hat Ihnen das niemand gesagt?«

»Das heißt, Sie wissen, worum es geht?«

»Lassen Sie den armen Mann doch nicht so zappeln. Versetzen Sie sich lieber einmal in seine Lage: Als Ausländer hat er von Tuten und Blasen keine Ahnung, und aus irgendwelchen Gründen hat er einen Narren an Ihnen gefressen. Warum nutzen Sie das nicht aus? Erzählen Sie dem Mann, was er hören will oder was Sie wollen, dass er hören soll. Hauptsache, Sie halten hinterher schön die Hand auf. ›Consulting‹ nennt man so etwas. Schon mal davon gehört?«

»Die Sache ist leider etwas komplizierter.« Milena suchte nach ihrem Telefon, das irgendwo zu klingeln begann.

»Und wenn Sie Ihre Arbeit bei uns nicht vernachlässigen, muss eine solche Beratertätigkeit für unser Institut gar kein Nachteil sein. Im Gegenteil. Also, Frau Lukin, tummeln Sie sich mal ein bisschen.«

Sie schaute auf das Display. »Tut mir leid«, sagte sie. »Das ist wichtig. Ob Sie mich einen Moment alleine lassen könnten?« Sie nickte ihm zu und drückte auf die grüne Taste.

Die Stimme am anderen Ende war sachlich und ruhig. Der Ton stand im krassen Gegensatz zu den Informationen – Milena dachte, sie würde sich verhören.

Sie stand auf und ging zum Fenster. In ihrem Kopf ging alles durcheinander.

»Wo sind Sie?«, fragte sie mechanisch und umklammerte den Fenstergriff. »Bleiben Sie, wo Sie sind. Ich komme sofort.« Sie ließ den Hörer sinken und starrte wie betäubt auf die Anzeige.

»Schlechte Nachrichten?«, fragte Grubač in ihrem Rücken.

Milena ging zum Schreibtisch und nahm ihre Tasche.

»Wie verbleiben wir denn jetzt?«, fragte er. »Was sagen wir dem Botschafter?«

»Ich muss los.«

»Wo wollen Sie hin?«, rief er ihr hinterher.

Milena hastete den Gang hinunter. Auf der Treppe wählte sie Sinišas Nummer, durchquerte das Foyer und sagte in den Hörer: »Du musst mich sofort zurückrufen.«

Sie stieß die Tür zur Straße auf. »Goran Valetić ist tot.«

*

Slavujka Valetić stand immer noch dort, wo sie vor einer Viertelstunde das Telefongespräch mit Milena beendet hatte, wenige Meter entfernt vom Eingang zum gerichtsmedizinischen Institut. Blass, fast durchsichtig sah sie aus, mit hochgezogenen Schultern, karierter Hemdbluse, keine Tasche, ohne Jacke. Sie war viel kleiner, als Milena sie in Erinnerung hatte. Sie lenkte an den Bordstein, bremste und schaltete die Warnblinkanlage an.

Zehn Tage lag ihr gemeinsames Treffen mit Siniša im ›Café Präsent‹ zurück. Was für eine Tragödie. Nach den Eltern jetzt der Bruder. Vor wenigen Stunden hatte Slavujka die Nachricht bekommen, eben hatte sie den Leichnam identifiziert, und das Bild würde sie wahrscheinlich nie mehr aus dem Kopf bekommen. Milena fand keine Worte.

Slavujka ließ die Umarmung ohne erkennbare Regung über sich ergehen und sagte: »Ich habe nicht viel Zeit. Können wir irgendwo sprechen?«

Milena öffnete die Beifahrertür, nahm den Aktenordner vom Sitz und warf ihn auf die Rückbank.

Als sie nebeneinandersaßen und auf das staubige Armaturenbrett starrten, sagte Slavujka: »Er hat mir eine Mail geschickt.«

»Wann?«

»Als hätte er geahnt, dass ihm etwas zustößt.«

»Sie meinen…« Milena lehnte sich zurück.

»Ich habe seine Nachricht nicht ernst genommen. Ich dachte, nach dem ganzen Mist – jetzt inszeniert er sich als Opfer. Dieser Egozentriker tut wirklich alles, um irgendwie Aufmerksamkeit zu bekommen.«

Milena überlegte. Vor wem hatte Goran Angst gehabt? Vor dem Mann, der auch sie bedroht hatte und dessen Namen sie nicht wusste? Oder vor ihr, Milena Lukin? Ihr Zusammenprall in Talinovac, am Tatort – vielleicht hatte er gedacht, dass sie ihm auflauerte, ihn verfolgte.

»Was ich nicht kapiere«, sagte Slavujka, »warum geht er in den Wald und nimmt sich einen Strick, wo er doch in der Schublade oder im Handschuhfach seine Dienstwaffe hat? Verstehen Sie das?«

»Was schreibt er?« Milena suchte in ihrer Tasche nach dem Notizbuch, während ihr Telefon den Eingang einer SMS meldete. Siniša teilte mit, er sei auf dem Weg. »Kann ich die Nachricht einmal sehen?«

»Ich war mit meiner Freundin in den Bergen. Wir wollten einfach nur abschalten. Ich hatte ja keine Ahnung…«

Slavujka schneuzte sich und fuhr mit dem Finger über das Display, und Milena fragte: »Haben Sie der Polizei von Ihrem Verdacht erzählt?«

»Denen ging es nur ums Protokoll. Aber das hier haben sie mir gegeben.« Sie öffnete ihre Faust. Eine silberne Kette lag darin und ein kleiner Anhänger.

Milena klappte ihr Notizbuch zu und berührte die winzigen Fußballschuhe. Sie kannte die Miniatur, sie hatte sie auf dem Foto gesehen und dann bei ihrem Zusammenprall mit Goran in Talinovac. Wenn ihre Begegnung nicht so unglücklich verlaufen wäre, würde Goran heute vielleicht noch leben. Jetzt ging es darum, alle Möglichkeiten in Betracht zu ziehen.

»Es gibt ein paar Dinge, die Sie wissen sollten«, sagte Milena.

Slavujka schloss ihre Faust.

»Ihr Bruder hat Geld bekommen, tausend Euro, damit er Ihre Eltern dazu bewegt, in die Heimat zurückzugehen.«

»Tausend Euro?« Slavujka blinzelte verwirrt. »Von wem?«

»Wahrscheinlich eine Maßnahme, um Teilnehmer für das Rückkehrprogramm zu finden. Die Summe ist lächerlich, ich weiß, aber vielleicht hat es gereicht, dass Goran sich Vorwürfe gemacht hat, nach dem Tod Ihrer Eltern. Dass er sich in etwas hineingesteigert hat.«

»Sie gehen also von Selbstmord aus.«

»Wenn hier etwas nicht mit rechten Dingen zugeht und ein Mord vertuscht werden soll, werden wir es herausfinden, das verspreche ich Ihnen.«

Die Warnblinkanlage tickte, und Slavujka fragte: »Was wissen Sie noch?«

»Es gibt einen Koffer«, fuhr Milena fort. »Von Ihrem Vater. Die Nachbarn in Talinovac haben ihn gesichert und Ihrem Bruder übergeben.«

»Papas alter Lederkoffer.« Slavujka lachte kurz auf. »Wollen Sie wissen, was drin ist? Ich kann es Ihnen sagen.« Sie legte den Kopf in den Nacken. »Zeitungsartikel, Fotos und – jede Wette: Schaubilder, mit Linien und Verästelungen, wie bei einem Stammbaum. Und alles fein säuberlich in Klarsichthüllen. Garantiert. Sie müssen wissen: Mein Vater hat Schaubilder und Klarsichthüllen geliebt.« Sie spottete: »Es muss doch wundervoll sein, wenn man weiß, dass man immer auf der richtigen Seite steht, oder? Und so praktisch: Die Irrtümer und Fehler liegen immer bei den anderen.«

Mit ihrer schmalen, etwas zu lang geratenen Nase war Slavujka ihrem Vater wie aus dem Gesicht geschnitten, jedenfalls nach dem Foto zu urteilen, das Milena aus den Zeitungen kannte.

»Ihr Vater war einer Sache auf der Spur«, versuchte Milena zu beschwichtigen, »und vielleicht hat er die Gefahr, die er heraufbeschworen hat, nicht gesehen oder ganz einfach unterschätzt.«

»Liebe Frau Lukin, mein Vater war immer irgendeiner Sache auf der Spur, und die Gefahr dabei konnte gar nicht groß genug sein. Er hat so getickt, verstehen Sie? Mit seiner Rechthaberei hat er jeden gegen sich aufgebracht, und das fand er großartig. Dass er mit seinem Starrsinn unsere Familie zerstört hat, hat er gar nicht bemerkt, oder es war ihm egal. Meine Mutter war ein Wrack. Meine Familie ist ausgelöscht. Nur ich bin noch da. Und soll ich Ihnen etwas sagen? Dafür hasse ich meinen Vater. Wie konnte er mir das antun?« Sie stieß die Beifahrertür auf.

»Wo wollen Sie hin?«

»Ich will nicht mehr.«

»Warten Sie!« Milena stieg ebenfalls aus. »Was hat Goran Ihnen geschrieben?«, rief sie Slavujka hinterher. »Dass die Unterlagen aus dem Koffer bei Diana sind?«

Slavujka blieb stehen. »Woher wissen Sie das?«

»Dann müssen wir zu ihr.«

»Ihre Telefonnummer funktioniert nicht.«

»Haben Sie ihre Adresse?«

»Hören Sie auf.« Slavujka verschränkte die Arme vor der Brust. »Ich will nicht die Nächste sein, die aufgehängt oder erschossen wird. Haben Sie verstanden? Warum habe ich Sie bloß angerufen?«

»Wenn der Nachlass bei Diana ist, müssen wir ihn dort herausholen. Das Material darf nicht in falsche Hände gelangen.«

»Sie soll das Zeug einfach wegschmeißen. Und der Fall ist erledigt.«

»Ich glaube, sie weiß gar nichts von den Unterlagen.«

»Umso besser.«

»Kommen Sie. Steigen Sie ein.«

Ein dunkler Wagen raste mit aufgeblendeten Scheinwerfern heran, bremste und kam ein paar Zentimeter hinter dem Lada zum Stehen. Die getönte Scheibe ging herunter. Siniša lehnte sich über den Beifahrersitz. »Ich weiß, ich bin spät. Tut mir leid.«

»Du kommst genau richtig«, sagte Milena. »Es gibt zwei Dinge.«

Siniša schob sich interessiert die Sonnenbrille in die Stirn.

»Wir müssen herausfinden, ob Goran Suizid begangen hat.«

»Behaupten sie das?« Siniša stellte den Motor ab. »Interessant. Dann sage ich dir jetzt mal etwas: Es war hundertprozentig kein Suizid, und das werden wir auch beweisen. Was noch?«

»Wir brauchen Dianas Adresse. Ich fahre jetzt ins Büro.« Milena beugte sich zu ihm herunter und bat: »Könntest du Slavujka nach Hause bringen?«

»Es wäre mir eine Ehre.«

Milena öffnete die Beifahrertür.

»Okay«, sagte Slavujka. »Sie haben gewonnen. Veteranenstraße.«

»Danke.«

»Nummer neunzehn. Diana Adamac.«

Siniša war ausgestiegen und knöpfte sich das Sakko zu. »Ich bin untröstlich«, sagte er. »Frau Valetić, mein herzliches Beileid.«

Milena stieg in ihren Lada und startete den Motor. Im Rückspiegel sah sie, wie Siniša sich um Slavujka kümmerte und ihr fürsorglich in den Wagen half.

Sie war schon über die Kreuzung, als sie endlich die Warnblinkanlage ausschaltete.

30

Juliana saß stabil, beugte sich vor und streckte den Arm, bis sie den Henkel der Tasche zu fassen bekam. Jetzt nicht das Gleichgewicht verlieren, dachte sie und zog das Gepäckstück langsam zu sich heran.

Das Ding, das Nicola ihr gestern mitten in den Raum gestellt hatte, war geräumiger, als sie gedacht hatte, und mit den kleinen Rollen patent gemacht. Kein Vergleich zu dem alten Monstrum auf dem Schrank mit den rostigen Metallbeschlägen und riesigen Schlössern wie bei einer Truhe. Juliana schaute hoch.

Randvoll mit Flugblättern war die Kiste gewesen, und zur Tarnung obenauf lag eine dünne Lage Wäsche. Wie viele Jahre war das jetzt her?

Es war Krieg. Juliana hörte wieder das Hallen der Stiefelabsätze, der deutsche Gleichschritt, und wie Sophia nachts in dieser Küche hitzige Diskussionen mit ihren Kommilitonen führte – Kommunisten mit Schnauzbärten und wilden Ideen, ein Gezank bei flackerndem Kerzenlicht, oft bis in die frühen Morgenstunden. Juliana verstand nichts von Politik, aber dass es lebensgefährlich war, auf Flugblättern tausendfach zum Widerstand gegen die deutschen Besatzer und Faschisten aufzurufen, wusste auch sie. Ausgerechnet Sophia, die Tochter aus gutem Hause, wurde auserkoren, mit dem Koffer voller Flugblätter zum Bahnhof zu ziehen und die brisante Fracht am Zug nach Zagreb einem Verbindungsmann zu übergeben. Was für ein Irrsinn. Juliana bestand darauf, ihre Cousine zu begleiten.

Gleis drei, zweiundzwanzig Uhr – sie erinnerte sich, als wäre es gestern gewesen. Überall Menschen, Tränen, schreiende Kinder, Trillerpfeifen und Lautsprecherdurchsagen. Männer in deutschen Uniformen patrouillierten, und plötzlich: Ausweiskontrolle. Bitte den Koffer öffnen.

Sophia war wie erstarrt. Der Offizier, ein ganz junger Bursche, beugte sich über die Wäsche – eine Wolke aus Seide und Spitze, die die Flugblätter gerade so bedeckte. Als er zur Durchsuchung die Hand ausstreckte, schrie Juliana: »Pfoten weg! Was erlauben Sie sich! Die Wäsche einer Dame!«

Knallrot wurde der deutsche Offizier. Er stand stramm, salutierte und ließ sie passieren.

Wenn Juliana heute darüber nachdachte, wusste sie nicht, was damals in sie gefahren war. Sie war über sich hinausgewachsen, und hier wagte sie nicht einmal, ihrem geliebten Cousin zu widersprechen. Er konnte machen, was er wollte. Sie gehorchte.

Juliana schaute auf die Uhr. Sie musste sich sputen und ihre Sachen packen. Zwei Parolen hatte Nicola ausgegeben: »Nur das Nötigste«, und: »Abfahrt am frühen Nachmittag.« Im Kommandoton, und kein Wort darüber, wohin die Reise eigentlich gehen sollte.

Insgeheim hatte sie die Hoffnung, dass Nicola es sich noch einmal anders überlegte. Bei seinem sprunghaften Charakter... Vielleicht brachte er wieder diese Leute mit, die ihre Möbel hin und her rückten, die Wände vermaßen und Fotos von den alten Kacheln machten. Es war ein einziges Tollhaus und sie mittendrin. Angelina, die Nachbarin, ließ sich überhaupt nicht mehr blicken, und Sophia schwieg nur noch zu allem.

Es war nicht zu leugnen: Nicola hatte sich verändert, und nicht zu seinem Vorteil. Den Nicola von damals, den liebenswerten Schlingel, der keiner Fliege etwas zuleide tat und sich notfalls auf den Kopf stellte, um einen zum Lachen zu bringen – diesen Nicola gab es nicht mehr. Der Nicola von heute war zornig, unberechenbar und trug unter seinem feinen Zwirn eine Pistole. Sie hatte es mit eigenen Augen gesehen. Natürlich war es ein Fehler gewesen, den Zettel mit der Vollmacht zu unterschreiben und ihm die Schlüssel zu geben. Aber wie konnte sie ihm diese Dinge verweigern? Er war jetzt der Hausherr, und sie – die alte Juliana, die über all die Jahre den Laden hier beisammengehalten hatte – konnte froh sein, wenn er sie bloß wie Luft behandelte und nicht, wie meistens, als wäre sie nicht mehr bei klarem Verstand.

Sie tastete in ihrer Strickjacke nach dem kleinen Kärtchen mit der Telefonnummer. Sie durfte nicht länger so tun, als wäre alles in Ordnung. Sie musste die Frau um Hilfe bitten, es war höchste Zeit, vielleicht sogar die letzte Gelegenheit. Sie griff zum Telefon, hob den schweren Hörer von der Gabel, hielt sich die Muschel ans Ohr und lauschte in die Stille.
»Hallo?«

Die Leitung war tot. Aber irgendwo, ganz in der Nähe, hörte sie eine leise Musik.

Jemand spielte Klavier – so leicht und heiter. Juliana ließ

den Hörer sinken. Durch das offene Fenster zog der Duft des Gartens herein, betörend – vor allem die Lilien, und die Blätter am Walnussbaum leuchteten in der Sonne. Als würde sich ein Vorhang auftun, sah sie ein Feld, den Hopfen, pralle Dolden. Ihre Brüder bei der Ernte, die kräftigen Rücken sonnenverbrannt, und ihre Mutter, wie durchsichtig, auf dem Schemel am Brunnen. Alles war gut. Das Bassin war mit Regenwasser randvoll. Wäre es jetzt nicht an der Zeit zu gehen?

Sie erhob sich, strich über die Lehne von Sophias Sessel und rückte die Tasse auf dem Teller zurecht. Auf dem Weg zur Tür streifte ihr Blick den Spiegel. Juliana Spajić, die arme Cousine aus Kopaonik. Nur mit einem Bündel war sie einst hier in der Tür gestanden. Sophia hatte drüben auf der Fensterbank gesessen, mit den Beinen gebaumelt und sie neugierig angeschaut. Aber die große Aufregung an jenem Tag galt dem Sohn, der oben im ersten Stock geboren wurde und den sie Nicola nannten.

Das Klavier war verstummt. In der Stille ging der Schlüssel im Tor. Ein Luftzug, das Fenster knallte. Juliana hörte, wie er sein Fahrrad in die Einfahrt schob.

»Bist du da?«, rief er. »Hast du gepackt?«

Sieben Stufen, und er würde in der Küche stehen. Wie ein Dieb huschte Juliana in die Speisekammer. Einen Riegel gab es nicht. Mit angehaltenem Atem lauschte sie hinter der Tür, hörte, wie er vorbeiging, wie in der Küche etwas zu Boden fiel. Das kaputte Telefon. Oder er hatte die leere Tasche entdeckt.

»Wo bist du?«, schrie er. »Verdammtes Miststück.«

Sie zitterte vor Angst und Empörung. Dieser Mann war

vulgär, ein Betrüger, der sich unter den Nagel reißen wollte, was ihm nicht gehörte. Plötzlich war ihr alles klar. Dieser Mann war ein Dieb, ein Verbrecher. Dieser Mann war gar nicht Nicola, ihr geliebter Cousin. Er war ein Fremder. Er wollte sie aus dem Weg haben, und er würde keine Ruhe geben, bis er nicht sein Ziel erreicht hatte.

Sie musste etwas tun. Den Kartoffelsack vorziehen. Sie nahm all ihre Kräfte zusammen, stieß dabei an den Schürhaken und verursachte einen Heidenlärm.

»Bist du da drin?«, rief er. »Antworte!«

31

Dianas Schluchzen hinter der Badezimmertür traf Milena noch tiefer als vor ein paar Stunden die Nachricht von Gorans Tod. Milena hatte keine Erfahrung damit, wie man eine Todesnachricht schonend überbringt. Ob aus Rücksichtnahme oder Feigheit – sie hatte nur das Nötigste gesagt: dass Goran in einem Wald tot aufgefunden wurde. Über die näheren Umstände hatte sie sich ausgeschwiegen.

Vorsichtig klopfte sie. »Ich mache Ihnen einen Vorschlag«, sagte sie. »Ich koche uns jetzt eine Tasse Tee, und dann schauen wir weiter. Einverstanden?«

Aber Diana heulte nur noch lauter, und Milena starrte ratlos an die Wand. »Phonetik«, »Szenische Darstellung II« stand auf einem Stundenplan in der Spalte für Montag. Daneben klemmten Postkarten aus Venedig und Lanzarote, und weiter links, am Garderobenspiegel, hing eine vertrocknete Rose. Milena wusste fast nichts über diese junge Frau.

Die Tür zum Schlafzimmer stand offen. Ein gemütliches Bett mit vielen bunten Kissen und gegenüber, unter dem Fenster, ein improvisierter Tisch aus einem Karton und einem Tablett. Hinter der Tür befand sich ein Kleiderschrank – so groß, dass man sich darin verstecken konnte. Milena zögerte. Sie hatte kein Recht, hier herumzuschnüffeln.

Als sie die Schranktür öffnete, kam ihr der Geruch von Lavendel entgegen. Die oberen Fächer waren mit Wäsche vollgestopft, an der Kleiderstange hingen ein Mantel, ein paar Kleider, Blusen und eine Federboa, die mit einem Ende auf einem Kasten aufstand.

Milena schob die Schuhe beiseite. Eine Hartschale aus braunem Kunststoff mit altmodischen Messingverschlüssen. Sie drückte auf die Verschlüsse, der Deckel sprang auf, und eine alte Nähmaschine kam zum Vorschein.

Im Badezimmer rauschte das Wasser, aber die Tür war immer noch zu. Auf dem Küchentisch stand eine Rolle Küchenpapier, daneben lag ein Smartphone. Wie hatte Diana an dem Abend bei Slobodan Božović auf der Terrasse gesagt? »Marco kommt von seinem Treffen mit Goran, hat eine fiese Schramme im Gesicht und sagt, alles sei in Ordnung. Und hier, auf der Party, quatscht er heimlich mit der Natter.«

Die Natter. Milena wusste nicht einmal den richtigen Namen dieses Mannes. Sie nahm den Elektrokocher von der Fensterbank, füllte Wasser hinein und holte einen Becher vom Regal. Vor dem Fenster gurrten Tauben. Warum suchte Marco auf der Party den Kontakt zu diesem Mann? Was hatten die beiden miteinander zu bereden? Was immer Marco auch vorhatte – sie musste ihn warnen und ihm sagen, dass Goran tot war. Sie durfte keine Zeit vertun. Der Mann hatte eine Waffe und war gefährlich.

»Das ist nicht Ihr Ernst, oder?« Diana lehnte in der Tür, die Arme trotzig vor der Brust verschränkt, und sah zu, wie Milena einen Teebeutel in den Becher hängte.

»Setzen Sie sich.« Milena goss heißes Wasser hinein. »Ich

weiß, es ist ein schlechter Zeitpunkt, aber ich muss Ihnen ein paar Fragen stellen.«

Diana gehorchte, sank auf den Stuhl und schob ihre Hände unter die Schenkel. Augen und die Nase waren vom Weinen ganz rot.

»Hat Goran bei Ihnen einen Koffer deponiert?«, fragte Milena. »Oder eine Mappe, vielleicht auch bloß einen großen Umschlag? Bitte überlegen Sie, es ist wichtig.«

Diana schüttelte den Kopf. »Ich hatte keinen Kontakt mehr zu Goran.«

»Vielleicht war er noch einmal hier, in der Wohnung, und Sie haben es gar nicht bemerkt. Wäre das möglich?«

»Ich habe das Schloss auswechseln lassen.« Dianas Augen füllten sich wieder mit Tränen. »Und als er mich treffen wollte, habe ich gekniffen, und Marco ist hingegangen. Aber das habe ich Ihnen doch alles schon erzählt.«

Milena stellte ihr den Becher hin und legte das Smartphone daneben. »Wir müssen Marco anrufen und ihm sagen, was passiert ist.«

»Jetzt?« Diana putzte sich die Nase.

»Er war wahrscheinlich einer der Letzten, der Goran lebend gesehen hat.«

Mechanisch wischte Diana mit dem Finger über das Display. »Wissen Sie – er hat mir bloß einen Gefallen getan, als er zum Treffen mit Goran gegangen ist. Goran hat so einen Druck gemacht, hat immer wieder angerufen, dass ich mich am Ende nur noch totgestellt habe.« Sie schluchzte auf und schlug die Hände vors Gesicht.

Milena legte beruhigend eine Hand auf ihren Arm. Vor ihr, auf dem Tisch, lag das Smartphone, und auf dem Display waren Marcos Foto und sein Name zu sehen: ›Marco Begolli‹. Milena tippte mit dem Finger auf ›Anrufen‹.

Das Freizeichen ertönte. Milena stand auf. »Spreche ich mit Marco?«

»Wer ist da?«, fragte die Stimme am anderen Ende.

»Milena Lukin.« Sie hörte im Hintergrund Musik, als wäre dort ein Straßenfest oder ein Jahrmarkt. »Wo sind Sie?«, fragte sie. »Hören Sie mich? Marco, ich muss Ihnen leider etwas mitteilen … Hallo?« Sie schaute auf das Gerät. Verbindung beendet.

Rasch holte sie ihr altes Telefon hervor, tippte Marcos Nummer hinein und drückte die grüne Taste. Aber jetzt verkündete eine automatische Ansage, der Teilnehmer sei zurzeit nicht erreichbar. Milena fluchte leise.

»Hat er aufgelegt?« Diana riss sich ein Stück Küchenpapier ab.

»Wissen Sie, wo er sein könnte?«

Diana schneuzte sich und schüttelte den Kopf.

»Haben Sie seine Adresse?«

»Donaustraße. Aber da ist er nur zum Schlafen.«

Milena holte ihr Notizbuch heraus.

»Er bekommt heute seinen Pass.«

»Seinen Pass?« Überrascht schaute Milena auf.

»Und dann will er feiern.« Wieder stiegen Diana die Tränen in die Augen.

»Wieso feiern? Hat er Geburtstag?«

»Er will feiern, weil er heute seinen Pass bekommt. Er ist doch Kosovo-Albaner. Wussten Sie das nicht? Jetzt gucken Sie nicht so. Er will nur seinen Pass. Mit dem Tod von Gorans Eltern hat er nichts zu tun.« Schniefend angelte sie nach ihrem Telefon. »Und wenn Sie nichts dagegen haben, würde ich jetzt gerne meine Mama anrufen.«

Auf dem Weg zum Auto zündete sich Milena eine Zigarette an. Sie dachte an die Nachricht, die Marco auf die Autogrammkarte gekritzelt hatte: *Sorry, irgendwann erkläre ich es Ihnen.* Was meinte er damit? Dass er Kosovo-Albaner war?

Sie versuchte noch einmal, ihn zu erreichen – vergeblich. Dann rief sie Siniša an – ebenfalls ohne Erfolg. Nach dem Piepton sprach sie ihm auf den Anrufbeantworter: »Siniša«, sagte sie, »hör zu. Wir müssen so schnell wie möglich einen jungen Mann finden, Marco Begolli. Ich glaube, er weiß, wo die Unterlagen vom alten Valetić sind. Ich fürchte, er dreht irgendein Ding, vielleicht mit dem Mann, der mich bei Božović bedroht hat.«

Milena überlegte, dann fuhr sie fort: »Ich kann Marco telefonisch nicht erreichen, aber Diana Adamac sagt, er bekommt heute seinen Pass. Das würde bedeuten, dass er vielleicht gerade jetzt bei der Ausländerpolizei in der Save-Straße herumsitzt und wir die Chance haben, ihn dort abzupassen. Ich will es auf jeden Fall versuchen. Frage: Können wir uns dort treffen? Mir wäre wohler, wenn du dabei bist, falls es Ärger mit den Beamten gibt oder ich sonst irgendwie deinen Beistand brauche.« Sie drückte ihre Zigarette aus und sagte: »Es ist nur so ein Gefühl. Für alle Fälle: Marco ist Anfang zwanzig, hat dunkle Haare und trägt so einen gepflegten Vollbart. Und einen Kratzer hat er im Gesicht, auf der Wange. Melde dich. Ich fahre jetzt los.«

Auf dem Boulevard der Befreiung ging es nur langsam voran, und die Save-Straße war genau am anderen Ende der

Stadt. Milena trommelte nervös mit den Fingern auf dem Lenkrad, betätigte die Lichthupe, und im Zeitlupentempo zog der Wagen vor ihr rüber auf die rechte Spur. Sie gab Gas, wiederholte das Spiel mit der Lichthupe und dachte: Ein Kosovo-Albaner bei der serbischen Ausländerpolizei – das klang wie ein Witz. Erst recht, wenn der Kosovo-Albaner glaubte, dort einen serbischen Pass zu bekommen. Das war reine Theorie. So etwas passierte in Wirklichkeit nicht.

Milena wechselte die Spur. Sie hatte immer noch die Musik im Ohr, die sie beim Telefonieren mit Marco gehört hatte, der Jahrmarkt im Hintergrund, und dachte daran, wie Adam neulich gesagt hatte: »Karussellfahren ist etwas für Babys.« Vera war untröstlich gewesen.

Milena überlegte. Dann tastete sie nach ihrem Telefon und drückte die Wahlwiederholung. »Siniša, bevor du losfährst, ruf mich bitte noch einmal zurück.«

Sie umfasste das Lenkrad mit beiden Händen und nahm im Kreisverkehr die Ausfahrt in die entgegengesetzte Richtung, zur König-Milan-Straße, die direkt ins Zentrum zurückführte.

32

Der Generator lärmte, es roch nach Diesel und Urin, und überall in den Büschen lag Papier. Marco folgte dem Kabel, wahrscheinlich Starkstrom, mit Leuchtband umwickelt, stieg über eine Anhängerkupplung und schob sich zwischen den Wohnwagen hindurch. Wenn man ihn nachher überfallen würde, schoss es ihm durch den Kopf, wenn Schlägertypen anrücken und ihn zwingen würden, das Material herauszugeben – niemand würde es hier bemerken oder sich dafür interessieren.

Das Kabel schlängelte sich um eine Holztonne herum und verschwand unter einem Stapel Paletten. War doch perfekt.

»Falls du die Toiletten suchst...« Ein Typ im gestreiften T-Shirt lehnte an einem Gerüst und zeigte mit dem Daumen nach links.

»Alles klar«, rief Marco. Und als der Mann um die Ecke verschwand: »Danke!«

Marco schaute sich um, holte den Umschlag unter seiner Jacke hervor und schob ihn in den schmalen Zwischenraum. Dritte Palette von unten, vierter Spalt – musste er sich merken. Die Hände in den Hosentaschen, ging er den Weg zurück, den er gekommen war.

»Unter der Branko-Brücke«, hatte Nat gesagt, aber von

einem Rummel war keine Rede gewesen. Ein paar Geschäftsleute in der Mittagspause ballerten am Schießstand auf Plastikhasen. Halbstarke wippten am Autoscooter zur Musik der Neunziger, und Omas versorgten ihre Enkel mit Zuckerwatte und schauten zu, wie die Kleinen im Kinderkarussell den Drehwurm kriegten. Gedrängel und Geschrei gab es vor allem am Kassenhäuschen bei der Riesenkrake. Marco machte einen Bogen um die Jugendlichen, stieg zwei Stufen zum Getränkepavillon hinauf und bestellte eine Cola.

Er mochte ein Anfänger sein, aber er war kein Idiot. Das Material war in Sicherheit, und nur wenn Nat ihm den Pass auch wirklich präsentierte, würde er die Unterlagen holen. Es gab keinen Grund, nervös zu sein. Dennoch bekam er das Zittern nicht unter Kontrolle, und dass der Alte mit seinem Bierglas ihm so auf die Finger glotzte, machte die Sache nicht besser.

Endlich hatte Marco das Kleingeld beisammen, zahlte, schnappte sich sein Getränk und ging hinunter zum Fluss, Richtung Brücke. Nicht rennen, schlendern. Das Gedudel vom Jahrmarkt wurde leiser und Marco ruhiger. Es war alles in Ordnung. Er schaute auf die Uhr.

Er würde wetten, dass Nat mit dem Fahrrad über die Promenade geradelt käme, würde sich aber auch nicht wundern, wenn er wie James Bond mit dem Schnellboot über die Save rasen würde. Er konnte Nat immer noch nicht einschätzen, wusste nicht, ob er ein Playboy war, ein Sonderling, ein Kumpel oder ein Verbrecher. Diese ganze Ausländer-Masche mit Anzug, Einstecktuch und Schmalz im Haar – wen wollte er damit eigentlich beeindrucken? Und dann der Akzent. Beim letzten Telefonat hatte Marco beiläufig gefragt: »Wo kommen Sie eigentlich her? Aus den Staaten?« Aber Nat hatte ihn keiner Antwort gewürdigt. Er hatte nicht einmal reagiert.

Marco stellte die Flasche ab, stützte sich auf die Mauer und stemmte sich hoch. Von hier oben hatte er die ganze Promenade im Blick: links die Brücke, rechts den Jahrmarkt und geradeaus die Save. Ein Kreuzfahrtschiff tuckerte über den Fluss – mit flatternden Fahnen und Menschen, die breitbeinig in Liegestühlen auf dem Deck saßen, einen Drink in der Hand, und das Ufer mit der Altstadt wie einen hübschen Film an sich vorüberziehen ließen.

Marco gönnte ihnen diesen Film und das Vergnügen, und wenn es ihm einen Stich versetzte, dann nur, weil er keine Häfen ansteuern und nicht zwischen verschiedenen Möglichkeiten wählen konnte. Es war paradox: Er kam aus einem Land, dessen einzige Errungenschaft die Unabhängigkeit war, und diese Errungenschaft, die Staatsbürgerschaft als Kosovo-Albaner, stempelte ihn zu einem zwielichtigen Subjekt, zum Waffen-, Drogen- und Menschenhändler. Er war in der ganzen Welt unerwünscht und zu einem Leben im Käfig verdammt. Alle Möglichkeiten lagen außerhalb. Er musste Behörden austricksen, Unterlagen klauen, Freunde betrügen und sich am Ende, wenn alles gutgegangen war, von seiner Familie als Verräter beschimpfen lassen, weil er es wagte, sich zum Feind zu bekennen und den serbischen Pass anzunehmen. Aber was blieb ihm anderes übrig? Marco drehte die leere Flasche in den Händen.

Der einundzwanzigste April würde der Tag sein, an dem Marco Begolli die Weiche in ein neues Leben gestellt hatte.

Er würde es allen zeigen, vor allem seinem Bruder, dem Erstgeborenen, der nichts auf die Reihe bekam und auch dafür noch von der Familie bewundert wurde. Irgendwann würden sie alle angekrochen kommen und Marco kleinlaut um Hilfe bitten, um Geld, und er würde es ihnen geben, still genießen und kein Wort darüber verlieren, weil er dann schon längst alles hinter sich gelassen hatte, den Käfig Kosovo und alle Orte, an denen er gedemütigt worden war. Er würde glücklich irgendwo leben, wo es niemanden interessierte, ob er Kosovo-Albaner war oder Serbe, homo, hetero oder sonst was.

Er schaute auf die Uhr. Noch sechs Minuten, und von Nat keine Spur. Stattdessen stand da der Typ im gestreiften T-Shirt, der ihn oben bei den Paletten von der Seite angequatscht hatte. Der Typ rauchte und gab sich demonstrativ gelassen, jedenfalls kam es Marco so vor.

Er rieb sich die feuchten Hände an der Hose ab und beschloss, an einen Zufall zu glauben, als von der anderen Seite, vom Jahrmarkt, ein ganz anderer Typ angerannt kam, ein Herr, ein feiner Pinkel oder ein aufgeblasener Sack – Marco konnte ihn auf die Schnelle nicht einordnen: silbernes Haar, offener Mantel, Seidenschal. Telefonierte und schaute dabei umher, als würde ihm jemand fernmündlich ein Rätsel aufgeben, das er jetzt lösen musste.

Marco sprang von der Mauer und schlenderte Richtung Brücke. Es war nur ein Test. Er zwang sich, langsam zu gehen, schaute nach links, hinüber zu den Sitzbänken und Müllsäcken, nach rechts aufs Wasser, ans andere Ufer. Wie er befürchtet hatte, kam ihm der Mann mit dem Seidenschal hinterher.

Marco ging schneller und sah im Gegenlicht, unter der Brücke, zwei Gestalten. War das eine Falle? Marco ballte die Faust in seiner Hosentasche.

»Herr Begolli?«, rief die Stimme hinter ihm.

Er warf die Flasche weg, sprang über die Bänke, die Müllsäcke und lief die Böschung hinauf.

»Bleiben Sie stehen!«

Er klammerte sich an Grasbüschel und kleine Sträucher, rutschte auf Sand und Steinen und hörte den Mann fluchen. Marco arbeitete sich auf allen vieren den Hang hinauf, blieb stehen und schaute keuchend zurück.

Der Mann mit dem Seidenschal war ausgerutscht, hatte sich hingelegt, und der Typ im Ringel-T-Shirt half ihm auf die Beine. Marco hatte keine Zeit, darüber nachzudenken, ob die Männer zusammengehörten, ob es Leute von Nat waren oder Polizisten in Zivil und ob es ein Fehler wäre, wenn er jetzt das Material herausholte, die Unterlagen, die er gerade erst versteckt und in Sicherheit gebracht hatte. Noch hatte er einen Vorsprung.

Er stolperte zur Straße, kam jetzt von der anderen Seite, musste sich orientieren, änderte die Richtung und verlor wertvolle Minuten. Endlich fand er das Kabel, mit Leuchtband umwickelt, hörte irgendwo den Generator und schob sich zwischen den Wohnwagen hindurch. Er fluchte leise.

Vor den Paletten stand die Frau aus dem ›Zeppelin‹. Jeansjacke, weiße Hose, Telefon am Ohr: Milena Lukin.

»Entschuldigen Sie«, rief sie, ließ das Telefon sinken und kam näher. »Ich war mir nicht sicher, ob ich vorhin richtig gesehen hatte, oben an der Straße. Ich hatte noch gerufen und gehofft, dass ich Ihnen hier den Weg abschneiden kann. Mein Kollege meinte ...«

»Kollege?« In Marcos Kopf ging alles durcheinander. Überall tauchte diese Frau auf: im Klub, auf der Politikerparty, an Dianas Telefon.

»Ich hatte gehofft, dass ich Sie hier finden würde.« Sie streckte ihre Hand aus, als wären sie beste Freunde, aber ihr Telefon begann wieder zu klingeln. Marco trat einen Schritt zurück.

»Laufen Sie nicht weg«, bat sie. »Ich muss mit Ihnen sprechen, leider keine guten Nachrichten.« Sie stellte sich wieder genau vor die Paletten und sagte mit gedämpfter Stimme in den Hörer: »Siniša? Ich hab ihn. – Wie?«

Marco hielt alles für möglich: dass sie für die Ausländerpolizei arbeitete, für den Geheimdienst – oder für Nat? Und was war mit den Männern – dem Typ mit dem Seidenschal und dem Mann im gestreiften T-Shirt? Ihm brach der Schweiß aus. Und er hatte gedacht, es wäre schlau, den Umschlag hier zu verstecken, aber vielleicht war das Material gar nicht mehr da. Dritte Palette von unten, vierter Spalt.

»Ich melde mich.« Sie ließ das Telefon in ihre Tasche fallen, zog den Reißverschluss zu und sagte: »Ich muss Ihnen eine traurige Mitteilung machen.«

Marco machte einen Schritt nach vorne, stand neben ihr und verlagerte sein Gewicht.

Sein Ellenbogen traf sie völlig unvorbereitet. Ein Griff, und er hatte den Umschlag.

Er wollte über die Anhängerkupplung springen und zwischen den Wohnwagen verschwinden, aber sie erwischte ihn am T-Shirt und schrie: »Goran Valetić ist tot!«

Er stolperte, stürzte, und sie rief: »Haben Sie gehört, was ich gesagt habe?«

Er rollte zur Seite und presste den Umschlag an sich. Sein Schienbein schmerzte, ihm war speiübel. »Ich glaube Ihnen kein Wort«, stieß er hervor. »Sie lügen.«

Sie packte ihn bei den Schultern. »Hören Sie mir zu.« Ihr Gesicht war ganz nah, und ihre Stimme bebte. »Goran wurde im Wald gefunden, erhängt. Er ist schon der Dritte. Wollen Sie der Nächste sein? Schauen Sie mich an, wenn ich mit Ihnen rede, und hören Sie endlich auf, mich wie Ihren Gegner zu behandeln.«

»Okay«, antwortete er heiser. »Ich gebe Ihnen das Material. Aber Sie müssen mir etwas versprechen.«

»Was?«

»Besorgen Sie mir einen serbischen Pass.«

33

Siniša fuhr auf dem König-Alexander-Boulevard, lenkte mit einer Hand und sagte: »Ich hoffe, du hast Marco Begolli nicht zu viel versprochen. Auch meine Möglichkeiten sind begrenzt.«

Milena antwortete nicht. Auf ihrem Schoß lagen die Unterlagen aus dem Umschlag, den Marco ihr gegeben hatte: Zeitungsausschnitte, Texte und Korrespondenzen, teilweise mit Büroklammern aneinandergeheftet, und alles in Klarsichthüllen – wie Slavujka Valetić es vorausgesagt hatte.

Siniša warf Milena einen Seitenblick zu. »›Café Kleiner Prinz‹?«

»Ins Büro. Da haben wir mehr Ruhe.« Milena schüttelte Briefbögen aus der Klarsichtfolie und las: *Antrag auf Hilfe zum Wiederaufbau.* Sie blätterte. *Eingabe beim Hohen Repräsentanten der* UN-*Übergangsverwaltung.* Nächste Seite: *An das Ministerium für Arbeit und Soziale Wohlfahrt, Priština, Republik Kosovo...* Und murmelte: »Du liebe Güte.«

»Was hast du erwartet?« Siniša blinkte und wechselte die Spur. »Querulanten wie Miloš Valetić sind es gewohnt, gegen Wände zu laufen.«

»Hör mal, bitte«, sagte Milena. »Kleine Kostprobe: *Sehr geehrter Herr Valetić, in Ihrer Angelegenheit teilen wir Ihnen mit, dass die Regierung der Republik Kosovo weder be-*

auftragt noch befugt ist, eigene Programme für die serbischen Rückkehrer durchzuführen...«

»Natürlich nicht.« Siniša schaute in den Rückspiegel. »Das ist ja das Wunderbare am Kosovo: dass die nationale Politik, wenn es drauf ankommt, immer die Chance hat, sich hinter irgendwelchen Verordnungen der internationalen Organisationen zu verstecken. KFOR, UNMIK, OSZE und wie sie alle heißen – irgendwo findet man immer einen breiten Rücken.«

»*... und weisen höflich darauf hin*«, las Milena, »*dass wir den Kommunen ausschließlich beratend und koordinierend zur Seite stehen.*«

»Und weißt du, was das größte Problem im Kosovo ist? Dass jeder sein eigenes Süppchen kocht. Ob Minister oder Bürgermeister – jeder fühlt sich zuerst seinem eigenen Clan verantwortlich, und dann kommt lange Zeit nichts. Und die Internationalen sind längst Vettern in dieser Vetternwirtschaft geworden. Irgendwann erliegt der eine oder andere Bürokrat dann doch der Versuchung, sich hier und da an einer kleinen Privatisierung und am Ausverkauf des Kosovo zu beteiligen. Oder man lässt sich fürs Weggucken bezahlen – auch ein schönes Zubrot zu einem Gehalt, von dem die Kollegen im Heimatland nur träumen können. Aber all das darf man natürlich nicht laut sagen.«

»*Für weitere Fragen wenden Sie sich bitte an den Beauftragten der Gemeindeverwaltung in Ferizaj, Rathaus Am Alten Markt.*«

»Und nicht zu vergessen« – Siniša setzte den Blinker –: »Die Nichtregierungsorganisationen mit ihren Tausenden von Mitarbeitern. Die nerven mit ihren Menschenrechten und Umweltschutz und sorgen in Wirklichkeit nur dafür, dass die Mieten für Büros und Privatunterkünfte explodieren.«

Milena betrachtete einen Flyer, der mit einer Büroklammer hinter dem Schreiben der Gemeindeverwaltung befestigt war. Die Abbildung kam ihr bekannt vor: zwei junge Leute in hellblauen Hemden mit Schulterklappen und dunkler Krawatte lächelten in die Kamera. Unterhalb der Abbildung stand in großen Lettern: *Ihre Sicherheit – unser Thema.*

»Ist das nicht die Firma, bei der Goran Valetić angestellt war?«, fragte Siniša.

In derselben Hülle steckte eine weitere Broschüre. Vorne prangte eine Pfingstrose, im Hintergrund war eine schöne Landschaft zu sehen. *Rückkehr in die Heimat – was Sie beachten müssen, worauf es ankommt.*

»Ich glaube« – Siniša zeigte mit dem Finger auf Milenas Füße –, »da ist gerade etwas heruntergefallen.«

Milena angelte nach einem schmalen Umschlag, unfrankiert und nicht verschlossen. Zwei Briefbögen steckten darin, mit dunkelblauer Tinte eng beschrieben, und obwohl die Handschrift etwas wacklig war, sah man ihr die Entschlossenheit an.

34

»Was ist los, Miloš? Was sitzt du in der Ecke und sagst keinen Ton? Grübelst du? Oder schreibst du?«

Er rückte das schmale Brett, seine Schreibunterlage, auf den Knien zurecht. Sein Rücken schmerzte, und die Augen brannten. Wie viele solcher Briefe hatte er in seinem Leben schon verfasst? Mit jedem hatte er sich einen neuen Feind gemacht, und erreicht hatte er nichts. Dieser Brief, hoffte er, würde sein letzter sein.

»Du machst dir die Augen kaputt, Miloš. Zünd dir eine Kerze an. Hörst du?«

Er strich über die Briefbögen, schönes, festes Papier, schraubte den Füller auf und begann:

Sehr geehrter Herr Staatssekretär, werter Herr Doktor Božović,

gestatten Sie, dass ich mich vorstelle: Mein Name ist Miloš Valetić, ich bin zweiundsiebzig Jahre alt und mit meiner Frau vor wenigen Wochen in unsere Heimat, ins Kosovo, zurückgekehrt. Wir sind Teilnehmer an dem EU-finanzierten Rückkehrprogramm. Es hat uns nach Talinovac verschlagen, in eine Ruine ohne fließend Wasser, ohne Strom, teilweise ohne Wände, Fenster und Türen. Ich wende mich an Sie als serbischer Landsmann in Not.

Er beugte sich vor und blies den Schmutz vom Papier, der wohl von der Decke rieselte, und fuhr fort:

In den vergangenen Tagen und Wochen war ich viel unterwegs: bei der Gemeindeverwaltung in Ferizaj, im Ministerium für Arbeit und Soziale Wohlfahrt in Priština und beim Hohen Repräsentanten der UN-Übergangsverwaltung. Überall residiert man in schönen Büros, und im Fuhrpark stehen neue Dienstwagen, aber Geld, um in dieser Behausung die nötigsten Reparaturen durchzuführen, hat niemand. Die Kommune, heißt es, habe ihre Mittel ausgeschöpft, das Ministerium könne nur beratend tätig sein, und die UN-Übergangsverwaltung sei in Flüchtlingsfragen nicht mehr zuständig. Ich versuche, nur die Fakten zu benennen, die Situation zu beschreiben und meine Wut und Enttäuschung außen vor zu lassen. Aber ich kann nicht verhehlen: Ich fühle mich hilflos, ohnmächtig und alleingelassen.

»Miloš, nimm dir eine Decke und geh vors Haus. Setz dich ins Licht. Hast du gehört, Miloš? Ich mache dir einen Tee, der wird dir guttun.«

Bevor ich den Entschluss fasste, mich an Sie, werter Herr Doktor Božović, zu wenden, hatte ich versucht, Kontakt zu dem Mann aufzunehmen, der bei uns im Flüchtlingsheim in Avala die Informationsveranstaltung durchführte. Die Angaben auf dem Faltblatt, das uns damals ausgehändigt wurde, verweisen auf »Jonathan Spajić, Programmkoordinator«. Im Kleingedruckten wird die

Agentur »Step Forward« genannt, tätig »im Auftrag der serbischen Staatskanzlei für Kosovo und Metochien«.

Telefonanschluss und Internetseite dieser Agentur sind inaktiv, eine Kontaktaufnahme ist nicht möglich. Meine Vermutung, dass die Agentur gar nicht mehr existiert, wurde von Ihrem Haus, der Staatskanzlei für Kosovo und Metochien, bis heute weder dementiert noch bestätigt; meine Fragen zu Herrn Spajić und zur Zusammenarbeit mit dieser Agentur blieben unbeantwortet und wurden vermutlich nicht an Sie weitergeleitet.

»Miloš, ich dachte, es gäbe noch etwas Wasser im Eimer, aber ich habe mich getäuscht. Den Tee bekommst du, wenn wir vom Wasserholen zurück sind, einverstanden? Hast du die Uhr im Blick, Miloš? Wir sollten nicht zu spät aufbrechen.«

Also hielt ich mich erst einmal an die kosovo-albanische Seite. Auf der Suche nach einem Ansprechpartner recherchierte ich im Internet und wurde beim Ministerium für Arbeit und Soziale Wohlfahrt fündig. Dort war von einem »Liegenschaftsbeauftragten« zu lesen, der im vergangenen Jahr den Gemeinden in Rückkehr- und Flüchtlingsfragen beratend zur Seite stand. Sein Name: Jonathan Spajić. Ich war verblüfft: Die Regierungen Serbiens und des Kosovos bedienen sich in Flüchtlings- und Rückkehrfragen ein und desselben Mitarbeiters?

Ich will keine Verschwörungstheorien erfinden, und ich will niemandem die Schuld für etwas geben, das ich mir selbst eingebrockt habe. Ich ließ mich hinreißen, etwas zu tun, das ich mir über all die Jahre mühsam aus dem Kopf geschlagen hatte: eines Tages in die Heimat zurückzukehren und als Serbe im Kosovo noch einmal von vorne anzufangen. Ich hatte mich von der Vorstellung verführen lassen, dass ein Wunschtraum Wirklichkeit werden könnte, und wollte nicht sehen, dass natürlich niemand ein Interesse daran hat, einem alten Menschen einen Wunschtraum zu erfüllen. In Wirklichkeit werden wir benutzt, um im Kosovo serbische Besitzansprüche durchzusetzen. Aber dass die Gleichgültigkeit in der Ministerialbürokratie so groß ist, dass man uns Rückkehrern als Gegenleistung kaum ein Dach über dem Kopf gewährt, hätte ich nicht für möglich gehalten.

Was bleibt, sind drei Fragen. Erstens: Wo sind die EU-Gelder geblieben, die für unser Haus in Talinovac gedacht waren? Zweitens: Warum wurde – anders als in den Statuten vorgesehen – keine Sicherheitsfirma beauftragt, um die Immobilie bis zu unserem Eintreffen vor Vandalismus und Plünderung zu schützen? Und drittens: Welche Rolle spielt Herr Jonathan Spajić? Ist er ein Mittler zwischen den Regierungen Serbiens und des Kosovo? Mit welchem Ziel? Warum ist sein Name kurz nach meiner Anfrage auch von der Website des kosovo-albanischen Ministeriums verschwunden?

Dass das Rückkehrprogramm nicht seriös durchgeführt wird, ist eine Tatsache, die ich jederzeit vor jeder Institution und jedem Ermittlungsausschuss in Priština, Belgrad oder Brüssel mit meiner Aussage und einem Foto unseres Hauses in Talinovac beweisen kann. Ich möchte jedoch betonen, dass ich diesen Brief keinesfalls als Drohung verstanden wissen will oder als Aufforderung, eine Einzelperson zum Sündenbock zu machen. Um es einmal ganz pathetisch auszudrücken: Es soll ein Weckruf sein, um serbischen Rückkehrern in Zukunft ein menschenwürdiges Leben im Kosovo zu ermöglichen.

Verehrter Herr Doktor Božović, nie werde ich vergessen, wie Sie mit einem Lieferwagen voller Schulbücher und Unterrichtsmaterialien nach Avala kamen. Falls Sie sich erinnern: Ich war der alte Mann, der vor laufenden Kameras in Tränen ausbrach – so überwältigt war ich von Ihrer Geste. Ich bin überzeugt: Wenn es jemand schafft, diesen Skandal aufzuklären, dann Sie.

Ich wünsche Ihnen Glück, Durchhaltevermögen und stehe Ihnen, soweit es meine Kräfte zulassen, selbstverständlich weiter zur Verfügung. Ich danke Ihnen, dass Sie sich die Zeit genommen haben, diese Zeilen zu lesen.

Hochachtungsvoll, Miloš Valetić.

Er schraubte die Kappe auf den Füller, pustete und wartete, bis die Tinte trocken war. Dann faltete er die Blätter, schob sie in den Briefumschlag und steckte das Kuvert in eine Klarsichthülle. Die Hülle legte er in den Lederkoffer, in dem sich die Wertsachen befanden, die ihnen seit der Flucht geblieben waren. Ganz unten, in Seidenpapier gewickelt, lag die Ikone, der weiße Engel von Mileševa, der daheim über der Anrichte im Wohnzimmer hing – damals, als sie noch ein Leben hatten.

Er klappte den Koffer zu und schob ihn in das Versteck, den Spalt in der Mauer. Morgen musste er auf die Post und die Anschrift der Staatskanzlei in Belgrad herausfinden.

»Zieh nicht so ein Gesicht, Miloš.« Ljubinka strich ihm über die Wange. »Du hast die Pappe zurechtgeschnitten. Damit wird es viel leichter, die Eimer zu tragen. Es sind eben die kleinen Dinge, auf die es ankommt, Miloš. Und jetzt lass uns gehen, wir haben einen Weg vor uns, und ich will nicht in die Dunkelheit geraten.«

35

Siniša hatte am Straßenrand gehalten, den Motor abgestellt und nahm Milena die Briefbögen aus der Hand. »Was hat der alte Valetić bloß für ein Bild? Nur weil Slobodan Božović einmal in Avala mit ein paar Schulbüchern aufkreuzt? Der Mann ist ein Medienprofi und alles Mögliche, aber bestimmt kein Heiliger.«

Milena starrte wie betäubt auf das Armaturenbrett und versuchte, ihre Gedanken zu ordnen.

»Erinnerst du dich an das Projekt ›Korridor 17‹?«, fragte Siniša.

Sie schüttelte den Kopf und drückte den Schalter, um das Fenster zu öffnen. Sie brauchte Luft.

»Die Ost-West-Tangente, die Südserbien mit dem Kosovo verbinden sollte.« Siniša klappte ihr den Aschenbecher auf. »Božović saß damals in den neunziger Jahren im Ministerium für Infrastruktur, war noch relativ jung und sich nicht zu schade, persönlich über die Dörfer zu fahren und jeden Bauern auf seinem Hof einzeln abzuklappern. Die Hinterwäldler hatten ja keine Ahnung, dass ihr Land ein Vermögen wert war. Božović hat ihnen mit dem Kaufvertrag gleich Bargeld auf den Tisch gelegt, hat den Besitz in eine Gesellschaft überführt und dann teuer an den Staat weiterverkauft. Damit ist er reich geworden, und er war dazu noch so schlau, den Gewinn zu teilen: mit den Clan-Chefs im Kosovo und Staatsanwälten, die schützend ihre Hand über die Angelegenheit gehalten haben. Mir ist es nie gelungen, Božović etwas nachzuweisen, und als das Regime erledigt war und der Diktator aus dem Amt gejagt, waren die Unterlagen natürlich alle schon vernichtet.«

»Siniša...«, unterbrach Milena.

»Ich weiß«, Siniša winkte ab. »Alte Geschichten. Aber ich kriege immer noch so einen Hals, wenn ich daran denke. Und eines muss man wissen: Die Kontakte, die Božović sich damals aufgebaut hat, hegt und pflegt er bis heute. Seine Leute sitzen im Kosovo überall in den Ministerien und Rathäusern. Man kennt sich, man schätzt sich, und vor allem will man gute Geschäfte miteinander machen – ungestört und so geräuschlos wie möglich. Und der ganze nationalistische Schwachsinn – ob jemand Serbe ist oder Kosovo-Albaner – hat in diesen Kreisen noch nie jemanden interessiert.«

»Trotzdem«, wandte Milena ein, »mussten zwei Serben im Kosovo sterben, und kurz darauf der Sohn.«

»Versteh mich nicht falsch.« Siniša stopfte die Unterlagen zurück in den Umschlag. »Božović ist skrupellos und eiskalt – vor allem, wenn es darum geht, seine Interessen zu verteidigen. Und sein Interesse beim Rückkehrprogramm ist dasselbe wie damals bei ›Korridor 17‹: so viel Geld wie möglich abzuzweigen und den größten Teil davon in die eigene Tasche zu stopfen. Möglicherweise hat er die Valetićs gar nicht gekannt oder Notiz von ihnen genommen. Und überhaupt – was kümmern ihn die Anrufe und E-Mails eines alten Mannes? Vielleicht hat er nur eine Bemerkung gemacht, die zu der Tat führte, oder eine Handbewegung. Aber wie wollen wir das beweisen?«

Milena ließ sich von Siniša Feuer geben und pustete den Rauch in Richtung Fensterspalt. »Es gibt ein altes Haus in der Mutap-Straße«, sagte sie. »Die Frau, die darin wohnt, eine alte Dame, heißt Juliana Spajić.«

»Wie bitte?« Das Feuerzeug schnappte zu. Siniša schaute Milena fragend an.

»Bei unserer ersten Begegnung war sie sehr aufgeregt, weil sie glaubte, sie hätte ihren Cousin gesehen: Nicola Spajić. Der Mann ist vor vielen Jahren ausgewandert, wahrscheinlich nach dem Krieg, nach Kanada, und seitdem wartet sie auf seine Rückkehr.«

»Willst du damit sagen, der Mann aus dem Brief, Jonathan Spajić ...«

»... könnte ein Spross dieser Familie sein. Ja. Vielleicht. Es ist jedenfalls nicht ausgeschlossen. Aber die Geschichte geht noch weiter: Bei meinem zweiten Besuch hat Frau Juliana bereits geklagt, Nicola würde mit fremden Leuten durch den Garten stapfen. Sie hatte Angst.«

Siniša schüttelte den Kopf. »Klingt für mich etwas wirr. Das sollte man vielleicht nicht so ernst nehmen.«

»Zweifellos.« Milena nickte. »Sie hat jahrelang von der Hoffnung gelebt, dass ihr geliebter Cousin eines Tages zurückkommt. Dass er mittlerweile auch alt ist, dass er vielleicht gar nicht mehr lebt, scheint sie zu verdrängen.« Milena rauchte und fuhr fort: »Aber einen kleinen Hinweis gibt es, der zeigt, dass in ihrem Leben, in diesem Haus, doch eine Veränderung stattgefunden haben könnte. Dass da jemand aufgetaucht ist.«

Siniša lehnte sich erwartungsvoll zurück.

»Ein Paar Handschuhe.«

»Handschuhe«, wiederholte Siniša.

»Auf der Anrichte. Dass ich noch dachte: seltsam. Für die Hände einer alten Dame sind sie zu groß.«

Siniša seufzte. »Sei mir nicht böse, Liebes, aber um herauszufinden, ob es da wirklich jemanden gibt, der zudem mit unserem Fall in Verbindung steht, bräuchten wir dann doch etwas Stichhaltigeres. Ein Foto, zum Beispiel, oder wenigstens eine Beschreibung, mit der man herumgehen und fragen kann: Wer ist das? Ist das Jonathan Spajić, verwandt mit Juliana Spajić? War dieser Mann in Avala bei den Flüchtlingen, und wo ist er jetzt?«

»Bitte halte mich jetzt nicht für verrückt.« Milena schnippte Asche in den kleinen Behälter zwischen den Sitzen. »Im Arbeitszimmer von Slobodan Božović, auf dem Schreibtisch, lag ein Plan, ich dachte zuerst, ein Bebauungs- oder Flächennutzungsplan wie in der Kosovo-Broschüre. Aber es waren eigentlich zwei Grundrisse darauf zu sehen, wahrscheinlich das Ober- und Untergeschoss von einem Gebäude, und seltsame Schraffuren. Jetzt denke ich die ganze Zeit, es könnte sich um das Haus in der Mutap-Straße gehandelt haben, ein altes Palais, das zum Teil gar nicht mehr bewohnbar ist.«

»Warte.« Siniša legte seine Handflächen wie zum Gebet aneinander. »Wenn ich dich richtig verstehe, dann sagst du, dass es möglich wäre, dass der Mann aus dem Brief, Jonathan Spajić, verwandt ist mit der alten Frau in der Mutap-Straße und dass er gerade dabei sein könnte, diese Immobilie, ein altes Palais, an den Staatssekretär zu verkaufen?«

»Überleg mal: Mutap-Straße. Allein das Grundstück ist schon Millionen wert.«

»Also derselbe Jonathan Spajić, der – nach den Recherchen des alten Valetić – im Kosovo für Immobilien zuständig war.«

»Und in Avala für das Rückkehrprogramm.«

»Jonathan Spajić.« Siniša kniff die Augen zusammen. »Aber dann wäre doch der Mann auf der Party, im Arbeitszimmer von Slobodan Božović, der dich mit der Waffe bedroht hat...«

»Nat. Oder wie Diana sagt: ›die Natter‹. Ihre Beschreibung traf eins zu eins zu: karierter Anzug, Einstecktuch, Gel im Haar. ›Nat‹ kommt von ›Jonathan‹. Jonathan Spajić und Nat sind ein und dieselbe Person.«

Siniša nickte. »Klingt logisch. Ja, das ergibt Sinn.«

Milena drückte ihre Zigarette aus. »Wir fahren hin.«

»In die Mutap-Straße?« Siniša schüttelte den Kopf. »Das halte ich für keine gute Idee.«

»Du hast selbst gesagt: Wir brauchen Beweise. Und die holen wir uns jetzt.«

»Du bist wahnsinnig.« Siniša startete den Motor. »Ich sollte in die entgegengesetzte Richtung zur Polizei fahren.« Er setzte den Blinker. »Und wieso gehst du überhaupt davon aus, dass der Mann in der Mutap-Straße ist? Glaubst du, er sitzt bei der alten Frau und trinkt Tee?«

»Warum nicht? Links, bitte, über die Kronenstraße, das geht schneller.«

»Und was tun wir, wenn wir ihm tatsächlich gegenüberstehen?« Siniša wechselte die Spur. »Ihn konfrontieren? Das hatten wir doch schon. Du erinnerst dich?«

»Die Situation jetzt ist eine ganz andere. Auf der Party war ich allein, völlig unvorbereitet und stand mit leeren Händen da. Aber jetzt haben wir das Material. Wir können sagen: Bitte schön, wenn Sie diese Papiere haben wollen, müssen Sie auch ein bisschen mit uns plaudern, über die Hintermänner, zum Beispiel, und welche Rolle Slobodan Božović bei der ganzen Sache spielt.«

»Unterschätz diesen Spajić nicht. Auf der Party bist du glimpflich davongekommen. Den Valetićs ist das nicht gelungen. Und außerdem: Versetz dich mal in seine Lage, unter welchem Druck der Mann steht. Seit er die Valetićs in das Rückkehrprogramm geholt hat, läuft alles schief. Drei Menschen mussten sterben, und er hat es trotzdem nicht geschafft, die Beweise an sich zu bringen. Und was ich überhaupt nicht verstehe: Warum kommt er, so kurz vor dem Ziel, nicht zum Treffen mit Marco und holt sich das Material?«

»Wer sagt denn, dass er nicht da war? Wir waren eben nur schneller.«

Siniša warf einen Blick in den Rückspiegel. »Ich glaube etwas anderes: Die Luft wird zu dünn für Spajić. Der Mann sucht den Absprung.«

»Zurück nach Kanada?«

»Wohin auch immer.«

»Und das Erbe?«, fragte Milena.

»Die Immobilie an der Mutap-Straße? Versucht er, vorher noch zu Geld zu machen. So schnell wie möglich.«

»Und die alte Dame?«

»Keine Ahnung. Schickt er ins Heim.«

Milena verstaute die Unterlagen im Handschuhfach,

kontrollierte nervös ihr Telefon und sagte: »Kannst du nicht ein bisschen schneller fahren?«

Er drückte aufs Gas, preschte die Strecke bis zur Ampel auf der Gegenfahrbahn, bog ab – und fluchte. Ein Pritschenwagen blockierte die Njegoš-Straße. Siniša legte den Rückwärtsgang ein, aber hinten war schon alles dicht.

»Ich laufe schon mal vor.« Milena zog an ihrem Türgriff. »Über den Markt bin ich nämlich ruckzuck da.«

»Aber unternimm nichts, solange ich nicht da bin.«

»Vielleicht kann ich schon mal einen Schlüssel bei der Nachbarin besorgen.«

»Hast du dein Telefon an? Hast du es auf ›laut‹ gestellt?«

»Du kennst das Haus. Es ist dieses alte Palais mit dem großen, grünen Tor. Du kannst es gar nicht verfehlen.«

»Hast du mich verstanden?«

»Bis gleich.«

Milena lief durch ein Spalier aus Pyjamas und Nachthemden und hastete an der Bierbude und den Männern von der Stadtreinigung vorbei. Marktweiber wuchteten Obst- und Gemüsekisten, reichten den Kunden prallgefüllte Tüten und klopften Schnitzel. Sinišas Frage war ja berechtigt. Was würde sie zum Beispiel tun, wenn dieser Typ da drüben in der Gewürzgasse – Sakko, Sneakers, eher drahtig als kräftig – Jonathan Spajić wäre? Um Hilfe rufen? Polizei? Oder einfach sagen: Wir zwei müssen uns jetzt unterhalten, aber Ihre Pistole lassen Sie dieses Mal bitte stecken? Milena rückte den Riemen ihrer Tasche auf der Schulter zurecht. Sie musste die Situation einfach auf sich zukommen lassen, und wenn der richtige Jonathan Spajić gleich vor ihr stand, die Nerven behalten.

Das grüne Tor war zu, und die Tauben flatterten nervös auf den Fenstersimsen. Milena klopfte und versuchte, sich zu erinnern, in welchem der Häuser Angelina wohnte. Die Nachbarin hatte damals einfach nur auf die andere Straßenseite gezeigt.

Während Milena überlegte, wie sie jetzt am besten vorgehen sollte, legte sie ihre Hand auf den Türgriff und bemerkte, dass das Ding ziemlich locker war, wahrscheinlich vom vielen Anfassen. Sie drehte am Knauf, ruckelte und spürte einen Widerstand, der dabei war nachzugeben – nein, sie bildete es sich nur ein. Aber wenn sie versuchte, den Griff ein wenig anzuheben, und dabei vorsichtig drückte ...

Ein leises Schnappen. Milena schaute durch den schmalen Spalt in die dämmrige Einfahrt hinein. Eine Katze schaute kurz auf und schlich weiter. Milena zog die Gratiszeitung aus dem Briefschlitz und stellte sie für Siniša als Stopper zwischen Tür und Schwelle.

Als sie zuletzt hier gewesen war, vor fünf Tagen in der Dunkelheit, hatte alles ganz anders ausgesehen. Den Garten am Ende der Durchfahrt hatte sie an jenem Abend kaum registriert.

Frau Juliana müsste zu Hause sein, jedenfalls parkte ihr Einkaufswagen neben der Regentonne. Hinter der halbhohen Mauer, die von Efeu und dornigen Zweigen überwuchert war und den Hof gegen den Garten abgrenzte, schauten ein schmaler Reifen und ein silberner Rahmen hervor. Milena wusste, ohne hinzusehen, dass der Sattel aus weinrotem Leder war. Dieses Fahrrad hatte damals auch bei Slobodan Božović an der Hauswand gelehnt.

Ihr wurde mulmig. Sie klammerte sich an den Gedanken, dass vielleicht doch alles ganz harmlos war, dass sie sich mit Siniša in etwas hineingesteigert hatte. Er würde hoffentlich jeden Moment da sein. Keine Alleingänge, sie hatte es versprochen. Sie stieg die Stufen zum Hochparterre hinauf.

Die Haustür war nur angelehnt, der Korridor lag im Dunkeln. Milena lauschte. »Frau Juliana?«

Die Türen rechts zur Vorratskammer und geradeaus zur Küche waren geschlossen. Milena wusste nicht, ob es besser war, laut oder leise zu sein oder zu warten.

»Frau Juliana?« Sie klopfte vorsichtig an die Küchentür. »Ich bin's, Milena Lukin.«

Der Raum mit den Kacheln an der Wand war ihr vertraut. Holländische Motive bis zur Decke. Der riesige Geschirrschrank. Der Spülstein. Die Töpfe und Pfannen über der Kochinsel. Nichts hatte sich hier verändert. Nur hinter dem Gasherd lag etwas auf dem Boden. Milena bückte sich.

Das Bakelit war zerbrochen, die Leitung tot. Als hätte jemand das Telefon in einem Wutanfall durch den Raum geschleudert.

Sie legte den Hörer auf die Gabel, stellte den Apparat zurück auf die Kommode.

Um die Ecke stand das Bett, und auf der Wolldecke lag ein Koffer. Kabinengröße, schwarz, mit Rollen und anscheinend noch nie benutzt, vielleicht auch gerade erst gekauft. Wollte Frau Juliana verreisen? Das Gepäckstück war halb geöffnet – und leer.

Der Ohrensessel stand mit dem Rücken zum Raum, der Schemel war beiseitegerückt und ein Rest Tee in der Tasse eingetrocknet. Frau Juliana war verschwunden.

Vielleicht hatte Nat sie abgeholt und war mit ihr an die frische Luft gegangen.

Wieder lauschte Milena. »Ist da jemand?«

Dieses Knacken – es könnten auch die alten Rohre sein. Milena ging ein paar Schritte zurück. Die Vorratskammer. Sie trat an die Tür, horchte in die Stille und legte ihre Hand auf die Klinke.

Dass sich die Tür nur einen Spaltbreit öffnen ließ, lag wahrscheinlich wieder am Kartoffelsack, der auch beim letzten Mal so unpraktisch hinter der Tür gestanden hatte. Sie musste Kraft aufbieten, um die Tür weiter aufzumachen. Als lägen Kartoffeln für einen ganzen Winter dahinter. Mit einem unguten Gefühl tastete Milena nach dem Lichtschalter.

Das Regal war umgestürzt. Büchsen und Packungen lagen auf dem Boden, Tüten waren geplatzt und Haferflocken, Reis über dem Boden verstreut. Und Mehl.

Oder war es Salz, Zucker? Es hatte sich überall dort verfärbt, wo es mit einer dunklen Lache in Berührung gekommen war. In dieser Lache lag ein Arm, ein lebloser Körper.

Milena stolperte zurück in den Korridor, rang nach Luft, wühlte nach ihrem Telefon.

»Einen Notarzt, bitte. Schnell.« Sie nannte die Adresse und fuhr herum.

Siniša stand atemlos hinter ihr. »Was ist passiert?«, rief er.

»Drinnen…«, brachte sie hervor. »Rechts…«

»Die alte Frau Spajić?«

»Nein«, murmelte Milena. Aber Siniša war schon an ihr vorbei und stürzte in die Kammer.

Sie hörte, wie er aufschrie, und sank erschöpft auf die

Stufen. Warum hatte sie die Zusammenhänge nicht früher begriffen? Dann hätte sie das Unglück vielleicht verhindern können.

Siniša sagte: »Wo ist die alte Dame? Sie kann doch nicht verschwunden sein!« In der Ferne war schon das Martinshorn zu hören. Siniša telefonierte, reichte Milena ein Glas Wasser, öffnete für den Notarzt das Tor, aber Milena machte sich keine Illusionen. Jede Hilfe kam zu spät.

Dann war das Blaulicht in der Einfahrt, der Krankenwagen, Sanitäter. Milena trat benommen beiseite.

Der Walnussbaum an der Mauer war riesig, und die Nachmittagssonne brachte die Blätter zum Leuchten. Sie folgte dem Weg, atmete die würzige Luft und versuchte, das Bild aus dem Kopf zu bekommen. Den Schürhaken, das Blut. Und diesen Blick. Ein Staunen hatte darin gelegen. Ein Staunen über das, was geschehen war. Ihr Telefon riss sie aus ihren Gedanken.

Die deutsche Botschaft war am Apparat. Bevor Milena etwas sagen und die forsche Sekretärin abwimmeln konnte, wurde sie schon durchgestellt.

Die Stimme von Alexander Kronburg klang aufgeräumt, fröhlich, wie von einem anderen Stern. »Ich wollte Ihnen nur mitteilen«, sagte er, »es ist alles paletti.«

»Wie bitte?«, fragte Milena.

»Ich habe gerade die Nachricht erhalten: ›Der Reisepass von Herrn Marco Begolli liegt ab Montag, 28. April, in der Save-Straße 196 zur Abholung bereit. Unter Vorlage eines gültigen Lichtbildausweises und so weiter... Gebühren: keine.‹ Was sagen Sie jetzt? So zackig arbeiten die serbischen Kollegen, wenn man sie höflich bittet.«

»Das ist ja wunderbar«, stotterte Milena. »Was haben Sie denen denn erzählt?«

»Gerade so viel, dass man mir keinen Amtsmissbrauch vorwerfen kann. – Bei Ihnen zwitschern ja die Vögel. Wo sind Sie gerade?«

»Alexander...« Sie rang um Fassung.

»Sie müssen mir einmal in Ruhe erzählen, was es mit diesem Herrn Begolli auf sich hat, und außerdem würde mich natürlich interessieren, wie Sie sich inzwischen entschieden haben. Also, was Ihren Job hier bei uns in der Botschaft betrifft.«

»Alexander...«, begann Milena noch einmal.

»Ich mache Ihnen einen Vorschlag«, unterbrach Alexander Kronburg. »Mein Fahrer holt Sie um zwanzig Uhr ab, einverstanden?«

»Heute Abend?«

»Wunderbar!«, rief er. »Ich freue mich. Bis später. Ich freue mich wirklich sehr!«

Milena starrte immer noch auf das Display.

Der Weg war mittlerweile nur noch ein Pfad zwischen Disteln und Efeu und das Haus hinter den Bäumen fast nicht mehr zu sehen.

Sie ließ das Telefon in ihrer Tasche verschwinden und wollte umdrehen, als sie hinter der Magnolie eine kleine Bank sah – ein Platz, wie geschaffen, um zu verweilen, zu vergessen und zu beobachten, wie sich die Abenddämmerung über den Garten senkte.

Frau Juliana saß etwas schief. Ihr strenger Haarknoten war in Auflösung begriffen und die Strickjacke wahrscheinlich nicht warm genug.

»Wie lieb, dass Sie mich besuchen«, sagte die alte Frau und rückte etwas beiseite. »Setzen Sie sich doch. Ich hatte schon versucht, Sie anzurufen.« Sie zupfte an ihren Ärmeln.

»Frau Juliana«, fragte Milena leise. »Was ist passiert?« Sie sah die blauen Äderchen und Altersflecken, und sie sah Blut am Handrücken.

»Ich erinnere mich nicht«, sagte Frau Juliana, »aber ich glaube, der Apparat war kaputt.« Sie schaute Milena besorgt an und lächelte mitfühlend. »Sie sind ja ganz blass. Fehlt Ihnen etwas?«

»Frau Juliana«, wiederholte Milena eindringlich. »Der Mann in der Vorratskammer… Er ist tot.«

»Der Mann?«

»Jonathan Spajić. Der Mann im Anzug. Mit dem Fahrrad. Hat er sie bedroht?«

Frau Juliana schaute einer Hummel hinterher. »Sie dürfen nicht schlecht von Nicola denken.« Sie strich ihren Rock glatt. »Er ist kein Nichtsnutz. Er ist ein guter Mensch. Und er hält, was er verspricht. Ich weiß es, und ich kenne ihn von allen am besten.«

»Der Mann ist nicht Nicola, Frau Juliana. Er sieht vielleicht aus wie Nicola, aber er ist es nicht. Er heißt Jonathan. Ist er vielleicht Nicolas Sohn oder sein Enkel? Haben Sie sich vor ihm in der Kammer versteckt? Wollte er Ihnen Gewalt antun, und da haben Sie zum Schürhaken gegriffen? War es so?«

Frau Juliana schaute Milena nachdenklich an. »Ich habe mich so oft gefragt«, sagte sie, »ob Nicola in Kanada wohl eine gute Frau gefunden und ob er Familie hat.«

Ein kühler Wind strich durch die Bäume und brachte die

Blüten der Lilien zum Schaukeln. Milena legte behutsam eine Hand auf Frau Julianas Arm. »Kommen Sie.« Sie stand auf und half ihr hoch.

Auf dem Weg zum Haus hakte sich die alte Dame bei Milena ein. »Wussten Sie eigentlich«, plauderte sie, »dass jetzt die Jahreszeit ist, der Monat, vielleicht sogar der Tag, an dem ich in dieses Haus gekommen bin?«

»Nein.« Milena schüttelte den Kopf, drückte Frau Julianas Hand und sagte bewegt: »Das wusste ich nicht.«

36

Vier Wochen später

Wie hübsch sein Name im Briefkopf vom serbischen Staatswappen, dem doppelköpfigen Adler, gekrönt war. Die Vorstellung, dass er dieses edle Papier heute zum letzten Mal benutzen sollte, für einen verdammten Dreizeiler, schmerzte ihn fast körperlich.

Slobodan Božović massierte sein Handgelenk, legte den Arm auf den Tisch und suchte die richtige Position: den Punkt, wo er die Feder für die Unterschrift ansetzen könnte. Aber er fand diesen Punkt nicht. Er lehnte sich zurück, legte stöhnend den Kopf in den Nacken und schloss die Augen.

Mal ehrlich: Vom finanziellen Standpunkt aus betrachtet, war es der helle Wahnsinn. Gerade jetzt, wo die EU-Bürokraten noch einmal so richtig den Geldhahn aufdrehten. Wie sagten manche Leute? Man soll dann gehen, wenn es am schönsten ist. Diesen Kalenderspruch hatte er noch nie nachvollziehen können.

Er legte den Füller zurück ins schwarzsamtene Futteral und stützte den Kopf in die Hände. Noch einmal von vorne. Ganz in Ruhe. Was hatte die Polizei denn gegen ihn in der Hand?

Ein Foto, ein Party-Schnappschuss, auf dem Jonathan Spajić nur eine Randfigur war. Slobodan erinnerte sich noch genau an die Situation: Er war mit Božena dabei gewesen, die Gäste zu begrüßen, und Spajić, ohne Sinn für Timing, platzte mitten rein und bat ihn im Blitzlichtgewitter um ein Gespräch unter vier Augen. Slobodan hatte nur knapp geantwortet: Im Arbeitszimmer. Später. Und ihm dabei, völlig unnötig, die Hand auf die Schulter gelegt.

Diese Geste sollte nun als Beweis herhalten, dass zwischen Spajić und ihm eine engere Beziehung bestand, geschäftlicher Natur. Es war lächerlich, wie die Kripo versuchte, eine Beweiskette zu konstruieren, die von seiner Staatskanzlei ins Kosovo verlief, zu den Immobilien für die Rückkehrer, zu veruntreuten Geldern und einem alten Ehepaar, das ermordet worden war. Drei Mann hoch war die Kriminalpolizei hier angerückt – jämmerliche Befehlsempfänger in zerknitterten Anzügen, von einem Staatsanwalt in Bewegung gesetzt, von dem Slobodan Božović bei dieser Gelegenheit zum ersten Mal hörte.

Zuerst hatte er eine Intrige vermutet, aber eine Reihe von Telefongesprächen hatte ihn eines Besseren belehrt. Er glaubte jetzt zu wissen, wer hinter dieser Attacke steckte, er war sich sogar sicher, und eigentlich hätte er es sich gleich denken können: Ein Foto aus der Klatschpresse in den Ermittlungsakten der Polizei – das war die Handschrift von Doktor Siniša Stojković. Der alte Wadenbeißer war anscheinend nicht totzukriegen, und er kämpfte immer noch mit allen Mitteln. Aber Stojković allein war nicht das Problem. Das Problem war vor allem dieser Staatsanwalt: Anscheinend frisch aus dem Referendariat, noch nicht trocken hinter den Ohren, tanzte er, ohne es zu bemerken, nach Stojkovićs Pfeife und glaubte wohl allen Ernstes, sich mit dieser Nummer profilieren zu können. Ein Anruf beim Polizeipräsidenten, ein zweiter beim Justizminister, und der Mann würde in Zukunft nur noch Verkehrsdelikte bearbeiten! Slobodan Božović lockerte wütend seinen Krawattenknoten.

»Entschuldigung, Herr Staatssekretär.« Das Stupsnäschen mit dem Pagenkopf schaute zur Tür herein. »Brauchen Sie mich noch?«

»Sie können gehen.« Er rollte ein Stück mit seinem Sessel zurück und zog rechts unten die Schublade auf.

»Ist alles in Ordnung, Herr Staatssekretär?«

»Alles bestens.«

»Einen schönen Abend noch, Herr Staatssekretär.«

Er holte sein Glas hervor und die Flasche. Immer mit der Ruhe. Auf genau so eine billige Retourkutsche wartete Stojković ja nur. Aber Slobodan Božović war nicht so dumm, dem Gegner freiwillig zusätzliche Munition zu liefern. Lieber würde er – mit einem angemessenen zeitlichen Abstand – dafür sorgen, dass diesem Staatsanwalt dann von ganz anderer Seite ein Knüppel zwischen die Beine geworfen wurde.

Er lockerte seinen Gürtel, öffnete den kleinen Hosenknopf und schenkte sich daumenbreit ein. All diese Scharmützel täuschten nicht über die Tatsache hinweg, dass er schlussendlich selbst schuld war an seiner Situation. Viel zu lange hatte er Jonathan Spajić einfach machen lassen, hatte nicht sehen wollen, dass der Mann überfordert war, keine

Nerven hatte, Fehler beging. Božović war einfach zu bequem gewesen, zu nachlässig und im entscheidenden Moment zu ungenau in der Kommunikation, dabei wusste er doch, dass man die Arbeit, die man nicht selbst erledigen wollte, nicht an die falschen Leute delegieren durfte. Aber er konnte ja nicht ahnen, dass Spajić bei der Lösung eines vergleichsweise kleinen Problems gleich zum ganz großen Besteck griff. Der Alte in Talinovac war eine Nervensäge, aber man hätte die Sache auch anders regeln können, klüger, diskreter. Wie bei dem Sohn. Als der zum Risiko wurde, hatte es ja auch reibungslos funktioniert.

Nein, da war vieles nicht optimal gelaufen. Obwohl er Spajić eines lassen musste: Er hatte eine Geschichte gehabt. Der Mann aus Kanada, der sich auf seine serbischen Wurzeln besann, in die Heimat seiner Vorfahren zurückkehrte, um beim Aufbau eines zerrütteten Landes zu helfen. Diese Schmonzette hatte alle beeindruckt. Slobodan Božović hatte eine Zeitlang wirklich geglaubt, der Mann könnte in seiner Mannschaft eine interessante und nützliche Figur sein – vor allem, weil die übrige Truppe, das verfügbare Personal, ja immer ziemlich grau und provinziell daherkam. Aber am Ende war Spajić eben doch nur der Typ vom Tennisplatz gewesen, der im entscheidenden Moment nicht in der Lage war, den Matchball zu verwandeln. Und war es ein Wunder? Wo Jonathan Spajić herkam, hatte er es zu nichts gebracht, und es sprach Bände, dass es ihm hier, in Serbien, gelang, mit ein paar Ausländer-Attitüden einen Hauch von Internationalität zu verbreiten und alle zu beeindrucken.

Slobodan Božović legte die Füße hoch, ließ den Whisky

im Glas kreisen und roch den Duft der Sand-Strohblume. Es war einfach zu komisch, aber irgendwie passte es auch wieder: Richtige Männer kamen bei einem Autounfall ums Leben oder stürzten von den Klippen. Und Spajić? Bekam von einer alten Frau mit dem Schürhaken eins über die Rübe. Er könnte sich kaputtlachen – wenn er jetzt nicht die Scherereien hätte, weil der Mann so blöd gewesen war und unter seinem feinen Zwirn die Waffe spazieren trug, mit der er die alten Leute in Talinovac erschossen hatte! Nicht auszudenken, was passiert wäre, wenn er tatsächlich, für jedermann ersichtlich, nähere Geschäftsbeziehungen zu Spajić geknüpft und ihm zum Beispiel diese Immobilie in der Mutap-Straße abgekauft hätte. »Staatssekretär schließt Millionen-Deal mit einem Mörder« – das wäre ein gefundenes Fressen für die Presse gewesen, für Stojković und alle anderen, die nur darauf warteten, dass er endlich mal einen schweren Fehler machte. Nein, er konnte jetzt drei Kreuze machen und müsste der alten Frau – dieser Oma oder Großtante – eigentlich Blumen in die Nervenheilanstalt schicken als Dank dafür, dass sie ihm diese Knalltüte ein für alle Mal vom Hals geschafft hatte. Und ein Vormundschaftsgericht entschied jetzt, was mit dieser Immobilie, diesem Filetstück, passieren würde – natürlich zugunsten desjenigen, der den besten Draht zum Richter hatte. Slobodan Božović seufzte und drehte sich auf seinem Sessel zum Fenster.

Er würde Belgrad und all die Möglichkeiten, die sich einem hier boten, vermissen. Und dieses wunderschöne Panorama, die Save und auf der anderen Flussseite die Festung Kalemegdan. Fünf Jahre Bolivien – das war der Preis, den er jetzt zahlen musste. Einen anderen Botschafterposten hatte der Generalsekretär ihm auf die Schnelle nicht anbieten können. Božena würde nicht gerade Luftsprünge machen, aber vielleicht konnte er ihr die Sache als notwendigen Schritt auf dem Weg zu einem Posten bei den Vereinten Nationen verkaufen.

Er stellte sein Glas beiseite, schloss den Hosenknopf und zog seinen Krawattenknoten fest. Zu schön war die Schlagzeile gewesen über der Seite mit den Party-Schnappschüssen: *Zu Gast bei den serbischen Kennedys*. Das hatte schon nach einem Durchmarschbefehl ins Präsidentenamt geklungen. Aber wenn Gras über die ganze Sache gewachsen war, würde er da wieder anknüpfen. Und dann wirklich durchmarschieren.

Er griff zur Füllfeder, setzte an und schrieb zackig seinen Namen unter den Dreizeiler, inklusive des kleinen Schlenkers am Ende, den er vor langer Zeit eingeübt hatte und der seine Unterschrift irgendwie besonders machte.

Dann stand er auf, schulterte sein Jackett, klemmte seine Aktenmappe unter den Arm und verließ den Raum, ohne sich noch einmal umzudrehen. Morgen früh, wenn die Meldung von seinem Rücktritt an die Presse ging, wäre seine Ära als Staatssekretär für Kosovo und Metochien Vergangenheit.

Im Empfangsbereich blieb er plötzlich stehen und betrachtete noch einmal das Bild an der Wand, die große Fotoarbeit. Es war eigentlich nur ein Feld von verschiedenen Rottönen. Erst auf den zweiten Blick war zu erkennen, dass es sich bei dieser Farbexplosion um Pfingstrosen handelte.

Slobodan Božović klimperte unternehmungslustig mit dem Schlüsselbund. Das Bild würde er mitnehmen. Am besten ließ er es noch heute Abend abholen. Moderne Kunst. Wer weiß: Vielleicht war der Kitsch am Ende sogar noch was wert.

*Bitte beachten Sie
auch die folgenden Seiten*

*Christian Schünemann
im Diogenes Verlag*

Der Frisör
Roman

In welchem Dilemma steckte die Beauty-Redakteurin Alexandra Kaspari am Abend vor ihrem Tod? War sie in Intrigen verwickelt, in Korruption, gab es ein persönliches Motiv? Starfrisör Tomas Prinz fühlt sich persönlich herausgefordert, denn abgesehen vom Mörder war er der Letzte, mit dem Alexandra plauderte.

»Christian Schünemann hat mit *Der Frisör* seinen ersten Fall als Romanautor bewältigt. Und zwar mit so viel Fingerspitzengefühl, dass ich ihn einfach weiterempfehlen muss.« *Brigitte, Hamburg*

»Wie Christian Schünemann elegant mit leichter Hand und überreich Figuren und Szenen entwirft und wie er dies in das bewährte Spannungsmuster eines Krimis bringt, bereitet ein Lesevergnügen, das über bloße Zerstreuung deutlich hinausgeht.«
Michael Bengel/Kölner Stadt-Anzeiger

»Höchst amüsant. Ein Krimispaß mit jeder Menge Lokalkolorit.« *Münchner Merkur*

Der Bruder
Ein Fall für den Frisör
Roman

»Unerwartet« heißt das Bild von Ilja Repin, das der Frisör in Moskau gerade noch bewundert hat, und unerwartet ist auch der Besuch eines Mannes, der kurz darauf in seinem Münchner Salon auftaucht: Jakob Zimmermann, Mitte dreißig, mittelloser Kunstmaler, behauptet, sein Halbbruder zu sein. Wer ist Jakob –

ein Erbschleicher oder ein vertuschter dunkler Fleck in der Prinz'schen Familiengeschichte?
Erst nach einigen Turbulenzen, die Tomas in der Familie und im Frisörsalon durchlebt, ist seine Mutter bereit, Jakob an ihrer Zürcher Weihnachtstafel zu empfangen. Und Tomas' Freund Aljoscha will dem Bruder mit seinen Connections zur Kunstszene eine wunderbare Bescherung bereiten. Doch dann kommt alles anders, und der Frisör macht eine furchtbare Entdeckung.

»Selten so geschmunzelt beim Lesen eines deutschen Krimis. Der Kriminalfall tritt eher in den Hintergrund, aber wen stört's, wenn's so gekonnt erzählt ist? Ein Ermittler auf dem Weg zur Kultfigur!«
Westdeutsche Allgemeine

»Frisör Prinz ist kein Detektiv, aber er stolpert in einen Kriminalfall, überlegt und findet charmant die Lösung.« *Tiroler Tageszeitung, Innsbruck*

Die Studentin
Ein Fall für den Frisör
Roman

Der Alptraum eines jeden Starfrisörs: Kurz bevor die Show der weltweit besten Frisöre in London beginnt, fällt das Supermodel aus. Tomas Prinz weiß sich zu helfen. Kurzerhand engagiert er Rosemarie, das englische Au-pair-Mädchen, das bereitsteht, um ihn nach München zu begleiten. Dort wird sie in der Familie seiner Schwester Regula erwartet. Zuvor aber muss sie Prinz mit einer ganz besonderen Qualität aushelfen: ihren wunderschönen roten Haaren.
Rosemarie ihrerseits führt ihn ins Münchner Uni-Milieu ein, in dem Prinz herumstreunt wie ein neugieriger Tourist. Von den akademischen Debatten versteht er wenig, aber die menschlichen Abgründe – Intrigen

und Karrierepläne – erfasst er auf den ersten Blick. Und prompt hat er einen neuen Fall am Hals. Wo die Polizei mühsam Fakten zusammenträgt, braucht sein visuell geschultes Auge Sekunden, um kriminelle Zusammenhänge zu erkennen.

»Wie der Frisör, so auch die Sprache: elegant, unaufdringlich, unaufgeregt und von zarter Selbstironie. Ein in sich sehr stimmiger Krimi.«
Kirsten Reimers / www.literaturkritik.de, Marburg

Daily Soap
Ein Fall für den Frisör
Roman

Tomas Prinz erfindet ein neues Styling für seine Kundin Tina Schmale, die vor kurzem die TV-Soap »So ist das Leben« (SidL) übernommen hat. Die Producerin ist angetreten, die Serie aus dem Quotenloch zu ziehen. Ihre Idee: Für die neue Hauptrolle muss ein Publikumsmagnet her. Doch welcher Star will schon sein Gesicht für eine Daily Soap hergeben? Der Frisör weiß Rat: Charlotte Auerbach, eine Jugend-Ikone aus den 70ern, nach vielen Jahren aus Kalifornien zurück, wäre dazu bereit. Und so gerät er, als ihr persönlicher Stylist, mitten hinein in eine Mannschaft aus Schauspielern, Regisseuren, Autoren, Kameraleuten und Ausstattern, die wie am Fließband täglich 25 Minuten Vorabend-Unterhaltung produzieren. Und nicht nur das: auch Intrigen, Eifersüchteleien und einen Mord – wie im richtigen Leben.

»Lebendig, realitätsnah und spannend. Schünemann hält sich von Klischees und allzu Absehbarem fern. Stattdessen ist der Whodunit in angenehmer Zurückhaltung geschrieben und entwickelt einen betörenden, unaufdringlichen Charme.«
Kirsten Reimers / Frankfurter Neue Presse

Außerdem erschienen:

Christian Schünemann und Jelena Volić
Kornblumenblau
Ein Fall für Milena Lukin

In der Nacht vom elften auf den zwölften Juli machen zwei Gardisten der serbischen Eliteeinheit ihren Routinerundgang auf dem Militärgelände von Topčider. Am nächsten Morgen werden sie tot aufgefunden. Sie seien einem unehrenhaften Selbstmordritual zum Opfer gefallen, behauptet das Militärgericht. Und stellt die Untersuchungen ein.
Im Auftrag der Eltern der jungen Männer beginnt der Anwalt Siniša Stojković zu ermitteln. Er bittet seine Freundin Milena Lukin, Spezialistin für internationales Strafrecht, um Unterstützung. Ihre Nachforschungen sind gewissen Kreisen ein Dorn im Auge, Milena Lukin gerät dabei in Lebensgefahr. Und es erhärtet sich ein fürchterlicher Verdacht: Die beiden Gardisten hatten vermutlich etwas gesehen, was sie nicht sehen durften. Hatte es mit dem Jahrestag des größten Massakers der europäischen Geschichte seit dem Zweiten Weltkrieg zu tun?

»Milena ist eine herrliche, abgründige, auch am Ende ihres Debüts noch von einem Kokon aus Geheimnis umhüllte Frau. Das fleischgewordene Belgrad.«
Elmar Krekeler / Die Welt, Berlin

Petros Markaris
im Diogenes Verlag

Hellas Channel
Ein Fall für Kostas Charitos
Roman. Aus dem Neugriechischen
von Michaela Prinzinger

Er liebt es, Souflaki aus der Tüte zu essen, dabei im Wörterbuch zu blättern und sich die neuesten Amerikanismen einzuverleiben. Seine Arbeit bei der Athener Polizei dagegen ist kein Honigschlecken.
Besonders schlecht ist Kostas Charitos auf die Journalisten zu sprechen, und ausgerechnet auf sie muss er sich einlassen, denn Janna Karajorgi, eine Reporterin für *Hellas Channel*, wurde ermordet. Wer hatte Angst vor ihren Enthüllungen? Um diesen Mord ranken sich die wildesten Spekulationen, die Kostas Charitos' Ermittlungen nicht eben einfach machen. Aber es gelingt ihm, er selbst zu bleiben – ein hitziger, unbestechlicher Einzelgänger, ein Nostalgiker im modernen Athen.

»Eine Entdeckung! Mit Kommissar Charitos ist eine Figur ins literarische Leben getreten, der man ein langes Wirken wünschen möchte.«
Hans W. Korfmann/Frankfurter Rundschau

Nachtfalter
Ein Fall für Kostas Charitos
Roman. Deutsch von Michaela Prinzinger

Kommissar Charitos ist krank. Eigentlich sollte er sich ausruhen und von seiner Frau verwöhnen lassen. Doch so etwas tut ein wahrer Bulle nicht. Eher steckt er bei Hitze und Smog im Stau, stopft sich mit Tabletten voll und jagt im Schritttempo eine Gruppe von Verbrechern, die die halbe Halbwelt Athens in ihrer Gewalt hat.

Charitos nimmt den Leser mit durch die Nachtlokale, die Bauruinen und die Müllberge von Athen. Keine Akropolis, keine weißen Rosen weit und breit.

»Mit Witz, Charme und Ironie erzählt Markaris eine reizvolle, geschickt verwobene Kriminalgeschichte mit überaus lebensnahen Figuren.«
Christina Zink/Frankfurter Allgemeine Zeitung

Live!
Ein Fall für Kostas Charitos
Roman. Deutsch von Michaela Prinzinger

Ein in ganz Griechenland bekannter Bauunternehmer, dessen Geschäfte olympiabedingt florieren, zückt mitten in einem Interview eine Pistole und erschießt sich vor laufender Kamera. Natürlich ruft ein solch spektakulärer Abgang Kostas Charitos auf den Plan. Seine Ermittlungen führen ihn zu den Baustellen des Olympischen Dorfs, zu den modernen Firmen hinter Fassaden aus Glas und Stahl, zu den Reihenhäuschen der Vororte, wo die Bewohner noch richtigen griechischen Kaffee kochen und Bougainvillea im Vorgärtchen blüht. Mit der ihm eigenen Bedächtigkeit irrt Kostas Charitos durch das Labyrinth des modernen Athen, unter der prallen Sonne – und dem Schatten der Vergangenheit.

»*Live!* ist ein Krimi, ein Geschichtsbuch, ein Migrantenroman, die Geschichte einer Ehe und ein Reiseführer durch Athen.« *Avantario Vito/*
Financial Times Deutschland, Hamburg

Der Großaktionär
Ein Fall für Kostas Charitos
Roman. Deutsch von Michaela Prinzinger

Der Traum von einer gerechteren Welt – in seinem Namen wird Gutes getan, aber auch getötet und Gewalt ausgeübt. Dies bekommt Katerina zu spüren, als sie in die Hände von Terroristen fällt. Ihr Vater Kostas Charitos dreht fast durch. Er, der Kommissar, muss jetzt stillhalten, Geduld haben, Nerven beweisen. Ein Roman über Terror und Gewalt. Und über eine Familie, die damit umgehen muss.

»Mit Witz und Biss erzählt Markaris von einem modernen Griechenland, in dem die Vergangenheit unter der Junta leider noch immer lebendig ist.«
Buchkultur, Wien

»Markaris gelingt etwas Erstaunliches: Speziell griechische Chancen, Wunden und Sünden vereint er mit internationalem Wiedererkennungseffekt.«
Frankfurter Allgemeine Zeitung

Die Kinderfrau
Ein Fall für Kostas Charitos
Roman. Deutsch von Michaela Prinzinger

Was in Istanbul geschah, ist nun viele Jahrzehnte her. Und doch findet die neunzigjährige Kinderfrau keine Ruhe – sie hat noch alte Rechnungen zu begleichen. Kommissar Charitos folgt ihren Spuren: Sie führen nach ›Konstantinopel‹, in eine Vergangenheit mit zwei Gesichtern – einem schönen und einem hässlichen.

»In seinem Kriminalroman *Die Kinderfrau* wendet sich Petros Markaris der heiklen griechisch-türkischen Vergangenheit zu. Als Istanbuler Grieche armenischer Abstammung beschreibt der Kosmopolit dabei ein Stück seiner eigenen Geschichte.«
Geneviève Lüscher/NZZ am Sonntag, Zürich

»Kommissar Charitos hat längst Kultstatus.«
Welt am Sonntag, Berlin

Auch als Diogenes Hörbuch erschienen,
gelesen von Tommi Piper

Faule Kredite
Ein Fall für Kostas Charitos
Roman. Deutsch von Michaela Prinzinger

Die Krise legt Griechenland lahm. Doch in der Finanzwelt herrscht höchste Alarmstufe. Mehrere Banker wurden innerhalb weniger Tage brutal ermordet. Und ganz Athen ist seit neustem mit Plakaten tapeziert, auf welchen die Bürger zur Verweigerung der Rückzahlung von Krediten aufgefordert werden.
Die Krise mit ihren Auswüchsen beschert Kostas Charitos und der Athener Polizei mehr Hektik denn je zuvor. Und auch privat wird es nicht einfacher: Gerade haben Kostas und Adriani noch die Hochzeit ihrer einzigen Tochter Katerina ausgerichtet und sich zum ersten Mal seit dreißig Jahren ein neues Auto geleistet – und nun wissen sie nicht mehr, wie sie die Raten abzahlen sollen.

»Selten war ein Krimi so brennend aktuell. Interessanter noch als die solide Krimihandlung sind die Skizzen eines Landes, dessen Volksseele kocht.«
Britta Heidemann /
Westdeutsche Allgemeine Zeitung, Essen

»Petros Markaris zeichnet ein Sittenbild Griechenlands in der Krise.« *Der Standard, Wien*

Zahltag
Ein Fall für Kostas Charitos
Roman. Deutsch von Michaela Prinzinger

Reiche Griechen zahlen keine Steuern. Arme Griechen empören sich darüber, oder sie verzweifeln ob ihrer aussichtslosen Lage. Im zweiten Band der Krisentrilogie tut ein selbsternannter »nationaler Steuereintreiber« weder das eine noch das andere: er handelt. Mit Drohbriefen, Schierlingsgift und Pfeilbogen – im Namen des Staates.

»Petros Markaris hat einen weiteren Krimi zur Griechenland-Krise verfasst, böse, ironisch und mit viel Einblick in den griechischen Nationalcharakter und die Schwächen des politischen Systems.«
Der Spiegel, Hamburg

»Böse, komisch, traurig: Pflichtlektüre in finsteren Zeiten.« *Tobias Gohlis / Die Zeit, Hamburg*

Abrechnung
Ein Fall für Kostas Charitos
Roman. Deutsch von Michaela Prinzinger

Wir schreiben das Jahr 2014. Griechenland ist zur Drachme zurückgekehrt. Es geht ums schiere Überleben: Stellen werden gestrichen, Löhne nicht ausbezahlt – und ein Serienmörder hat es auf einige prominente Linke abgesehen, die nach dem Aufstand gegen die Militärjunta eine steile Karriere hinlegten. Wer steckt dahinter? Ein Rechtsextremer? Oder jemand, der sich für längst vergangene Verfehlungen rächt? Kommissar Charitos verfolgt mit der ihm eigenen Beharrlichkeit die eloquenten Spuren des Täters – und das, obwohl er drei Monate lang ohne Gehalt auskommen muss.

»Der knorrig-charismatische Kostas Charitos ist einer der originellsten Kommissare der heutigen Kriminalliteratur.«
Achim Engelberg / Die Tageszeitung, Berlin

Zurück auf Start
Ein Fall für Kostas Charitos
Roman. Deutsch von Michaela Prinzinger

Der Deutschgrieche Andreas Makridis wird erhängt in seiner Athener Wohnung aufgefunden. Kurz darauf behauptet ein Schreiben, es handle sich um Mord. Unterzeichnet: »Die Griechen der fünfziger Jahre«. Was wie ein schlechter Scherz aussieht, ist blutiger Ernst:

Weitere Tote folgen. Wer verbirgt sich hinter dieser ominösen Gruppierung? Verrückte alte Leute, die eine Rückbesinnung auf die Werte von damals fordern?
Der neue Fall führt Kostas Charitos kreuz und quer durch eine Stadt, die von Tag zu Tag gefährlicher wird. Das muss der Kommissar auch privat erfahren: Seine Tochter Katerina wird von einem Neonazi der »Goldenen Morgenröte« zusammengeschlagen – mitten im Zentrum, am helllichten Tag.

»Der Krimi als Gesellschaftsroman – in und für Griechenland hat ihn Markaris erfunden.«
Christine Müller-Lobeck / Tageszeitung, Berlin